IMPRESSUM

Lektorat & Korrektorat:
Felix Marschall

Eigenverlag
(independently published)

2. korrigierte Auflage

Kontakt:
FELiCiTARiS (Felix Marschall)
Felix-Blumenfeld-Str. 14, 34128 Kassel
Tel.: 0561-94406857
Fax: 0561-88104972
Mail: felicitaris@protonmail.com

Umschlaggestaltung:
Felix Marschall

ISBN: 979-8320019895

VORABHINWEISE

Der Roman spielt im tatsächlichen Nordhessen des Jahres 2022, dennoch gibt es darin einige bewusste Fiktionen:

Songtexte
Alle Songs, die Peter Butler in diesem Roman mit Text ansingt, sind erfundene Lieder fiktiver Bands, um urheberrechtliche Probleme im Voraus auszuschließen.

Bestimmte Namen
Wenige Namen wurden bewusst erfunden, so gibt es beispielsweise die St-Lebelius-Gemeinde in Hofgeismar nicht, genauso wenig existiert ein Bistum Nordhessen-Kassel

Räume im ehemaligen Musiktheater
Die Büroräume der neuen Sonderkommission im alten Gebäude der ehemaligen Kasseler Diskothek entsprechen teilweise nicht der originalen Architektur. Die Raumaufteilung im zweiten Stock ist frei erfunden.

Hinweis zu okkulten Begrifflichkeiten
Im Anhang des Romans finden sich zu einigen okkulten Themenbereichen, die im Roman vorkommen, Begriffserklärungen und weiterführende Literaturhinweise.

PROTAGONISTEN

Hauptkommissar Cobander
Stammt gebürtig aus Kassel, ist 50 Jahre alt, ledig, und lebt im Stadtteil Nordshausen im Haus seiner Eltern, die bereits verstorben sind. Zu Beginn des Romans ist er noch Oberkommissar und aufgrund der Rekonvaleszenz nach einer Schussverletzung krankgeschrieben. Er wird zum Hauptkommissar ernannt und leitet nach Wiederaufnahme der Dienstgeschäfte die neue Sonderkommission mit saloppem Namen ‚*Team Cobander*' für übernatürliche Fälle in Nordhessen.

Peter Butler
Ein Kasseler Urgestein, was man auch an seiner Aussprache hört. Er ist 54 Jahre alt, ledig, groß und eine imposante Erscheinung insgesamt. Er hat natürlich rote Haare und sieht aus wie eine Mischung aus Piratenkönig und Wikinger. Er hört gerne Rock- und Metalmusik, hat in allen möglichen Sparten bereits gearbeitet, obwohl er Sozialwesen studiert hat, und bezeichnet sich selbst als ‚*Runenschamane*'. Er ist der magische Experte und Berater des Teams.

Viktor Marquandt
Der Sohn des Nachbarn von Cobander, der ursprünglich eine Frau namens Viktoria gewesen ist. Er ist frisch diplomierter Psychologe, 27 Jahre alt, und lebt in der Mansardenwohnung im Haus seines Vaters. Er führt derzeit keine Beziehung, aber er befindet sich in Psychotherapie und ist stark mit sich selbst beschäftigt. Er bekommt ein ungewöhnliches Arbeitsangebot von Herrn Cobander.

Robert Schönbach
Kriminaloberrat und Bereichsleiter des LKA in Wiesbaden, 63 Jahre alt, verheiratet, zwei Kinder. Er ist der Vorgesetzte von Cobander und administrativer Bezugspunkt für die Sonderkommission. Sein Äußeres wirkt grobschlächtig, doch er ist ein erfahrener Polizist und macht sich Sorgen um das Wohlergehen seiner Mitarbeiter.

Hilde (Frinhild) Butler
Mutter von Peter Butler, 81 Jahre alt, verwitwet, ein Sohn. Sie lebt abgeschieden in einem Haus am Waldrand nahe Habichtswald-Ehlen ohne Strom und ist eine erfahrene Hexe mit großem Wissen und mystischer Empathie.

Hans Marquandt
Viktors Vater, 67 Jahre alt, verwitwet. Ihm gehört das Haus neben Cobanders Elternhaus in Nordshausen. Er war Funker bei der Bundeswehr und befindet sich in Pension. Er hat Schwierigkeiten mit der Wandlung seiner Tochter zu einem Mann und macht sich Sorgen um Viktors Zukunft.

Wolfgang Banff
Gründer und Besitzer von BanffPlast, dem größten Kunststoffverarbeitungsunternehmen der Region Hofgeismar, 61 Jahre alt, geschieden, zwei Kinder. Er lebt allein in einer Villa am Stadtrand Hofgeismars.

Lena Banff
Tochter von Wolfgang Banff, 27 Jahre alt, ledig, arbeitet als Tierpflegerin im Park Sababurg und wohnt allein in einer Souterrainwohnung in Reinhardshagen. Sie hat kaum Kontakt zu ihrer Familie.

Max Banff

Sohn von Wolfgang Banff, 25 Jahre alt, ledig, studiert in Göttingen BWL.

Brigitte Banff, geb. Vosskühn

Exfrau von Wolfgang Banff, Mutter von Lena und Max. Lebt allein in Hofgeismar und ist gesundheitlich belastet.

Valya Rozalia Vosskühn, geb. Wójcik

Mutter von Brigitte Banff und Großmutter von Lena und Max, verstorben. Sie stammte gebürtig aus Polen und lebte mit ihrem deutschen Ehemann in einem Haus zwischen Hofgeismar und Trendelburg auf dem Land.

Oberkommissar Bönning

Verbindungsglied zwischen der Kripo Hofgeismar und dem Team Cobander, 48 Jahre alt, verheiratet. Er dampft gerne Himbeerrauch und ist ein erfahrener Polizeibeamter.

Thorsten Denn, BKA-Ermittler

Vielseitiger Mitarbeiter der Bundespolizei, 44 Jahre. Er ist esoterischen Themen gegenüber äußerst skeptisch.

Christian Schäffner

Leiter der Kriminalpolizei Hofgeismar.

Bernd Jellmann

Stellvertretender Leiter der Kriminalpolizei Hofgeismar.

Martin Lohmann

Mysteriöser Ministerialbeamter des hessischen Innenministeriums. Verbindungsglied zwischen LKA und dem Minister.

Maja Albertin
Ehemalige Kriminalkommissarin aus Wiesbaden, 46 Jahre, ledig. Sie wurde von der Mafia ermordet und befand sich zu dem Zeitpunkt in einer Liebschaft mit Cobander, der bei dem Attentat schwer verletzt wurde.

1 | ANGERSBACHSTRASSE

Das alte Fachwerkhaus lag im Kasseler Ortsteil Nordshausen in einer ruhigen Seitenstraße, die eine dörfliche Atmosphäre besaß. Es war der beste Rückzugsort, welchen er hatte wählen können, denn der Dienstarzt hatte ihm geraten, während seiner physischen und psychischen Rekonvaleszenz in der Heimat zu verweilen. Da das Haus seiner vor zwei Jahren verstorbenen Mutter leerstand, hatte er sich kurzerhand dort einquartiert. Sein Vater lebte seit über zwanzig Jahren nicht mehr.

Cobander war stets ein robuster Mensch gewesen, aber die Ermordung seiner Kollegin durch die Wiesbadener Mafia hatte ihn schwer getroffen, ganz abgesehen von den fast tödlichen Schüssen, die ihn ebenfalls niedergestreckt hatten. Das lag mittlerweile vier Monate zurück.

Er stand am Küchenfenster, hielt eine geblümte Keramiktasse mit der Aufschrift ‚*Marion*' voll kalten Kaffees in der Hand und blickte verschlafen auf den hübschen Wildgarten des Nachbarn. Es summte, zwitscherte und plätscherte dort, als wollte die Natur den Beginn des Monats Juni in aller Schönheit präsentieren.

Allerdings ließen sich die Geräusche der Autobahn von den saftigen Graslandhügeln, die hinter dem alten Stromverteilerhäuschen begannen, nicht vollends abhalten. Ein Hintergrundrauschen war ab und an zu hören, jedoch war dies nichts im Vergleich zu den rollenden Rülpsern, die der verwitwete Nachbar beim Biertrinken auf der Veranda mittäglich von sich gab.

Cobander stellte die Tasse auf der Anrichte ab und bediente die vorsintflutliche beige Kaffeemaschine mit braunen Applikationen. Sie war trotz diverser Entkalkungsvorgänge derart langsam, dass man sich getrost die Fuß- und Fingernägel schneiden konnte, bis der Kaffee durchgelaufen war.

Heute überbrückte er die Wartezeit mit Lesen, eine seiner liebsten Freizeitbeschäftigungen. Er stellte das lebende Klischee eines Gegenteils dar. Fußball war ihm ein Gräuel, dafür mochte er alte Autos, besonders aus den 80er Jahren. Er war ein Bücherwurm, aber relativ schreibfaul. Mode war ihm nicht wichtig, aber er rasierte sich Achseln und Beine.

„Gut, dass Sie ausdrücklich nicht heiraten wollen", hatte sein Vorgesetzter einmal zu ihm gesagt. „Sie haben den richtigen Beruf gewählt, aber Ihre Interessen bilden eine Quadratur. Und Sie sind viel zu eigensinnig."

So dümpelte der Tag vor sich hin. Gegen Mittag hielt er ein Schläfchen, dann ging er ausgiebig in den Grashügeln spazieren. Von einer Brücke aus beobachtete er eine Zeit lang den Verkehr auf der Autobahn, dann ging er zurück zur Siedlung und traf vor dem Haus den Sohn des Nachbarn, der ursprünglich eine Tochter gewesen war.

„Hallo, Viktor", begrüßte er ihn. Der androgyne junge Mann mit Pagenfrisur und tiefgründigen Augen winkte zurück und lächelte. Der Rest der Bewohner in der Umgebung konnte bisher nur wenig mit der Transformation von Viktoria zu Viktor Marquandt anfangen. Zwar wurde der jetzige Mann in keiner Weise belästigt oder gemieden, aber das Unwohlsein stand in viele Gesichter geschrieben.

„Hi, Herr Cobander", grüßte er und ging zu seinem kleinen Opel Corsa City, der vor dem Haus parkte.

Zurück im Haus kippte der Oberkommissar alle Fenster und hörte prompt Hans Marquandt von nebenan aufstoßen. „Wie kann man nur so rülpsen! Ein gutes Aroma…", hörte er den Täter zu sich selbst sagen und schüttelte sanft den Kopf.

Er setzte sich auf das antike Blümchensofa gegenüber dem Durchgang zur halboffenen Küche und bemerkte ein Blinken auf seinem Mobiltelefon. Er hatte es nicht mit zum Spaziergang genommen. Es war eine Sprachnachricht seines Chefs aus Wiesbaden, der einzige, der seine private Handynummer besaß. Das Diensttelefon lag seit Wochen ausgeschaltet in einer Nylontasche im Flur.

„Hallo, Herr Cobander. Ich hoffe, es geht Ihnen gut da oben in der Heimat. Keine Sorge, Sie sind bis übernächste Woche ja krankgeschrieben, ich wollte mich einfach nach Ihnen erkundigen. Sie können mal zurückrufen, wenn Sie mögen. Bis dann."

Kriminaloberrat Schönbach rief nicht an, um sich *‚mal zu erkundigen'*, das war ihm klar, und ein säuerliches Gefühl meldete sich in der Magengegend. Das lag möglicherweise auch daran, dass er seit einigen Wochen mit dem Gedanken spielte, den Dienst aufzugeben. Er hatte sich mit der Laufbahn bis zum Kriminaloberkommissar beim Landeskriminalamt einen Kindheitstraum erfüllt, aber mittlerweile kam ihm alles schal und trist vor.

Der Casinokapitalismus walzte unermüdlich alles nieder. Die Arbeit bei der Polizei wurde immer belastender, die Bevölkerung verhielt sich zunehmend merkwürdig und in der Ukraine wurde gerade ein Krieg geführt, der zum ersten Mal seit den Ölkrisen der 70er Jahre zu massiver Energieversorgungsknappheit führen konnte.

Eine widerliche Scheiße, wie er fand. Deshalb wollte er am liebsten das Haus verkaufen und zu einem Freund aus Jugendzeiten ziehen, um bei diesem zu wohnen. Der lebte im Hinterland in einem Dorf namens Altenhasungen und führte eine kleine Motorradwerkstatt.

Der Kriminaloberkommissar legte sich der Länge nach

auf das hintere Cordsofa, dessen abgewetzte Farbgebung mit dem Wort ‚Hornhautumbra' euphemistisch umschrieben war. Er tippte auf seinem Telefon herum und hielt es sich altmodisch ans Ohr. Es klingelte nur zweimal.

„Schön, dass Sie zügig zurückrufen, Cobander", quakte Schönbachs Stimme. Schroff prustete er. „Ich rufe zurück, weil ich mag, Chef." Sein Vorgesetzter räusperte sich und rügte umgehend. „Nana, die Neunziger sind eindeutig vorbei, Herr Oberkommissar. Diese Bezeichnung muss wirklich nicht sein."

Tatsächlich war, wie erwartet, all das vorsichtige Gesäusel der Sprachnachricht lediglich ein Vorwand gewesen, um ihn an die Strippe zu bekommen.

„Die AUB geht bis zum 19. Juni, Herr Oberrat. Alle wollten, dass ich in die Heimat gehe, um mich ‚zu erholen'. Das tue ich also. Ich kann auch auflegen und mich erst wieder in vierzehn Tagen melden." Stille folgte auf diese nüchtern ausgesprochene Renitenz, dann hörte er erstaunlicherweise ein Lachen. „Sie sind schon einer, Cobander. Ich will Sie nicht quälen. Der Verlust von Maja Albertin schmerzt auch mich in einem Maße…"

In dem Moment tippte Cobander auf den roten Hörer, blockierte die Dienstnummer von Schönbach, richtete sich schlagartig auf und blickte auf die am Tischende griffbereit liegende Dienstwaffe, eine Heckler & Koch P30, Kaliber 9 Millimeter. Er nahm sie aus dem Gelholster, prüfte das Magazin, entsicherte sie und schob sich die Mündung in den Mund.

„Lieber arm und reich als gesund und krank!", hörte er in diesem Moment Hans Marquandt laut auf dessen Terrasse sprechen. Es folgten blechernes Lachen und ein seltsames Ploppgeräusch. Dann rülpste der Mann erneut und sagte „Was für ein hervorragendes Aroma!", als habe er einen Sprung in der Platte.

Cobander nahm die Waffe aus dem Mund, roch an der jetzt speichelfeuchten Mündung, schüttelte sich, legte das schwarze Ding weg und ging zum Küchenfenster. Mit kräftiger Stimme rief er „Herr Marquand?“ Die Antwort kam prompt. „Jo? Von wo ruft denn wer?“

„Cobander. Haben Sie noch Bier übrig?“

„Ich hab‘ immer Bier. Wieso, wollen Sie auch ne Flasche Gehacktes?“

„Ja, ich habe nichts hier außer trockenem Wein.“

„Das ist natürlich schlecht. Dann kommen Sie rüber.“

„Wirklich?“

„Ich habe auch Kuchen. Moment…“ Er rülpste ein weiteres Mal „Eeerbsensuppe!“

Cobander blickte zurück auf die Pistole. Vielleicht wäre der Freitod doch besser als eine solche Qual. Ein Schauer lief ihm über den Rücken.

„Ich komme rüber, Herr Marquandt!“

„Das ist brav“, kommentierte der Nachbar und begann spontan zu singen. „*Vor meines Vaters Haus, da steht ne Linde … da saß ein Mädchen drauf, das war ne Blinde …*“

* * *

Cobander betrank sich derart mit Marquandt, dass dessen irgendwann zurückkehrender Sohn Viktor ihn verdonnerte, im Gästebett zu schlafen. Dort erwachte er am kommenden Vormittag mit furchtbaren Kopfschmerzen. Sein Nachbar war bereits wach und servierte ihm auf der Terrasse starken Kaffee, als er wie ein toter Lappen dort auftauchte. Die Nachbarschaft wusste seit langer Zeit, dass er beim LKA arbeitete, und Marquandt hatte die Gelegenheit genutzt, ihn ein wenig über seine Arbeit zu befragen. Leider wusste er nicht mehr, ob er am vergangenen Abend Dienstgeheimnisse ausgeplaudert hatte, aber Viktor versicherte ihm beim späteren Verabschieden an der Haustür, dass er sicher nichts dergleichen getan hätte.

„Danke, Viktor", sagte Cobander im Gehen.

„Klar. Herr Kommissar?"

„Hm?"

„Darf ich Sie etwas Persönliches fragen?"

Viktors Wangen waren jetzt gerötet.

„Natürlich." Cobander drehte sich um und blickte ihm direkt in die Augen. Seine Arme hingen dabei ohne bedeutungsvolle Gestik beidseitig herab.

„Fänden Sie es besser, wenn ich eine Frau geblieben wäre?" Cobander lächelte und schüttelte den Kopf. „Ich fand damals, dass die Proportionen nicht ganz so stimmig waren. Ich glaube, der Junge, Verzeihung, der Mann war immer schon da."

Viktor bekam wässrige Augen und lächelte zurück. Er winkte und schloss die Tür. Cobander kam bis zum Zaun des Grundstücks seiner Eltern. Da übergab er sich schwallartig in den Vorgarten, keuchte und schleppte sich dann die Steintreppe zur Haustür hinauf.

Nach der Einnahme von zwei Kopfschmerztabletten, einer vorsichtigen warmen Dusche und mehreren Tassen Tee kroch er ins Ehebett seiner Eltern und schlief bis zum Nachmittag.

Am frühen Abend hockte er im Bademantel auf dem Cordsofa und schaute im TV die Abendnachrichten, ohne sie wirklich aufzunehmen. Dann klingelte es. Ein Streifenwagen der Bereitschaftspolizei stand vor dem Haus und ein Beamter übergab ihm einen geschlossenen Briefumschlag. „Es ist mir unangenehm, Sie zu stören, Herr Oberkommissar, aber das Wiesbadener LKA hat die Übergabe dieses Faxes dienstlich angeordnet, wohl auch, weil man Sie nicht erreichen konnte."

„Das ist vollkommen in Ordnung. Mir tut es leid, dass Sie ausgerechnet dafür hierherfahren mussten."

„Keine Ursache, wir sind ohnehin derzeit hier als Streife eingeteilt. Einen schönen Abend und gute Genesung." Der Polizist tippte sich an den Kopf und stieg zu seinem Kollegen ins Auto. Cobander sah ihnen nach.

Sterne waren im bläulichen Osten bereits zu sehen und es war erneut kühler geworden. Die Wetter- und Temperaturwechsel hatten eindeutig zugenommen, und Cobander fragte sich, ob wirklich noch jemand in der Lage war, den klimatischen Wandel als Unsinn abzutun. Die Schönheit seiner Heimatregion wurde dadurch nicht getrübt. Es duftete wie eh und je. Es klang wie eh und je. Es war diese Mischung aus moosigen Steinen, Holzkohle und Wiesengeruch. Die Birken wisperten, die Pappeln flüsterten und die Buchen trugen viele Geheimnisse aus alter Zeit in sich.

Cobander ging mit süßlichem Schwermut zurück ins Haus und öffnete den Briefumschlag im Stehen. Der Kern der Faxnachricht lautete:

Da Sie nicht mit mir telefonieren möchten, lade ich Sie hiermit zu einem außerordentlichen Dienstgespräch am 07.06.2022 um 13.00 Uhr in das Gebäude der Bundespolizeiinspektion, Heerstraße 5, in 34119 Kassel, Zi. K.012, ein. Es ist beabsichtigt, über Ihre Wiedereingliederung und den Diensteinsatz zu sprechen. MfG, Robert Schönbach, KOR.

Cobander lachte und warf beides in den Papierkorb. Er würde hingehen, die Daten hatte er sich bereits gemerkt, darauf war sein Gehirn geschult. Aber er würde mit Schönbach weder über Wiedereingliederung noch Diensteinsätze sprechen. Er würde ihm einen wundervollen Antrag auf Entlassung aus dem Dienst hinlegen, einmal laut wie Hans Marquandt rülpsen und endlich ein anderes Leben führen.

Und wenn er bis an sein Ende Werkstattgehilfe in Altenhasungen sein musste.

* * *

Das Besprechungszimmer K.012 lag ein Stockwerk unter Parterre und LED-Leuchtröhren erhellten die Gänge, welche noch immer den unterschwelligen Geruch der 30er Jahre des zwanzigsten Jahrhunderts im Mauerwerk trugen.

Cobander glitt im Gehen mit den Fingerspitzen über die Stellen, die mit Raufasertapete überzogen waren. Er fragte sich, ob die Nationalsozialisten Leichen im Erdreich hatten verschwinden lassen. Morbide Gedanken waren mittlerweile seine Begleiter.

„Guten Tag, KOK Cobander“, begrüßte ihn sein Chef aus Wiesbaden, der tatsächlich den Weg nach Kassel auf sich genommen hatte. Er wies auf einen Stuhl am Besprechungstisch ihm gegenüber. Im Hintergrund standen zwei Männer, einer in einem olivgrünen Anzug mit Krawatte, der in der Nähe eines Schreibtisches an der Wand lehnte, und Schönbachs farbloser Personenschützer, der vernünftigerweise seine Sonnenbrille weggesteckt hatte.

„Möchten Sie eine Tasse Kaffee?“

Cobander schüttelte den Kopf und setzte sich.

„Vielen Dank, aber der wäre mir sicher zu schwach aufgebrüht.“ Anzugträger und Leibwächter sahen sich wechselseitig an. „Sie scheinen schon wieder ganz gut drauf zu sein“, kommentierte Schönbach das Frotzeln, kam dann aber schnell zur Sache.

„Ich möchte Ihnen zunächst jemanden vorstellen, Herr Oberkommissar. Dies ist Ministerialrat Lohmann vom Innenministerium.“ Er wies mit der Hand auf den Olivgrünen, der nickte und angedeutet lächelte. Cobander lächelte zurück. „Tag.“

Der Oberrat räusperte sich und kniff kurz ein Auge zu. „Herr Lohmann repräsentiert sozusagen Herrn Innenminister Beuth in offizieller Angelegenheit.“ Damit schob er ihm ein amtliches Dokument entgegen, welches entsprechend besiegelt und unterschrieben war. Er blickte darauf und traute seinen Augen kaum. Es war eine Ernennungsurkunde zum Kriminalhauptkommissar.

„Das soll wohl ein Scherz sein“, sagte er erstaunt.

Schönbach verschränkte die Arme und schüttelte den breiten Kopf. „Mitnichten. Im Zuge Ihrer Wiedereingliederung werden Sie neue Aufgaben übernehmen, die diese Beförderung notwendig machen.“

Cobander musterte seinen Chef. Er wirkte älter als vor einem Vierteljahr. Seine halbe Platte war noch kahler geworden, aber die Furchen in den Wangen und die speckigen Ohrläppchen ließen ihn weiterhin wie das Klischee eines grobschlächtigen Metzgers aussehen. Genüsslich griff er unter sein kariertes Jackett mit ledrig gepolsterten Ellbogen, welches er absichtlich aus dem Kleiderschrank seiner Eltern genommen hatte, damit er albern aussah, und holte seinerseits ein Schreiben hervor, das er nun auffaltete und Schönbach hinüberschob.

„Was soll das sein?“, fragte dieser argwöhnisch, zog eine Lesebrille auf und las. Schnaubend warf er das Papier zurück auf den Tisch und tippte sich an den Kopf. „Sie sind vollends übergeschnappt, was?“

„Mitnichten“, sagte Cobander und verschränkte seine Arme. Er hatte nichts mehr zu verlieren. Sein Psychotherapeut war zufrieden mit ihm und er sah das Ortsschild von Altenhasungen vor seinem geistigen Auge, umgeben von goldenen Feldern, sanften Hügeln und fachwerklicher Architektur. Maja war tot, endgültig.

Seltsamerweise flippte Schönbach nicht aus, sondern lehnte sich zurück und schwieg. Der Olivgrüne trat herüber und flüsterte ihm ins Ohr. Dann verließ er den Raum. Eine ganze Weile wurde nicht gesprochen. Cobander schloss die Augen und lauschte dem unterschwelligen Summen der Lichtröhren, dem Rauschen des CPU-Ventilators im Computer am Schreibtisch und dem Atmen seines Chefs.

„Ich würde Ihnen dennoch gerne einen Vorschlag unterbreiten, der mit der Ernennung zum KHK verbunden ist und einen akzeptablen Kompromiss bieten könnte. Besonders im Hinblick auf das Wiesbadenproblem."

Cobander öffnete sein rechtes Auge, beugte sich langsam vor und faltete die Hände auf dem Tisch.

„Vorsicht, Herr Schönbach…", sagte er leise.

Der hob beschwichtigend die Hand. „Wir beide wissen, dass Ihre Position als LKA-Mitarbeiter massiv geschwächt wurde und Kriminalaußendienst in der Landeshauptstadt lange Zeit nicht möglich sein wird. Sie sind aber kein Büromensch und robuster, als Sie erscheinen möchten. Sie umgeben sich mit mehr gespielter Weichheit als zuvor, und ich verstehe das. Es ist kein schlechter Schutzmechanismus, aber den Dienst zu verlassen, würde Sie endgültig kaputtmachen, dessen bin ich sicher. Ich habe mit dem Herrn Minister persönlich gesprochen und tatsächlich spielt uns eine problematische polizeiliche Lage in Nordhessen in die Hände."

Cobander runzelte die Stirn, wissend, dass er mit dieser Geste bereits mehr Interesse an den Aussagen seines Chefs gezeigt hatte, als ihm lieb war. „Kryptisch fand ich schon immer ziemlich scheiße."

Schönbach atmete geräuschvoll die Luft aus, rieb sich über die Stirn und biss kurz die Zähne zusammen.

„Wir möchten, dass Sie hier in Kassel als verlängerter Arm des LKA eine Sonderdienststelle leiten, um Fällen außergewöhnlicher Natur nachzugehen, für welche die ortsansässige Polizeibehörde keine Kapazitäten hat."

Jetzt lehnte Cobander sich zurück und blickte zur Decke. Er schloss wieder die Augen.

„Darüber hinaus möchten wir Sie von Wiesbaden fernhalten, nur zum Schutz. Sie wurden furchtbar kompromittiert…"

Cobander schlug unvermittelt mit der rechten Faust hart auf den Tisch, der klapperte. Der Personenschützer hinter Schönbach spannte seinen Körper.

„Sagen Sie es schon, Chef! Sagen Sie es!", blaffte der Oberkommissar, dessen Gemüt solche Ausbrüche normalerweise nicht zeigte. Schönbach wurde nun fast wirklich zum Metzger, stand auf und trat seinen Stuhl um, während er mit einer kurzen Geste der Hand seinem Begleiter andeutete, sich nicht einzumischen. Dann brüllte er.

„Maja Albertin ist tot! Niemand kann das rückgängig machen, und wenn Sie beide nicht miteinander geschlafen hätten, müssten Sie jetzt nicht so furchtbar leiden!"

Die Energie im Raum verdichtete sich zu einer scheinbaren Lichtröte, die unterhalb der Leuchtröhre kulminierte und einen Knoten bildete.

Cobander sprang auf, packte seinen Stuhl und hämmerte ihn auf den Tisch, wobei die Dokumente zu Schaden kamen. Er fauchte.

„Sie widerlicher aufgedunsener Metzger!"

Schönbachs Begleiter zischte „Hey!" und machte einen Schritt nach vorn, aber der Oberrat hielt ihn mit ausgestrecktem Arm zurück und lachte aus vollem Hals.

„Aufgedunsener Metzger! Das ist die schönste Beleidigung, die ich in all meinen Dienstjahren gehört habe. Sie haben recht, mein Gesicht besitzt etwas Fleischiges. In der

Schule hat es mir gut gegen manchen Gernegroß geholfen. Nehmen Sie doch bitte wieder Platz."

Cobander schürzte die Lippen, dann verließ er den Raum ohne weitere Worte. Mit Händen in den Taschen eilte er durch den Kellergang, die Treppe hinauf, durch das Foyer, an zwei stirnrunzelnden Wachbeamten vorbei, ins Freie. Frischer Wind wehte auf den vertrockneten Rasenflächen zwischen den steinbeigen Gebäuden des Bundessozialgerichts und der Polizeiinspektion kleine Heupartikel umher. Er blieb am Übergang der zur Straße führenden Stufen stehen und dachte an Maja.

Sie war ein unwirklich schönes Geschöpf gewesen. Natürliche tiefschwarze Locken, mit einem ungeschminkten Gesicht, das stets einen Hauch pubertärer Akne gezeigt hatte, obwohl sie jenseits der Dreißig angekommen war, als ihre Zusammenarbeit in der Landeshauptstadt begonnen hatte. Hohe aristokratische Wangenknochen und dunkelblaue Augen. Zumindest waren sie ihm dunkler als gewöhnlich vorgekommen. Am dritten Tag ihrer Zusammenarbeit hatte sie ihm kumpelhaft auf den Unterarm geklopft und seitdem hatte er gegen Verliebtheit angekämpft.

„Mögen Sie Kassel?", holte ihn eine sonore Stimme aus den schmerzvollen Gedanken und er blickte neben sich in das Gesicht Lohmanns.

„Ich bin hier geboren und habe einen großen Teil meiner Kindheit im südlichen Landkreis verbracht", kommentierte Cobander und deutete dann mit dem Zeigefinger auf die Akte, die der Mann vom Innenministerium in der rechten Hand hielt. „Was Sie aber längst wissen."

Lohmann nickte und lächelte.

„Das beantwortet meine Frage nicht."

Cobander setzte sich auf die oberste Stufe der Treppe und blicke wieder auf das Spiel des Windes mit den trockenen Grasresten. „Gegensätze prallen hier aufeinander, das finde ich wirklich interessant. Ansonsten bin ich froh, dass das mitteldeutsche Bergland noch Freiheiten schenkt, die woanders nicht mehr möglich sind. Das Urbane frisst seine künstlichen Kinder."

Herr Lohmann schritt einige Stufen hinab, um Cobander besser in die Augen blicken zu können, aber er ließ sich nicht dazu herab, ebenfalls auf den Stufen Platz zu nehmen.

„Dass Sie tiefgründig sind, hätte ich auch ohne Blick in Ihre Dienstakte feststellen können, aber was mich am meisten fasziniert, ist Ihre borkig-widerspenstige Natur, obwohl Sie nach außen wirken wie ein trockener Sachbearbeiter."

„Habe ich von meinem Vater geerbt. Meine Mutter war aufbrausender."

Lohmann lächelte und rückte seine Krawatte zurecht.

„Ich werde mich hüten, verbal mit Ihnen zu spielen, wie Oberrat Schönbach es zu tun pflegt, deshalb komme ich zur Sache. Der Innenminister ist besorgt, denn es häufen sich seit ein paar Jahren die Berichte über neopagane Aktivitäten in Nordhessen, die mittlerweile Kreise ziehen, die Teile der Bevölkerung und uns beunruhigen."

Cobander verschränkte im Sitzen die Arme und blickte skeptisch. „Neopagane Aktivitäten?"

„Wilderei durch Neuheidengruppen, Beschmieren öffentlicher Gebäude mit okkulter Symbolik, Bedrohung von Pfarrerinnen und Pfarrern, Beschädigungen von Kirchen in großem Ausmaß, Knochendiebstähle bei örtlichen Fleischereien, Grabschändungen, erhöhte Kommunikation in sozialen Netzwerken der schwarzen Szene, des Hexentums und des Satanismus. Die Suizid- und Selbstverletzungsraten sind sprunghaft angestiegen, das zeigen bereits psychiatrische Statistiken der Vitos-Gruppe, und mehr und mehr besorgte Bürger melden sich bei den überlasteten Polizeidienststellen, um sich über seltsame nächtliche Aktivitäten auf brachliegenden Äckern, unangemeldete Osterfeuer und das Erscheinen obskurer Holzfiguren an Wegkreuzungen und in Parks zu beschweren."

Cobander prustete verächtlich die Luft aus. „Mit dieser Abhandlung zeichnen Sie das perfekte Bild einer urban geprägten Paranoia, die mich seit Jahren ankotzt. Jeder halbwegs intelligente Mensch, der noch im zwanzigsten Jahrhundert geboren wurde, kann sehen und begreifen, auf was für eine Katastrophe die Welt zusteuert. Logisch, dass Hysterie und Abkehr von Modernem einerseits Hilferufe sind, andererseits spirituelle Gesundung durch neue Naturreligiosität bieten. Im Übrigen wissen die meisten Menschen ohnehin nicht, wie sie mit solch komplexen Begriffen wie ‚*Satanismus*' überhaupt umgehen sollen."

Lohmann warf Cobanders Akte zu Boden und klatschte in die Hände. „Bravo, Herr Oberkommissar. Sie wären als Dozent an der Universität brillant gewesen. Ihre Intelligenz und Kombinationsfähigkeit, sprich, Ihre enorme Intuition, sind der Grund dafür, warum wir ein Sonderermittlungsbüro mit Ihnen an der Spitze in Kassel einrichten wollen. Sie glauben hoffentlich nicht, dass unsere Institution jene soeben angesprochene Differenziertheit nicht aufbrächte. Wir beschäftigen seit vielen Jahren okkulte Beobachter mit akademischen Abschlüssen und hoher Praxiserfahrung."

Cobander rutschte zur Seite und stand bedächtig auf. Er klopfte sich Graspartikel von der Hose und blickte Lohmann ernst in die Augen. „Und unser Büro hat sicher die Nummer A51."

Lohmann hob die Akte wieder auf. „Solcher Zynismus steht Ihnen zwar, ist aber unangebracht. Herr Cobander, Wiesbaden kann Sie in den kommenden Jahren nicht zurücknehmen. Dort ist es zu heiß und Ihre Behörde weiß noch immer nicht, ob Ihnen die Mafia weiterhin nachstellen wird. Entweder wollte man Sie einschüchtern und absichtlich *‚nur'* schwer verletzten, oder Sie sind auf einer Abschussliste, das wissen Sie selbst. Da Sie ja im Krankenhaus ein internes Schutzprogramm abgelehnt haben, gab es für das Ministerium nicht viele Möglichkeiten."

Cobander schüttelte den Kopf. „Ich beginne zu begreifen. Normalerweise wäre ich mit Schimpf und Schande aus dem Dienst entlassen worden... Was will man von mir? Ich habe nichts mehr, ich müsste mich eigentlich umbringen."

„Das könnten Sie tun", sagte Lohmann kühl und zuckte lapidar mit den Schultern. „Oder Sie ziehen den Stock aus Selbstmitleid und Depressivität aus Ihrem Anus und versuchen, ein in der hessischen Polizeigeschichte einmaliges Experiment mitzugestalten. Sie erhalten eine höhere Besoldungsstufe, mehr Freiräume, spezielle Ressourcen und zunächst zwei feste Mitarbeiter. Einen haben wir bereits unter Vertrag genommen. Falls Sie sich wider Erhoffen doch in die ewigen Jagdgründe befördern, könnte dieser eventuell kommissarisch die Leitung übernehmen. Die zweite Person können Sie sich aussuchen, allerdings darf sie nicht aus Wiesbaden oder Frankfurt stammen und jedwede Angaben wird das BKA sorgfältig prüfen... Das war es von meiner Seite, Herr Cobander. Wir werden einander vermutlich so schnell nicht wiedersehen. Die Koordination läuft ab jetzt über Kriminaloberrat Schönbach. Ich wünsche Ihnen aufrichtig alles Gute."

Der seltsame Krawattenmann schritt die Stufen hinab und stieg oberhalb der gegenüberliegenden Bushaltestelle in einen grauen Mercedes, in welchem bereits zwei Personen im Fond saßen. Als der Wagen links auf die Wilhelmshöher Allee abgebogen war, wandte Cobander noch einmal den Kopf zurück zum Gebäude der Bundespolizeinspektion, spuckte unflätig auf den Vorplatz und ging ebenfalls zu seinem Wagen. Er würde auf dem Nachhauseweg an einem Getränkemarkt halten und Hans Marquandt mit einem Kasten Bier überraschen.

* * *

Mit Beginn der Nacht kündigte sich aus Nordwesten ein starkes Gewitter an. Diese hatten sich in den letzten Jahren verstärkt. Je ungezähmter die Natur war, desto mehr Vigorität spürte er in sich wachsen, obwohl seine Seele den Planeten längst verlassen hatte.

Viel Bier hatte er nicht getrunken und sein Nachbar war an diesem Tag auch nicht besonders zugänglich gewesen. Er hatte ohne lustige Sprüche oder Kalauer über den tollen Abschluss seiner Tochter gesprochen, die er laut eigener Aussage nur bei sich wohnen ließ, weil ‚*die Mutter*' so furchtbar krank gewesen sei. Auf immer wieder höflich eingeworfene Korrekturen, dass Viktor keine Frau sei, reagierte der ältere Mann nicht. Sie sei jetzt 27 Jahre alt, Diplom-Psychologin und bekomme noch nicht einmal ihr eigenes Leben auf die Reihe. Sie lebte in der kleinen Mansardenwohnung in seinem Haus und mache oft nur zum Affen. Auf Nachfrage, inwiefern ER sich ‚*zum Affen*' machte, bekam Cobander ebenso keine vernünftige Antwort.

Das trieb sie um, die Menschen, große und kleine. Geschlecht, Identität, Abschlüsse, Wertigkeit des Seins und die Frage nach Nützlichkeit. Dahinter manipulierte organisierte Kriminalität das Leben vieler und er wurde befördert, weil er ach-so-intuitiv und intelligent war.

Cobander blickte jetzt vom Westbalkon aus in den Sternenhimmel und atmete die mystische Düsternis der Wälder und Hügel seiner Heimat tief ein, bevor er ins Bad ging, um sich die Zähne zu putzen. Im Spiegel sah er sein kurzes

Haar schütterer werden, ein Dreitagebart wollte und wollte nicht weichen und sein Lächeln besaß aus jedem Blickwinkel etwas Melancholisches, wie er fand.

Er zog sich bis auf die Unterhose aus, kippte das Fenster im Schlafzimmer seiner Eltern, nahm die Strickjacke seiner Mutter und deckte sich damit zu. Schön, wie sie noch immer nach Parfüm duftete. Irgendwann schlief er tatsächlich ein.

* * *

„Meinen Sie nicht doch, dass diese Einschätzungen zu sehr auf die Goldwaage gelegt werden?“, fragte Kriminaloberrat Schönbach. Er stand am geöffneten Fenster seines Wiesbadener Büros und rauchte eine schmale Zigarre. Das Lichter- und Geräuschmeer dieser Stadt war ihm angenehmer als das für ihn hinterwäldlerische Kassel. Mit der anderen Hand hielt er sich ein vom MAD zur Verfügung gestelltes Kryptomobilfon ans Ohr.

„Ich kann Sie nicht in alles einweihen, Robert, aber ich betone, dass die Angelegenheit Top-Priorität hat. Die Planungskette reicht vom Nachrichtendienst bis hinunter zu uns im Ministerium. Es wächst ein okkultes Energiefeld in Nordhessen, was in wenigen Jahren zu einem echten sozialen Problem werden könnte.“

Schönbach stieß verächtlich die Luft aus. „Energiefeld! Die sozialen Probleme sind längst am Brodeln, da braucht man nicht ins Okkulte zu greifen, was in meinen Augen fast esoterischer Firlefanz ist. Fühlt sich die Regierung denn so sehr von der Querdenkerszene bedroht? Oder glaubt sie selbst schon an reptiloide Außerirdische?“

Der Gesprächspartner am anderen Ende der verschlüsselten Leitung lachte künstlich, dann räusperte er sich.

„Robert, ich bin erfreut über Ihre skeptische Grundhaltung, denn sie wird die Dinge in Balance halten. Nichtsdestotrotz ist die Sonderkommission einzurichten und deren Berichte werden digital per speziellem VPN-Client übermittelt. Eine Kopie kommt in einen Safe."

„Können Sie mir einen Gefallen tun und zumindest sagen, ob es nicht in Wirklichkeit um Prävention terroristischer Aktivitäten radikaler Ökogruppen oder Neurechter geht?"

„Ich kann Ihnen versichern, dieses Projekt stellt keine verdeckte Antiterroroperation dar oder maskierte eine solche. Hören Sie, die klimatischen Verhältnisse verändern sich sehr stark und die Lage der Welt ist bescheiden, was massive Rückkoppelungseffekte auch auf Deutschland hat. Wir steuern auf eine Energiekrise zu und der Ausgang des Krieges in der Ukraine ist nicht abzusehen. Die Natur verändert sich, Tiere verändern sich. Die Hinwendung der Bevölkerung zu verschüttgegangenen Ideologien und selbsternannten Gurus war zu erwarten, und ist, historisch gesehen, gar nichts Ungewöhnliches. Wir werden seit Längerem von bestimmten Institutionen und Experten dieser Gebiete gewarnt, dass die Natur beginnt, sich gegen uns Menschen zu wehren."

Schönbach schnaubte geräuschvoll. „Der Planet weint, das ist mir schon klar, aber ich sehe keinen Bezug zum sogenannten Okkulten."

„Wissen Sie eigentlich, was das Wort bedeutet?"

„Übersinnlich, übernatürlich."

„Ursprünglich nicht, sondern nur ‚verborgen' oder ‚verdeckt', obwohl man es landläufig wohl gern mit ‚übernatürlich' gleichsetzt."

„Kapiert. Der Teufel liegt also in der Differenzierung."

„Die Sonderkommission hat einen wesentlichen Zweck, und der lautet Falsifizierung. Ich wäre der Erste, der sich freute, wenn sich alle Warnungen als esoterische Hysterie herausstellen sollten, aber ich habe im Laufe langer Jahre auch gelernt, offen zu bleiben, weil ich viel Skurriles und auch Okkultes erlebt habe. Warum, denken Sie, beschäftigen wir überhaupt Personen mit okkulter Expertise, wenn sich bestimmte Dinge zu bestimmten Zeiten nicht als real erwiesen hätten?"

Schönbach knurrte. „Damit die sich überhaupt noch einen runterholen können."

Ein Seufzen erklang von seinem Gesprächspartner.

„Es ist stets eine Freude, Oberrat Schönbach, mit Ihnen auf diese unnachahmliche Weise zu plaudern. Bitte enttäuschen Sie mich nicht." Das Gespräch endete und das Kryptofon schaltete auf Stand-By.

* * *

Cobander durchlebte inmitten der Nacht einen Traum. Die Strickjacke war verschwunden und das Schlafzimmerfenster stand offen. Nebel waberte auf dem Fußboden. Als er sich im Zimmer umsah, erschrak er.

Im Durchgang zum Flur stand eine Gestalt. Eine Frau in blauschwarzem Leinengewand, barfuß und mit jenseitigem Blick. Er hatte sie nie zuvor gesehen. Ihre Haare waren hüftlang, eine Seite blau, die andere schwarz.

Cobander wollte sprechen, doch kaum ein Ton kam aus seinem Mund. Er krächzte wie ein kranker Rabenvogel. Die Frau hob ihren Arm und zeigte mit ausgestrecktem Zeigefinger auf das geöffnete Fenster. Der Finger war skelettiert. Der Rest des Körpers der Frau schien unversehrt.

Als Cobander aufspringen wollte, verschwand sie wie ein Nebelhauch und entferntes Stöhnen drang an sein Ohr. Im nächsten Moment sah er sich nackt auf offener Straße. Niemand war da, die Fenster der Nachbarhäuser wirkten wie schwarzes Spiegelglas und der Boden war mit Herbstlaub und Zweigen übersät. Die Frau mit dem knöchernen Finger erschien an der Hausecke bei Marquandts. Diesmal wies die Gestalt auf das Dach des Hauses.

Cobanders Verstand realisierte in dem Moment, dass es ein Traumgebilde war, als ihn das Klingeln seines Mobiltelefons weckte. Klares Tageslicht drang durch das gekippte Fenster und die Strickjacke seiner Mutter lag zusammengedrückt in seinen Armen.

Keuchend rollte er aus dem Bett, hustete und blickte auf das Display. Es ärgerte ihn, dass er es diesmal nicht ausgeschaltet hatte. Eine neue Nummer mit Wiesbadener Vorwahl. Schönbach. „Metzger", brummte Cobander.

Erst, nachdem er sich im Bad erfrischt hatte und eine Tasse Kaffee in der Hand hielt, hörte er die Sprachnachricht ab, die ihm sein Vorgesetzter aufgrund des Nichterreichens gesendet hatte.

„Guten Morgen, Herr Hauptkommissar. Ihr Antrag auf Entlassung aus dem Dienst wurde abgelehnt und die Vereidigung wird vor Ort auf Ihrer neuen Dienststelle per Videokonferenz stattfinden. Bitte finden Sie sich gegen 11.00 Uhr in der Angersbachstraße 10 ein. Es ist ein Industriegebäude, was lange Jahrzehnte als Diskothek namens ‚*Musiktheater*' genutzt wurde. Sie werden es vermutlich kennen. Dort treffen Sie auf Beamte der Kasseler Polizei, die Ihnen Schlüssel, Tücodes und Informationsschreiben übergeben. Ebenso werden Sie dort Ihren neuen Mitarbeiter kennenlernen, den wir zunächst auf befristeter Basis eingestellt haben. Er ist geschulter Detektiv und Experte für sogenannten Schamanismus. Wehe, Sie bleiben daheim. Ende der

Durchsage."

Cobander löschte die Nachricht und blockierte auch diese Nummer. Ihm war klar, dass Schönbach ihn von überall aus anrufen konnte. Wenn er im Laufe der Zeit genug Nummern blockierte, konnte er ihn vielleicht ein wenig stärker aus der Fassung bringen.

Es war 9.42 Uhr, insofern blieb ihm noch ein wenig Zeit. Der tiefgreifende und intensive Traum hatte ihn nachdenklich gemacht. Er war nie ein Feind von Dingen zwischen den Zeilen oder gar ein bärbeißiger Agnostiker gewesen, aber dennoch schob er die phantasmagorischen Bilder auf eine starke Verarbeitung seiner Psyche, die mit Majas Verlust umzugehen versuchte.

„Also träume ich jetzt von düsteren Frauen mit Skelettfingern und finde Männer, die einmal Frauen waren, anziehend. Wundervoll." Trotz des therapeutischen Sarkasmus' wählte er die Nummer von Marquandts vom Festnetz aus.

„Viktor Marquandt?"

„Hallo, hier Cobander, guten Morgen."

„Morgen. Mein Vater ist nicht da, falls Sie ihn sprechen oder sich mit ihm verabreden möchten. Mein Onkel Paul aus Vellmar hat ihn zu einer Wanderung im Habichtswald abgeholt. Die starten immer früh. Und mit Schnaps."

Cobander wischte sich über die Stirn, leckte sich mit der Zunge über die Lippen und rollte mit den Augen.

„Tatsächlich wollte ich mit Ihnen sprechen, Viktor. Ihr Vater hat gestern einiges erzählt und… wie soll ich es sagen… Hätten Sie Lust, mit mir heute Abend vielleicht etwas essen zu gehen?"

„Äh, nicht unbedingt. Sorry, aber wir kennen uns persönlich kaum. Ich meine, ja, wir sind alte Nachbarn und Sie sind immer sehr nett gewesen, aber…"

„Schon gut, Viktor, ich will Sie nicht bedrängen oder gar vorführen. Es geht um ein Jobangebot. Also, ein mögliches

Jobangebot, bei dem psychologische Expertise gefragt sein könnte."

„Ich dachte, Sie arbeiten für das Landeskriminalamt?"

„Meine Rehaphase ist bald vorbei und ich arbeite demnächst in einer LKA-Außenstelle hier in Kassel. Eine Art Projekt der Landespolizei. Ich habe Freiraum bekommen, um externes Personal einzustellen. Befristet allerdings. Es wäre ein Angestelltenvertrag und..."

„Herr Cobander, seien Sie mir bitte nicht böse, aber ich habe derzeit genug mit mir selbst zu tun und bin nicht auf Arbeitssuche, ok? Danke, dass Sie an mich gedacht haben, aber das ist nichts für mich."

„Ok, ich musste es versuchen."

„Danke. Wollen Sie jetzt trotzdem noch mit mir Essengehen?" „Das wäre wohl etwas seltsam, oder?"

„Wieso, mögen Sie mich doch nicht?"

Cobander ahnte, in welche Richtung das gehen würde, verabschiedete sich schroff und legte auf.

Vor dem Haus tauchte Viktor nicht auf, aber er beobachtete die Straße aus einem Winkel seines halb aufgeklappten Mansardenfensters. Der baldige Hauptkommissar ignorierte das, stieg in sein Auto und fuhr wegen unmöglicher Baustellen über Umwege zum Tannenwäldchen und kam trotzdem pünktlich am alten Musiktheater an.

Er parkte vor einem Bauzaun und blickte beim Aussteigen auf die trostlose Teerfläche, die einst ein gemütlicher Biergarten gewesen war. Manche kräftigen Pflanzen waren aus dem Boden gewachsen und hatten hügelige Risse im Teerbelag hinterlassen. Für einen kurzen Moment roch es nach Bier und Bratwürstchen. Laute Rockmusik zog durch viele schöne Erinnerungen.

Er hatte zwischen seinem fünfzehnten und zwanzigsten Lebensjahr eine enorme Sturm-und-Drang-Phase gehabt, war Punk gewesen und hatte seinen Eltern großes Kopfzerbrechen bereitet. Er war mehrfach von der Polizei aufgelesen worden, sturzbetrunken und üble Parolen grölend. Cobander schmunzelte. Das war das Leben. So wundervoll facettenreich. Aber Maja war trotzdem tot. Wütend trat er gegen den Bauzaun.

„Nana! Was sin'n das für Anwandlungen?", rollte eine urige Stimme von links an sein Ohr. Die Tür eines rostigroten VW-Golf, der auf der gegenüberliegenden Seite geparkt hatte, war offen und harsche Gitarrenmusik kam aus dem Cockpit. Ein Bär von einem Mann stand auf dem Vorplatz. Er musste gerade ausgestiegen sein.

Er war schätzungsweise 1,90 Meter groß, sah aus wie eine Mischung aus Altrocker und Piratenkönig, hatte beide Handpranken in die Hüften an einen schweren Gürtel gestemmt und sein Gesicht war ein Meer aus echtroten Haaren. Schulterlanger Filz verknüpfte sich mit einem Vollbart, in dem Metallperlen herumbaumelten, und seine buschigen Augenbrauen wuchsen in der Mitte zusammen. Er trug ein T-Shirt mit der Aufschrift ‚*Demons & Wizards*' und gezeichneten Fabelwesen. Er trug verschiedene Halsketten, an denen Thorshammer, Pentagramme und Runen hingen.

Cobander ahnte, dass diese Gestalt derjenige Experte sein musste, den Oberrat Schönbach angekündigt hatte. „Eieiei", murmelte der Kommissar, schloss sein Auto ab, ging auf ihn zu und streckte die Hand aus.

„Cobander ist mein Name, ich bin der Leiter der neuen Kommission." Der Koloss schlug umgehend ein, reckte die andere Hand in Faustform in die Höhe und sang.

„Hail to all the warriors of old, mighty yonder the grave!" Cobander steckte seinen Schlüssel ein. „Wie bitte?"

„*Battlecry Ironfists*! Kenn' Se nich?"

„Ich erinnere mich an die Band, aber ich kenne nicht jede Liedzeile auswendig. Und Ihr Name lautet?"

Der Wikingertyp trat einen Schritt zurück und grinste. „Peter Butler. Se seh'n irjendwie us wie Füchs'chen Mulder. Cool!"

„Wie wer?", fragte der Oberkommissar mit breitem Stirnrunzeln. „Fox Mulder, X-Akten … Se sin kinn Nerd, odder?"

„Ich habe wenig Fernsehen konsumiert. Ich lese lieber."

„Sicher", lachte Butler und klopfte seinem neuen Chef jovial auf die Schulter. „Hon Se nen Schlüssel?"

„Nein", schüttelte Cobander den Kopf. „Es wird gleich jemand von der Kasseler Polizei erscheinen. Wir müssen warten."

„Hm, warum hon Se eben eigentlich an'n Zaun getreten?" Butler holte einen Joint aus einer Gürteltasche, die mit Runen bestickt war, und zündete ihn vor den Augen des Kommissars an, als wäre es eine Selbstverständlichkeit.

„Ich stamme gebürtig aus Kassel. Ich hatte eine für meine Eltern schwierige Phase in den 80ern und habe mich vor der Diskothek oft volllaufen lassen. Ich habe mich auf der Tanzfläche mit Leuten geprügelt und bekam Hausverbot. Ambivalente Erinnerungen."

Butler nickte, kommentierte es aber nicht weiter.

Cobander begann, das vordere Areal abzulaufen, damit er den Ausdünstungen des Wikingers entgehen konnte. Der folgte ihm nicht, sondern setzte sich im Schneidersitz vor die abblätternde rote Metalltür des Eingangs zur Diskothek und rauchte in Ruhe.

Zehn Minuten später hielt tatsächlich ein Streifenwagen vorne an der Straße. Ein uniformierter Beamter und eine sportlich gekleidete Frau mit strengem Zopf stiegen aus. Sie trug eine Laptoptasche und um ihren Hals hing wie in einer amerikanischen Serie ein Dienstausweis in einem Brustbeutel mit Sichtlasche.

„Martina Leuschner, guten Tag. Das ist Hauptmeister

Senft." Das Bild auf dem Ausweis stimmte mit ihrem ernsten Adlerblick überein und wies sie als Kommissarin aus. Cobander nickte, weil die Dame keine Anstalten machte, ihm die Hand zu schütteln.

Das übernahm Herr Senft, der gleichmütig lächelte. Butler schien die Kollegin zu kennen. Er stand auf, trat seinen Joint demonstrativ vor ihr aus und salutierte.

„Guden, Frollein Kommissar!", röhrte er mit breitem Grinsen. Leuschner schüttelte nur den Kopf, holte einen schlanken Schlüssel hervor, steckte ihn am Metallkästchen, welches neben der Eingangstür angebracht worden war, in einen Schlossschlitz und tippte anschließend einen Code darunter ein.

Wuchtig entriegelte ein Mechanismus hinter der Metalltür, die sie dann aufzog. Mit einem Schwung drangen Gerüche der Vergangenheit in Cobanders Nase und er lächelte. Vom ursprünglichen Kassenbereich war nichts übriggeblieben. Die Halterung mit dem Drehkreuz war verschwunden und nur die Tür zu Restaurantküche und kleiner Halle existierte noch. Der Hauptdurchgang zum eigentlichen Musiktheater besaß keine Türen mehr und man hatte die Halle, die vom großen Biertresen ebenfalls befreit worden war, in ein Materiallager mit Schwerlastregalen verwandelt, deren Höhe bis auf etwa die Hälfte der Halle unter der Decke reichte. Die rauchgeschwängerte Atmosphäre der Vergangenheit lastete hier noch unterschwellig und umfing die Besucher mit seltsamer Mystik.

Links im Eingangsbereich war eine Mauer gezogen worden, somit war der Weg zum linken Diskothekbereich von damals blockiert. Leuschner bemerkte Cobanders erstaunten Blick. „Die Stadtverwaltung hat den anderen Bereich neu verpachtet." Er nickte und zuckte mit den Schultern.

Leuschner führte sie die Gänge der Lastregale entlang, die linkerhand mit ausgemusterten elektronischen Geräten der Justizverwaltung und uralten Dokumentenkisten bestückt waren. Cobander fuhr mit seinen Fingern über manche Starkkartonseiten. „Hier wurden auch Aktensammlungen ausgelagert, die über 70 Jahre alt sind", erklärte Senft. Cobander nickte und ließ seinen Blick streifen. Er sah an einer Stelle im Boden die fleckigen Metallplatten der ehemaligen Tanzfläche schimmern. Wie in Zeitlupe erblickte er sich selbst im Geist dort umherspringen, mit hochgestellten blauen Zackenhaaren und wie ein Iltis stinkend.

Rechterhand standen die Regale leer. „Diese Seite ist für Ihre Kommission freigeräumt worden", sagte Leuschner. Butler sah Cobander mit gerunzelter Stirn an. Der nickte und wandte sich an die Kommissarin.

„Das ist doch ein Scherz?"

Sie zuckte mit den Schultern. „Anweisung Ihrer eigenen Behörde, Herr Kollege. Sie wissen mehr als ich."

„Vielleicht kimmet noch ne Hunnertschaft von wasweiß-ich", kommentierte Butler und schnaubte. Leuschner deutete nach oben. Eine offene Metalltreppe mit kargem Geländer führte ums Eck in das nächste Stockwerk im vorderen Hallenbereich.

Cobander kratzte sich mit dem kleinen Finger am rechten Ohr, bis es schmerzte. Unwirklich erschien ihm die Szenerie. Er blickte über seine Schulter und sah schemenhaft den jungen Punker mit den blauen Haaren mit seinem Stiefel gegen das Schienbein eines zu nahe gekommenen Rockers treten. Der hatte ihm daraufhin das Nasenbein gebrochen. Unwillkürlich fuhr er sich im Hinaufgehen über den Knochen.

„Never wanted it to be so bad …", flüsterte ihm Butler ins Ohr. Das kannte er, lächelte und antwortete leise „But it always gets worse…" Eine traurige Ballade der Band ‚*Push Harder*'.

Die Räumlichkeiten, einschließlich eines großen hellen

Büros, waren aufgeräumt und saubergemacht worden. An den Wänden hingen eingerahmte Plakate von Diskoveranstaltungen anderer Zeiten. Hauptmeister Senft platzierte sich vor ‚*Herman Brood & His Wild Romance, 29|06|1989*', während Leuschner auf dem ersten Schreibtisch die Laptoptasche ablegte und Butler sich umgehend in einen der bereitstehenden verschlissenen Drehstühle fläzte, der unter dem Gewicht ächzte. „Geiler Schiss!", sagte er und begann sich wie ein fröhliches Kind mit dem Stuhl um die eigene Achse zu drehen.

Die zusammengestellten Schreibtische bildeten eine Arbeitsinsel im rechten Bereich des großen Raumes und waren mit modernen Rechnern samt Flachbildschirmen ausgestattet worden. Links befand sich ein Konferenztisch, dazwischen raumtrennende Regale.

Butler erhielt ein Diensttelefon, für das er einen Vertrag unterschreiben musste. Dienstliche Kommunikation hatte ausschließlich über Dienstgeräte stattzufinden, das galt nicht nur für die Beamten, sondern für alle polizeilichen Mitarbeiter.

Cobander fand es ausgesprochen ironisch, in den ehemaligen Räumen der MT-Crew zu stehen, um in Kürze via Videokonferenz zum Kriminalhauptkommissar ernannt zu werden. Während die Beamtin den graugrünen Laptop bereitmachte, schritt er vis-à-vis die Innenseite der Fensterfront ab und blickte auf den Hof vor dem Eingang. Er erinnerte, wie er einmal von einem bulligen Türsteher am Zaun entlanggescheucht worden war, um dann auf der gegenüberliegenden Seite vor Wut mehrere Autos anzupinkeln.

Auf dem Boden neben dem fensterseitigen Regalende entdeckte er einen alten Zeitungsartikel aus der HNA. Er hob ihn auf und schmunzelte über die Headline.

‚*Donnerstags wird es lauter*'. Es ging um einen Sitzstreik von

Metalfans, der stattgefunden hatte, weil es angeblich zu wenig Metalmusik im Programm der Disko gegeben hätte. Der Artikel stammte aus dem Jahr 2010. Zu der Zeit war Cobander bereits Ende Dreißig und lange nicht mehr in einer Diskothek gewesen. Butler schielte zu ihm herüber und blickte fragend. Er reichte ihm das Stück Papier.

„Ha, de Metalkiddies wussten einfach, was gude Musik is. Genützt hodd's wenig."

„Wie lange sind *Sie* denn ins Musiktheater gegangen?", fragte Cobander neugierig. Butler grinste. „Bisse dichtgemacht hon. Richtig schade."

Leuschner klopfte mit den Fingern auf den Schreibtisch. „Die Verbindung steht. Los geht's, ich habe noch andere Sachen zu tun." Butler kicherte und verschränkte die Arme. Der noch-Oberkommissar nickte und setzte sich auf einen Stuhl direkt vor den aufgeklappten Computer. Er blickte im Videofeed in Schönbachs Gesicht. „Willkommen in Ihrem neuen Büro, Herr Hauptkommissar..."

* * *

Viktor nippte an seinem Glas Sekt, gemischt mit Campari und Orangensaft, wie es seine Großmutter gern vormittags zur Aktivierung ihres Kreislaufes getrunken hatte. Sein Vater saß ihm gegenüber auf der Terrassenbank aus Vollholz und genoss den frühsommerlichen Wolkenhimmel.

Unausgesprochen lag das Angebot des neuen Nachbarn vor ihnen auf dem Tisch. Es suchte sich einen unsichtbaren Weg zwischen dem Brot mit ahler Worscht und dem Bierglas hindurch bis zu den herausgewachsenen Gräsern jenseits der Pflastersteine.

Hans Marquandt nahm das Bierglas und trank geräuschvoll einen Schluck. Auf seinem Nachttisch stand noch immer ein Portrait der zwölfjährigen Viktoria. Daneben ein Bild seiner verstorbenen Frau, die wegen Medikamentenabhängigkeit und zu viel Rauchens bereits mit Mitte Vierzig wie eine Sechzigjährige ausgesehen hatte. Viktor wohnte in der Mansarde, sein Vater im Parterre und der Keller war auch irgendwie da.

„Das Dorfberger Bräu ist günstiger und wurde mit Testurteil als ‚sehr gut' prämiert."

„Hatte ich gelesen. Es schmeckt tatsächlich gut."

„Räumen wir am Wochenende die Garage auf?"

„Wie besprochen, Vatter. Ich bin ja hier."

„Hm-hm."

„Kann ich hier wohnen bleiben, wenn ich für die Polizei arbeite?"

„Du kannst immer hier wohnen."

„Danke."

„Hm-hm."

Viktor nahm sein Glas, um es sich in der Küche rotgelbgold aufzufrischen. Sein Vater gab ihm die leere Bierflasche mit. Er würde ihm eine Neue aus dem Kühlschrank holen, von links genommen, denn die waren am kühlsten. Nachschub musste immer von rechts eingelegt werden.

* * *

Cobander lehnte an einem der vorderen Fenster und beobachtete, wie der Streifenwagen abfuhr. Butler drehte sich derweil eine Zigarette und schob sie anschließend hinter sein linkes Ohr. „Nu simma die Kass'ler X-Akten. Ich geh' kurz raus, rauch'n."

„Woher kennen Sie eigentlich Frau Leuschner?", fragte Cobander, ohne sich umzudrehen.

Butler blieb in der Tür stehen und kicherte. „Nuja, wenn man ma' als Schnüffler, Türsteher, un au für de Wach-und-Schließ gearbeitet hodd, gibbets Begegnungen. Ich denk', se kommt nit damit klar, wenn Leude anners druff sin."

Der neue Hauptkommissar nickte und öffnete nacheinander mehrere Fenster, um den weitläufigen Raum einmal kräftig durchzulüften. Danach verstaute er den Laptop wieder in der dafür vorgesehenen Tasche. Er würde sich bis zum Ablauf seiner Rekonvaleszenz die gesammelten Dateien über sogenannte okkulte Ereignisse der vergangenen Jahre später ansehen. Einigermaßen ernst schien es seinen Vorgesetzten tatsächlich mit der Angelegenheit zu sein, denn die Anstellung Butlers und dieses Büro waren keine Kleinigkeiten.

Der recht muskulöse Wikinger-Paradiesvogel bezeichnete sich als selbst ‚*Runenschamane*', dessen Mutter eine erfahrene Hexe wäre, die angeblich schon einige Magiebegabte ausgebildet hätte. Er bildete demnach eine Mischung aus alternativem Schwergewicht und Magieberater.

Cobander zuckte mit den Schultern, denn seine Depressionen hatten ihn verändert. Zwar nahm er Medikamente und der mit der Polizei zusammenarbeitende Psychotherapeut hatte ihn nach der Katastrophe im Rotlichtmilieu professionell begleitet, doch der ‚flotte Ermittler im Wiesbadener Zwielicht' war ihm abhandengekommen. Er sprach weniger, ließ den Alltag einfach geschehen und betrachtete die Welt vermehrt in nachdenklicher Grübelei.

Er verließ das Büro und blickte in die angrenzenden Zimmer. Auf der anderen Seite des schmalen Flurs lagen ein Abstellraum mit Waschmaschine, eine Art Vorratsraum und ein Aufenthaltsraum mit langer Couch, einem kleinen Tisch, zwei Regalen voller Bücher, einem Omasessel und anderen eingerahmten Postern. Ein grinsender Totenschädel, dessen in schwarzes Leder gehüllter Körper auf einer Harley-Davidson hockte, schien Cobander von der Wand aus direkt anzusehen.

Er fuhr mit den Fingerkuppen über die Buchrücken. Wahllos zog er eines heraus. *‚Auch das Paradies wirft Schatten*' von Heinz G. Konsalik.

„Was für Schmonzetten…", murmelte Cobander und hörte Butler hineinkommen.

„Genuch Lesestoff für uns, was?"

Er steckte den Konsalik zurück. „Sehe ich wirklich aus wie dieser Mulder aus der komischen Serie?"

Der Runenschamane steckte die Hände in die Taschen und wackelte mit dem Kopf hin und her. „Nen bisschen schonn, nur älter. Hahaha!"

„Hahaha…", echote Cobander ironisch, der Ende August sein 51. Lebensjahr beginnen würde. Es wurde Zeit für eine Stehgreifinventur. Er war in das Haus seiner Kindheit zurückgekehrt, weil seine Liebe in Wiesbaden von der Mafia erschossen worden und er selbst beinahe draufgegangen war. Sein neuer Posten hatte ihm eine Beförderung beschert, dafür arbeitete er fortan mit einem hünenhaften rothaarigen Esoteriker zusammen, um Kriminalfälle in Nordhessen mit okkultem Hintergrund zu untersuchen, und sein neuer Arbeitsplatz lag im Gebäude einer ehemaligen Rockdiskothek in einem Industriegebiet, welches die Polizei hauptsächlich als Materiallager verwendete.

Butler tippte sich an die Stirn. „Dann bis in annerthalb Wochen, Chef!" Singend verließ er den Aufenthaltsraum.

„Do you see the lurking shadows? They come to take you away …"

* * *

Cobander traf am Abend auf den Steinstufen seines Elternhauses Viktor Marquandt an. Nach der Besichtigung des neuen Büros und der Vereidigung als Hauptkommissar war er ziellos umhergefahren, hatte an Wanderparkplätzen gehalten und Löcher in die Weite gestarrt.

„Sollen wir in den Feldhügeln hinter dem Stromhäuschen spazieren gehen?“, fragte er den jungen Mann. Viktor lächelte und nickte.

Eine Zeitlang gingen sie schweigend nebeneinander her. In der Nähe eines Haselnussstrauches stoppte Viktor und steckte die Hände in die Taschen seiner Jeans. Nachtfalter tanzten im schwindenden Licht umher und Grillen zirpten verträumt im hohen Gras.

„Wir versuchen, mit der Vergangenheit klarzukommen und ich kümmere mich um meinen Dad, er lässt mich immerhin zuhause ziemlich chillig wohnen.“ Cobander nickte und blickte in die Ferne Richtung Schauenburg.

„Ich bin, by the way, in psychotherapeutischer Behandlung und nehme so Antidepressiva, ich weiß nicht, ob das dann überhaupt geht.“ Cobander lächelte und sah Viktor direkt in die Augen. „Es ist bei mir nicht anders, das ist kein Hinderungsgrund.“

Für einen Moment blickte der junge Mann ungläubig zurück, dann hob er die Schultern. „Ich habe keine Berufserfahrung, aber so Praktika und save mein Diplom.“

„Ok.“

„Sie wissen ja eigentlich nichts von mir, außer vielleicht, was Ihre Eltern mal erzählt haben und an was Sie sich selbst aus der Vergangenheit erinnern. Das Mädchen gibt es auch nicht mehr. Naja, was sind schon Nachbarn, so…“

Cobander deutete auf eine Holzbank in der Nähe, die der Nordshausener Gärtnerverein gestiftet hatte. Sie setzten sich und der LKA-Beamte erzählte Viktor offen, was er über die Absichten des Ministeriums wusste und welche Bedeutung die neue Sonderkommission hatte. Auch von Peter Butler erzählte er.

„Im Grunde ist es Neuland für alle Beteiligten und ich kann mir vorstellen, dass wir auf eine Menge Legenden, Unsinn und Psychokram stoßen werden. Gerade Sie als unvoreingenommener Berufseinsteiger wären mir eine große Hilfe, denn bei diesen Themen bedarf es wissenschaftlicher Balance.“

Viktor lächelte schief und sah für einen Moment aus wie Viktoria im Sandkasten. „Psychokram…“

„Entschuldigung, Sie wissen, was ich meine.“

„Wieso ausgerechnet ich?“, fragte der junge Mann mit aufkommender harter Ernsthaftigkeit.

Cobander schürzte die Lippen, blickte nach oben und überlegte. Dann räusperte er sich mehrfach.

„Ich hatte einen verrückten Traum, in dem eine Nebelfrau mit Knochenfinger auf Ihre Mansarde gezeigt hat.“

Die Grillen zirpten und die Nachtfalter tanzten.

Die Sonne war tiefer gesunken und die Luft jetzt angefüllt von altem Nektar und erdiger Kühle. Viktor blickte Cobander irritiert und vorwurfsvoll an, dann lief er einfach kopfschüttelnd zurück zur Siedlung.

„Verstehe“, brummte Cobander und spazierte tiefer in die Hügel. Er kam sich ordentlich dämlich und plump vor, obwohl er einen klaren Impuls verspürt hatte, die Wahrheit zu sagen.

Seit er in seine Heimat zurückgekehrt war, kam es ihm vor, als steuerte das Leben um ihn herum und an ihm vorbei. Einerseits begann er wieder zu funktionieren und entwickelte Interesse an neuer kriminalpolizeilicher Arbeit, andererseits wirkte alles wie ein Spiel, dessen Parameter skurrile Züge entwickelten und lächerlich erschienen.

Der seltsame Traum, den er Viktor offenbart hatte, besaß dieselbe ambivalente Qualität. Wahrscheinlich war es ein Ausdruck posttraumatischer Verarbeitung, doch gleichsam faszinierte ihn dieses phantasmagorische Gebilde.

Fast wünschte er sich, dass Übernatürlichkeit tief in sein Leben eindrang, damit er eines Tages im dichten Wald verschwinden und sich darin auflösen konnte.

2 | ALTE EICHEN

Am Montag, den 20. Juni 2022, betrat Viktor das Büro in der Angersbachstraße 10, welches er zwei Tage zuvor in einer Kurzführung durch Peter Butler zum ersten Mal kennengelernt hatte.

Einen Tag nach dem abgebrochenen Gespräch in den Graslandhügeln hatte er Cobander sein Diplom, alte Zeugnisse, ein Bewerbungsschreiben und medizinische Daten in Kopie überlassen. Nur wenige Tage später waren ein ‚Ok' und nötige Unterlagen aus Wiesbaden gekommen. Viktor Marquandt war ab diesem Tag befristet angestellter Psychologe des ‚*Teams Cobander*', wie die Sonderkommission intern genannt wurde.

Das große Büro besaß genügend Arbeitsplätze und im linken Bereich gab es zusätzlich einen Konferenztisch für Besprechungen, an dem Butler meist mit hochgelegten Beinen saß und in Musikzeitschriften blätterte.

Der Runenschamane hatte sich innerhalb der letzten Woche quasi häuslich eingerichtet, mehrfach auf dem Sofa im Aufenthaltsraum geschlafen und die alte Diskoküche im Erdgeschoss in eine Kräuterhöhle mit herabhängenden Strauchbündeln, Kupferkesseln verschiedener Größen, eigenen Holzschnitzereien und vielem mehr ausgestattet.

Auch dies war Freiraum, den Wiesbaden gewährt hatte, denn der Experte sollte ungestört seine Arbeit machen dürfen.

Er hatte dem mäßig interessierten Viktor in aller Breite erklärt, wie man Salben und Tinkturen selbst herstellen konnte, dass man für magische Rituale unterschiedliche Kräuter benötigte und warum Runensigillen eine mächtige

Form der Magie waren.

In früheren Jahren wäre Cobander über dieses Maß an Eigenmächtigkeit und befremdlicher Esoterik höchst ungehalten gewesen und hätte entsprechend ernste Dienstgespräche geführt, aber er ließ all das geschehen, denn er hatte in den letzten Tagen seiner Krankschreibung beschlossen, sich nicht mehr über Seltsames aufzuregen.

Was Herr Lohmann vom Innenministerium zu ihm gesagt hatte, schien vor dem Hintergrund von Butlers bunt eingerichteter Hexenküche konterkariert. War *er* nun doch der Skeptiker und die Landesregierung schwebte in anderen Sphären oder war die administrative Exekutive in Wirklichkeit ratlos und er derjenige, der einen Bezug zur Esoterik entwickelte?

Die spärlichen Aufzeichnungen über relevante Fälle für das Team auf dem Dienstlaptop waren halbherzig angelegt worden und auf Rückfrage nach händisch zur Verfügung stehendem Aktenmaterial hatte das Archiv lediglich mit ‚nicht vorhanden' geantwortet. Niemand schien die Angelegenheit um polizeilich relevantes ‚okkultes Geschehen' in Nordhessen bisher wirklich ernstgenommen zu haben.

Tatsächlich existierten bis dato keine okkult motivierten Schwerverbrechen in der gesamten Region, jedenfalls nicht seit der industriellen Revolution. Es wurde zwar in Fachkreisen vermutet, dass einige hessische Landesfürsten übernatürliche Interessen verfolgt hätten, und nach wie vor kursierte, besonders online, die Legende über geheime Forschungsprojekte der Nationalsozialisten, die auch in Kassel gelaufen wären, aber Ersteres war, historisch nichts Ungewöhnliches und für Letzteres gab es keine Beweise. Alles andere war eine wenig aussagekräftige Sammlung über Kirchenschmierereien, nächtliche Aktivitäten und pietätlose, aber nicht weitreichende, Grabschändungen.

„Oh, nettes Ledderjäckchen hodd der Jung' heut' an!",

polterte Butler zur Begrüßung durch den Raum und stand gemächlich auf, um sich frischen Kaffee aus dem neu aufgestellten Vollautomaten zu holen. Dabei zupfte er an den eigenen Halsketten herum und grinste. „Un ne schigge Silberkugelkett', flott!“

Mit einem Hauch Unsicherheit zog Viktor seine Kette zurecht und ärgerte sich, die mit den breiten Kugeln genommen zu haben. Schüchtern zog er die modische Kunstlederjacke in klassischem Schwarz aus und hängte sie über seinen Bürostuhl, denn er hatte seinen Platz bereits wählen können. Er trug darunter ein Hardrock-Café-Shirt, löchrige Jeans und Halbstiefel mit winzigem Absatz. Seine Fingernägel waren dunkelblau lackiert und am linken Arm prangten mehrere Kugelarmbänder, die mit der Halskette korrespondierten. Er fuhr sich durch die kurzen Haare, die an der rechten Seite ein wenig länger waren und fransig bis zum Ohr hingen. Cobander holte Viktor aus dessen Nervosität ab. „Guten Morgen. Schön, dass Sie da sind. Möchten Sie auch einen Kaffee aus dem brandneuen Vollautomaten?“

Er hustete, setzte sich und fuhr erneut durch sein Haar. „Ja… gerne.“

Butler nickte. „Woll'n Se au' noch einen, Chef?“ Cobander hob ablehnend die Hand, klappte den Laptop zu und blickte aus dem Fenster auf das gegenüberliegende Firmengebäude. Einer der Mitarbeiter saß dort vertieft in seine Arbeit an einem Schreibtisch.

Butler stellte vor Viktor eine Tasse auf den Tisch und klopfte ihm auf die Schulter. „Prosit!“ Der nahm sie an den Mund, blies und blickte zwischen den beiden Männern hin und her. „Gibt es denn bereits, naja, einen zu bearbeitenden Fall oder so was?“

Butler prustete im Gehen aus und hustete lachend. „Der is gut, Jung', der is' gut!“

Cobander schüttelte den Kopf. „Wir sind kein Element

der normalen Routine und auch nicht an den Verteilerarm des Kriminaldauerdienstes angeschlossen. Wir werden, zumindest laut LKA, dann eingeschaltet, wenn und falls irgendeine Dienststelle in Nordhessen eine eindeutig unnormale Sachlage vorliegen hat."

„Ok…" Viktor stellte die Tasse ab und zuckte mit den Schultern. Seine Metallkugeln klackerten leise. „Das heißt dann what?"

„Wir sitzen de Zeit ab, bohr'n inner Nas' und verdienen Kohle mit Kaffeesuffen", frotzelte Butler und fläzte sich erneut an den Konferenztisch.

Cobander kratzte sich mit dem kleinen Finger im Ohr und schüttelte dann den Kopf. „Ganz so schlimm wird es vielleicht nicht werden, aber tatsächlich mag unser Arbeitspensum zunächst begrenzt sein, denn unser kleines Team ist etwas völlig Neues, ein Experiment, wie ich Ihnen bereits erklärt habe. Es kann sein, dass wir bei ungewöhnlichen Fällen zu Rate gezogen werden, was ich hoffe, aber bis das anläuft, können viele Wochen vergehen."

„Wochen… Was soll bis dann passieren? Ich dachte, ich muss psychologische Beobachtungen und Einschätzungen vornehmen. Langweilen kann ich mich auch zuhause auf der Terrasse bei meinem Vater."

„Nana!", schimpfte Butler und wedelte gespielt wild mit dem Zeigefinger. „Was'n das für' ne Arbeitsmoral?"

Cobander hob beschwichtigend beide Hände. „Ich bin froh darüber, dass wir einen ereignislosen Start haben, das gibt uns wichtige Zeit, die sonst kaum ein Kriminalbüro zur Verfügung hat."

Viktor verschränkte die Arme. „Wofür?"

„Recherche, Kenntniserwerb und natürlich Kennenlernen." Cobander wies mit einer Hand auf Butler. „Unser Runenschamane hier, wie er sich selbst nennt, wird uns beiden tiefere Einblicke in das vermitteln, was magische Arbeit wirklich ist und wie sie in einschlägigen Kreisen praktiziert wird."

„Jawoll, ihr Hinnerwäldler!", kokettierte der rothaarige Riese. „De meisten wissen nit' ma', was anständiches Räuchern heißet!"

„Ich möchte, dass wir beide sicher mit einschlägigen Begrifflichkeiten umgehen und die dazugehörige Esoterik soweit ernstnehmen können, weil wir dann hoffentlich keine Laien mehr sind. Umgekehrt können Sie uns viele psychologische Basiselemente beibringen und ich übernehme wiederum die Schulung für kriminalpolizeiliche Kernprozeduren und Grundlagen." Cobander stand auf und streckte sich. „Ebenfalls hilfreich könnte sein, unsere geografischen Kenntnisse zu vertiefen. Wir stammen alle aus dieser Gegend, aber was wissen wir wirklich über größere Orte, Sehenswürdigkeiten und andere historische Plätze, sagen wir, grob zwischen Willingen, Bad Karlshafen, Eschwege und Schwalmstadt?"

Viktor runzelte die Stirn. „Äh, Ihnen ist schon klar, dass uns Suchmaschinen so zur Verfügung stehen?"

Butler brach postwendend in schallendes Gelächter aus und trommelte mit der linken Faust auf dem Konferenztisch herum. „She's such a witch, but I tell her, there's darkness all around!", schmetterte er den Gassenhauer der *‚Darkmetal Kings‘*.

Cobander nahm eine Flasche Apfelschorle aus dem großen Kühlschrank, lehnte sich trinkend dagegen und wartete ab, bis aus Richtung des Konferenztisches kein Gesang mehr kam.

„Ich denke, ich muss gerade Ihnen nichts über Lerntheorie erzählen, Viktor. Mir geht es auch nicht darum, sinnlos irgendeinen Touristenführer auswendig zu lernen, aber ich sehe einen großen Unterschied darin, ob man bei Bedarf das Smartphone zum Nachschauen zückt oder ob man im Laufe der Zeit ein Themen- und Namensnetzwerk im Kopf aufbaut, was vor allem die Kombinations- und Reaktionsfähigkeit verbessert, ganz zu schweigen von wertvollem Stehgreifwissen."

„Gudd gebrüllt, Löwe", unterstützte Butler Cobanders Monolog und furzte unflätig, als wollte er damit die Bedeutung der Worte unterstreichen.

„Muss das sein?", fragte Viktor und rümpfte die Nase. Cobander nickte beipflichtend und blickte strafend in Richtung des Runenschamanen. „Sie könnten für solche Lüftchen schon in den Flur gehen."

Behäbig stand der große Mann auf, winkte ab und verließ den Raum. „Hinnerwäldler!"

* * *

Die folgenden Wochen waren intensiv, denn die ungleichen Männer kamen sich tatsächlich näher und entwickelten eine erste Akzeptanzsympathie, da sie insgeheim feststellten, dass jeder von ihnen etwas Außergewöhnliches, durchaus Exzentrisches, besaß.

Butler stieß für sie eine Pforte in andersweltliche Bereiche auf und gab darin ein erstaunliches Bild skurriler Selbstverständlichkeit ab. Für ihn war Magie die Grundschwingung des Lebens im Kosmos und letztendlich nicht übernatürlich, sondern ein integraler Bestandteil des Seins. Der Praktizierende nahm aus- und gab in diesen Fluss zurück, was es ihm erlaubte, Ereignisse vorauszuahnen und zu beeinflussen. Viktor blieb bis zum Ende skeptisch, Cobander war einigermaßen fasziniert.

Im Zuge der propädeutischen Aktivitäten in der Küche

und auch in den Wäldern rings um Kassel skizzierte der Runenschamane zuerst sein eigenes polytheistisches Weltbild und erklärte ihnen die nordisch-germanische Götterwelt, der er sich stark verbunden fühlte. Er machte deutlich, zeitgenössische Entwicklungen gesellschaftlicher Art als Gesundungsprozess anzusehen und dass eine Rückbesinnung auf vorindustrielle Kulturen in seinen Augen notwendig wäre. Danach führten sie gemeinsam diverse Räucherungen durch, lernten ‚*Seidr*' kennen, ein tranceähnliches Sitzritual, und erfuhren, wie man am besten mit selbstgeschnitzten Runen eine Divination mache.

Persönlich erfuhren sie, dass Butler alleinstehend in einer Wohnung am Ortsrand von Dörnberg lebte und sich seit seinem Soziologiestudium vor gut 25 Jahren mit unterschiedlichen Jobs durchgeschlagen hatte, so z. B. als selbständiger Weissager, Privatdetektiv und Security-Dienstleister. Er besuchte regelmäßig seine Mutter Frinhild, die aber nur Hilde genannt wurde, in Ehlen, die selbst eine erfahrene Hexe und mit Anfang Achtzig noch rüstig wäre.

Viktor wirkte in den ersten Tagen schüchtern, verlor dann jedoch seine Scheu und blühte förmlich auf, als er mit einer Tasse Espresso in der Hand und übereinandergeschlagenen Beinen den in die Jahre gekommenen Männern beibringen durfte, wie stark psychologische Wissenschaft auf Statistiken angewiesen wäre, dass die praxisnahe Psychotherapie von der Forschung häufig als individualistisch und zu subjektiv beurteilt wurde. Psychologische Stehgreifgutachten seien stets hochproblematisch.

Er behauptete, Atheist zu sein, und äußerste sich pessimistisch in Bezug auf die Welt. Corona, neue Kriege und der Klimawandel wären eindeutig Zeichen dafür, dass bald alles den Bach hinunterginge. Cobander bekam jedoch das Gefühl, dabei nur einen Schutzpanzer zu sehen und der eigentliche Viktor tief verborgen bleiben wollte, was er dem jungen Mann vollends zugestand. Butler machte sich tatsächlich wie ein Schüler Notizen bei dessen Basisvorträgen und kommentierte alles erstaunlich selten.

Über das Fachliche hinaus offenbarte der junge Psychologe mit melancholischen Augen seinen notwendigen Wandel von Viktoria zu Viktor, nachdem seine Mutter an Organversagen aufgrund ihrer Tablettensucht vor zehn Jahren verstorben war. Sein Vater hatte bis zu seiner Pensionierung als Funktechniker bei der Bundeswehr gedient und verarbeite die Vergangenheit auf seine Weise. Gartenarbeit, Bier und Sprüche.

Am Ende dieser Eingewöhnungsphase tauchte Viktor dann mit ersten Nasen- und Lippenpiercings auf, an denen er stolz herumspielte und über seinen linken Hals bis über das Kinn hinweg kräuselte sich eine geschwungene Tätowierung mit ornamentierten Kreisen und spitzen Linien. Unter seinen silbernen Kugeln am Hals hing eine weitere Gliederkette mit einem breiten Marspfeil-Anhänger. Butler zog ihn nicht weiter damit auf, aber mahnte an, ihn wegen bestimmter Schutzrunen bei seinen Tattooplänen einzubeziehen.

Cobander, der zufrieden mit der unerwarteten Teamdynamik war, bildete den Lehrgangsabschluss und unterrichtete sie in basiskriminalistischen Prozeduren, klärte über Fernsehirrtümer und hartnäckige urbane Legenden auf.

Er nötigte die beiden zu etwas Fitnesstraining, also Laufen und Zirkelübungen, was besonders dem Raucher und Koloss Butler viel abverlangte, aber er machte ohne viel Murren mit. Der Hauptkommissar übertrieb es nicht und lud am Ende der ersten Wochen zu einem beschaulichen Grillfest im Seitenhof des ehemaligen Musiktheaters ein.

Sie tranken Bier, aßen Steaks und Würstchen, die Butler meisterlich auf einem Schwenkgrill zubereitete, und sie spürten an jenem Sommerabend Anfang August, dass sie miteinander auskommen würden.

Cobander verheimlichte seinen neuen Kollegen nicht, dass er in Wiesbaden gegen die organisierte Kriminalität ermittelt hatte und seine Kollegin Maja Albertin ums Leben gekommen war, aber er teilte ihnen nichts über ihre unprofessionelle Romanze mit, der er in erster Linie Schuld für die Katastrophe gab. Es hatte sie unvorsichtig werden lassen.

Auch erwähnte er den seltsamen Traum vom Juni kein zweites Mal. Viktor schien ihn vergessen zu haben, denn er hatte seitdem nicht danach gefragt. Wahrscheinlich hatte er ihn damals gar nicht ernstgenommen. Aber auch Butler gegenüber verspürte Cobander eine gewisse Scheu, obwohl dieser sicher ein guter Ansprechpartner für eine Traumdeutung wäre. Er war innerlich noch nicht soweit.

Die restliche Arbeitszeit an vielen Tagen hatten sie genutzt, um das ganze Gebäude zu inspizieren, ihre Schreibtische persönlich auszugestalten und geografische Kenntnisse über Nordhessen zu erweitern.

Cobander hatte davon abgeraten, dauerhaft Nächte in den dienstlichen Räumlichkeiten zu verbringen, denn zum einen erachtete er das Sofa für nicht allzu gemütlich und zum anderen wies er darauf hin, dass unten auch Beamte herumstiefeln konnten, weil ein Teil ja noch Materiallager war, und Diensträume nie als Wohnungen zweckentfremdet werden durften.

Viktor hielt sich daran, der ohnehin am besten in seinem eigenen Bett zuhause schlafen konnte, doch Butler nahm die Anweisung nicht so genau. Manchmal fand Cobander ihn frühmorgens schnarchend auf einer Luftmatratze in der Hexenküche vor.

Vom LKA oder den Kasseler Polizeibehörden wurden sie in dieser Zeit weitestgehend in Ruhe gelassen. Schönbach erkundigte sich zwischendurch, wie es laufe und betonte, dass es sicher Zeit bräuchte, bis man in erste Fälle einbezogen würde.

Kommissarin Leuschner tauchte während der ersten Wochen zweimal auf, um unwirsch zu fragen, ob sie irgendwelche Bürobestellungen hätten und Cobander war klar, dass es sich in Wirklichkeit um Kontrollbesuche handelte, die irgendeine obere Dienststelle beauftragt hatte.

Immerhin begann der Hauptkommissar besser zu schlafen und hin und wieder konnte er sich morgens an verarbeitende Träume erinnern, aber die geheimnisvolle Frau im Nebel tauchte nicht wieder auf. Dennoch war er im Nachhinein dankbar für dieses Erlebnis, denn Viktor entpuppte sich als äußerst intelligenter und wahrnehmungsstarker junger Mann, technisch versiert, der mehr mitbekam und beobachtete, als er zugeben mochte. Butler war grobkörnig und recht laut, doch er strahlte eine unbeschwerte Selbstsicherheit aus, die er selten bei einem Menschen erlebt hatte.

Diese drei unverheirateten, kinderlosen und eigensinnigen Nordhessen bildeten also das ‚*Team Cobander*'.

* * *

Zwei Tage nach dem ersten gemeinsamen Grillen, am Montag, den 8. August, kam der Stein ins Rollen. Die Leitstelle des Präsidiums rief im Büro in der Angersbachstraße am späten Vormittag an und verwies an die Kripo Hofgeismar, welche die neue Sonderkommission angefordert hätte, weil offenbar seltsame Vorgänge im Urwald Sababurg und ein kryptisches Drohschreiben an einen lokalen Großunternehmer für Probleme sorgten. Genauere Angaben wurden von der Leitstelle nicht mitgeteilt.

Cobander erfuhr kurz darauf vom zuständigen Oberkommissar Bönning, dass es sich bei dem Unternehmer um Wolfgang Banff, den Besitzer der renommierten Kunststoffverarbeitung ‚BanffPlast', handelte, der vor einer Woche ein anonymes Drohschreiben erhalten hatte und nun Polizei wie Lokalpolitik auf Trab hielte.

„Er fordert, den Urwald Sababurg für Tourismus bis auf weiteres zu sperren und drängt auf Personenschutz, wobei unser Dienststellenleiter bereits mit Herrn Bürgermeister Busse gesprochen hat, der die Reaktionen von Banff für stark überzogen hält."

Cobander kratzte sich am Ohr. „Inwiefern ist dieses Drohschreiben ernstzunehmen?"

„Ich lese Ihnen mal den Wortlaut vor, es ist kurz gehalten… *Wolfgang Banff, die Urnatur klagt dich an für Verbrechen gegen das Leben. Die Huten sind erwacht und werden dich strafen. Dein Ende naht! Hagzíssa.* Bevor Sie fragen – Der Name bzw. Begriff ‚Hagzíssa' taucht online zweimal auf. Als althochdeutsches Wort für Hexe oder Hexen und es ist der Name einer belgischen Extrem-Metalband, die wir bereits kontaktiert haben. Wahrscheinlich ist hier eine Namensaneignung erfolgt. Die Band produziert passenderweise okkulte Metalmusik und die Mitglieder bezeichnen sich offen als Satanisten, streiten aber jeden Bezug zu Wolfgang Banff oder Hofgeismar als absurd ab. Die Behörden dort haben wir trotzdem informiert. Wir konnten darüber hinaus keine bekannte Naturschutzorganisation oder Gruppe von Aktivisten zuordnen. BanffPlast hat seit Bestehen keine juristische Verfahren, Steuerprobleme oder andere Zwielichtigkeiten vorzuweisen. Man hält sich an staatliche Auflagen, was den CO^2-Ausstoß anbelangt."

„Und was sind ‚*Huten*'?"

„Wir vermuten, dass alte Laubbäume damit gemeint sind, denn eigentlich kommt der Begriff nur in ‚*Hutewald*' vor. Es bezeichnet einen urtümlichen Wald, den man historisch als Weide zur Viehhaltung genutzt und so dessen Verjüngung reduziert hat. Der Bezug zum Sababurgwald liegt auf der Hand."

„Und ausgerechnet dort hat es seltsame Vorfälle gegeben?"

„Spaziergänger haben vor zwei Tagen die Forstverwaltung darüber informiert, dass an einer der alten Eichen der übelriechende Kadaver eines Waschbären läge und ein mit Blut beschmiertes gestürztes Kruzifix hinge. Dies wurde überprüft und bestätigt. Der Kadaver liegt jetzt in der Pathologie und das Kreuz verpackt bei uns. Der Baumbereich ist noch abgesperrt."

Cobander runzelte die Stirn. „Das klingt eher nach geschmacklosem Treiben rebellischer Jugendlicher, um Aufsehen zu erregen. Ist denn etwas davon im medialen Buschfunk aufgetaucht?"

Bönning lachte. „Die übliche Erstsondierung auf einschlägigen Social-Media-Plattformen verlief komplett ergebnislos. Niemand hat den Drohbrief oder die Sache im Wald in den letzten Wochen gepostet, erwähnt oder kommentiert, auch die Spaziergänger nicht. Die Presse hat bisher nichts davon erfahren. Trotzdem hält es unser Dienststellenleiter für angebracht, die Fundstelle von jemandem begutachten zu lassen, der von okkulter Materie Ahnung hat, um unsere Vermutungen zu bestätigen oder zu widerlegen. Ich kann Ihnen die Fotos für eine erste Einschätzung zusenden."

„Tun Sie das. Wir haben in unserem Team einen Experten, dem ich sie umgehend zeigen werde. Ich würde dennoch gerne wissen, wie Ihre nüchternen Ermittlungshypothesen in Bezug auf das Ganze aussehen."

„Klimawandel, Umweltschutz und Sozialprobleme vermischen sich mittlerweile unschön mit Verschwörungshysterie, wie wir alle in den letzten zwei Jahren erleben durften. BanffPlast bietet doch eine hervorragende Reibungsfläche für derartige Frustrationen. Wir gehen von einem ortskundigen und ortsnahen Einzeltäter bzw. einer kleinen Gruppe von Aktivisten aus, die Unruhe schüren will und sich dafür ein passendes Unternehmen ausgesucht hat. Es erscheint offensichtlich, dass die blutige Aktion im Sababurgwald und der Drohbrief eine konzertierte Aktion bilden, um plump Verwirrung zu stiften und in die Medien zu gelangen. Wahrscheinlich hat man den Namen der Musiker bewusst missbraucht, um eine diffuse Atmosphäre aus pseudosatanischer Symbolik und ‚Die-Natur-schlägt-zurück'-Motiven zu erzeugen. Hagzíssa stilisiert sich zum ausführenden Arm einer ‚guten Sache', denn in Wirklichkeit sollen es ja die Huten, also die Bäume des Waldes, sein, die drohen und Umweltsünder sozusagen ihre gerechte Strafe zukommen lassen."

„Mich beeindruckt Ihre dezidierte Wortwahl, Herr Kollege. Das war ja schon fast eine soziologische Abhandlung, mehr als nur eine Ermittlungshypothese."

„Naja, man tut, was man kann. Man hat mich glücklicherweise noch nicht als Möchtegerndozent verunglimpft, aber manchmal geht es mit mir durch. Ich kann es auch kurz und knackig ausdrücken... Irgendwelche narzisstisch geschädigten Klimaquerdenker pushen ihr Ego und fahren dabei eine ziemlich plumpe Esoterikmasche. Ich gehe davon aus, dass wir uns nur durch die Umwelt- und Esoterikszene fragen müssen und die Deppen bald ausfindig machen werden."

„Ich verstehe. Kurz darauf werden sich die Forstverwaltung, der Bürgermeister und BanffPlast wieder beruhigen und alles geht seinen gewohnten Gang."

„Sie sind auf meiner Wellenlänge, Herr Kollege."

„Na gut, ich melde mich, wenn wir die Bilder begutachtet haben. Sollen wir trotzdem zum Urwald kommen?"

„Das möchte unser Dienststellenleiter, damit er sagen kann – *„Seht, wir haben uns gekümmert und sogar externe Amtshilfe in Anspruch genommen*'."

„... die brav alles akribisch beäugt hat, um zu bestätigen: Es war, wie erwartet, nur infantiler Esoterikmurks."

„Sie sind in Kassel der König der Zusammenfassungen, was?" „So ähnlich. Ich danke Ihnen, Herr Bönning. Ich melde mich in den kommenden Stunden."

„Vielen Dank. Schönen Tag erstmal."

„Ihnen ebenso."

Cobander wartete die Übermittlung der Fotos ab, dann rief er das Team im großen Büro zusammen. Er schilderte Butler und Viktor die Sachlage und regte ein offenes Gespräch darüber an.

„Wir werden uns die Fundstelle in jedem Fall ansehen, und das nicht nur, weil man uns offiziell angefordert hat, sondern auch, weil ich mich auf unseren ersten gemeinsamen Einsatz freue, aber ich möchte nicht ohne intensiven Austausch loslegen. Die Stärke einer Kommission liegt in ihrer Teamarbeit. Ich habe Ihnen dazu die Ermittlungsbilder der Kripo Hofgeismar weitergeleitet. Was denken Sie? Frei von der Leber weg."

Butler knibbelte im Mundwinkel an einer selbstgedrehten Zigarette herum und kniff mal das linke, mal das rechte Auge zu, während er auf seinem Diensttelefon durch die Bilder wischte. Viktor spielte immer wieder klackernd an seinen Kugelarmbändern herum, kicherte manchmal und schüttelte häufig mit dem Kopf.

„Sie finden es offenbar ziemlich albern, Viktor", kommentierte Cobander, der seinen Bürostuhl an die Fensterwand mit Blick zum Einfahrtshof gerollt hatte und mit verschränkten Armen und übereinandergeschlagenen Beinen die Reaktionen seiner ungleichen Kollegen beobachtete.

„Naja, also, seriously? Ein toter Waschbär unter einem umgedrehten Kreuz, das man mit Blut beschmiert und an einem Baumstamm angebracht hat… ne cringe Drohnotiz… Wurde irgendetwas online gepostet?"

„Das hat man zügig überprüft, aber Fehlanzeige."

„Schon merkwürdig, wenn ich überlege, wie viel Trash in Reels und Stories flasht."

Cobander rollte zurück an seinen Schreibtisch, legte die Hände dort ab und faltete sie. „Vielleicht wollen der oder die Täter anonymer bleiben, als es zunächst den Anschein hat."

„Ey-jo, Fakeaccounts sind schneller erstellt als alles andere." Butler stöhnte und hielt sich eine seiner Pranken an die Stirn. „Disses Geredde von heude!"

„Hä?", Viktor bekam einen genervten Ausdruck im Gesicht.

„Sie meinen, wenn man gewollt hätte, wäre eine Onlineverschleierung nicht das Problem gewesen", warf Cobander ein, auch, um das sich anbahnende unnötige Frotzeln zu unterbinden. Viktor blickte mürrisch.

„Würd' ich so sagen. Ansonsten find' ich den ganzen Kram echt ziemlich kindisch. Tiere töten ist richtig scheiße, und wer reagiert denn heute noch auf Blut und Satanistenzeug, Christenomis vielleicht. "

„Mit solchen Aktivitäten können sicher noch andere Menschen verunsichert werden als ausschließlich Christinnen älterer Generation, aber ich verstehe Ihre Skepsis."

Viktor hob beide Hände. „Auf mich wirkt es völlig lost. Wahrscheinlich haben die das Tier irgendwo tot gefunden und dahingeschleppt."

Butler brummte. „Uff'm Gepäckträger vom Drahtesel, odder was? Fünf Freunde un' der dode Waschbär, Folge Hunnert-un-drei."

Viktor blickte böse zu Butler hinüber. „Ist ja wohl möglich! Wie und in welcher Form kam der Drohzettel eigentlich zu diesem Banff?"

Cobander machte eine beschwichtigende Bewegung in Richtung Butler. „Eingeworfen, vermutlich per Hand. Standardumschlag ohne Absender. Gesehen wurde niemand."

„Naja, passt doch. Wer verdächtigt schon einen Jugendlichen auf einem Fahrrad in irgendeiner Straße? Schnell absteigen, Moment abpassen, einwerfen und abzischen."

Butler juchzte. „Jetzt wiss'ma aber, wie Viktor seine rebellische Juchend verbracht hodd!"

Viktor presste die Lippen zusammen und wurde rot, aber Cobander schlug unvermittelt mit der flachen Hand hart auf den Schreibtisch. Diese Reaktion überraschte sie. Er verharrte einige Augenblicke in dieser Haltung, ohne ein rügendes Wort zu sprechen, aber er blickte Butler direkt in die Augen. Woher die Autorität kam, konnte Viktor nicht sagen, aber er spürte sie in Form einer Gänsehaut auf den Oberarmen. Der bärige Butler gab nach, nahm die Zigarette aus dem Mundwinkel und räusperte sich.

„'Tschuldigung, Junge, war'n blöder Spass."

Viktor zuckte mit den Schultern und stand auf, um sich einen Kaffee am Vollautomaten zu holen. „Ok."

Der Hauptkommissar rutschte zurück in seine übliche Haltung. „Und eine psychologische Einschätzung?"

Viktor blieb stehen und trank einen Schluck. „Ich hatte kürzlich, I think, erklärt, Stehgreifgutachten sind schlecht. Mir fehlen Daten und Mr. Banff kenne ich nicht persönlich, also kann ich nur mein Bauchgefühl mitteilen. Bei dem Brief könnte es sich um ein Narzissmusproblem handeln, also Kontrollverlustangst, Zwänge, Machtgefühle und so. Die Sache im Wald ist in meinen Augen voll Kindergarten."

„Danke, Viktor", sagte Cobander und wies dann mit

beiden Händen auf Butler. „Bitte.“

Der rothaarige Hüne hatte sich die Zigarette wieder in den Mund gesteckt und machte Anstalten, aufzustehen. „Ich will erst' eine rauch'n…“

Cobander schloss die Augen und blickte zur Decke.

„Moment… Viktor, stört es Sie, wenn Herr Butler ausnahmsweise am offenen Fenster hier raucht?“

„Ist mir ziemlich egal. Meine Mutter hat unser Zuhause immer zugequalmt, ich bin's gewohnt.“

„Jawoll!“, freute sich Butler, nahm eine jungfräuliche Tasse von der Ablage, füllte Wasser hinein, ging zur Fensterfront, zog eines der Fenster auf und lehnte sich, genüsslich rauchend, an den Rahmen.

Cobander hatte sich langsam mit seinem Stuhl umgedreht, um seinen Mitarbeiter weiterhin ansehen zu können.

Geräuschvoll atmete Butler einen Schwung gräulichen Aerosols in den Hof und knurrte. „Nuja… ir'ndwas is da ganz faul im Staate Hofgeismar… aber im Ernst jetze, das Zeuch im Wald hodd mit okkult nüscht zu tun, das is, da hat Herr Viktor völlich recht, Mumpeditz! Dode Tiere un umgedrehte Kreuze sin unnerste Schublad'. Geschisse.“

„Akzeptiert. Und der Drohbrief?“

Butler biss die Zähne zusammen und grinste. Dadurch sah er für einen Moment aus wie ein Wikinger mit Tollwut.

„Kann au' Gammel sin, aber es riecht annersder. Huten gibbets, aber eigentlich sin's kinne Bäume.“

„Bönning hat mich bereits über die Herkunft eines Hutewaldes aufgeklärt, ich weiß.“

„Jo, nee, in Hutewald steckets au' drin, ich mein' de ganz alde Bedeutung. Mittelhochdeutsch ‚*huot*‘, althochdeutsch ‚*huota*‘, guggen Se's nach. Es gehet ums Hüten, also Bewachen. Schutz un so.“

Cobander lächelte verstehend und nickte. „Natürlich… ‚huten‘ wurde zu ‚hüten‘. Wie beim Hüten von Schafen.“

„Jo, das' is ne Lautverschiebung."

„Also meint das kryptische Schreiben nicht unbedingt Bäume des Waldes, die zurückschlagen, sondern die Hüter des Waldes, wer immer das auch sein könnte."

„So denk' ich mir's." Butler hustete brachial und warf den Zigarettenrest in die mitgenommene Tasse.

Viktor legte den Kopf schief. „Haben Sie auch noch save Germanistik studiert, Herr Butler?"

„Nix, ich hab' genuch Bücher im Leben gefress'n und bin vom alden Schlag. Der hodde noch Ahnung, nit wie de Millennials."

Viktor sah Cobander an, verdrehte dabei die Augen und setzte sich wieder an seinen Schreibtisch. Butler ließ das Fenster gekippt und verschränkte die Arme. „Aber warum zerbrech'n wir'n uns de Köppe für Hofgeismar?"

Der Hauptkommissar lächelte. „Könnten Sie sich auch wieder setzen, Herr Butler? Bitte…"

Der Hüne tat, wie ihm geheißen, und wartete auf den nächsten Anstoß seines Vorgesetzten. Viktor fingerte wieder an seinem Schmuck herum und Butler stellte sich vor, wie er ihn packen und so lange schütteln würde, bis sämtliche Kugeln klackernd zu Boden geprasselt wären.

„Erst einmal bedanke ich mich für Ihre Einschätzungen. Das sind enorm wichtige Phasen eines Ermittlungsteams. Mir ging es in zweiter Linie auch darum, ernstzunehmenden Okkultismus herauszufiltern und zumindest eine rudimentäre psychologische Einschätzung der Ereignisse zu erhalten."

Viktor legte wie ein Schuljunge beide Hände vor sich auf die Schreibtischplatte, Butler wiederum verschränkte die Arme und kniff ein Auge zu. „Un' nu?"

„Wie ich es vorhin gesagt habe, bin ich schlicht dankbar für eine erste offizielle dienstliche Anfrage. Wir kommen mal raus aus dem Kasseler Kessel, selbst wenn es sich als wenig relevant für unseren Aufgabenbereich herausstellen sollte, wovon ich momentan ausgehe. Am meisten irritiert mich das Handeln des Dienststellenleiters der Polizei. Für das, was man uns präsentiert hat, benötigt man kein mehrköpfiges zusätzliches Team. Ich bin mir ziemlich sicher, dass Wolfgang Banff persönlich Druck gemacht hat. Und weil sein ökonomischer Einfluss dort vermutlich groß ist, haben Bürgermeister und Kriminalpolizei beschlossen, sich von der besten Seite zu zeigen. Man hat doch jetzt in Nordhessen eine Sonderkommission. Egal, was andere Dienststellen und Beamte darüber denken, die kann doch ruhig mal ordentlich tätig werden, oder nicht?"

Butler lachte laut. „Also, die furz'n, wir furz'n und alle hon Spass!"

„Ganz so lapidar hätte ich es nicht ausgedrückt, aber zunächst gehe ich stark davon aus, ja."

Viktor runzelte die Stirn. „Sie nehmen also nichts davon wirklich ernst?"

Cobander schüttelte den Kopf und machte mit der rechten Hand eine drehende Bewegung in der Luft. „Dass dort jemand Unruhe stiftet, nehme ich durchaus ernst, und ich würde gerne helfen, die Verantwortlichen zu ermitteln. Ich erwarte nur nichts wirklich Mystisches oder Okkultes, auch wenn es so aussehen soll."

„Okay, check ich. Muss ich denn dann überhaupt mitkommen?"

„Warum nicht? Außendienst ist spannend, äußerst lehrreich und tatsächlich möchte ich es gerne arrangieren, dass Sie, begleitet natürlich, Herrn Banff einmal persönlich befragen, schon allein deshalb, weil er bisher die einzig greifbare Person in der Angelegenheit darstellt."

Butler klatschte in die Hände. „Dann pack' ich ma' unten minnen Wanderbiedel!" Er stiefelte aus dem Büro und begann laut zu singen. „Moving crazy, never touching the ground, fists in the air, hail, you gods of old!"

Erneut die ‚*Darkmetal Kings*'.

Cobander holte sein Diensttelefon aus dem Jackett und tippte den neu angelegten Kontakt ‚*LKA-Metzger*' an. Während er sich die Scheibe an das Ohr hielt, trat er zum gekippten Fenster und öffnete es erneut ganz. Am Horizont hatte sich eine dunkelblaue Wolkenfront gebildet, die wohl heute nicht von den Kasseler Bergen zurückgehalten werden würde. Ein ordentlicher Guss war zu erwarten. Die Felder und Pflanzen warteten dringend darauf.

„Schönbach?"

Cobander informierte seinen Vorgesetzten in Wiesbaden über die Lage und erbat grünes Licht, wie abgesprochen. Schönbach gewährte.

„Würden Sie mir den Gefallen tun und sensible Hintergrundinformationen zu Wolfgang Banff und BanffPlast aus Hofgeismar abfragen lassen?"

„Ganz der unphantastisch nüchterne Spürhund", kommentierte der Kriminaloberrat und sagte ihm die interne Datenbankabfrage zu. „Könnte ein paar Stunden dauern", entschuldigte er sich im Voraus.

„Das stört mich nicht, wir fahren ohnehin erst einmal ganz gemütlich dorthin und gehen im Urwald spazieren."

„Wehe, Sie graben irgendeinen okkulten Unsinn aus…"

Cobander betrachtete die näherkommende Gewitterfront und stellte sich vor, wie gleißende Blitze um die Herkulesstatue niederfuhren.

„Robert… die Ressourcen für unsere Sonderkommission wurden doch nicht wirklich wegen kriminalistischer Probleme mit übernatürlichen Phänomenen bereitgestellt."

„Reden Sie keinen Stuss! Ein Beamter wird sich bei Ihnen wegen Banff melden, schönen Tag ansonsten."

Cobander ließ sein Telefon sinken und atmete tief ein. Aus der Hexenküche im Parterre drang weiterer Gesang auf den Zwischenhof. Dann landeten die ersten Regentropfen auf dem brüchigen Asphalt und den umliegenden flachen Dächern.

* * *

Ein silbergrauer eMagnus-Nova[1] hielt um die Mittagszeit an einem Parkstreifen der Nordshausener Durchgangsstraße und der Fahrer orderte per App einen digitalen Parkschein, dann stieg er aus.

Er hielt ein Klemmbrett in der Hand und trug eine Sonnenbrille. Die restliche Erscheinung wirkte unprätentiös. Kurzes Haar, Jackett, Jeans, markenlose Straßenschuhe.

Eine ältere Frau, die gerade mit einem Rollator vorbeiging, hielt am Bürgersteig und sprach in bester nordhessischer Neugier den Fahrer umgehend an.

„Konn ich Ihnen helfen, junger Mann?"

Unerwartet lächelnd, kam er zielstrebig zu ihr und bedankte sich. „Ich suche das Haus der Familie Cobander, aber ich habe mich wohl verfahren…"

„Ach jo, gar nich'. Do vorn geht's gleich in de Felchenstraße. Do am Ende, das letzte Haus uff der rechten Seite. Aber die alten Cobanders sind schon dod, es wohnt nur der Sohnemann do."

„Herzlichen Dank, das hat mir sehr geholfen. Ich wünsche Ihnen noch einen schönen Tag." Damit eilte er davon und war schneller um das nächste Haus verschwunden, als die alte Frau schauen konnte. „Eilich hon's de Leude von heude", murmelte sie, dann ging sie nach Hause, denn am Herkules braute sich was zusammen.

---

[1] Fiktives E-Automodell.

„Leude, kauft Kämme, es kimmen lausiche Zeiten“, zitierte sie die Vergangenheit und hoffte, vor dem ersten Regenguss zuhause zu sein.

* * *

Als Cobander im Vellmarer Kreisverkehr die Ausfahrt Richtung Hofgeismar nahm, war die Sicht annähernd Zero. Es prasselte ein Regen hernieder, den Nordhessen im ganzen bisherigen Sommer nicht gesehen hatte und die Scheibenwischer zuckten in höchster Stufe hin und her. Ab und zu krachte ein breites Donnern über ihnen und Butler sagte jedes Mal „Heil Thor!“

„Sie genießen dieses Wetter offenbar sehr“, bemerkte Cobander und blieb vorsichtshalber auf der rechten Spur, mit einer wechselnden Geschwindigkeit zwischen 60 und 80 Stundenkilometern. Viktor saß im Fond und war in das Diensttablet vertieft. Er hatte den Auftrag, sich über den Urwald Sababurg im Vorfeld zu informieren.

„Soll das'n Witz sin? Das is das beste Wedder, was' es gibbet. Herrliche Naturgewalt'n!“

Cobander blickte in den Rückspiegel. „Ist hinten noch alles in Ordnung?“ Viktor grinste. „Mir wird nicht schlecht, falls Sie das denken.“

Der Hauptkommissar ging davon aus, dass sie in Kürze aus der Gewitterfront herauskommen würden, weil er bereits in Kassel bemerkt hatte, dass es zwar von Südwesten gekommen war, aber eindeutig nach Osten weiterzog.

Noch im Büro hatte er Oberkommissar Bönning informiert und mit ihm ein Treffen auf dem Hauptwanderparkplatz des Urwaldes ausgemacht. Sie wollten zur ‚geschändeten‘ Eiche gehen und Butler würde sich vor Ort dann ein wenig plakativer als üblich austoben dürfen, um alle zufriedenzustellen. Auch hatte man ihm bereits zugesagt, dass Viktor mit Wolfgang Banff würde sprechen können. Danach konnte die Angelegenheit für das Team Cobander auch schon beendet sein.

Zehn Minuten später endete der prasselnde Regen und die Wolken rissen auf. „Die Sonne ist zurück“, kommentierte Cobander und Butler ließ die Scheibe auf seiner Seite ein Stück herunter. „Herrliche Luft!“

Viktor hob den Kopf. „Das weht ganz schön nach hinten und nervt!“

Cobander sah, wie Butler tonlos den Satz nachäffte, aber brav die Scheibe wieder schloss. Er begann zu befürchten, dass ihm zwei Kinder ins Nest gekommen waren. Ein 54jähriges und ein 27jähriges.

Immerhin zog Butler jetzt Kopfhörer auf, tippte auf seinem Privathandy herum und schloss dann, tonlos die gewählte Musik mitsingend, die Augen. Viktor legte kurz darauf das Tablet beiseite und blickte verträumt aus dem Fenster. Cobander ließ seinen Finger einen Moment über dem Radioknopf kreisen, dann entschied er sich anders.

„Waren Sie schon mal in diesem Waldgebiet?“

Viktor nickte, ohne seine Augen von der vorbeiflirrenden Landschaft abzuwenden. „Mit meinem Vater. Allerdings ist es auch für mich lange her. Ich find’s aber nett, wie die Internetseite aufgemacht ist.“

„Meine Eltern waren mit mir entweder am Edersee oder im Fort Fun. Ich glaube, dass wir auch mal im Tierpark Sababurg gewesen sind, aber nie in dem Waldgebiet.“

Viktor lächelte mit nun ebenfalls geschlossenen Augen. „Das ist normal, oder? Man kann nicht alles besuchen, nur, weil es vor der Haustür liegt.“

„Da gebe ich Ihnen Recht. Was macht denn nun diesen Urwald aus?“

Viktor setzte sich in eine aufrechte Position, weil er zuvor ein wenig abgesunken war, und wandte den Kopf zur gegenüberliegenden Seite. „Die Bezeichnung ist eigentlich falsch, weil es eine historische Waldweide und kein urtümlicher Wald ist, aber das hat uns Herr Butler ja bereits erklärt. Interessant ist, glaube ich, dass dieser Wald seit Beginn des 20. Jahrhunderts unter Naturschutz steht und die Hute-Eichen schon viele Generationen angezogen haben."

„Ein jahrhundertaltes Tier- und Pflanzenparadies also."

„Genau. Da gibt es so Wanderwege, aber richtig abgeriegelt ist kein Bereich. Man wird zum entsprechenden Verhalten vor Ort ermahnt, aber theoretisch kann da jeder herumstiefeln."

„Was unsere Kadaverfreunde wohl gemacht haben."

„Jo, vermutlich."

Butler ließ sich treiben und begann, Töne von sich zu geben. „Er wird gleich wieder singen, oder?", frage Viktor.

Bevor Cobander darauf antworten konnte, vibrierte es in der Innentasche seines Jacketts. Er griff in die Ablage und steckte sich einen Bluetoothkopfhörer ins rechte Ohr. „Team Cobander?"

„Guten Tag, Herr Hauptkommissar, mein Name ist Christian Zerftel, ich bin IT-Mitarbeiter beim LKA."

„Schönen guten Tag, dann haben Sie sicher wichtige Informationen für mich."

„Diese Einschätzung obliegt Ihnen, ich gebe lediglich gewünschte Daten weiter."

„Natürlich. Ich höre."

„Die Firma BanffPlast, insbesondere der Inhaber Wolfgang Banff, stehen seit Anfang dieses Jahres verdeckt unter Beobachtung durch das Bundeskriminalamt. Es werden Verwicklungen in Waffengeschäfte mit dem Ausland, Geldwäsche und Umweltverbrechen vermutet. Die ersten

Hinweise kamen ursprünglich vom israelischen Geheimdienst Mossad, aber auch der französische DGSE hat Warnungen an den BND weitergegeben, der das BKA darauf angesetzt hat."

Cobander nahm den Kopfhörer aus dem Ohr und hielt ihn für einen Moment in der Hand, dann steckte er ihn wieder hinein. „Sonst noch etwas?"

„Ich gehe davon aus, dass Ihnen diese sensiblen Daten liefern, was Sie für Ihre Arbeit benötigen. Oberrat Schönbach bittet mich, Sie darauf hinzuweisen, dass dieses Wissen einer Geheimhaltungsstufe unterliegt. Ihre Codierung erlaubt das Wissen, aber Ihre Angestellten sollten dies vorerst nicht erfahren."

„Danke.", sagte Cobander und legte die blinkende Ohrmuschel zurück in die Ablage.

„Gibt es Probleme?", fragte Viktor.

Cobander schüttelte den Kopf und tippte Butler auf dem Beifahrersitz an. Der schob die Kopfhörer nach vorn und sandte einen fragenden Blick zurück.

„Singen Sie ruhig", sagte der Hauptkommissar.

„Sin Se sich sicher, dass Se das woll'n?"

„Ja. Eindeutig."

Butler ballte die linke Hand zur Siegerfaust und grinste. Dann schob er die Bügelkopfhörer zurück auf seine Ohren, drückte die Lautstärke hoch und begann, einen Song der Band ‚*Shakeman's Theatre*' anzustimmen.

„Towards the skies, Asgard cries, let us fight, let us fall, we always win, on bloody battlefields, never to return..."

* * *

Zwanzig Minuten später lenkte Cobander den Dienstwagen auf einen geräumigen Waldparkplatz, dessen Einfahrt mit einem Naturstein samt Aufschrift ‚*Urwald*' gekennzeichnet war.

Neben einem Streifenwagen parkten an diesem Nachmittag lediglich zwei weitere Autos, vermutlich von Spaziergängern. Beide trugen Kennzeichen mit HOG. Neben dem Streifenwagen standen zwei Uniformierte und ein Mann in hellblauem Kurzarmhemd, der einen Verdampfer in der Hand hielt und mit dichtem Dreitagebart gezeichnet war.

„Das wird sicher Bönning sein", vermutete Cobander und stoppte. Butler stieß die Beifahrertür auf und wühlte sich, wie ein Wildschwein grunzend, aus dem Sitz. Viktor verstaute das Tablet in der dafür vorgesehenen Tragetasche, hing sie sich über und verließ das Fahrzeug sanfter. Als Letzter stieg Cobander aus. Er warf sein Jackett in den Kofferraum und ging dann zum Streifenwagen.

Die Begrüßung aller verlief kurz, aber höflich. Cobander schmunzelte und wies in Bönnings Gesicht.

„Viel auf der Pfanne?"

Der Oberkommissar lachte und winkte ab. „Wir haben so viel Kram auf dem Tisch, dass ich mich freuen würde, wenn wir diese Sache ganz in Ihre Hände übergeben dürften, aber…"

„…Ich weiß, wir sind lediglich erwünschter Beihau. Ich hoffe, wir können zumindest das Gefühl von Unterstützung aufkommen lassen."

Bönning klopfte Cobander an die Schulter und wies über die Hauptstraße. „Sie sind in Ordnung, Kollege. Wir müssen diesen Weg auf der anderen Seite nehmen."

Bönning ging vor, es folgten der Hauptkommissar und die Streifenbeamten. Butler und Viktor hielten sich höflich zurück und bildeten die Nachhut. Während der junge Psychologe das Tablet erneut hervorholte, um Fotos von der Umgebung zu machen, atmete der Runenschamane geräuschvoll die Luft ein und breitete theatralisch die Arme aus. „Was für ne herrliche Energie hier“, äußerte er in normaler Lautstärke. „Ich muss au widder mehr in‘en Wald.“

Viktor hob eine Augenbraue und fotografierte seinen Kollegen in einem Moment, als der es nicht bemerkte. „Ich bin davon ausgegangen, dass Sie ständig im Wald sind. Machen das Druiden nicht normalerweise?“

„Schamane, nit Druide, das’ is was ganz anneres.“

„Sorry, Schamane.“

„Ich hodd‘ in den letzt‘n Monaten ville inner Stadt zu tun, is halt so. Da konnt‘ ich nit alle naslang ins Grüne hüppen… Warum Siezen wir’n uns eigentlich?“

Viktor steckte das Tablet griffbereit in die Umhängetasche zurück. „Weil wir so Arbeitskollegen in einer Polizeikommission sind.“

Butler presste die Lippen zusammen und prustete dann. „Jo, klar, aber, nuja, ich weiß nit. Beim Cheffe, ok, das muss so sin, aber wir beide? Soll’s so bleib‘n, odder wie?“

Viktor sah eine Reihe unschöner Momente an seinem geistigen Auge vorbeiziehen. Einerseits hatte er keine Lust, und nicht die Kraft, diesen singenden Waldschrat dauerhaft aus seiner Komfortzone zu halten. Andererseits wollte er ihm nicht das Gefühl geben, ständig leutselig um ihn herumschweben zu können, nur, weil er ein paar Jahrzehnte älter war.

„Herr Butler… irgendwie ist es mir dafür noch zu früh, ok?“ Butler schnalzte daraufhin mit der Zunge, grinste und machte ein Friedenszeichen. „Is gut, Jung‘… hm… Herr Marquandt.“

„Danke“, sagte Viktor und beschleunigte seinen Schritt, weil er seinem Vorgesetzten noch eine Frage stellen wollte, bevor sie am Fundort ankamen. Er tippte ihm im Gehen an den Rücken. „Was gibt's?"

Viktor winkte ihn näher an seinen Mund und fragte dann mit gedämpfter Stimme. „Ich wollte nur fragen, was vorhin im Auto los war. Ist etwas passiert?"

Cobander lächelte und nickte. „Es war ein Anruf aus Wiesbaden... es ging nicht um die Geschichte hier, sondern um... Sie wissen ja, was mir passiert ist."

Der junge Psychologe bekam Schamesröte ins Gesicht und rückte seine Halsketten zurecht. „Tut... tut mir leid, Herr Cobander, ich wollte nur..."

Der Hauptkommissar hob die Hand. „Schon gut, Viktor, schon gut." Leicht fiel ihm das Lügen nicht, aber er konnte Dienstgeheimnisse nicht einfach weitergeben, besonders, wenn man es ihm ausdrücklich untersagt hatte. Allerdings ahnte er, dass dies je nach Grad der Involvierung seines Teams nicht vollends würde aufrechterhalten werden können. Diese Spannung gehörte zum Portfolio eines gehobenen Kriminaldienstes. ‚*Wer das nicht verkraftet, der soll bitte Buntbarsche züchten*', hatte Schönbach vor langer Zeit einmal zu Anwärtern gesagt.

Der Weg über die verwunschenen Pfade und angelegten Holzplanken war malerisch und manche Abschnitte zwischen den ehrwürdigen Bäumen und Farnen wurden durch dichten Waldwuchs in eine dämpfende Düsternis getaucht, die gleichsam Ruhe und Kühle schenkte.

Cobander blickte zurück und schmunzelte. Butler fühlte sich offensichtlich wie zuhause, denn er war ganz in seinem Element. Sanftes Summen, tiefes Atmen und kindliche Blicke selbstverständlicher Freude über die Natur ließen den burschikosen Mann wie eine Märchenfigur wirken. Viktor schien ebenfalls fasziniert von der simplen Schönheit der Umgebung zu sein, jedoch wirkte er so fehl am Platz wie die Uniformen der Streifenbeamten oder das Gedampfe

Kommissar Bönnings.

Das Licht der Nachmittagssonne schillerte hier und dort feingliedrig durch Baumkronen und lichte Stellen im Wald. Es duftete nach Moos, viele Blätter lagen buntgemischt auf dem Boden und manchmal lugte ein alter Findling hervor und flüsterte ‚*Verweilt doch… verweilt…*'

Die bedeutenden alten Eichen, die herausstechenden Hutenbäume, waren nicht hermetisch für Besucher abgeriegelt, aber zumindest wurde man durch querstoppende Holzbalken am gedankenlosen Draufzugehen gehindert.

Das dichte Wald- und Buschwerk in der Nähe dieser Bäume tat sein Übriges, um unausgesprochen darauf hinzuweisen, dass man diese ehrwürdigen Bäume doch möglichst in Ruhe lassen und einfach mit Abstand betrachten sollte.

Eine absolute Ausnahme bildete Butler, der bei der ersten dieser Eichen „Ich grüße dich im Namen der alden Gödder!" fröhlich aussprach, ungemein behände über den Holzzaun rollte, bis zum Fuß des Baumes stapfte, einen Wildlederbeutel vom Gürtel nahm, ein Jagdmesser aus dem Stiefel holte und einiges Moos abzulösen begann.

Die Beamtin der Streifenbegleitung setzte zu einer rügenden Bemerkung an, doch Cobander winkte kopfschüttelnd ab. „Lassen Sie den Mann ganz in Ruhe. Der weiß, was er tut und respektiert Pflanzen mehr als wir alle zusammen." Bönning atmete eine Wolke Himbeerdampf aus und nickte seiner Kollegin zu.

Butler legte zum Dank einen mitgebrachten Apfel hinter den Baumstamm, kam zügig zur Gruppe zurück und hielt Cobander eine Handvoll Moos entgegen. „Stegg'n Se mal ne Nase rin, Chef, das is'n Traum!"

Der Hauptkommissar tat ihm den Gefallen und schnupperte an dem grünbraunen Knäuel. Ein erdiger und zugleich erfrischender Duft drang in ihn ein und er bekam für einen Moment das Gefühl, nicht in das 21. Jahrhundert zu gehören. Butler grinste breit mit seinen angegilbten Zahnreihen und drehte sich zu Viktor um, der postwendend ablehnte und einen Schritt zurücktrat.

„Ich kenne Moos“, konstatierte er und stellte sich neben Bönning, weil es dort immerhin nach Fruchtjoghurt roch.

„Disse Millennials wissen nit, was gud‘ is! Eichenmoos direkt von der Eich‘ im Walde macht de beste Räucherung, die's gibbet. Schöne Reisen ins alde Land.“

Bönning blickte auf das Display seines Telefons und drängte. „Wir haben nicht ganz so viel Zeit, denn momentan laufen viele Fälle bei uns parallel. Ist so. Können wir?“

Wenige Minuten später waren sie am Fundort angekommen. Diese Eiche beherrschte mit ihrer breitgefächerten Baumkrone die Lichtung, auf der sie inmitten von hellgrünem Moos und filigranen Gräsern festverwurzelt thronte.

Erstaunlich war, dass ein gewaltiges Stück ihres Stammes herausgerissen schien, welches seitlich am Boden vor sich hinknöcherte. Entweder war dort in der Vergangenheit ein Blitz eingeschlagen oder ein Teil des Baumes hatte sich einfach verabschiedet. Das so entstandene Loch wirkte wie ein gähnendes Maul, doch die Lebendigkeit der alten Eiche wurde dadurch in keiner Weise getrübt.

In unmittelbarer Nähe des schwer gezeichneten Stammes waren eine dunkelgrüne Plane und diverse Absperrbänder der Polizei aufgespannt worden. Bönning steckte seinen Verdampfer in die Hosentasche und zeigte dorthin.

„Toben Sie sich aus, meine Herren. Die Fotos hatte ich Ihnen ja bereits geschickt. Sie werden sicher noch ausgedunkelte Reste des Blutes finden, sonst ist nichts mehr dort. Aber vielleicht findet Ihr Experte etwas, was wir übersehen haben. Wir bleiben hier vorne, falls Fragen sind. Wenn Sie aber heute noch mit Herrn Banff sprechen wollen, dann sollten wir in spätestens einer dreiviertel Stunde wieder abziehen."

Cobander kratzte sich am Ohr. „Eigentlich könnten Sie jetzt schon wieder los. Wir sind motorisiert, Onlinekarten führen uns überall hin, und neue Fragen können wir Ihnen auch später stellen. Hauen Sie ab, Kollege, Sie haben genug zu tun, das weiß ich doch. Wir treffen einander später einfach bei Banff, hm?"

Bönning schürzte die Lippen und blickte in die Gesichter der Streifenpolizisten, diese wiederum mit gehobenen Augenbrauen auf den erneut singenden Butler.

„Sie dokumentieren, falls es etwas Neues zu dokumentieren gäbe?" Cobander nickte.

„Falls die Dienststelle später fragt, waren wir die ganze Zeit bei Ihnen?" Cobander nickte erneut.

„Falls der Dienststellenleiter Sie später kontaktiert, waren wir die kooperativsten Kollegen, die Sie je erlebt haben?" Cobander nickte ein drittes Mal.

Bönning tippte sich dankend an die Stirn, sagte „Weidmannsheil" und deutete den Streifenbeamten an, ihm zurück zum Parkplatz zu folgen.

„Weidmannsdank!", johlte Butler zum Abschied und innerhalb kürzester Zeit war vom Team Bönning nichts mehr zu hören oder zu sehen.

Viktor hatte das Tablet wieder herausgeholt, machte einige schnelle Fotos und begann dann eine Videodokumentation. Cobander wandte sich an Butler, der bereits hinter die Plane lugte. „Herr Experte?"

„Jau?"

„Wollen Sie dort erst einmal alleine herumsondieren?"

„Is eigentlich egal."

Cobander grinste in Richtung Viktor, der die Augen verdrehte und sich an die Querholzbalken lehnte, die auch an diesem Ort den Abschluss eines künstlichen Holzweges bildeten. Dank Zoom musste er nicht in Butlers Nähe gehen, um alles aufzunehmen.

Der Hauptkommissar setzte sich auf einen breiten Baumstamm, holte ein Stofftaschentuch hervor, was er in einer Schublade im Schlafzimmer seiner Eltern gefunden hatte, befreite Hals und Gesicht von Schweiß und trank Mineralwasser aus einer mitgenommenen PET-Flasche. Er ließ den Blick schweifen und erfreute sich an der friedlichen Umgebung. Dieser Wald war kein banales Ausflugsziel, er bildete einen Ort der Erholung und des Kraftschöpfens. Zum ersten Mal seit Monaten tauchte Majas Gesicht in seinen Gedanken auf, ohne dass ihm Tränen in die Augen schossen oder sich sein Hals bedrohlich zuschnürte.

„Nüscht und nix", gab Butler von sich und kam zurück. „Aber die Eichenmatrone hat gesacht, ich soll ma bei ihrer Schwester da hinnen gucken."

Viktor stöhnte, aber ließ das Tablet bewusst weiter aufnehmen. Cobander verstaute die Wasserflasche, wischte sich im Aufstehen den Mund trocken und blickte Butler zweifelnd an. „Die Eiche hat Ihnen gesagt, Sie sollen bei einer anderen Eiche nachschauen?"

Der Runenschamane wackelte mit dem Kopf. „Naja, nit so direkt, ich hon was gefühlt und so."

Cobander machte seltsame Bewegungen mit geschlossenem Mund, blickte zu Viktor und dann wieder zu Butler. „Gut, ich glaube Ihnen, warum auch nicht. Sollen wir mitkommen oder hier warten?"

Der rote Riese kratzte sich geräuschvoll im Vollbart und brummte. „Erstma vielleicht nur ich. Wenn was komisch is', ruf' ich rübber."

Cobander nickte und setzte sich wieder.

Viktor verstaute das Tablet, sah dem in die entgegengesetzte Richtung fortschreitenden Butler nach, streckte ihm heimlich die Zunge raus und holte sein privates Handy aus der Tasche. Dies war die Zeit für ein satt gefiltertes Instaselfie á la ‚*Viktor – he/him oder dey/dem – in the woods*' und zu seinem Erstaunen war der Funkempfang an diesem Ort gar nicht einmal schlecht.

Butler kam zehn Minuten später in einer Weise zurück, die Psychologe und Kommissar lange im Gedächtnis behalten würden. Er schlenderte ohne Gemurmel vom Hauptweg zur alten Eiche und behielt beide Hände in den Taschen seiner Hose. Er setzte sich neben Cobander und zeigte ihm dann einen Fetzen Pergamentpapier, der bis auf einen kleinen Rest verbrannt war. Viktor kam dazu und sah ihm stehend über die Schulter.

„Das is' eindeutig nen Rest von ner Sigille. Ihr erinnert euch, was das is?" Synchrones Nicken. „Gut… was druff war, konn ich nit sagen, aber das is' ja au nit der Sinn davon. An der anner'n Eiche, dahinner versteckt, is'n kleiner Opferplatz, aber nen richtiger. Da liegen Reste von Früchten und Nüssen. Der Zeddel hier lag dazwisch'n."

„Was bedeutet es?", fragte Cobander.

„Nu langsam. Erstma hon ich alles fotografieret, kinne Angst, aber ich glaub' mit unserm Zeuch hier hodds gornüscht zu tun, des is'n echter Ritualplatz von jemandem, mit Ahnung un' Reschpekt. Auf einem blanken Stück anner Rinde is ‚*Uruz*', die Auerochsenrune, eingeritzt wor'n un ich hon Sägespäne gefunden, nit ville, aber es muss einer nen Ast abgesägt hon."

„Was bringt das?", wollte Viktor wissen, der sich nun links neben den Kommissar setzte.

„Nen richtiger Magier odder Schamane machet eher Dankrituale als was anneres. Ich denk', hier hodd jemand sinnen ersten Zauberstab vom Baum bekommen. Uruz ruft de wilde erschaffende Urkraft an."

Cobanders Gesicht bekam einen zerknautschten Ausdruck. „Zauberstab?"

„Jo, geht doch immer ums Bündeln von Energie, schonn vergessen? Echte Äste, mit dene richtigen Runen versehen un noch'n paar anner'n Sachen gibbet nen schönen Stab zum Zaubern, is so."

Der Hauptkommissar stand auf, klopfte Butler auf die Schulter und sich die Hosenbeine sauber, dann wischte er sich noch einmal Schweiß von Hals und Stirn. „Ich mag es mir ansehen, aber Sie haben bereits darauf hingewiesen, dass es mit dem toten Tier und dem umgedrehten Kreuz nichts zu tun haben kann."

„Nee, ganz klar was Anneres. Vielleicht sogar Zufall."

„Dennoch hat der Baum Sie dorthin gelenkt?"

„Jo, nee, ach, es war so'n Gefühl, Menschenskinner. Intuitiv halt, die Eich' hodd nit richtig geredt' mit mir."

Viktor seufzte, ging vorsorglich mit gezücktem Tablet zurück auf den Hauptweg und wartete darauf, dass die beiden Männer ihre Vermutungen fertig ausgetauscht hatten.

Tatsächlich fand er den Platz an der anderen Eiche ganz hübsch und die in einer Wurzelmulde eindeutig drapierten Früchte, die alle Stufen des Verschrumpelns und der Pilzbildung durchliefen, besaßen eine erstaunlich beruhigende Wirkung auf den jungen Mann. Er fotografierte alles, auch die Rune am Stamm und die Sägespäne, obwohl Butler selbst schon Bilder gemacht hatte, zur Sicherheit. Er war gern akribisch und jetzt, wo er am urigen Stamm des Baumes emporblickte, dachte er wieder darüber nach, sich endlich ein männliches Glied operieren zu lassen.

Nachdem Cobander mit Butler übereingekommen war, Bönning vorerst nichts über diesen andersartigen Fund zu berichten, bevor sie nicht mit Wolfgang Banff gesprochen hatten, und der Schamane sich gebührend bei den Bäumen bedankt hatte, gingen sie zurück, ließen den geheimnisvollen Hutewald hinter sich und fuhren dann zielstrebig nach Hofgeismar.

3 | TOLLKIRSCHE, EIBE & ERDRAUCH

Bönning sandte Cobander den Adresslink des einschlägigen Onlineroutenplaners zu und gegen 15 Uhr traf das Team im ‚*Westbergblick*' 7a ein. In diesem Neubaugebiet wurden offenkundig moderne Villen für Wohlhabende gebaut. Drei dieser Art standen bereits seit einigen Jahren.

Wolfgang Banff war ohne Frau und Kinder hierhergezogen und bewohnte ein buschumrandetes großes Grundstück mit neorömischem Herrenhaus darauf allein. Laut Angaben Bönnings war der erfolgreiche Unternehmer seit acht Jahren geschieden und seine erwachsenen Kinder, Max und Lena, gingen eigene Wege, obwohl Banff angab, er habe regelmäßig Kontakt zu ihnen, im Gegensatz zu seiner Frau.

„Er weiß, dass wir kommen und jemanden aus Kassel mitbringen, der die esoterisch klingende Drohnotiz ernstnimmt, ok?"

Cobander nickte zustimmend. „Sie können uns gerne so vorstellen, wie Sie wollen. Ich möchte lediglich Herrn Marquandt, unserem Teampsychologen, die besondere Gelegenheit für Felderfahrungen geben. Ich werde Banff im Anschluss darüber in Kenntnis setzen, dass es fehlgeleitete junge Aktivisten sein müssen, die sich pubertär ausgetobt haben, die wir oder Sie jedoch in Kürze dingfest machen werden. Was halten Sie davon?"

Bönning dampfte zwei schnelle Züge Himbeerdunst und hielt einen Daumen hoch. „Nimmt mir vermutlich für eine Weile eine Menge Stress mit diesem Narzissten, und das ist wundervoll."

Viktor lächelte amüsiert. „Wieso sagen Sie das, Herr Bönning?" Der Kommissar lachte abfällig. „Er hat den Bürgermeister verrückt gemacht und hält sich für die wichtigste Person Hofgeismars, noch Fragen?"

Butler hockte währenddessen mit geschlossenen Augen auf dem Beifahrersitz und nickte im Takt der Musik, die aus den Kopfhörern in seine Ohren geleitet wurde. Sie hatten sich auf der Fahrt darauf geeinigt, dass der unter Druck stehende Wolfgang Banff mit der massiven äußeren Erscheinung des Runenschamanen sicher überfordert wäre und Viktor hier das Feld zu überlassen sei. Butler hatte auf seine übliche vollmundige Art zugestimmt.

„Dafür mach' ich heut' Abend ne Unnerweltreise mit dem Moos un anner'n Kräutern!"

Bönning klingelte am stählernen Einfahrtstor und hielt seinen Ausweis bewusst in Blickrichtung der im Pfosten eingebauten Kamera. Es summte kurz, dann glitt das Tor beiseite und sie konnten das Grundstück betreten.

Zu Cobanders Belustigung kam ihnen ein sonnenbebrillter Muskelmann, eindeutig ein bezahlter Leibwächter, mit ausgestreckter Hand entgegen. „Werde Sie begleiten", sagte er emotionslos, tippte an einen Bluetoothknopf im linken Ohr und nuschelte dann mit geschwollenem Rollen der US-amerikanischen Fernsehserien „Besucher-abgeholt. Kommen-hoch. Over."

Bönning versuchte, ein herzhaftes Lachen hinter einem Hustenanfall zu verstecken, Viktor schüttelte leicht den Kopf und Cobander spürte zwischen Schulterblättern und Wirbelsäule ein seltsames Kribbeln. Mehrere Personenschützer waren sicher nicht billig und auch, wenn Banff ein paranoider Narzisst sein mochte, erschien dem Hauptkommissar die ursprüngliche Vermutung zutreffend, dass mehrere Ministerien eine Reihe parallellaufender Ermittlungen mit seinem Okkult-Team, wie ein roter Hering, in die Irre führen sollten. Er fragte sich, was in Nordhessen eigentlich am Brodeln war.

Wolfgang Banff stellte sich tatsächlich als arrogant, jovial und höchst selbstverliebt heraus, wie Cobander fand. Das weitläufig-offene Innenleben seines Hauses repräsentierte durch viel Kunststoff und Glas eine glattsterile Atmosphäre, die sich im schmalen Gesicht des Unternehmers wiederspiegelte. Kurzes grauschwarzes Haar, Businesshemd, Krawatte, Rolex. Trotz seiner 61 Jahre wirkte er sportlich.

Der Hauptkommissar hielt sich, wie abgesprochen, im Hintergrund, aber es war offensichtlich, dass der Befragte den jungen Psychologen belächelte und eher über seine Erfolge und den Unsinn der Klimaschützer schwadronierte. Mehrfach referierte er auf das Drohschreiben und wies darauf hin, dass man es eindeutig mit *‚drogenverseuchten Fridays-for-Future-Muschis‘* zu tun hätte, die in ihm den Teufel sähen und nun für freche Unruhe sorgten.

Viktor Marquandt gelang es jedoch, sich davon nicht einschüchtern zu lassen und stellte, wie Cobander meinte, eine Reihe kluger Fragen, die er selbstverständlich heimlich per Diktierfunktion seines privaten Mobiltelefons in der Hosentasche samt Antworten dokumentierte. Die Jahre im Sumpf der Wiesbadener Mafia hatten ihn doppelt und dreifach geschult. Niemand in diesem System hielt sich an Regeln, das war ein Märchen für Kinderweltler.

Banff wirkte auf die Besucher insgesamt ambivalent. Einerseits schien er von der Echtheit der Drohung überzeugt, andererseits sah er in dem esoterischen Bezug keinerlei Begründung, sondern lediglich ein dummdreistes Mittel zum Zweck, um ihm Angst zu machen, was natürlich nicht funktionierte. Andererseits schienen ihm Personenschützer notwendig zu sein und er erwartete weitere infame Auftritte von den Tätern. Der Bezug zu den belgischen Rockmusikern interessierte ihn wenig, der Name wäre blöder ‚Fantasykram' und röche nach Cannabismissbrauch.

Cobander sah bestätigt, was ihm der LKA-Mitarbeiter auf der Hinfahrt mitgeteilt hatte. Banff versuchte offensichtlich zu verschleiern, dass andere Probleme aufgetreten waren. Möglicherweise war er sogar selbst der Urheber des Drohbriefes und hatte ein paar Figuren Geld gezahlt, damit sie die den toten Waschbären und das blutbefleckte Kruzifix in den Wald brachten. Und er hielt es für möglich, dass einer der Personenschützer in Wirklichkeit ein verdeckter BKA-Ermittler war.

Der Hauptkommissar wunderte sich nicht über die eigenen Gedankengänge, denn sie waren der Preis der Arbeit, die er in den vergangenen fünfzehn Jahren für das LKA geleistet hatte. Alles war möglich, auch und insbesondere rosa Elefanten, die sich gemeinsam mit Pferden vor Apotheken erbrachen.

Kurzfristig fiel ihm der seltsame Traum mit der Nebelfrau wieder ein und er ertappte sich dabei, darauf zu hoffen, dass doch noch Übernatürliches geschah, damit er nicht in dieselbe Jauchegrube fiel wie im Süden. Er musste davon ausgehen, dass das naturtrübe Bier der Region genauso wenig Abhilfe gegen den Wahnsinn schaffen konnte wie der Äppelwoi.

Nachdem Viktor seine soziopsychologische Befragung beendet hatte, pfropfte Cobander dem Unternehmer den wohlvorbereiteten - *‚wir-sind-auf-Ihrer-Seite-und-alles-wird-gut'* - Sermon auf und kurz darauf wurden sie gemeinsam mit Bönning zurück vor das stählerne Tor geführt.

„Guten Tag, die Herren", murmelte die Security, dann schloss das Tor elektronisch. Bönning hielt Cobander kollegial die Hand hin. „Das war's vorerst, würde ich sagen. Falls wir Sie noch einmal benötigen, melde ich mich per internem Buschfunk. Danke fürs Kommen."

Hände wurden geschüttelt, auch die von Butler, der aus dem Wagen gestiegen war, nachdem er bemerkt hatte, dass man zurückgekehrt war.

Um 17.14 Uhr saß das ohne Verkehrsprobleme nach Kassel zurückgekehrte Team Cobander im oberen Stockwerk des ehemaligen Musiktheaters beisammen und rekapitulierte die erste gemeinsame Exkursion.

„Ein netter Waldspaziergang und ein Egotrip hoch drei, spannend", bemerkte Viktor, der wie ein Mäuschen an einer Tasse Kaffee nippte und müden Blickes aus dem Fenster sah. Butler grinste. „Frischluft macht müd', was?"

Cobander schaltete sein Handy aus, welches noch auf dem Konferenztisch lag, weil er die illegitime Aufnahme des Gespräches mit Banff für alle abgespielt hatte.

„Ich möchte Ihnen beiden ausdrücklich danken", sagte er mit wohlmeinendem Ausdruck im Gesicht. „Es hat gutgetan, wieder ein wenig kriminalistisch arbeiten zu können, wenn es auch auf der Basis mittelmäßiger Hysterie und eigener Sonderstellung stattfand. Sie haben routiniert gehandelt und den Tag mit Ihren Perspektiven bereichert."

Viktor lächelte über das für ihn unerwartete Lob und trank den Rest seines Kaffees in einem Zug aus.

„Vielen Dank, mir bedeutet es echt viel, aber ich kam mir bei Herrn Banff irgendwie krass unsicher und weird vor." Cobander schüttelte den Kopf. „Überhaupt nicht, Viktor, im Gegenteil. Ihre Fragen zu seinen Gedanken über den Drohbrief, seine Gemütslage insgesamt und besonders die gezielte Überlenkung zur Situation mit Exfrau und Kindern hat mir gut gefallen. Dass der Mann darauf eher ablehnend und ablenkend reagiert hat, war aufschlussreich genug. Ich werde Bönning, wenn ich nachher den kurzen Bericht fertig habe, raten, Familie Banff noch stärker in Augenschein zu nehmen."

Viktor nickte. „Natürlich… es könnte ja auch von dieser Seite kommen, logisch."

Butler lachte gackernd und verschränkte die Hände hinter dem Kopf. „Ha, de Sünden von d'n Geliebten!"

Cobander lächelte leutselig. „Statistisch und auch erfahrungsgemäß liegen die Motive für Drohung und Nötigung, nebst Kapitalverbrechen wie Mord und Totschlag, in hohem Maß in den Bereichen emotionaler Zerwürfnisse oder finanzieller Schwierigkeiten, und meist geht das Hand in Hand. Die einzige Ausnahme bildet der Bereich organisierter Kriminalität, aber das schließe ich hier zu 99 Prozent aus."

„Warum?", fragte Viktor interessiert.

„Das hat etwas mit Effektivität zu tun. Kriminell erfahrene Gruppen, Mafia- oder Verbrecherclans agieren in hohem Maße ohne Aufsehen und vor allem hart. Zeitungswirksame Spielereien sind zu auffällig, kosten Ressourcen und vergeuden Zeit. Es zählen Ergebnisse, was teilweise straffe wirtschaftliche Züge aufweist. Hätte Banff mit solchen Figuren Probleme, wäre entweder ein kurzer Anruf oder einen Besuch von bewaffneten Handlangern erfolgt. Dann gibt es maximal ein Ultimatum mit direkter Gewaltdrohung gegen Angehörige oder enge Mitarbeiter. Entspricht der Betroffene den Forderungen, ist bis zum nächsten Zerwürfnis Ruhe. Tut er es nicht, wird meist jemand zielgerichtet beseitigt."

„Aber ist so'n Mord nicht viel schlimmer als einfach ne spooky Drohung?" Auf Viktors Wangen zeigten sich rötliche Flecken der Aufregung.

„Ein paar tausend Euro auf ein unverfängliches Konto, ein Foto mit Adresse, dann steigt ein professioneller Ausknipser im Ausland in ein Flugzeug, landet in Deutschland, fährt mit Öffis zur Adresse, tötet die Zielperson und verschwindet."

Die Hand des jungen Psychologen ballte sich zur Faust und er änderte mehrfach seine Sitzposition. „Aber das trifft es doch dann voll! Banff hat sich Personenschützer geholt, also hat er mega Angst!"

Cobander hob beschwichtigend die Hand. „Könnte theoretisch darauf hindeuten, aber das sind keine stoppenden Hürden für Profis. Dann wird mehr Geld gezahlt und der Auftragsmörder ist ein Ex-Söldner mit Infiltrationserfahrung."

Viktor stöhnte. „Ey nee, ey… das ist für mich ein ganz beschissener Mindfuck…"

„Ist gut, Viktor, tut mir leid. Ich hätte es vielleicht etwas besser verpacken sollen… Zu Ihrer Beruhigung sage ich es noch einmal klar und deutlich – dieser Bereich ist in unserem Fall irrelevant. Die Indizien sprechen die Sprache kindischer Esoterik und neurotischer Emotionen, was sich im Grunde im Gespräch mit Banff indirekt bestätigt hat. Bleiben Sie nüchtern und analytisch. Ich gehe stark davon aus, dass unser Besuch eine einmalige Angelegenheit gewesen ist. Wir waren ein Placebo. Beruhigungspillen, um das Ego eines selbstverliebten Kunststofffabrikanten zu streicheln."

Viktor spürte Kopfschmerzen aufkommen. „Hä? Wie denn Placebo jetzt, was, hä?"

„Wir wären nicht kontaktiert worden, wenn Banff keinen derartigen Aufriss um die Sache gemacht hätte. Der Kripoleiter in Hofgeismar hat überlegt und sich gesagt – da gibt es doch diese neue Polizeikommission in Kassel für Esoterikmist, die können ruhig mal vorbeikommen und ein paar Wogen glätten."

Viktor streckte beide Arme auf dem Konferenztisch aus, dann rieb er sich die linke Schläfe und stöhnte wieder.

„Passen Sie auf, ich erzähle Ihnen jetzt eine alte, aber wahre Geschichte, dann platzt der Knoten… Ich war früher mit einem Mann bekannt, mit dem ich mal im Verein

Schach gespielt habe. Der hatte sich selbstständig eine Detektei aufgebaut und beschäftigte ein paar Leute. Eines Tages rief ihn eine Frau an, die davon überzeugt war, dass sie regelmäßig Besuche von Außerirdischen bekomme und ihr Gehirn langsam verrücktspiele. Normalerweise hätte mein Bekannter sowas abgelehnt, da er aber das Geld damals gut gebrauchen konnte und die Frau großzügig war, machte er den Deal mit ihr, neuartige Geräte zu besorgen, um das Haus energetisch zu reinigen und elektronisch abzuschirmen. Am nächsten Tag ist er mit zwei seiner Detektive hingefahren, dann haben sie mit einer über Nacht in der Garage gebauten abenteuerlichen Konstruktion aus einem alten Staubsauger, Nudelsieben und Alufolie das Stockwerk ‚gereinigt' und die Frau war überglücklich. Die Außerirdischen sind danach nie wiedererschienen."

„Mal abgesehen davon, wie scheiße ich das Verhalten Ihres Bekannten finde… Psychotisch kam mir Herr Banff nicht vor."

Cobander atmete einmal tief ein und aus, dann kratzte er sich am Ohr. „Ich wollte ihn auch nicht direkt mit der Alien-Oma vergleichen, aber Sie haben doch verstanden, was ich mit der Geschichte sagen wollte, oder nicht?"

„Ja… Sorry, ich hab' einfach irgendwie dämliche Kopfschmerzen und überhaupt nervt die Geschichte."

„Es war Ihr erster Exkursionstag in einem komplexen Arbeitsfeld und wir wollen auch nicht vergessen, dass zwischen uns allen in den letzten Wochen enorm viel Kommunikation stattgefunden hat. Das ist kräftezehrender, als man glauben mag. Wir alle sind ausgelaugt… schauen Sie."

Cobander zeigte auf Butler, der im Sitzen eingeschlafen war und in diesem Moment, wie bestellt, zu schnarchen begann.

Zur Erleichterung des Hauptkommissars erhellte sich

Viktors Gesichtsausdruck. „Wollte er nicht eine kräuterdingsinduzierte Unterweltreise oder so ähnlich machen?"

„Heute wohl nicht mehr. Könnten Sie mir den Gefallen tun, und ihn vorsichtig wecken? Ich möchte jetzt den Bericht für Hofgeismar und das LKA verfassen, denn erledigt ist erledigt und ich tippe nicht gern. Ich fühle mich noch frisch. Sie beide fahren bitte nach Hause und gehen möglichst früh schlafen."

Viktor stand auf und tippte dem Brummbären auf die Schulter. „Danke, Herr Cobander."

Während der junge Psychologe unter stärker werdenden Kopfschmerzen den durchs Wecken mürrisch brummenden Butler auf den Vorhof zwischen den Industriegebäuden begleitete, startete Cobander den Laptop, machte sich einen frischen Kaffee und begann, akribisch den Tag mit allen Einzelheiten zu dokumentieren und sämtliche digitalen Dateien anzufügen, auch die unerlaubte Aufnahme. Sie erhielt den roten Vermerk *‚juristisch nicht zu verwerten'*.

Den Fund Butlers an der anderen Eiche dokumentierte er ebenfalls, allerdings separat, sodass er beim Versenden auswählen konnte. Das LKA erhielt es komplett, Hofgeismar frisiert. Er wusste, dass es seiner paranoiden Intuition geschuldet war, aber jenseits der bisherigen Fakten hatte er bezüglich des Verhaltens des Kripoleiters dort ein seltsames Gefühl, obwohl er diesen bisher weder gesprochen noch gesehen hatte. Er holte einen kleinen karierten DIN-A6-Ringblock aus der rechten Jackettasche, blätterte eine Seite um und notierte: *‚Korruption/Familientragödie? Falls erneut Amtshilfe, dann Angehörige/Kein Bönning'*.

Cobander schaltete den Computer aus. Die Wanduhr im Büro zeigte 20.30 Uhr. Er stand auf, räumte alle benutzten Tassen des Tages in die vorhandene Spülmaschine, löschte das Licht und ging zum Aufenthaltsraum, wo Butler einige

Male bereits auf dem Sofa geschlafen hatte. Es roch unterschwellig nach ihm, eine Mischung aus Maggi und altem Leder. Er zog den Konsalik aus dem Rattanregal und setzte sich damit in den abgewetzten Sessel am Fenster. Nachdem er die ersten Seiten überflogen hatte, legte er das Buch beiseite und blickte zur Decke.

‚*Das hat alles keinen Zweck*', dachte er und stand auf.

Fünfzehn Minuten später fand er sich im Verkaufsraum der JET-Tankstelle an der Ecke Angersbachstraße/Wolfhager Straße wieder und kaufte mehrere Dosen Bier. Die ersten beiden trank er auf dem Weg zurück und fühlte sich ein wenig wie damals, als er mit seinen Kumpels vor dem Betreten des Musiktheaters ordentlich vorgeglüht hatte.

Leere Dosen waren überall hingeflogen, weil es schön umweltunfreundlich und ihnen völlig egal gewesen war. Heutzutage würde man aufgrund des Pfandes arm und von überall lauernden Planetenschützern niedergemacht werden.

Er dachte diese Dinge künstlich, denn tatsächlich war es Cobander retrospektiv peinlich, in jener Zeit ein asoziales Arschloch gewesen zu sein. Selbstverständlich verstaute er die leeren Dosen in der mitgenommenen Umhängetasche, die er im Abstellraum gefunden hatte.

Als er über den Einfahrtshof schritt, sah er im linken Gebäude noch immer Licht. Da wurde kräftig gearbeitet und der Sollplan eingehalten.

„Brav", murmelte er und betrat nach zweifacher Entriegelung das Polizeiaußenlager, aber als die Metalltür zurück ins Schloss gefallen war, trat er wütend von innen dagegen.

„Scheißbullen, Scheißbullen, ene-mene-muh, sie packen dich, sie treten dich, und geben niemals Ruh!" Dass er sich ausgerechnet an dieses Punklied erinnerte, fand er lustig. Er rülpste lautstark, legte die Tasche in eines der leeren Lastregale, die jetzt die ehemalige MT-Halle beherrschten und öffnete sein drittes Bier.

„Ich bin genau wie Butler, genauso“, brabbelte er vor sich hin und begann, alte Lieder zu summen. Er hüpfte von einer Regalseite zur anderen, dreht sich und hüpfte zu den nostalgischen Klängen in seinen Gedanken. Vielmehr, zum scheppernden Krach in seinem angetrunkenen Kopf.

Gluckernd ließ er das Bier seinen Schlund hinabrauschen und holte sich mehr davon. Schaumkronen traten auf seine Lippen und er packte vor dem fünften Bier eine Box mit einem abgeschriebenen Aktenvernichter und warf sie lachend vom Regal in den Zwischengang.

Das sechste und letzte der gekauften Biere warf er in einem Anfall von trunkener Wut von sich fort. Die Dose prallte von der Kante eines Regals ab und der Restinhalt verteilte sich gischtartig. Cobander grölte eine Reihe übler Unflätigkeiten, dann legte er sich zwischen zwei Regale und fühlte die glatte Oberfläche der nie entfernten Platten. Er sah sie alle wieder tanzen. Inmitten moschender Langhaariger und springend-schubsender Irokesenschnitte betrachtete er sich selbst am Boden liegend mit Schaum vor dem Mund. Er war kaputt, einfach kaputt. Majas Tod hatte ihn wie ein Spiegel zerbersten lassen und auf der Suche nach den Einzelteilen schnitt er sich ständig die Hände blutig.

Irgendwann fand Cobander die Kraft, aufzustehen. Er spürte, dass er ordentlich betrunken war und seine Emotionen ungefiltert mit ihm Pingpong spielten. Schluchzend zog er sich am Geländer der Treppe hoch, tapste dann kichernd über den Flur, in welchem er klugerweise das Licht angelassen hatte, und warf sich mit einem lauten Fluch auf das Sofa. Er wand sich im Duft aus Küchenwürze und spacherigem Speck solange hin und her, bis er eine aushaltbare Liegeposition gefunden hatte, um irgendwie Schlaf zu finden. Er ahnte trotzdem, dass der Kater des nächsten Tages furchtbar werden würde.

***

Mitten in der Nacht hörte er leise Musik an seine Ohren dringen. Die Betrunkenheit war verflogen und… der Flur war weitläufiger, als er ihn in Erinnerung hatte. Treppenaufgänge führten hier und dort in tiefere und höhere Stockwerke und die Holzdielen des Bodens knarzten altertümlich… Jemand hatte in der Halle endlich die Schwerlastregale entfernt und Kerzen auf den Stehtischen entzündet… Eine übergroße Diskokugel drehte sich an der Decke… Hier war die Musik lauter, aber nicht unangenehm. Rhythmische Trommeln und schamanischer Gesang… Auf der glänzenden Tanzfläche tummelten sich geisterhafte Gestalten aus Nebelschwaden und dem schweren Rauch erloschener Dochte… Ein offener Fahrstuhl brachte ihn nach unten… Erst hier bemerkte er unter seinen nackten Füßen Laub und Moos, überall auf dem Boden liegend. Nur die Tanzfläche war frei… Er ging in die Mitte unter den schillernden Glanz der Kugelsphäre und sah eine Frau auf den oberen Rängen der Stufen am abgegriffenen roten Geländer stehen… Er ging, nur mit Unterhose bekleidet, ein paar Schritte näher zur ersten Stufe und sah, dass die Frau einen Waschbären in den Armen hielt. Blut tropfte von dessen Körper auf ihr runenverziertes Kleid. Nicht Uruz, wie Butler die Rune am Baum bezeichnet hatte, sondern eine andere. Immer dieselbe in unterschiedlicher Größe… ‚sage es ihnen'… Die Gestalt legte das Tier behutsam ab und schritt das Geländer entlang, kam die Seitentreppe hinab und ging auf ihn zu… ‚sage es ihnen.' In seinem ganzen Leben hatte er jemals ein eindrucksvolleres Gesicht gesehen. Edelschön, mit hohen Wangenknochen, blauschwarzen Augen, wallendem dunklem Haar, einem breiten Silberreif um den Hals… ‚Sage es ihnen.' Kein Lächeln, keine Trauer. Wissender Ernst in kindlicher Klarheit… Ihr linkes Gesicht verfinsterte sich und das Fleisch fiel herab wie Brocken einer Geröllawine…

‚SAGE ES IHNEN!'

Ein halber Schädel grinste ihn an …

* * *

„He, Chef!", sagte Butler laut und schüttelte Cobanders Schulter. „Wer'n Se ma' wach, das gibbets doch nit!"

Der Hauptkommissar schlug die Augen auf und zuckte für einen Moment stöhnend zurück, weil aus dem Traumgesicht mit der gruseligen Frau und ihrem halben Totenschädel plötzlich der Runenschamane geworden war. Dem Lichtschein am Fenster nach zu urteilen, war es bereits Vormittag und ohne Vorwarnung brachen Übelkeit und Kopfschmerz über ihn herein.

„Hon Se gestern gesoffen, Chef, odder was? Es stinket uffm Flur un unnen nach Bier, wie in 'ner Pennerbud', was'n los mit Ihnen?" Cobander winkte ab, bewegte sich umsichtig in eine aufrechte Position und deutete Butler an, ihm doch aufzuhelfen.

Parallel zu weiteren unqualifizierten Kommentaren seines Mitarbeiters ging er über den Flur zur Toilette, ließ sich eine halbe Minute kaltes Wasser über das Gesicht laufen, entleerte sich im Sitzen und bat Butler, ihm mehrere Tassen Espresso zu machen. Meckernd und schimpfend zog der Mann ab und Cobander wartete mehrere Minuten, ob die Übelkeit abflauen würde oder er sich übergeben musste. Er hatte Glück.

Eine Stunde später kam Viktor ins Büro und beäugte die leeren Bierdosen, die Butler akkurat nebeneinander auf der kleinen Spüle zusammengesammelt hatte.

Der Kommissar saß derangiert vor seinem Laptop und Butler flüsterte dem Psychologen ins Ohr, was vergangene Nacht wohl stattgefunden hatte. „Sach ma nix, Junge, der musste was verarbeiten, wissest‘s ja.“

Viktor überging den Umstand, dass Butler ihn erneut gedankenlos geduzt hatte, und setzte sich schweigend an seinen eigenen Schreibtisch.

Cobander, der sich einigermaßen beieinander fühlte, konnte nicht länger warten und teilte den beiden mit, dass es etwas gäbe, was er ihnen berichten würde, wenn sie es wollten, obwohl es einer Geheimhaltungsstufe unterläge, die sie dazu normalerweise nicht berechtigte.

Butler brummte und verschränkte die Arme. Viktor rieb sich schüchtern den rechten Arm, fragte aber scharfsinnig „Hat mit dem gestrigen Telefonat im Auto zu tun, oder?“ Cobander nickte.

„Was’n für’n Telefonat?“, fragte der Runenschamane erstaunt. „Das LKA in Wiesbaden hat mich auf der Fahrt nach Hofgeismar kontaktiert, während Sie mit Musik gedöst haben. Es ging um Wolfgang Banff.“

Viktor und Butler sahen zunächst einander, dann erstaunt ihren Vorgesetzten an. „Bitte?“

„Ich möchte erst wissen, ob Sie es hören wollen, denn danach ist es nicht rückgängig zu machen.“

„Würden wir denn Schwierigkeiten bekommen?“, fragte Viktor zielgerichtet und ohne Scheu.

„Nein, nur ich.“

„Dann unbedingt – Ja!“

Butler schlug mit der Faust auf den Tisch, sodass zwei Kaffeetassen klappernd umfielen. „Russ mit der Sprach‘, aber flott!“

Der Hauptkommissar teilte ihnen mit, was er wusste, aber von dem Traum der Nacht erzählte er nicht. Er fügte seine eigenen Vermutungen hinzu, so auch jene, dass Banff die Sache selbst initiiert und der Dienststellenleiter unter Umständen damit zu tun haben könnte.“

„Simmer denn hier Schames Bond odder was? Waffen un so’n Kram, nä!“ Butler stand schimpfend auf und verließ den Raum. Man hörte ihn noch außerhalb des Gebäudes mit sich selbst sprechen.

Viktor war ruhig geblieben, dafür schob er verschiedene Tischgegenstände vor sich in immer wieder neue Positionen. „Warum wollten Sie uns das mitteilen, wenn es alles so special secret ist?“, fragte er anschließend.

Cobander zuckte mit den Schultern und wirkte auf den jungen Mann zum ersten Mal unsicher.

„Wenn Sie das zu sehr irritiert und Ihnen Zweifel an allem kommt, können wir den Vertrag vorzeitig lösen, Herr Marquandt. Ich hätte volles Verständnis dafür.“

„Darüber muss ich erst nachdenken, ok? War denn das von gestern jetzt komplett gelogen?“

Der Hauptkommissar blickte irritiert.

„Offenbar hat es mit was Heftigem zu tun und Sie haben mich angelogen, um mich wie ein Kind zu beruhigen!“

„Ich verstehe, dass es jetzt für Sie so wirken muss, aber das eine bleibt das eine und das andere das andere. Dieser Drohbrief, der Waschbär und das Kruzifix tragen eine ganz andere Handschrift, da stehe ich zu meiner Einschätzung.“

„Was für ein Mindfuck, echt, ey! Ich glaub‘, ich möchte jetzt heimfahren.“

„Tun Sie das. Würden Sie mich morgen bitte anrufen?“

„Ok“, sagte Viktor, schnappte sich seine Umhängetasche und verschwand.

Zehn Minuten später rauschte Butler ins Büro und

schimpfte. „Sehen Se? Den Jungen hon Se schon vergrault un ich find's auch nit soo!"

„Ich habe Sie eingeweiht."

„Jo, nachdem Se gestern Bierdüsen gesoffen hon, de Nacht scheiße war un übberhaupt komisch druff sin! ‚Wir dürfen diese Räume nicht als Wohnraum nutzen, Herr Butler'… Annere sin' halt gleicher als de annern. Wir grillen Würschte und sin fromm un fröhlich. Übberall noch immer derselbe Schiss!"

„Was ist eigentlich mit Ihrer Reise, von der Sie gestern gesprochen haben?"

„Hä?", warf Butler das hessische Fragewort aus.

„Im Sababurgwald haben Sie gesagt, mit dem Eichenmoos könnte man eine schöne Unterweltreise machen. Damit ist doch sicher eine Art Trance oder ein High-Zustand gemeint, oder?"

„Jo, schon… was hodd'n das mit'm Agentenkram zu tun?"

Cobander schüttelte den Kopf. „Zum einen ist es kein ‚Agentenkram', sondern eine übliche Vorgehensweise des Bundeskriminalamtes oder des Verfassungsschutzes bei international relevanter Wirtschaftskriminalität, das möchte ich an dieser Stelle einmal ganz klar festhalten. Warum ich es Ihnen beiden sagen wollte, kann ich selbst noch nicht ganz erklären. Zum anderen kommen hier so viele seltsame Faktoren zusammen, dass ich mir mittlerweile aufrichtig wünsche, dass wirklich Übernatürliches dabei ist."

„Se hon doch selbst gesacht, dass Se nit so wirklich an Magie, annere Dimensionen und alde Wesen glauben."

„Ich hatte gesagt, ich wäre vorsichtig und vertraute in erster Linie auf nüchterne Ermittlungen und wissenschaftliche Erklärungen, aber offen bin ich von Beginn an gewesen, sonst würde es unsere Abteilung wohl kaum geben, oder?"

„Na gud, un‘nu? Was woll‘n Se von mir?“

Cobander zeichnete die Rune, die er im Traum gesehen hatte, auf einen seiner Ringblockabreißzettel und schob ihn Butler zu.

„Können Sie mir sagen, ob das eine Rune ist?“

Der Schamane stemmte die Hände in die Hüften und schaute auf den Zettel. „Jo, is au‘ ne Rune. Heißt Hagalaz. Woll‘n Se mich jetzt mit nem versteggelten Runenhandbuch testen, ob ich wirklich Ahnung hon‘?“

„Hagalaz… Nein, ich will Sie nicht plump testen, Herr Butler, ich habe heute Nacht von diesem Zeichen geträumt und es nie zuvor gesehen.“

Der Schamane kniff die Augen zusammen und ging einen Schritt zurück. „Se hon von Hagalaz geträumt?“

„Ja.“

„Un wie? Hing’s inner Luft rum, oder war‘n da Steine? Man träumet nit einfach so von ‘ner Rune, die man nit kennt.“

Cobander fühlte Verkrampfung in seiner Brust, musste plötzlich an Maja denken, schüttelte den Kopf und begann dann, Butler den Traum von der Nacht in allen Einzelheiten zu erzählen. Im Anschluss berichtete er auch über den ersten Traum dieser Art. Es musste raus. Er spürte, dass er es nicht länger für sich behalten konnte und anschließend ergriff ihn ein starkes Gefühl der Erleichterung.

Butler hatte ohne Kommentare oder Zwischenbemerkungen zugehört und starrte Cobander mit weit aufgerissenen Augen an. Er holte wortlos sein Mobiltelefon aus einer seiner Gürteltaschen, tippte einen bestimmten Kontakt an und hielt sich die Scheibe ans Ohr.

„Mudder? Ich bin’s, dinn Sprössling… Jo, höre zu, du große alde Hex‘, ich hon hier’n Mann, der hodd zwiemal von Hel geträumt und se hodd mit enne geredt‘, stell’s dir nur vor! Jo, *HEL*, wenn ich's dir doch sag'! Kömma kommen heude? Jo, ich bring Nussecken mit... un Kreppel... Jo, Erdbeere. Dann Schmatzi, bis denne... inner Stund' so... Jo, tschau." Er steckte das Telefon zurück. „Wir beide fahr'n zu meiner Mudder."

Cobander rieb sich über die Stirn. „Wer oder was, bitte, ist Hel?" „Nit jetze, wir müss'n erschtma Kreppel hol'n. Uffm We nach Ehlen..."

* * *

Der silbergraue e-Magnus Nova parkte auf dem weitläufigen LIDL-Parkplatz. Der Mann mit der Sonnenbrille und dem Klemmbrett unter dem Arm ging am Gebäude der TÜV-Prüfstelle vorbei und schlenderte die Angersbachstraße entlang. Eilig hatte er es nicht. Er rauchte eine Zigarette, wechselte mehrmals die Straßenseite, um sich hier und dort etwas anzusehen und wiederholt Dinge auf dem Brett zu dokumentieren.

Als ein verbeulter roter VW-Golf mit rasselndem Motor und schleifender Kupplung an ihm vorbeirauschte, sah er den Insassen eine Weile rauchend nach und ging dann weiter Richtung Tannenwäldchen. Vor der Einfahrt zum ehemaligen Musiktheater stoppte er. Er würde den Einzugsbereich der installierten Kameras nicht betreten, wenngleich man sie nicht unbedingt sehen konnte.

Er kratzte sich mit dem Stift am Kopf, notierte erneut etwas und nickte einem LKW-Fahrer freundlich zu, der mit einem Kipplaster soeben an ihm vorbeischepperte. Dann nahm er ein Mobiltelefon in die Hand und ließ den Arm sinken. Im Zurückgehen machte er in rascher Abfolge Fotos vom Areal, ohne das Gerät hochzuhalten.

Im Supermarkt kaufte er sich Mineralwasser, setzte sich in sein Fahrzeug und beobachtete anschließend die Kreuzung bei der Tankstelle.

***

Cobander blickte verträumt aus dem Fenster von Butlers VW-Golf und nahm die sanften Hügel und Wälder zwischen Dörnberg und Ehlen wehmütig in sich auf.

Er konnte sich nicht daran erinnern, früher je hier entlanggefahren zu sein, doch erinnerte sein Herz den Frieden, den diese Landschaft verströmte. Der Kater verblasste allmählich.

Der Runenschamane hatte ihm auf der Fahrt bis hinter Harleshausen erklärt, um welche besondere nordische Göttin es sich bei Hel handelte und dass man nicht einfach so von ihr träumte.

Der Hauptkommissar lächelte und zog mit dem Finger an der Scheibe die Linien des Horizonts nach. Die vielen Jahre in der Landeshauptstadt kamen ihm vor wie ein künstliches Konstrukt, das ihn gefangen gehalten hatte, um die wahre Schönheit zu verschleiern.

‚*Lass mich in diesen Wäldern hier verschwinden…*', dachte er und schloss für einen Moment die Augen. Aus den schnarrenden Lautsprechern rockte ein Radiosender, es duftete nach jahrzehntelangem Rauchen und der Motor röchelte bei 95 km/h wie eine Dampframme.

„Do simmer schonn!", rief Butler aus und zeigte mit dickem Runkelfinger nach rechts. Cobander richtete sich auf und sah die Ausläufer von Habichtswald-Ehlen. Auf dem kleinen Hügel hinter ein paar hohen Bäumen lag eine Tankstelle, das wusste er.

Butler bog auf die schmale Feldstraße ‚*Im Grund*' ab und rumpelte an einem Reiterhof vorbei auf ein kleines Wäldchen zu.

„Wohnt Ihre Mutter mitten im Wald?“, fragte Cobander nicht ohne Ironie. Der rotbärtige Fahrer winkte ab und lachte schallend. „Quatsch, se hodd ne dolle Waldhütte hinnen am Stöterborn. Besser geht's nit!“

„Stöterborn?“

„Issen Bach, richtig urig da.“

Butler fuhr geradeaus auf einen Feldweg, der über den Bach und dann am Wäldchen entlangführte. Nur knapp eine Minute später hielten sie bereits auf einem abschüssigen Waldweg, der an einem meterhohen Holzstapel endete. Links lag eine Wiese jenseits eines staubigen Feldes. Umringt von ausladenden Buchen stand ein Häuschen. Es war eine Mischung aus Hütte und Wohnhaus mit moosigem Schindeldach und umringt von Brombeerhecken. Auf einer breiten Holzbank vor der Eingangstür saß eine ältere Frau und rauchte Pfeife. Wie Anfang Achtzig sah sie trotzdem nicht aus, eher jünger.

Butler würgte den Wagen ab, wühlte sich aus der Fahrerseite und tapste wie ein Bär auf sie zu. „Hallo, Mudder!“

„Min Jung', hodde de Kreppel au nit vergess'n?“

Die Stimme der Frau klang jünger, als sie aussah. Das grauweiße Haar trug sie in einem dicken Zopf, der ihr über der Schulter lag und bis zum Schoß reichte. Ihr Gesicht war gegerbt, aber nicht faltig. Tiefgrüne Augen strahlten kindliche Glückseligkeit aus. Sie trug ein altmodisch besticktes Leinenkleid und braune Wanderstiefel.

Cobander warf die Beifahrertür zu, schritt vorsichtig näher und hob die Hand. „Ich grüße Sie.“

Die Frau erhob sich, gab ihrem Sohn einen Kuss auf die Wange und schob ihn dann beiseite. Kernig hielt sie dem Kommissar ihre Hand hin und als er einschlug, schüttelte sie kräftig. „Guden! Hilde Butler. Min‘ Jung‘ hodd schonn ville erzählt von Ihne‘."

Cobander lächelte. „Das kann ich mir vorstellen. Schön, Sie kennenzulernen. Sie haben eine tolle Hütte hier."

Hilde grinste breit und steckte sich wie ein alter Bauer die Pfeife in den Mundwinkel. „Ma hodd sinne Ruh‘ un das is gud. Komm‘ Se rin, ich hon de Kaffee schon uffgesetzt."

Die Haushütte duftete nach rauchigem Holz und alter Kräuterküche. Sie war unerwartet geräumig und ein Paradies für Antikenhändler. Die Einrichtung schien älter als die Besitzerin zu sein und zu seinem Erstaunen entdeckte Cobander weder Lichtschalter noch Steckdosen.

„Haben Sie hier keinen Strom, Frau Butler?"

Die Mutter des Runenschamanen schüttelte den Kopf und kicherte. „Sah'n Se ruhig Hilde. Der würd‘ nur stör'n. Ich hon genuch Kerz‘, Öllampe‘ und Holzöfen."

Sie führte die beiden Männer auf eine Terrasse aus dicken Dielen. Ein märchenhaft wilder Garten mit kleinem Schuppen schloss sich an. In einer urigen Buche am hinteren Ende befand sich ein Sitzstand und überall standen Stein- und Holzfiguren. Tiere, Gesichter und Fabelwesen stellten sie dar.

Auf einem Eichenholztisch dampften Kräuter in einer Schale, ein Stövchen mit Porzellankanne verströmte aromatischen Duft, eine getöpferte Schale mit Keksen stand bereit und Hilde wies auf die Bank. „Setzet euch, ich gieß‘ de Kaff‘ ein. Jung‘, mach‘ de Kreppel un de Nusseck‘ in de Schal‘ von de Omma Anna."

Butler tat, wie ihm geheißen, und Cobander setzte sich, vollends fasziniert von dieser Lebenswelt.

„Hilde, wie telefonieren Sie ohne Strom? Ihr Sohn hatte ja angerufen, und…"

„He hon mir' so‘n Dichitalding geschengget und so Ufladakkus dozu."

„Ah, das ist sicher eine gute Idee gewesen.“

„Nuja… un Se hon also zwiema‘ von Hel geträumet?“

„Das stimmt, aber ich hatte keine Ahnung, um wen es sich handelt. Ich kenne mich noch nicht gut in der Mythologie aus und mit nordischen Göttern hatte ich nicht wirklich etwas am Hut.“

„Wür‘n Se mir erzähl’n, was genau in den Träum‘n passieret is?“

Cobander schilderte ein weiteres Mal an diesem Tag die seltsamen Traumbilder. Hilde unterbrach ihn nicht und wirkte am Ende beeindruckt.

„S‘ is schon’n Ding, wissen Se?”

„Ja, sehr ungewöhnlich. Ihr Sohn hat mir ja bereits…“

„Nene, Se versteh’n nit. Das is’n richtiches Ding. N‘ Inbruch! Ne heftiche Mitteilung.“

Cobander griff nervös nach einem Keks und legte ihn auf den Teller, der vor ihm stand. „Hilde, ich weiß nicht, ob ich all das richtig glauben oder verstehen kann. Was würden Sie mir raten?“

Die alte Frau murmelte etwas Unverständliches, holte dann einen ihrer Anhänger, die sie an diversen Lederbändchen trug, unter ihrem Kleid hervor. Es war ein geschnitztes großes Signal- oder Füllhorn. Sie nahm die Kanne vom Stövchen und goss allen ein. Es waren wunderschöne Tontassen, selbstbemalt. Butler stapfte mit einer großen Schale auf die Terrasse und rammelte sich in einen korbähnlichen Sitz am Kopfende des Tisches. Hilde setzte sich auf einen Holzstuhl auf der anderen Seite. Sie nahm einen Berliner, biss hinein, lächelte und nickte ihrem Sohn dankend zu. Als sie diesen und einen zweiten aufgegessen und mit Kaffee die Reste hinuntergespült hatte, blickte sie Cobander tief in die Augen.

„Wissen Se, ich bin seit übber sechzich Jahr‘n Runenhex‘ und hon ne Menge schamanische Reisen gemacht un seltsame Träum' gehont. Min Patron is Heimdallr, de weise Wächter. He hon mir schon oft geholfen un Ding' gezeiget, aber…"

Cobander trank von dem starken Kaffee und lehnte sich mit der Tasse in der Hand zurück. „Aber Hel taucht nicht einfach so in Träumen auf?"

„S' is sehr, sehr ungewöhnlich, un de Sach' da mit dene Hinweise uff Ihr'n Kollechen un de Wahrheit redde, des'is äu'serst ungewöhnlich. Hohe Annersweltwesen un Götter teil'n sich normalerweis' nit so mit und knalln's nem Unwissenden vor'n Latz."

Cobander blickte zu Butler, der sich gerade eine Nussecke in den Mund stopfte und den Garten musterte, dann wieder in Hildes tiefgrüne weise Augen. „Also?"

Die alte Frau legte sich einen weiteren Berliner auf den Teller, leckte Zuckerstaub von ihren Fingern und stopfte dann zunächst ihre Pfeife mit Tabak aus einem Wildlederbeutel, der auf dem Tisch lag.

„Se sin der Göddin wichtig, des'is eindeutig. Se müssen se selbst frag'n, mit ihr in Kontakt trete', se um mehr Hilf' bitt'. Wie sin Se denn eigentlich religiös inngestellt, wenn ich's wiss'n darf? Christlich?"

Cobander schüttelte den Kopf. „Eigentlich gar nichts. Meine Eltern haben mich nicht taufen lassen, obwohl beide evangelisch waren. Ich weiß nicht wirklich, ob ich irgendetwas bin. Ich habe mir darüber nie große Gedanken gemacht."

Hilde rauchte nachdenklich und brummte. Butler goss sich Kaffee nach und machte eine breite Armbewegung. „Ich will unbedingt au dafür 'ne Unnerweltreise mach', Mudder. Konn ich den Baumsitz bei dir benutzen?"

„Momende ma", sagte die Runenhexe und stand schlagartig auf. Sie ging ins Haus und kam kurze Zeit später mit einem abgegriffenen Taschenbuch wieder heraus. Sie legte es dem Kommissar neben den Teller. „Schenk‘ ich Ihnen, is’n altes Werk, was ich nit mehr brauch‘. Min Jung‘ macht ne ordentliche Sitztrance hinnen im Baum und Se lesen sich ma in. Da is au was über Hel drin.“

Cobander blickte auf den Einband voller verknoteter Linien. ‚*Paul Herrmann, Nordische Mythologie*‘.

Er begann fasziniert darin zu blättern, während Hilde mit ihrem Sohn in den Garten ging, um ihn allein zu lassen. Andere hätten höflich den Kaffee ausgetrunken und wären schnell wieder verschwunden, aber der von der künstlichen Matrix gezeichnete Kommissar bekam das Gefühl, an diesem Ort in weiche Daunen gehüllt zu werden. Die Lichter der Großstadt waren hier echte Sonnenstrahlen, die harten Häuserschluchten wurden zu knorrigen Bäumen und anstelle von Getöse war das Rauschen von Ähren und Blättern zu vernehmen.

Er las quer, blätterte jedoch bald auf die Seiten, die Auskunft über diese geheimnisvolle Göttin gaben. Faszination mischte sich mit Ungenauigkeit. Scheinbar hatte das Christentum viel der Überlieferung jener Zeiten überdeckt und verklärt. Würde er danach gehen, wäre Hel ein Höllenwesen, eine düstere Totengräberin mit unersättlicher Gier nach Seelen. Das schien ihm verschwurbelter zu sein als alles andere. Doch es gab offenbar auch eine andere Sichtweise. Diese berichtete vom ambivalenten Schicksal der Tochter Lokis, die sich gegen die Unbilden anderer Götter behauptete und schlussendlich ihr eigenes Reich am Fuße des Weltenbaumes Yggdrasil gründete, Helheim oder Niflheim genannt, um Wohlgesonnenen beizustehen und Ungerechte hart zu strafen.

Cobander fragte sich, ob er vielleicht zu den Wohlgesonnenen oder doch eher den Ungerechten zählte, schüttelte dann aber den Kopf. Sagen und Legenden konnten seine Träume und seine derzeitige Situation nicht umfassend erklären. Er stand völlig am Anfang damit, die Hintergründe jener Mythologie im Ansatz zu verstehen.

Er sah Butler im Garten tanzen. Hilde kehrte soeben zum Tisch zurück. „Min Jung‘ hüppet sich zurechte, ich koch‘ jetze ne Kräutersupp‘ uss Tollkirsch‘, Eib‘ un Erdrauch.“

Cobander klappte das Buch zu und runzelte die Stirn. „Sind Tollkirsche und Eibe nicht giftig?“

Hilde lachte. „Jo, aber nit in dene Meng‘, die ich da rinhau‘, kene Angst. Außerdem machet's de Jung‘ nit zum erste Ma‘. Woll'n Se sich nit nen bisschen ussruh'n bei mir uff'm Sofa. S‘ wird dauern mit der Supp‘ un de Unnerweltreise dauert au ne Zeit.“

Zuerst wollte Cobander ablehnen und spielte sogar mit dem Gedanken, im angrenzenden Wäldchen spazieren zu gehen, aber dann spürte er mit einem Mal Erschöpfung in sich aufsteigen und die Vorstellung eines Nickerchens auf einem weichen alten Sofa erschien ihm jetzt äußerst angenehm.

„Danke, Hilde, für das Angebot. Ich nehme es an. Würden Sie mich wecken, falls ich tiefer einschlafen sollte?“

Hilde nickte und betrat ihr Waldhaus. Butler rief währenddessen wiederholt Namen von Runen und drehte sich bedächtig um die eigene Achse.

Vielleicht war das Hinlegen die einzig sinnvolle Handlung, die Cobander an diesem unwirklichen Ort zu diesem Zeitpunkt vollziehen konnte. Er begann davon auszugehen, dass er im Bett seiner Eltern in Nordshausen aufwachen würde, um festzustellen, dass er alles nur geträumt hatte.

* * *

Hans Marquandt war im großen Korbsessel im hinteren Teil der Terrasse eingeschlafen. Viktor räumte zwei leere Bierflaschen, ein Glas und eine Schale mit Erdnüssen ab und ging dann in die Mansardenwohnung zurück, um am gekippten Dachfenster einer dunklen Wolkenfront im Nordwesten nachzublicken. Es wollten wohl keine neuen Regenfronten oder Gewitter in Kassel Einzug halten. Die Wiesen sahen allerorts aus wie verdorrte Wüstenausläufer und es war ständig schwül. Wenn er alle Dachfenster gekippt hielt, blieb es an manchen Tagen einigermaßen luftig.

Viktor legte sich aufs Bett und wischte auf seinem Smartphone durch Reels und Stories gängiger Socialmedia-Plattformen, freute sich über ‚Likes' zu seinen neuesten Bildern, schüttelte den Kopf über die Meldungen bezüglich der Belagerung und des Teilbeschusses des ukrainischen Atomkraftwerks nahe Stadt Zaporizhzhia und warf ungemessene Zeit später seinen digitalen Diktator ans Bettende, um seufzend über seine Situation nachzudenken. Er fühlte sich einerseits einsam und nahezu nutzlos, andererseits stand er seit einigen Wochen per echtem Vertrag in Brot und Lohn, wobei sich die tägliche Arbeitsbelastung bisher in Grenzen gehalten hatte.

Die esoterischen Elemente empfand er als ziemlich anstrengend und die aktuelle Offenbarung seines Chefs ließ ihn generell an der ganzen Sache zweifeln. Zu versuchen, mit seinem Vater darüber zu reden, wäre das Äquivalent eines Versuchs gewesen, mit einem eingefleischten Katholiken über LGBTQ+ zu sprechen. Er wälzte sich eine Weile unzufrieden hin und her, dann holte er sein Telefon zurück und nahm eine Sprachnachricht für Lilly auf, einer engen Studienfreundin.

Viktor entschied sich fürs Duschen und zwanzig Minuten später hatte er noch immer keine Rückmeldung von Lilly erhalten. Er versuchte es noch bei Mika Sautter, Rike, Natalie und aus Verzweiflung sogar bei Gossipgirl Vanessa Stracher. Keine Lust, keine Zeit, keine Meldung.

Wo waren seine Freunde hin? Als sein Genderwechsel frisch stattgefunden hatte, war er von einigen fast umlagert worden. Dann Diplomstress und Psychotherapie… plötzlich Funkstille.

„Viktor?“, rief sein Vater von unten hoch.

„Ja?“

„Willste Kuchen mitessen, ich koch‘ grade Kaffee? Gertrud kommt gleich. Setz‘ dich doch mit auf die Terrasse!“

„Ich komme gleich!“

„Ok, gut!“

Gertrud war eine Bekannte seines Vaters, die aber vermutlich auch ab und zu zum ‚*Sexeln*‘ vorbeikam, wie Viktor es bezeichnete. Sie hatte schon einige Male übernachtet und in den Nächten waren seltsame Quietschlaute von ihr zu hören gewesen. Wenn er Kommissar Cobander und das Tier Butler lange genug aushalten könnte, würde er vielleicht doch in eine eigene kleine Wohnung ziehen können.

Es klingelte an der Haustür. Getrud. Schön, jetzt konnte er Sandkuchen essen und sich Banalitäten über das Wetter und den neuesten Klatsch in Nordshausen anhören.

* * *

Als Cobander geweckt wurde, war es später Nachmittag. Es roch jetzt im Haus nach Hagebuttentee und jemand spielte in einem anderen Raum Blockflöte.

„Wie spät ist es?“, fragte er verschlafen und sah in Butlers Gesicht, das einen entspannten Ausdruck besaß.

„Halb Viere. Se hoddn’s au nötich, Chef. Is doch nit schlimm.“

„Spielt Ihre Mutter Blockflöte?“

Butler nickte. „Das macht se gern un se konn’s au.“

Cobander stimmte innerlich zu, richtete sich auf und schob die Wolldecke beiseite, die Hilde ihm wohl übergelegt hatte. Das Ergebnis waren hübsche Verschwitzungen an seiner Kleidung.

„Ist die Reise schon vorbei, also die Trance?“

Der Runenschamane zeigte einen Daumen hoch und zündete sich eine Zigarette an. Offenbar ließ Hilde das zu. Tatsächlich stand ein schräg geformter Keramikaschenbecher auf dem Sofatisch, der ihm zuvor gar nicht aufgefallen war.

„Laufe ich Gefahr, psychotisch zu werden oder kommt jetzt das Übernatürliche über mich?“, fragte Cobander mit einer scheuen Aufrichtigkeit, die Butler schmunzeln ließ.

„Chef… ma beiseitegeschob‘n, ob Se nu an de Gödder oder annere Wesen glauben oder nit… Ihr‘ Träum‘ sin nen Ausdruck von dene zurückkommenden Kräft‘ der Urnatur un das passt nit nur zur komischen Zeit, sonnern hodd au ville mit Ihne‘ selbst zu tun. Von minner Reise erzähl‘ ich nit alles, des is zu persönlich, aber min Patron und min Krafttier hon mir gezeiget, dass ich Ihne‘ beizustehen hon un dass Wichtiges passier’n wird.“

Cobander rieb sich beide Wangen, steckte die Hände ineinander und stützte dann sein Kinn darauf ab.

„Ich nehme das mal so hin. Und meine Träume? Was ist nun damit?“

Butler qualmte und hustete. „Hel, Se könn‘ au Hella sah’n, is de Herrin der Unnerwelt, von Helheim. Der Dod is aber au nur’n Teil vom Leben und de Doden gehör’n zu unserer Vergangenheit. Ahnenverehrung un so. Hagalaz gehöret zur Norne Urd un irgendwie au zu Hel, au nit ohne. Inner Runenmagie wird se eingesetzt, um Unnerbewusstes zu wecken odder für Dodenmagie."

„Das hört sich eher unheimlich und düster an."

„Ne, Chef, nit so ganz so. Der Dod is inner nordischen Mythologie nüscht Schlimm's, einfach der Übergang zu was annerm. Hel is zwar de Dodengöttin, aber se nimmt au richtig Anteil an menschlichen Tragödjen."

„Maja…", flüsterte Cobander und blickte Butler mit weit geöffneten Augen an.

Der Runenschamane sprang erregt auf und klatschte in die Hände. Dabei flog Asche von seiner Zigarette umher.

„Jetze hon Se's! De Göttin hodd Mitleid mit Ihr'm Verlust un ich bin mir sicher, dass de ganze Sach' mit der Sonnerkommission au von ihr mitbeeinflusst wurde."

„Wenn eine, *möglicherweise* existierende, nordische Göttin das hessische LKA wirklich manipulieren kann, hätte ich besser kein Polizist werden sollen."

„Kaschpern Se nit so lapidar mit rum, da is uff jeden Fall nen Bezug drin. Se müssen ja nit gleich vor ihr uff de Knie fall'n, aber nen bisschen Reschpekt täte hier gud."

Cobander hob beide Hände als Friedensangebot.

„Ich bin und bleibe offen, und die Träume waren wirklich tiefgehend, aber es ist doch recht viel für mich zu verarbeiten. Ich muss ein paar Tage drüber nachdenken."

„Is ja richtig, kann's ja verstehen. Wür'n Se denn trotzdem vielleicht was um'n Hals tragen, wenn ich sagen würd', es wär gut?"

„Ich war nie der Typ für Schmuck, Anhängsel und Gedöns. Was wäre es denn?"

„N' kleiner Anhänger us Metall, vorn is'n Helgesicht druff, hinnen Hagalaz."

„Darf ich den mal sehen?"

Hilde erschien im Wohnzimmer. Cobander hatte nicht mitbekommen, dass das Flötenspiel zuvor beendet worden war. Sie zwinkerte ihrem Sohn zu und hielt die rechte Hand hoch. An einem mehrfach geknoteten Lederband hing ein kreisrunder großer Kupferanhänger von ca. fünf Zentimetern Durchmesser.

„Is aus minner Sammlung, hon' ich ma' als Jugendliche getra'en, als ich noch nit so wusste, wer min Patron is."

Der Hauptkommissar runzelte zunächst die Stirn, dann schüttelte er den Kopf. „Nein, Hilde, nein, das kann ich nicht annehmen. Ich bin ein Fremder und mir steht Ihr Familienschmuck in keiner Weise zu. Das möchte ich nicht."

Die alte Frau lachte, ging auf ihn zu, drückte ihm das Schmuckstück in die Hand und knuffte ihn an die Schulter. „Is au nur ne Leihgabe, kin Geschenk, kinne Angst!"

Butler lachte und drückte hastig den Stummel seiner Zigarette aus, der seine gelben Fingerkuppen fast verbrannt hätte.

Der Anhänger zeigte das stilisierte Gesicht einer Frau mit rechterhand wallendem Haar und linkerhand einem Totenschädel. Auf der Rückseite war die Hagalaz-Rune eingraviert.

Ab diesem Zeitpunkt ließ es Cobander einfach über sich ergehen. Er blieb mit seinem Mitarbeiter noch zum Abendessen im Waldhaus und bat ihn danach höflich, zum Büro zurückzufahren. Der Abschied von Hilde Butler war herzlich und er musste versprechen, wiederzukommen.

Während die Sonne allmählich niederzusinken begann, blickte Cobander erneut aus dem Fenster des klapprigen VW-Golf, während im Radio ‚*Metallica*' spielte, Butler seine Pranke in die Fahrtluft hielt und kernig mitsang.

Der Kupferanhänger auf seiner Brust fühlte sich ein wenig wie ein Fremdkörper an, doch gleichsam keimte ein neues Gefühl von Sicherheit in ihm auf. Es entsprach demselben kindlichen Frieden, den die weite Wald- und Hügellandschaft weiterhin verströmte.

* * *

Nachdem der rote Golf in die Angersbachstraße eingebogen und jenseits des DEKRA-Gebäudes außer Sicht gekommen war, startete der silbergraue eMagnus-Nova und verließ den LIDL-Parkplatz in Richtung Innenstadt. Der Mann mit dem Klemmbrett war zufrieden.

* * *

Butler hatte Cobander am ehemaligen Musiktheater abgesetzt und war dann singend nach Hause gefahren. Der Hauptkommissar räumte den Aufenthaltsraum auf und stellte die Bierdosen der Nacht in die Abstellkammer. Kurz darauf betrat er noch einmal das Büro, um den Laptop zu holen, als sein Diensttelefon klingelte. Es war Bönning.

„Cobander?“

„Es gibt verstörende Neuigkeiten im Fall Banff, Herr Kollege. Seine Personenschützer haben uns soeben kontaktiert. Er ist in seinem Garten spazieren gegangen und hatte dann offenbar einen nervlichen Zusammenbruch. Er befindet sich in der psychiatrischen Abteilung des Kreiskrankenhauses und behauptet steif und fest, ein Baum habe ihn töten wollen. Er ist unverletzt und die Personenschützer haben einhellig bezeugt, nichts und niemanden gesehen zu haben. Sie waren die ganze Zeit in seiner Nähe, als er plötzlich ausgeflippt ist."

„Ok, das klingt aufregend, aber scheint mit eher eine psych..."

Bönning unterbrach ihn nervös. „Sorry, dass ich Sie direkt unterbreche, Kollege, aber es ist noch etwas Heftigeres vorgefallen. Die ganze Kripo Hofgeismar ist in Aufruhr... Unser Leiter hat vor einer halben Stunde mit seiner Dienstwaffe sein eigenes Leben beendet."

Cobander musste sich konzentrieren, das Handy nicht aus der Hand fallenzulassen. „Wie bitte?"

„Ja, absoluter Wahnsinn! Hier ist Alarmstufe Rot... Es wäre besser, Sie würden noch heute Abend rüberkommen. Ich habe bereits mit Ihrem LKA-Vorgesetzten Schönbach telefoniert. Grünes Licht. Sie können hier in einer Pension übernachten, alles schon fertig. Ich bitte Sie, mit Ihren Mitarbeitern zu kommen. Der stellvertretende Leiter steht fast neben sich, aber er hat angeordnet, dass Ihr Team den Bereich Banff leitend übernimmt, damit wir hier in den kommenden Tagen den Rücken frei haben."

Cobander schwieg eine kurze Weile, dann sagte er zu und legte auf. Er spürte den Anhänger auf seiner Brust, holte ihn unter dem Hemd hervor und spielte damit. Er trat an die Fensterfront und blickte Richtung Tannenwäldchen. Einmal war er dort sturzbetrunken den halben Hang hinuntergerollt. Warum ihm das gerade jetzt in den Kopf kam, wusste er nicht, aber er musste unwillkürlich lachen und geriet dann unerwartet in einen Lachkrampf, der mit Tränen in den Augen und schwerer Luftnot endete.

Er ließ den Kupferanhänger auf seiner Brust baumeln und tippte Butlers Kontaktlink an.

„Was'n los Cheffe? Hab' gerade minne Gammelhos' angehocket."

„Wir müssen noch heute nach Hofgeismar. Wolfgang Banff hatte einen Zusammenbruch und der Kripoleiter ist tot. Suizid. Packen Sie Sachen für ein paar Übernachtungen und kommen Sie dann zurück ins Büro."

„Ach du… Kacke!", keuchte Butler.

„Exakt."

4 | HAGZÍSSA

Gegen 22.30 Uhr lenkte Cobander den Dienstwagen auf die Einfahrt der Pension ‚*Gästehaus Schnitzler*'. Die Betreiberin stand neben der Begrenzungshecke zu den Wohnungen und winkte mit einem Regenschirm, denn es hatte tatsächlich zu nieseln begonnen.

Auf der Fahrt hatte das Team kaum miteinander sprechen können, weil der Hauptkommissar fast durchweg am Telefonieren gewesen war. Mit Bönning, Schönbach und dem BKA. Butler und Viktor waren von ihm in der Weise eingeweiht worden, dass er alle Gespräche über die Autolautsprecher hatte laufen lassen.

Banff war aufgrund eines akut psychotischen Zustandes medikamentös sediert worden und nicht vernehmungsfähig. Darüber hinaus deuteten erste Untersuchungen darauf hin, dass es bei Kripoleiter Schäffners Suizid keine Fremdeinwirkung gegeben hatte. Auch offenbarte das BKA seinen Undercovermann. Es war einer der beiden Personenschützer, Deckname Mark Helmert, eigentlich Kommissar Thorsten Denn.

Amtlich waren die Zuständigkeiten schnell neu verteilt worden. Schäffners Stellvertreter, Bernd Jellmann, führte, assistiert von einem Bundesbeamten, vorerst die Dienstgeschäfte, die Leitung der Untersuchung zum unerwarteten Todesfall übernahm das BKA selbst, Bönning assistierte. Das Team Cobander übernahm vor Ort die Untersuchung der okkult anmutenden Begleitumstände.

So hatten sie ihren ersten Fall mit einem Paukenschlag in die Hände bekommen und besonders Viktor machte die hektische Ernsthaftigkeit der Ereignisse zu schaffen, aber er hatte unbedingt mitkommen und das Arbeitsverhältnis nicht auflösen wollen. Butler hatte Cobander um Erlaubnis gebeten, in seinem mitgeführten Wanderrucksack ein *'größeres Jagdmesser'* mitnehmen zu dürfen. Tatsächlich war es eine Machete.

Frau Schnitzler begrüßte die drei Männer trotz fortgeschrittener Stunde freundlich und führte sie über die Stahltreppe einer Vorderfrontveranda in eine vollmöblierte und ausreichend ausgestattete Ferienwohnung. Sie bestand aus einer kleinen Küche, einem Wohnzimmer, zwei Schlafzimmern und einem Bad mit Dusche. Cobander beruhigte den jungen Psychologen, indem er Butler fragte, ob sie sich das Ehebett teilen wollten. Notfalls konnte immer noch einer auf der Couch im Wohnraum nächtigen.

„Ich habe frische Handtücher und Seife ins Bad gelegt", sagte Frau Schnitzler. „In der Küche befinden sich Kaffee und Cappuccino von den letzten Besuchern. Wir wohnen im oberen Stock, falls etwas ist."

Cobander bedankte sich und erhielt drei Schlüssel, die er umgehend verteilte. Es gab zwei Zugänge, der eine war eine reguläre Wohnungstür, die zum inneren Treppenhaus führte, worüber man die hinteren Garagen und Mülltonnen erreichte. Die Verandatür, der vordere Eingang, war neu und besaß mehrere Innenriegel und ein Sicherheitsschloss.

„Machen Sie das öfter?", fragte der Kommissar höflich. Frau Schnitzler lächelte. „Wir kooperieren schon seit fünfzehn Jahren mit der Polizei. Die Beamten sind immer sehr freundlich und ordentlich." Sie zwinkerte mit einem Auge und verließ dann die Wohnung.

Als Cobander keine Anstalten machte, Rucksack oder Trolley auszupacken, stemmte Butler die Hände in die Hüften und legte den Kopf schief. „Se hon doch noch was vor, des riech' ich doch!" Sein Chef lächelte und nickte.

„Ich kann jetzt nicht schlafen. Ich möchte unbedingt noch einmal zum Anwesen von Banff. Ich sehe es als abendlichen Spaziergang an. Wollen Sie vielleicht mitkommen?“ Butler grinste und machte einen Daumen hoch.

Viktor bat stattdessen darum, sich hinlegen zu dürfen, was für Cobander völlig in Ordnung war. „Schalten Sie bitte nur Ihr Handy nicht aus, das gehört leider dazu.“

„Ist klar…“, gähnte der junge Mann und verschwand im Bad. Es folgten Klappern und ein Zahnputzgeräusch.

Butler hob seinen Rucksack mit der Machete auf die Schulter und erklärte sich abmarschbereit. Cobander prüfte kurz seine HK-P30, die er klassisch im Ärmelholster trug, und steckte sein Handy ein. „Auf geht's!“

* * *

Im ganzen ‚*Westbergblick*‘ war es ruhig und sie parkten am Grundstück vor dem Tor hinter einem postierten Streifenwagen. Cobander zeigte den Beamten seinen Ausweis am Fenster und erkundigte sich über die Lage.

„Gibt natürlich nichts zu berichten, Herr Kollege. Wir werden auch bald abziehen. Was wollen Sie denn auf dem Grundstück?“

„Wir möchten einfach schauen, was Herrn Banff in Todesangst versetzt haben könnte. Vielleicht finden wir ja noch ein Tier. Fünfzehn Minuten Umsehen, wäre das ok?“

„Klar, hier ist die Chipkarte für das Tor. Code 110278. Wir warten solange. Aber einen Beschluss gibt es nicht…“

Cobander winkte ab. „Wir lassen die Villa in Ruhe, keine Angst.“ Der Streifenbeamte nickte und schloss das Fenster. Sie schritten zum Tor, entriegelten es und betraten hintereinander das Grundstück. Butler tippte seinem Chef auf die

Schulter. „Woll'n wir uns uffteilen?"

„Warum nicht. Dann treffen wir hinter dem Haus im Garten wieder zusammen. Haben Sie eine Taschenlampe im Rucksack?" Der rothaarige Hüne grinste und stiefelte nach rechts.

Cobander nahm eine schmale Stableuchte von seiner Gürtelhalterung und leuchtete vor sich. Glatt geschnittener Rasen, gestutzte englische Büsche und schmucklose Steinplatten als Lauferleichterung.

Am Übergang zu einer breiten Terrasse mit hochedlen Außenmöbeln fiel ihm ein Stück zerwühlter Erde auf halber Strecke zu einem Apfelbaum auf. Er ging der Spur nach und stellte fest, dass es eine kleine Schneise von etwa fünf Metern Länge war, die aussah, als wäre ein Wildschwein auf der Suche nach Pilzen oder Nüssen gewesen. Ungewöhnlich erschien ihm daran lediglich, dass der Wühlbereich mitten auf dem Rasen begann, in gerader Linie auf die Terrasse zulief und dann ebenso unvermittelt endete, ohne sichtbare Erdlöcher.

„Hon Se was gefunden?", erklang Butlers Stimme, der an der Hausecke mit breitem Lichtkegel auftauchte.

Cobander winkte ihn zu sich und präsentierte die Wühllinie. „Was halten Sie davon?" Der Runenschamane presste die Lippen aufeinander, leuchtete die Linie nach und zuckte dann mit den Schultern. „Dicke Wühlratten odder Waschbären?" Der Kommissar lachte. „Vielleicht. Aber ich finde es sehr seltsam, dass weder die Personenschützer noch die Kripo davon berichtet haben, und welches Tier beginnt mitten im Garten zu wühlen und stoppt dann plötzlich?"

„Na, Chef, das gibbet's aber schon. Erst getrippelt, dann Fährte uffgenommen, dann gewühlt, dann doch nüscht."

„Das mag ja alles sein, aber nach einem psychotischen Anfall des Hausbesitzers hier im Garten, der sein Leben durch einen ‚Baum' bedroht gesehen hat, halte ich diesen

Wühlfund für äußerst suspekt." Er holte sein Handy hervor und machte eine Reihe Fotos.

„Hm, könnte es nit au später entstanden sin?"

„Schon möglich, aber..." Cobander stoppte, weil ein lautes grunzendes Geräusch hinter einem großen Busch am linken Rand der Terrasse erklungen war, dem ein bösartiges Schnauben folgte.

Butler drehte sich um die eigene Achse und leuchtete direkt dorthin. „Das is doch... Achtung, ne Wildsau!", rief er laut, da stob bereits ein ausgewachsener Keiler durch die Rabatte direkt auf sie zu. Der Runenschamane sprang beiseite, riss die Hände in die Höhe und brüllte unzusammenhängenden Unsinn, wie er es mal in einer Dokumentation von Rüdiger Nehberg gesehen hatte. Cobander reagierte nicht so schnell und wurde von dem an seinem Mitarbeiter vorbeistürmenden Wildschwein wuchtig umgestoßen. Der Kommissar landete inmitten der aufgewühlten Erde, rollte dann geistesgegenwärtig über den Rücken und zog seine Dienstwaffe. Während Butler fluchend die Machete aus dem Rucksack rupfte, besann sich Cobander auf Training und Erfahrung, entdeckte das keuchende Wildschwein in der Nähe des Apfelbaumes, zielte und schoss. Aufgrund des glatten Kopftreffers zuckte es nur zweimal, dann fiel es zur Seite um.

Die kurz darauf in den Garten stürmenden Streifenbeamten stoppten, als sie das tote Wildschwein sahen und die Lage begriffen. Butler stand mit seiner Machete in beiden Händen kampfbereit wie ein Samurai neben Cobander, der von Erde bedeckt am Boden hockte und seine Waffe wegsteckte. Die Polizisten begannen zu lachen, bis ihnen die Tränen kamen.

Sie verständigten den Tierdienst der Forstverwaltung via Leitstelle der Feuerwehr und durchkämmten den Garten der Villa ein weiteres Mal. Sie fanden einen Durchbruch in der Hecke, ansonsten gab es keine Auffälligkeiten.

„Das Wildschwein muss kürzlich eingedrungen sein, denn vorhin waren weder der Durchbruch noch die Wühlschneise zu sehen“, bekräftigte Bönning am Telefon. „Vielleicht Tollwut. Manchmal fallen merkwürdige Ereignisse derart zusammen, dass man denkt, man träumt solche Tage. Sind Sie wirklich unverletzt?“

Cobander brummte. „Nur eine Prellung, das ist nicht so wild. Der Hilfsförster hat gesagt, es gäbe derzeit vermehrt Wildschweinaktivität im Waldgebiet zwischen Westberg und Heuberg, allerdings sei derartig aggressives Eindringverhalten in Wohnsiedlungen eher Sache der Waschbären. Sei’s drum, wir gehen jetzt endlich schlafen, werden morgen aber richtig loslegen. Wir fahren erst zum Kreiskrankenhaus, danach suchen wir Exfrau und Kinder auf. Tun Sie mir bitte einen Gefallen, Kollege?“

„Sicher, welchen?“, krächzte der müde Bönning.

„Sollte es irgendeine Verbindung zwischen Schäffner und Banff geben, möchte ich es erfahren, ok?“

„Ist in Ordnung, aber… meinen Sie nicht, all das fällt nur zufällig zusammen? Schäffner hat manchmal schon depressive Züge gezeigt und…“ Cobander fiel dem Oberkommissar bewusst ins Wort. „Nein, Bönning, ganz sicher liegt hier kein Zufall vor.“

„Sie spüren sowas, oder?“

„Sie können mich ruhig für paranoid halten, aber in diesem Spiel ist eindeutig Fäulnis zu riechen.“

„Ach so, hätte ich fast vergessen, der tote Waschbär war übrigens nicht tollwütig und starb auf natürliche Weise. Das Blut am Kruzifix stammt von dem Tier.“

„Hatte ich erwartet, danke. Jetzt gute Nacht.“

„Gute Nacht.“ Die Streifenbeamten verriegelten das Tor, während der Bereitschaftswagen vom Hessen-Forst den toten Keiler abtransportierte. „Genug für heute…“

Cobander nickte und verabschiedete sich. Butler hockte längst im Wagen und schlief.

***

Hagzíssa entzündete alle Kerzen in den fünf dunkelroten Gefäßen und konzentrierte sich darauf, einen energetischen Schutzkreis zu ziehen. Sie invozierte sowohl die vier Elemente, als auch die damit korrespondierenden dämonischen Kräfte und setzte sich auf ein flaches Kissen vor den flackernden Lichtern. Auf einem Stövchen mit Teelicht räucherte Styraxharz vor sich hin. Sie gab aus einem anderen Gefäß noch etwas hinzu, sodass kurzfristig mehr Rauch entstand, den sie einatmete, denn er war schwersüßlich aromatisch und höchst angenehm.

Sie dankte den Elementen, den Hexen unter ihren Ahnen, besonders ihren Urgroßmüttern, deren Grimoire in ihren Händen lag. Der lange getrocknete und sorgfältig verzierte Stab lag vor ihr auf der dunklen Decke. Sie strich über ihn, küsste ihn und hob dann die Hand.

„Tasa reme…“, begann sie einen alten Invokationsspruch, um den Dämon respektvoll zu rufen, auf den sie im Hexenbuch gestoßen war. Sie wiederholte die Anrufung einige Male, schloss dann die Augen, legte den Stab ab und wartete geduldig.

Es begann mit einer Vibration des Holzes, dann strich etwas sanft über ihre Schulter und Hagzíssa spürte die Anwesenheit der Entität im Raum.

„Ich danke dir, Lignurr’noh, edles Wesen. Ich wurde in einer Weise beschenkt, die mir fast den Atem raubt. Ich bin bereit, das spüre ich. Der alte Zirkel soll neu begründet werden. Die Huten werden zurückkehren und die Herzen der Hörenden ansprechen. Ich schäme mich für viele, aber es gibt Ausnahmen. Ich werde sie mit deiner Hilfe suchen und einschwören auf den Wandel."

Tränen liefen ihr über die Wangen und es schien ihr, als umarmte Lignurr'noh sie zum Trost. Ihr Stab vibrierte stärker, so nahm sie den bereitgelegten Eierstecher und stach sich behutsam in den Zeigefinger der linken Hand. Sie drückte einen Blutstropfen heraus und rieb diesen über die Uruz-Rune am unteren Ende des Holzes.

Sie nahm behutsam das in Leinentücher eingewickelte uralte Buch auf ihren Schoß und blätterte vorsichtig auf die Seite mit der alten Beschwörungsformel, dann begann sie die dort geschriebenen althochdeutschen Worte so gut sie konnte wiederholt zu intonieren.

„Bên zi bêna, bluot zi bluoda…"

Der Holzstab vibrierte stärker und stärker, bis er eigenständig aus der waagerechten in eine senkrechte Lage wirbelte und kleine Zweige aus ihm zu sprießen begannen, die länger und dicker wurden, bis Hagzíssa an einem Punkt ekstatischen Singsangs desselben Zauberspruches angelangt war und vor ihr ein knorriger Holzkorpus mit sich windenden Ästen drehte.

„Eih! Eih! Eih!", rief sie im Höhepunkt des Rituals und schlangenartig drangen verschiedene Äste des unwirklichen Baumwesens in Hagzíssas Mund und andere Öffnungen ihres Körpers ein. Beischlaf war im Vergleich zu dieser Vereinigung eine flüchtige Sinneswahrnehmung.

Sie hatte sich Lignurr'noh hingegeben und war glücklich wie nie zuvor in ihrem Leben. Die zu Bestrafenden hatten bereits zu Leiden begonnen.

* * *

Viktor lehnte am schmalen Küchenfenster der Ferienwohnung und trank den Standardcappuccino in Schlucken, während Butler das zweite, bei einem um die Ecke befindlichen Bäcker gekaufte, Schnitzelbaguette wie ein Rottweiler in sich aufzusaugen begann. Tropfen von Mayonnaise entstanden in dessen Mundwinkeln und der junge Psychologe spürte, dass er bis zum späten Vormittag nichts würde essen können. Cobander kaute an einer Laugenbrezel und trank starkgekochten Kaffee. Die antike Uhr über der Tür zeigte 7.54 Uhr.

„Ich habe bereits mit dem Hessen-Forst telefoniert und auch schon im Krankenhaus angerufen. Das Wildschwein war nicht tollwütig, wie der Waschbär an der Eiche. Der zuständige Psychiater hat einem Verhörversuch bei Wolfgang Banff zugestimmt, allerdings wird es wohl zu einer Verlegung in die Vitos-Klinik nach Bad Emstal Merxhausen kommen, denn die akute Psychose ist offenbar schwerwiegend. Dr. Dobner ist skeptisch, ob wir kohärente Informationen von seinem Patienten erhalten werden."

„Un de annern?", butlerte es mit vollem Mund. Viktor verschluckte sich fast vor Lachen darüber.

„Ich würde momentan kein Mitglied der Hofgeismarer Kripo sein wollen, aber Sonderlagen sind nun einmal Teil des Berufsfeldes. Bönning hat mir bereits alle verfügbaren Daten über Wolfgang Banffs Familienangehörige gesendet. Sein Sohn Max studiert in Göttingen, aber seine Exfrau Brigitte Vosskühn lebt in der Stadt und seine Tochter Lena arbeitet – aufpassen – im Park Sababurg als Tierpflegerin."

Viktor hob die Augenbrauen, Butler rülpste genüsslich.

„Daher mein direkter Vorschlag – erste Station Krankenhaus, zweite Station Exfrau, dritte Station Tierpark. Einverstanden?" Seine Mitarbeiter nickten.

„Gut. Dann noch fünf Minuten Zigaretten- und Toilettenpause. Ich gehe schon zum Auto.“

Butler packte das dritte Baguette in seine Gürteltasche und drehte sich dann mit fettigen Fingern eine Zigarette. Viktor sprühte im Bad Deo in die frischrasierten Achseln, biss die Zähne zusammen, hängte sich die Laptoptasche um und stieg kurz darauf ins Auto auf den Rücksitz. Butler besaß lange Stampferbeine, also war er als Beifahrer dauerhaft gebucht.

„Ich bin auf Banff sehr gespannt“, sagte er halblaut.

Cobander nickte und startete umgehend den Wagen, als er im Rückspiegel sah, wie Butler die Zigarette im Ascher auf der Veranda ausdrückte.

Eine Viertelstunde später parkten sie auf dem Parkplatz des Kreiskrankenhauses und gelangten nach wenigen Orientierungsfragen zum psychiatrischen Bereich, der ebenfalls zu Vitos Kurhessen gehörte. Die privat bestellten Personenschützer hatten sich abgewechselt, ein Polizeibeamter war ebenfalls zugegen.

Dr. Dobner bot ihnen Kaffee im Aufenthaltsbereich vor der geschlossenen Station Vit/Psy-2.1 an und schilderte kurz seine prädiagnostischen Eindrücke.

„Ich vermute eine akute organische Psychose, denn bereits bei der Einlieferung gab es Anzeichen von Wechselhaftigkeit in Wahrnehmung und Motorik. Die Blutauswertung zeigt weder Drogen- noch Medikamenteneinfluss.“

Cobander zupfte sich am Ohr. „Was kann denn so einen Zustand noch kurzfristig auslösen? Schock?“

Der Psychiater verschränkte die Arme „Schon, aber der Grad an Wahn und Angst in dem Patienten, der laut seiner Begleiter zuvor keinerlei Verhaltensauffälligkeiten gezeigt hat, abgesehen von Nervosität, ist nicht mit üblichen Schockzuständen zu erklären. Seine Aussagen besitzen halluzinogene Anteile, denn er hat einen lebendigen Baumstamm voller Äste beschrieben, die wie Schlangen zischten und nach ihm greifen wollten."

Cobander blickte Viktor an, der deutlich nickte. „Klare psychotische Züge. Fast schizophrene Anteile, würde ich sagen."

Der Arzt blickte ihn neugierig an und der Hauptkommissar erklärte. „Unser Teampsychologe..." Viktor relativierte die Situation umgehend. „Allerdings bisher ohne klinische Erfahrung."

Dr. Dobner hob wohlwollend die Hände. „Das ist ja nicht tragisch. Sie besitzen eine akademische Ausbildung und ich gebe offen und ehrlich zu, dass ich mich überrumpelt fühle von diesem Fall. Schizophrenie ist möglich."

„Daher die Verlegungsplanung nach Merxhausen?"

„Ja, das altehrwürdige Krankenhaus dort ist eine reine Fachklinik für Psychiatrie. Ich würde Herrn Banff gerne einige Tage, gegebenenfalls ein paar Wochen, dort medikamentös einstellen und durchweg begutachten lassen."

Cobander stutzte. „Sie gehen also nicht davon aus, dass man ihn in Bälde mit ein paar Beruhigungsmitteln nach Hause lassen kann?"

Der Psychiater schürzte die Lippen, dann stand er langsam auf. „Ich denke, Sie sollten einen Blick auf ihn werfen und versuchen, ihn zu befragen, wie telefonisch besprochen. Wahrscheinlich wird Ihnen die Lage des Patienten dann klarer als durch meine Aussagen."

Er holte eine Chipkarte hervor und ging geradewegs auf die Stationstür zu. Cobander, Butler und Viktor sahen einander erstaunt an und folgten zügig.

Die Stimmung auf der Station war unerwartet ruhig. Patienten hielten sich kaum auf dem Gang auf und die Pflegekräfte huschten an ihnen vorbei. Sogar von Butlers Gestalt wurde kaum Notiz genommen.

Banff belegte ein Einzelzimmer am hinteren Ende, die Tür war geschlossen. Einer der Personenschützer saß neben der Tür und blickte starr in sein Mobiltelefon. Cobander tippte ihn an, während der Arzt gleichzeitig an die Tür klopfte und sie öffnete. „Helmert?“ Der muskulöse Mann mit glatter Lederjacke blickte müde auf, schüttelte den Kopf und wies mit dem Daumen auf die Tür.

Banff saß aufrecht im Bett und gab ein skurriles Bild ab. Seine Haare waren seltsam zerzaust und er wirkte um Jahre gealtert. Das war nicht der Mann, den sie vor zwei Tagen erlebt hatten. Er brabbelte vor sich hin und schob auf dem ausgeklappten Seitenbord Frühstücksreste umher. Helmert alias Denn unterhielt sich gerade mit dem abgestellten Streifenpolizisten, als man ins Zimmer trat.

Bevor es zu einem konstruktiven Austausch kommen konnte, entdeckte Banff die außergewöhnliche Gestalt Butlers und verfiel postwendend in einen weiteren psychotischen Anfall. Er kreischte, stieß den Seitenwagen beiseite und schob sich im Bett krampfhaft nach hinten.

„Baumschlangen! Baumschlangen!“, schrie er aus Leibeskräften und Dr. Dobner verwies alle des Raumes, während er die Nachtklingel betätigte und anschließend versuchte, Banff zu beruhigen.

Die Männer verließen das Zimmer, Helmert flüsterte seinem Partner etwas ins Ohr und Cobander wandte sich direkt an den entgeisterten Viktor. „Was soll das? Das ist doch nicht normal!“

Der junge Psychologe zuckte mit den Schultern und atmete nervös. „Herr Cobander… ich… irgendwas muss ihn getriggert haben. Der Mann war normal und ist jetzt voll durch… das gibt es nicht, außer vielleicht bei LSD…“

Butler schlug sich an die Stirn und grunzte. Helmert fasste den Hauptkommissar am Arm. „Können wir unter vier Augen sprechen?“, fragte er leise.

Cobander erlaubte sich nicht, die Kontrolle der Situation abzugeben, indem er in hinderndes Grübeln geriet. Er wies seine Mitarbeiter an, umgehend die Cafeteria aufzusuchen und dort abzuwarten. Dem Streifenbeamten empfahl er, seine Leitstelle anzurufen und zu eruieren, wie lange er hier zur Verfügung stehen könnte, trotz der Lage bei der Kripo. Dann ging er mit Helmert in einen Materialraum in der Nähe, dessen Tür offenstand.

Der BKA-Ermittler schilderte Cobander minutiös den Ablauf der Ereignisse im Garten des Anwesens und beteuerte, den Mann nicht für Sekunden aus den Augen gelassen zu haben.

„Keine Tiere, keine Windstöße, nichts. Auch kein Wildschwein. Banff stand am Rand der Terrasse und hat in den Nachthimmel geblickt, dann kreischte er plötzlich wie am Spieß und brach zusammen. So etwas habe ich noch nie erlebt, Kollege."

„Zum Kotzen, wirklich!", fluchte der Kommissar. „Und die Kripokatastrophe?"

Der Bundesbeamte deutete an, dass es bei Banffs Waffengeschäften um russische Mafiakontakte und den Ukrainekrieg gehen könnte. Eine Korruptionsbeteiligung Schäffners sei nicht auszuschließen.

„Gab es bei Schäffner denn vorher etwas?"

Helmert alias Denn schüttelte den Kopf. „Nein, ich vermute es lediglich. Das hier lässt mich allerdings langsam an meinem Verstand zweifeln."

Cobander ging nervös zwischen Stapeln von Bettlaken und Infusionsständern hin und her. „Ich kenne das Gefühl. Was wollen Sie jetzt tun?"

„Ich muss die Tarnung aufgeben und meine Kollegen aus Göttingen und Berlin einweisen, sobald sie bei der Kriminalpolizei eintreffen. Dann nehmen wir die Leitungsetage und Schäffners Privatleben auseinander. In den kommenden Tagen wird es ordentlich rundgehen."

„Wunderbar...", kommentierte Cobander.

„Das BKA übernimmt die Überwachung von Banff in Merxhausen. Sobald er in irgendeiner Form normal vernehmbar ist, melden wir uns bei Ihnen."

„Gut, denn das hier hat tatsächlich unter solchen Umständen keinen Zweck. Ich will schnell den- oder diejenigen ausfindig machen, die für den dämlichen Drohbrief und den Murks im Wald verantwortlich sind. Entweder finden wir eine Verbindung oder nicht. Exfrau und Kinder... Ihr müsstet diese Personen doch bei Beginn der Operation eigentlich auch überprüft haben, oder?"

Der BKA-Mann winkte ab. „Sicher, aber da war gar nichts. Fehlende Liebe und Entfremdung über einen langen Zeitraum, aber in Banffs mögliche Machenschaften sind diese armen Menschen in keiner Weise involviert."

„Arme Menschen?"

„Haben Sie Kinder oder sind Sie verheiratet?"

„Nein..."

„Dann fehlt Ihnen was. Ich sage es mal so – Banff hat es geschafft, sein Ego im Vordergrund zu halten. Der hätte nie heiraten sollen, der Idiot."

„Accessoires."

„Erfasst."

„Hübsche Voraussetzungen für emotionale Überreaktionen und Rachegelüste."

„Jup. Viel Spaß damit. Meine Dienstnummer sende ich Ihnen aufs Handy."

Cobander bedankte sich und verließ den Raum. Im Krankenzimmer wurde Banff gerade fixiert und der Spritzschale nach zu urteilen ein weiteres Mal sediert. Er vermied es, den Arzt oder die beiden Pflegerinnen zu behelligen, sondern verließ die Station, um seine Mitarbeiter in der Cafeteria des Krankenhauses einzusammeln. Der kriminalistische Tanz hatte begonnen.

Butler war nicht zu sehen, dafür tippte Viktor mit einem haptischen Stift im aufgeklappten Tablet an einem Fenstertisch herum. Der Kommissar setzte sich dazu.

„Toilette?", fragte er kurz. Viktor schüttelte den Kopf und wies mit der Hand zur Scheibe. „Rauchen."

„Wolfgang Banff ist weiterhin nicht vernehmungsfähig, aber der BKA-Ermittler scheint uns gewogen zu sein. Wir werden vernünftig kooperieren."

Viktor nickte beiläufig, dann schob er ihm das Tablet hin. „Ich hab' die Zeit zum Recherchieren und Nachdenken genutzt. Eine Studienfreundin hat ihr Langpraktikum in einer Forensik gemacht, da gab es solche Fälle. Ich hab's auch nachgeguckt in einer Psycho-Falldatenbank, für die wir im Studium einen Vollzugang erhalten haben. Ist von der Uniklinik in Mohringen, ziemlich cool."

Der Hauptkommissar blickte auf die geöffnete Seite, überflog die Informationen und schob dann das Gerät zurück. „Kann das wirklich derart ‚*plopp*' machen?"

Viktor lächelte und lehnte sich schulmeisterlich zurück. Sein psychologisches Interesse hatte ihn in den passenden Rhythmus gebracht. „Selten, aber es ist possible. Das, was wir oben gesehen haben, ist ein mega cringer Zusammenbruch. Derselbe Mann hat noch vorgestern rumgeposed, jetzt ist er unnormal psychotisch. Drohbrief und Waldkram sind vielleicht krassere Trigger für ihn gewesen, als wir gedacht haben. So ähnlich wie PTBS bei Soldaten und Kriegsflüchtlingen."

Cobander nickte. „Also massives Trauma, oder er hat derart schlimme Dinge zu verantworten, dass er endgültig daran zerbrochen ist."

„Anders sind die Anfälle kaum zu erklären."

„Vorspielen kann man sowas nicht, oder?"

„Nein, Herr Cobander, so fuckt man keinen Fachpsychiater ab, das geht schief. Allein die Neuroleptika, die kurzfristig bei sowas verabreicht werden, machen einen, der eigentlich normal ist, ganz anders gaga."

„Umso dringlicher wird es für uns, die familiären Hintergründe Banffs in Erfahrung zu bringen und seine Angehörigen zu durchleuchten. Wenn Butler fertig ist, fahren wir zunächst zur Adresse der Exfrau, anschließend zum Tierpark. Nägel mit Köpfen!"

„Jawoll, minne Rede immer!", sagte Butler, der in diesem Moment zurückkam.

Viktor steckte das Tablet ein, nahm seine benutzte Espressotasse und brachte sie zu einem Servierwagen, während der Runenschamane Cobander sanft am Arm festhielt. „Hm?"

„Der Jung' hat mir schonn de Sonderfälle im Computer gezeigt, aber ich hon' noch ne annere Vermutung."

„Nämlich?"

„Dämonische Besetzung."

Cobander entzog Butler seinen Arm, schüttelte den Kopf und ging geradewegs zum Ausgang. „Das geht mir echt zu weit…"

„He, warten Se doch ma' nen Moment!"

„Nix, wir machen jetzt vernünftige Kriminalarbeit! Punkt und Schluss!"

Cobander erhöhte die Geschwindigkeit und reagierte nicht mehr auf Butler, der brummend beleidigt die Hände in die Hosentaschen stopfte und vor dem Krankenhaus einen Stein wegtrat. Viktor kam zu ihm.

„Hey, alles gut?"

„Jo… nur Wanstrammeln von dene Baguettes."

„Bullrichsalz soll helfen."

„Ich geb' dir gleich Bullensalz. Druff geschissen!"

Der junge Psychologe bekam rote Wangen, schloss die Augen, zählte bis fünf und stieg dann ins Auto.

* * *

Die Wohnung von Brigitte Banff, geb. Vosskühn, befand sich in der Straße *‚Am Hohlen Weg‘* und die Umgebung wirkte nahezu dörflich. Es war die Parterrewohnung in einem Einfamilienhaus aus den achtziger Jahren. Verblichene Außenmauer mit Rostnasen an den Halterungen der Dachrinne und Glasbausteinen im Treppenhaus.

In den Verbundblöcken des Einfahrtshofes wuchsen allerlei Gräser und Pflanzen heraus, die Mülltonnen standen schief. Das Areal wirkte generell ungepflegt.

Sie klingelten mehrfach, doch niemand öffnete. Während sie vor der Haustür noch berieten, öffnete sich ein Fenster im 2. Stock und eine alte Frau mit Lockenwicklern blickte heraus. „Was woll'n Se denn? Wir kaufen nix!"

Cobander holte seinen Ausweis hervor, wenngleich er wusste, dass es aus dieser Entfernung sinnlos war, und hielt ihn hoch. „Wir sind Polizeibeamte und arbeiten für die Kripo Hofgeismar. Es geht um Wolfgang Banff. Können Sie uns sagen, wo sich Frau Banff, bzw. jetzt ja wieder Vosskühn, aufhält?"

Die alte Frau streckte ihnen die Zunge heraus, zeigte obendrein den Stinkefinger und knallte das Fenster wieder zu. Cobander ließ seinen Ausweis sinken und war für einen Moment konsterniert. Viktor hielt sich eine Hand vor den Mund und prustete. Butler grolte wie ein alter Krieger, der zu einem Bankett eingeladen worden war.

„De Alde is ja'n Traum! Gib es uns dreckich!"

Am Maschenzaun des Nachbargrundstückes erschien ein ergrauter Mann mit Schirmmütze und Gartenharke. Er stellte sich als Herr Nassauer vor, der schon seit 40 Jahren dort wohnte. Er berichtete dem Team Cobander, dass vor zwei Tagen ein Notarzt mit Rettungswagen im Hof gehalten habe. Frau Vosskühn müsse wohl wegen eines Schlaganfalls abtransportiert worden sein.

Cobander telefonierte umgehend mit Bönning und dem Krankenhaus. Butler setzte sich derweil auf eine ausgeleierte Gartenbank, die verloren am Übergang zu einer vertrockneten Rabatte stand, und rauchte. Viktor tauchte im Stehen in die Onlinewelt seiner Socialmedia-Accounts ein. Spätsommerliche Wolkenbänder zogen über das Gebiet und angenehm kühler Wind kam auf.

Als der Kommissar die Gespräche beendet hatte, setzte er sich zu Butler. Viktor gesellte sich zu ihnen.

„Frau Banff/Vosskühn hatte tatsächlich einen Schlaganfall und wurde mit dem Hubschrauber von Hofgeismar nach Göttingen in die dortige Neurochirurgie geflogen. Sie ist heute Morgen an den Folgen des Anfalls verstorben."

Butler drückte seine Zigarette im harttrockenen Erdboden der Rabatte aus und schnaubte. „Das is doch alles ne große Scheiße!"

„Das fühlt sich echt mal voll komisch an", kommentierte Viktor weniger herb. Cobander nickte sehr langsam. „Wichtige Informationsquellen entziehen sich uns, oder anders gesagt, werden uns entzogen."

„Ist's denn bi der Frau au wirklich mit rechten Dingen zugegangen?", fragte Butler grimmig.

„Laut allen Aussagen ja, aber ich habe Bönning gebeten, beim Amtsrichter schnell einen Beschluss für die Wohnung hier zu erwirken. Vielleicht klappt's."

Der junge Psychologe scharrte mit dem linken Fuß auf dem Boden herum. „Müssen wir jetzt wieder warten?"

„Nein, ich vertrödele keine Zeit mehr. Wir fahren zum Tierpark Sababurg und hoffen, dass Lena Banff gesund und munter ist.“ Damit verließen sie das traurige Grundstück. Nassauer winkte noch mit erhobener Schirmmütze.

Nachdem Cobander von der ‚*Brunnenstraße*‘ auf die ‚*Straße der Weserrenaissance*‘ abgebogen war, bat er Butler unvermittelt um Aufklärung zu dessen Aussage über dämonische Besetzung. Sowohl der Runenschamane als auch der junge Psychologe sahen verwirrt auf, wenngleich aus unterschiedlichen Gründen.

„Ich möchte, dass Herr Marquandt es hört, unabhängig davon, was er darüber denkt. Ich selbst bin absolut skeptisch, aber…“ Wie zur Betonung stieß er mit der Faust kurz gegen das Lenkrad. „…wir sind eine Kommission für Übernatürliches und der Fall Banff wird stündlich skurriler. Also?“

Butler fuhr mit seinen Wurstfingern durch den Bart, räusperte sich künstlich und verschränkte dann die Arme. „Unter ner Bedingung.“

Cobander blickte kurz nach rechts. „Ja?“

„Ihr lasst mich ussreden, bis ich fertig bin. Kinne Zwischenrufe odder Gestöhne, klar?“

„Klar“, bekräftigte der Kommissar.

Viktor rollte mit den Augen, aber nickte zustimmend.

„Dann schnallt euch ma‘ an …“

* * *

Butler sprach zu Beginn seiner Ausführungen eine Warnung aus, die er bereits vor einigen Wochen im Büro in der Angersbachstraße geäußert hatte und den generellen Umgang mit esoterischen oder okkulten Themenbereichen betraf. Sie bezog sich, wie er sie bezeichnete, auf die ideologische Prägung der Gesellschaft durch das Christentum.

„Se müssen unbedingt de Christenbrill‘ ablegen, sonst bauen de inner‘n Gefühle immer sofort ne Abwehrhaltung uff.“ Er betonte dabei, dass es nicht so sehr darum ginge, ob man tatsächlich Christ wäre oder sich als solcher bezeichnete, sondern die viele Jahrhunderte alte energetische Werteprägung.

„Ich hau‘ gleich ma rin da. Dämonen sin für das Christentum gefallene Engel, die mit dem Erzengel Luzifer zusamm‘ in de Hölle gekimmet sin, um de Menschen zum Bösen zu verführen.“

Cobander lächelte, ohne seinen Blick von der Straße abzuwenden. „Das sind sie also nicht.“ Viktor lehnte mit verschränkten Armen am Fenster und schaute gelangweilt hinaus in die Landschaft.

„Des is Fantasie mit Schneegestöber. Nur ma am Rande – Luzifer is ne etruskische Gottheit der Morgenröte, de Christen hon übberall geklaut.“

„Natürlich.“

„Dämonen, griechisch ‚Daimonos‘ für ‚Begleiter‘, sin seit eh un je begleitende Hilfs- un Schutzgeister oder spirituelle Wesenheiten generell. Uralt un teilweise sehr mächtig.“

Der Runenschamane führte aus, dass sie in vielen Mythologien zu finden wären und Aufzeichnungen über sie bis in die altsumerische Zeit zurückreichten. Sie bildeten größtenteils vernünftige und besondere Wesenheiten, ähnlich den Gottheiten vieler Pantheons. Sie besäßen eine mindestens jahrtausendealte Weisheit und könnten via entsprechender Korrespondenzen von Magiern, Hexen oder Schamanen gerufen werden.

Butler betonte, dass es nichts mit den Hollywooddarstellungen des 20. Jahrhunderts zu tun habe und das Rufen eines Dämons eine spirituelle Angelegenheit sei, die vor allem vom Interesse bzw. der Laune des jeweiligen Wesens abhänge. Es gäbe jedoch unter ihnen, wie bei allen anderen sichtbaren oder unsichtbaren Lebewesen, auch solche mit unlauteren Absichten oder üblen Machenschaften.

„Wie passend menschlich das Ganze“, unkte Viktor dazwischen und wurde von Cobander dafür gerügt. „Wir haben zugestimmt, bis zum Schluss zuzuhören.“

Butler kam zum Thema der Besessenheit, welches er selbst lieber als Besetzung bezeichnete und so zu erklären versuchte, dass unterschiedliche Gründe für eine schadende dämonische Heimsuchung vorliegen könnten. So sorgte beispielsweise eine unwirsch-ungestüme magische Praxis des Betroffenen selbst dafür, sozusagen als eine Art negative Rückkopplung für massive magische Fehltritte. Es könnte auch Absicht vorliegen, in dem Sinne, dass z. B. ein Magier absichtlich eine Abmachung mit einem niederträchtigen Dämon traf, der dann die gewünschte Person heimsuchte.

„Oder de besetzte Person hodd so widderliche Dinge in seinem Leben getan, dass er odder sie dämonisches Viehzeuch praktisch angezogen hodd.“

„Und was vermuten Sie bei Wolfgang Banff?“, machte Cobander den Versuch, Butlers Ausführungen ernstzunehmen, um den Frieden zu wahren.

„Könnte‘s Letzte sin, oder’s Zweite. So ne heftige Gemütsverännerung is äußerst merkwürdig. Äußerst.“

Cobander wollte die Frage nachschieben, ob so eine dämonische Besetzung auch jemanden dazu bringen könnte, Suizid zu begehen, aber einerseits hielt ihn Viktors Gesichtsausdruck, den er kurz im Rückspiegel betrachtete, davon ab, andererseits wollte er es nicht zulassen, zu schnell den Boden realistischer Tatsachen zu verlieren. Im Hinblick auf seine Traumerlebnisse akzeptierte er Butlers Ausführungen als eine mögliche Erklärungsvariante, bis andere Erkenntnisse dagegensprachen.

Viktor gab keinen weiteren Kommentar ab, aber man konnte dem jungen Mann ansehen, dass er die von Butler wie alltäglich Selbstverständliches dargelegten Zusammenhänge für pseudoesoterisches Geschwurbel hielt.

Der Parkplatz am malerisch gelegenen Tierpark Sababurg war mäßig gefüllt und das Team gelangte ohne Aufwand in die Informationszentrale am Eingang. Sie wurden vom Leiter des Parks persönlich in Empfang genommen, da Cobander sich telefonisch angekündigt hatte. Er führte sie in ein kleines Büro, wo bereits eine Frau mit grünbrauner Arbeitskleidung saß. Es handelte sich um Lena Banff, die vom Leiter ins Büro gebeten worden war. Es gab eine kurze Begrüßung mit Namensvorstellung.

Die Tierpflegerin entsprach keiner der Vorstellungen des Teams. Sie trug ungefärbtes blondes Haar in einem geflochtenen Zopf, besaß ein natürliches Gesicht ohne auffälliges Make-up, breite Augenbrauen und strahlte Sanftheit aus, die vermutlich von der intensiven Arbeit mit Tieren herrührte. Sie trug weder Schmuck, noch besaß sie zeitgenössische Bemalungen oder Piercings.

‚*Wie das katholische Arbeitermädchen vom Lande*', kam es Cobander in den Sinn, schob den Gedanken aber gleich beiseite und fragte den Leiter, ob man aufgrund der fehlenden Sitzmöglichkeiten auch außerhalb sprechen könnte.

Mit hellschöner Stimme fragte Lena Banff, ob man ins Restaurant auf der anderen Seite gehen dürfte. Der Leiter stimmte zu, verabschiedete sich aus Höflichkeit sowie juristischen Gründen und kurz darauf betraten die anderen den Vorhof des Gasthauses ‚*Zum Thiergarten Sababurg*'.

Sie nahmen in einer ruhigen Ecke des Biergartens Platz

und bestellten ein paar Getränke. Butler verzichtete auf Bier, was Viktor innerlich beruhigte.

Cobander war beeindruckt von der Tatsache, dass die Tierpflegerin ihrem Vater wirklich ähnlichsah, aber gleichsam eine solche natürliche Schönheit besaß, dass man ins Schwärmen geraten konnte.

„Bitte verzeihen Sie, Frau Banff, wenn ich Sie direkt mit einigen dringlichen Fragen überfallen muss. Auf welchem persönlichen Stand sind Sie derzeit mit Ihren Eltern?"

Lena verschränkte die Arme und blickte kritisch in die Runde. „Ich habe geahnt, dass es mit meinem Vater zu tun hat, als der Leiter mich vorhin informiert hat, dass die Kriminalpolizei kommt. Schön, dass ich da gerade bei den Wildschweinen war."

Butler zuckte und sah Cobander schief von der Seite an, der die Hand vor sich auf dem Tisch abstützte. „Es geht tatsächlich auch um Ihren Vater, aber ich frage bewusst zuerst nach Ihrem Verhältnis zu ihrer Familie."

„Ich habe seit Jahren nichts mehr mit meinem Vater zu tun, mit meiner Mutter telefoniere ich alle paar Monate. Mein Bruder studiert in Göttingen, da soll er auch bleiben. In Ordnung? Sagen Sie mir jetzt bitte, was los ist!"

Viktor blickte verlegen in den sommerlichen Biergarten, während Butler die Frau mit Adleraugen zu fixieren begonnen hatte. Cobander schloss die Hände salbungsvoll ineinander und senkte seine Stimme.

„Es sind mehrere Dinge in sehr kurzer Zeit geschehen, die Ihren Vater und Ihre Mutter betreffen und teilweise kriminalpolizeiliche Relevanz haben. Wolfgang Banff hat vor mehr als einer Woche einen obskuren Drohbrief erhalten, parallel wurden seltsame Beobachtungen von Spaziergängern im Sababurgwald gemacht, die damit in Zusammenhang stehen könnten. Gestern hat sich die Lage verschärft, denn Ihr Vater hatte einen psychotischen Nervenzusammenbruch und wird derzeit im Krankenhaus behandelt. Darüber hinaus… Wir wollten heute Ihre Mutter für Informationen aufsuchen und mussten erfahren, dass sie vor zwei Tagen aufgrund eines Schlaganfalls nach Göttingen geflogen worden und dort heute Morgen verstorben ist."

Das Sonnenlicht glitzerte durch die schönen Buchen und zwei Wespen summten über den Tisch hinweg. Die Bedienung erschien und stellte lächelnd Getränke ab.

Lenas Beine begannen zu zittern, dann stand sie rasch auf und flüchtete aus dem Biergarten. Im Laufen hielt sie sich die Hände vor ihr Gesicht und verschwand hinter einer großen Orientierungstafel im Eingangsbereich.

Cobander hielt Butler zurück, der hinterhereilen wollte. „Lassen Sie die Frau, das ist eine echte Reaktion. Sie wird zurückkommen, wenn es so sein soll." Er nahm demonstrativ sein Glas mit Apfelsaftschorle und trank daraus. Zögernd taten es ihm seine Mitarbeiter nach. „Mich würde interessieren, wie Ihr erster Eindruck von Lena Banff ist", fragte er.

Viktor strich über seine Kugelketten. „Normal, würd' ich sagen. Nichts Besonderes." Er blickte zu Butler, der noch immer auf die Holztafel am Eingang starrte.

„Se hodd was in sich Gezogenes, ir'ndwie abwesend."

Cobander trank erneut. „Ein Teil von mir hat gehofft, ein alternatives Klischee vorzufinden, trotzdem werde ich ihr alle Reizfragen stellen, die nötig sind. Bitte beobachten Sie die Dame dabei genau."

Tatsächlich kehrte Lena nach einiger Zeit zurück. Ihre Augen waren verweint und sie hielt ein Taschentuch in der Hand. Sie bat um Verzeihung für ihre Reaktion, aber auf eine solche Mitteilung sei sie nicht vorbereitet gewesen.

Cobander fuhr behutsamer fort und fragte zunächst nach der Gesundheit der Mutter und den Gründen für die belasteten Familienverhältnisse. Lena erzählte freimütig, dass ihre Mutter nach der Scheidung von Wolfgang Banff zu trinken und wesentlich mehr als früher zu rauchen begonnen hatte.

„In ihrer Familie gab es Thrombosen. Ich habe sie gewarnt, aber es war ihr egal. Verstehen kann ich es irgendwie.“ Sie fuhr damit fort, ihren Vater als anstrengend ambivalent erlebt zu haben, besonders während ihrer Jugendzeit. Er hätte früher eine bessere Bindung zum Familienleben gehabt, wäre dann aber aufgrund der Erfolge mit der Firma immer seltener zuhause gewesen.

„Seine Persönlichkeit veränderte sich ins Negative, also bin ich irgendwann zur Ausbildung ausgezogen, was mein Glück war. Mein Bruder eifert ihm nach, er studiert natürlich BWL, weil er die Firma übernehmen möchte. Meinen Bezug zu Tieren fand Max immer doof, für mich waren sie eine bessere Familie…“

Sie begann erneut zu weinen und Cobander reichte ihr ein frisches Taschentuch, welches sie dankend entgegennahm. „Ich habe den Kontakt zu meinem Vater nach der Ausbildung abgebrochen. Das ist jetzt 10 Jahre her…“

„Sie sind jetzt 26 Jahre alt?“

„27, seit ein paar Wochen.“

Der Hauptkommissar lächelte und zog das Tempo bewusst wieder an. „Das führt mich zum zweiten Problem. Ich weiß, dass Sie gerade einen Schicksalsschlag verdauen müssen und sicher schnell nach Göttingen wollen. Dennoch muss ich Sie über die Situation Ihres Vaters, den Drohbrief und die Waldfunde informieren. Auch möchte ich Ihnen ein paar ermittlungsrelevante Fragen stellen, wenn Sie es erlauben, denn dies ist, das möchte ich betonen, kein Verhör.“

Lena sah die Männer nacheinander an, dann hob sie schniefend die Schultern. „Wegen mir. Jetzt ist es eh‘ schon egal, ob es noch mal knallt.“

Cobander bedankte sich und referierte in Kurzform Lage und Umstände des Falles, ließ allerdings den Suizid Schäffners bewusst aus. Lena schien fassungslos, dann schüttelte sie lachend den Kopf.

„Ich weiß wirklich nicht, ob ich mich jetzt freuen soll, dass es ihn seelisch umgehauen hat oder ob ich Angst haben muss oder ob ich Mitleid empfinde.“

„Angst ist sicher unbegründet, zumindest für Ihre Person, denn wir vermuten hinter der ominösen Drohung tatsächlich maskierte wirtschaftliche Motive von Geschäftsgegnern“, log der Hauptkommissar. „Wir würden Sie lediglich fragen wollen, ob Sie die seltsamen Namen bzw. Begriffe kennen oder aus Ihrer Erinnerung zuordnen können. Huten, Hagzíssa… Auch der Waschbär könnte symbolisch für etwas stehen. Das umgedrehte Kreuz ist auch nicht zu vergessen. War Ihr Vater religiös?“

Lena winkte ab. „Nein, aber meine Mutter ging ab und zu in die Heilige Messe in Hofgeismar.“

„War sie Katholikin?“

„Ja, aber sie tat es mehr aus Nostalgie. Ich bin wegen ihr noch getauft worden. Papa war das egal. Max wurde dann schon nicht mehr getauft.“

„Hm. Sind Sie denn religiös?“

Lena zuckte mit den Schultern. „Ist mir wirklich nicht wichtig, muss ich sagen.“

„Und klingelt es bei Huten, Hagzíssa oder Waschbär?“ Lena schaute wie eine Schülerin, die von einer Lehrkraft Löcher in den Bauch gefragt wurde.

„Also ich kenne die Bezeichnung Hutewald, wie unser Urwald hier in der Nähe. Hag-dings klingt wie eine botanische Bezeichnung und Waschbären mag ich persönlich sehr gern. Sonst fällt mir leider nichts ein.“

„In Ordnung. Besaß Ihr Vater psychische Vorerkrankungen oder wurde er in der Vergangenheit je psychiatrisch behandelt?" Lena verneinte.

Cobander nickte. „Ich danke Ihnen, Frau Banff. Das genügt. Unser aufrichtiges Beileid für den Tod Ihrer Mutter. Sie sollten sofort Urlaub nehmen. Falls Sie doch Ihren Vater besuchen wollen, müssten Sie bitte im Krankenhaus nachfragen. Würden Sie uns für etwaige Nachfragen oder Informationen bitte Ihre vollständigen aktuellen Kontaktdaten zur Verfügung stellen?"

Lena holte ihr Smartphone aus der Seitentasche ihrer Cargohose und zog dort aus der Schutzhülle Ihren Personalausweis. „Lena Valya Banff", las Cobander laut vor. „Ein ungewöhnlicher Zweitname."

„Die Mutter meiner Mutter stammte aus Polen. Es ist ihr Vorname gewesen."

Der Hauptkommissar fotografierte beide Seiten und gab ihr den Ausweis zurück. „Danke. Eine gültige Telefonnummer?" Lena zeigte sie auf ihrem Telefon an. Er tippte sie ab und schob ihr eine Dienstkarte hin. „Falls Sie uns kontaktieren müssen."

Cobander winkte dann die Bedienung heran, zahlte alle Getränke und erhob sich. Butler und Viktor standen ebenfalls auf.

„Ich hasse Standardfloskeln, daher sage ich zum Abschied lieber – auf bessere Tage."

„Danke", antwortete Lena Banff und begleitete die Männer bis zum Ausgang des Tierparks.

Als sie zum Dienstwagen zurückgekehrt waren, bat Cobander Butler, ihm ausnahmsweise eine Zigarette zu drehen. Der hob beide Augenbrauen.

„Wirklich?" Der Kommissar nickte und wandte sich an Viktor, während der Runenschamane in seine Gürteltasche griff. „Ist Ihnen etwas Besonderes aufgefallen?"

Der junge Psychologe tippte auf seine Umhängetasche. „Nein, aber ich habe alles ungefragt aufgenommen.“

Butler gab die gedrehte Zigarette an seinen Chef weiter und knuffte Viktor an die Schulter. „Was'n Schelm!“

Cobander rauchte und blickte in den Himmel. Er dachte lächelnd daran, wie schnell Verhaltens- und Vorgehensweisen auf Personen abfärben konnten.

„Immer dann, wenn ein erster Eindruck im Wesentlichen unverdächtig erscheint, sollte man bewusster auf unscheinbare Details achten. Taucht auch dabei nichts auf, gibt es zwei Möglichkeiten. Entweder, es ist tatsächlich nichts oder man hat ein komisches Bauchgefühl.“

Weder Butler noch Viktor kommentierten es. Sie warteten ab. Der Kommissar rauchte still mehrere Züge, dann trat er die Zigarette aus und brachte den Filter in einen Mülleimer auf dem Parkplatz.

Sie stiegen ins Auto, aber der Kommissar startete den Wagen nicht, sondern blickte auf die Fotos von Lena Banffs Ausweis. „Sie wohnt in Reinhardshagen. Wenn wir direkt hinfahren, könnten wir uns dort umsehen, bevor sie zurückkommt.“

„Warum denn, Chef?“, fragte Butler leiser als gewöhnlich. Cobander legte das Telefon ab und aktivierte die Zündung. „Bauchgefühl.“

* * *

Schichtleiter Berninger der Warenausgangskontrolle im Hauptwerk von BanffPlast grübelte über Daten der Testauswertung eines neuen Mess- und Kontrollsystems für die Effizienz der Prüfung filigraner Kunststoffhalterungen. Es klopfte an seiner Bürotür. „Ja?“

Ein junger Zeitarbeiter mit Ausweisband um den Hals kam nervös herein. „Herr Berninger, im Gang von Materiallager BP/M-5 riecht es stark nach verschmortem Plastik und irgendwie nach Silvesterkrachern, aber wir konnten nicht reinschauen, weil es elektronisch verriegelt ist."

Der Schichtleiter blickte verwundert auf, griff nach dem Hörer des Firmentelefons und zeigte auf die Tür.

„Ich komme sofort, warten Sie kurz..." Er tippte eine Nummer ein. „Wachschutz? Berninger. Ist euch ein Feuer oder ein anderes Problem in den letzten Minuten gemeldet worden? Hm... Bitte mal vorsorglich die Feuerwehr anrufen. Ja, erstmal nur Code 1... Verdächtige Gerüche bei Lager M-5... Ja, ich melde mich gleich wieder."

Berninger streifte seine Arbeitsjacke mit dem großen BanffPlast-Logo über und folgte dem Zeitarbeiter. Im Gehen holte er sein Mobiltelefon heraus und hielt es einsatzbereit in der Hand. Tatsächlich roch es bereits im Treppenhaus unangenehm und der erfahrene Mitarbeiter ahnte Schlimmes. Im Kellerflur vor der seit einigen Wochen vom Besitzer gesondert vom laufenden Lagersystem entkoppelten Halle schwelten giftige Dämpfe über den Boden. Sie kamen aus dem schmalen Bodenspalt der Hallentür.

Er rief direkt den gespeicherten Feuerwehrkontakt an. „Christian Berninger, BanffPlast, Code 2, vermutlich starker Kunststoffbrand in..."

In diesem Moment erfasste eine gewaltige Explosion den gesamten Bereich 5, die bis über die Stadtgrenzen Hofgeismars hinaus zu hören war.

* * *

Cobander hielt am Straßenrand im Bruchweg der Gemeinde Reinhardshagen und erneut überkam ihn das jenseitige Gefühl des Friedens und der Ruhe beim Anblick der Umgebung. Felder ringsum, Buschhaine, nicht weit entfernt ein Waldgebiet. Dörflich schön, zumindest für sein seelisches Empfinden.

Lena Banff wohnte zur Untermiete in einer Souterrainwohnung eines schmucken Mehrfamilienhauses. Ein Garten mit Teich war von der Rosenhecke am Grundstück aus zu sehen. Es gab Namensschilder am Tor zum Vorgarten. *‚Familie Schreckert / Hans Mahler / Lena Banff‘*.

Eine dickliche Frau mit praller Jeans und einer Zigarette im Mundwinkel kehrte gerade den Weg zur Haustür. Noch war sie auf die Männer nicht aufmerksam geworden.

Cobander sah Butler an, winkte nur mit dem Finger in Richtung Ecke und nickte. Der Runenschamane verstand sofort und trabte mit Händen in den Taschen nach rechts.

„Guten Tag“, sagte Cobander mit freundlicher Stimme und legte eine Hand auf das Tor. Die Frau drehte sich um. „Tach. Was gibt's?“ Der Kommissar präsentierte unaufdringlich seinen Ausweis, indem er ihn über das Holz des Gatters hielt. „Ich heiße Cobander. Mein Kollege und ich sind von der Kriminalpolizei in Kassel. Könnten Sie uns mitteilen, ob Lena Banff hier wohnt?“

Die Frau ließ den Besen fallen, schlurfte näher und machte aufgrund einer Mischung aus Dumpfheit und Fleischigkeit einen eher unerotischen Eindruck auf Viktor. Sie begutachtete den Ausweis genau und nickte dann. „Ja, die wohnt hier. Is aber gerade an der Arbeit.“

Cobander steckte sein Mäppchen ins Jackett. „Vielen Dank, wir haben ein paar Fragen an Frau Banff. Können Sie uns sagen, wo sie arbeitet.“

„Im Tierpark Sababurg. Is da ne Pflegerin. Nett.“

„Vielen Dank“, sagte Cobander und tat, als wollte er

sich umdrehen. „Ach… Verzeihung… Könnten Sie Frau Banff mitteilen, dass wir hier gewesen sind, falls Sie sie später sehen?"

„Joa… kann ich machen", die Frau hustete und warf ihren Zigarettenstummel an den beiden vorbei auf die Straße. Der Kommissar bedankte sich erneut und schob Viktor, der die Frau noch anstarrte, sanft in Richtung Auto.

„Reicht schon", sagte er zu ihm mit gesenkter Stimme.

Auf halber Strecke fragte der Psychologe, ob es nicht seltsam für Lena Banff wäre, wenn sie erführe, dass dieselben Polizisten, die mit ihr gesprochen hatten, an ihrem Wohnort in dieser Form aufgetaucht waren.

„Absicht. Ich nenne es ‚*frecher Trigger*'. Entweder es löst etwas für uns Ermittlungsrelevantes aus, oder sie fragt nach oder es geschieht nichts weiter."

„Ok… und wenn sie sich beschwert?"

„Dann beschwert sie sich und ich erkläre es ihr."

„Hä?", fragte Viktor irritiert.

Cobander stoppte im Gehen und lächelte. Im Hintergrund tauchte Butler auf und kam zu ihnen.

„Polizeiliche Ermittlungsarbeit besitzt viele Facetten, Viktor. Mein Dozent in Kriminalistik hat im ersten Seminar zum Thema Aufklärung von Straftaten gesagt, dass verhaltenspsychologische Scheuklappen zum Teil abgelegt werden müssten."

„In Deutsch?", verschränkte Viktor die Arme.

„Ich nenne es scherzhaft ‚*Columbo-Phänomen*' und ist taktisch uralt. Wenn Kriminalermittelnde nichtlinear handeln und/oder gezielt unsicher bzw. fehlerhaft wirken, wiegt es Täter in Sicherheit und bringt oft Meilensteine in Gang."

„Ok, und warum ‚*Columbo*'?"

Butler, der zu ihnen trat, gackerte wie ein Gürteltier und winkte ab. „De Millennials! Haken Se's ab, Chef, der kennt das nit."

Cobander erzählte Viktor von der Film- und Serienfigur des Inspektor Columbo, bevor weitere Sticheleien mit dem Runenschamanen ausgetauscht werden konnten.

„Haben Sie denn etwas gesehen oder entdeckt?", fragte der Kommissar im Anschluss seinen Mitarbeiter.

„Nit wirklich. Hon ma in de Wohnung gelunzt zwischen den Büschen durch, aber es is zu hell draußen. An den Fensterscheiben hänget nüscht von innen."

„Ein gedrehtes Kreuz wäre schon nett gewesen", spaßte Cobander und dankte ihm für den Versuch.

In dem Moment, als sie in den Dienstwagen steigen wollten, erklang in der Ferne ein Grollen wie bei einem herannahenden Gewitter. „Was war'n das?", brummte Butler. „Ich sehe nit eine einzige dunkle Wolke."

„Eine Explosion?", fragte Viktor unsicher.

Cobander suchte den Horizont nach Rauchwolken ab, jedoch war das Gebiet hügelig und man konnte nicht überall weit blicken.

„Sei es drum. Ich würde jetzt gerne in die Pension zurückfahren und mit Ihnen beiden die nächsten Schritte besprechen und planen. Wir müssen den Namen oder Begriff ‚Hagzíssa' irgendjemandem zuordnen können, sonst hängen wir fest."

Das Team Cobander verließ Reinhardshagen und fuhr über die Landstraßen zurück nach Hofgeismar. Bei der Anfahrt von Udenhausen kommend, entdeckten sie starke Rauchentwicklung im Industriegebiet nordöstlich des Gesundbrunnens. Dunkle große Schwaden zogen Richtung Schöneberg. Passend zur Situation klingelte Cobanders Diensthandy. Er hatte es zuvor in die Halterung gestellt und Bluetooth aktiviert. Es war die Nummer der Kripo Hofgeismar. Bönning informierte das Team mit aufgeregter Stimme, dass es vor etwa zwanzig Minuten eine gewaltige Explosion im Fertigungswerk von BanffPlast gegeben hätte und mehrere Feuerwehren im Einsatz wären. Viel wüsste man derzeit nicht, nur, dass keine bekannten explosiven Stoffe bei BanffPlast gelagert würden. Jetzt wäre sprichwörtlich die ‚Kacke am Dampfen'. Das Team wurde gebeten, sich zur Verfügung zu halten, aber weiterhin eigenständig zu ermitteln.

Kaum war dieses Gespräch beendet, meldete sich Thorsten Denn.

„Sie wissen sicher bereits, was Wildes geschehen ist, Herr Cobander. Sie müssen das Tempo noch weiter erhöhen. Wir brauchen fahndungsreife Personen."

Der Hauptkommissar ballte die rechte Hand zur Faust, blieb aber ruhig. „Dann müssen Sie mir amtsrichterliche Beschlüsse besorgen, und zwar für alle Wohnungen der Familie Banff – Anwesen, Mutter, Tochter. Göttingen muss Max Banff verhören und ebenfalls mit Beschluss dort vorgehen. Für unseren Fallbereich haben wir keine anderen zu überprüfenden Personen. Punkt."

„Ich werde Ihnen die Beschlüsse innerhalb der kommenden Stunde bringen lassen. Wo halten Sie sich auf?"

„Gästehaus Schnitzler."

„Dann dorthin… Ich habe Unterstützung vom MAD[2] angefordert. Hubschrauber mit Spezialisten sind unterwegs."

„So wird also das nordhessische Städtchen Hofgeismar im anstrengenden Jahr 2022 auch zum Krisengebiet."

„Sie sagen es. Bis später."

Cobander tippte auf das rote Hörersymbol und kommentierte die beiden Telefonate nicht. Butler stützte seinen Kopf am Fenster ab und schüttelte ihn obendrein. Viktor hatte wieder fleckige Wangen bekommen und surfte in sei-

[2] Militärischer Abschirmdienst.

nem Phone nach aktuellen Medienmeldungen über die Explosion.

Als sie bei ihrer Pension ankamen, standen dort Anwohner in kleinen Gruppen und diskutierten offenbar über das Ereignis. Selbst von hier aus konnte man am Himmel die Rauchschwaden sehen.

Das Team blieb bewusst vorerst im Auto sitzen. Cobander wandte sich zuerst an Butler, dann an Viktor. „Sind Sie beide trotz der jüngsten Entwicklung bereit zur Weiterarbeit? Stemmen Sie das?"

Butler winkte ab und ahmte ein Furzgeräusch nach. Viktor ließ das Smartphone sinken und lächelte. „Ich glaube, ich bin richtig cringe aufgeregt, aber ich will unbedingt weitermachen."

Der Hauptkommissar bedankte sich und stieg aus dem Wagen, um sich den zu erwartenden Fragen der nachbarschaftlichen Bevölkerung zu stellen.

5 | BRANDHERDE

Hagzíssa war berauscht davon, wie schnell die Wellen vieler Ereignisse über die Region hinwegfegten und den Grundstein für weitere rituelle Arbeit legten.

Alle waren wegen der massiven Explosion bei Banff-Plast in Aufruhr und es wurde sogar in der überregionalen Presse gerätselt. Die Hessenschau machte einen Brennpunkt daraus. Die Hexe wunderte nicht, dass manches apokalyptisch wirkte, denn dies bedeutete nichts anderes als ‚Aufdeckung'.

Dass die Polizei mittlerweile auf vielen Ebenen aktiv ermittelte, störte sie nicht, allerdings hatte sie bereits einen Traum gehabt, in welchem sie von Lignurr'noh vor besonderen Suchenden gewarnt worden war. Als erste Vorsichtsmaßnahme hatte sie den Dachboden des verfallenden Hauses ihrer Großeltern mit Beifuß und Styrax ausgeräuchert. Darüber hinaus hatte sie Salztiegel verteilt und unsichtbare Bannkreise gezogen. Noch musste sie diese grundlegende spirituelle Arbeit allein ausführen, doch hoffte sie sehnlichst auf die anziehende Wirkung der Veränderung und bereitete die Neugründung eines Zirkels von Hutenhexen in Gedanken für die kommenden Jahre vor.

Was ihr nicht gefiel, war ihr eigenes Spiegelbild. Nicht, dass sie eitel gewesen wäre, aber sie entdeckte neuerdings Schatten unter den Augen, Ansätze von trockener Haut und strohig wirkendes Haar. Ihr war als magisch tätige Person bewusst, dass das energetische Beeinflussen stets Ausgleich forderte, aber darauf hatte sie, ihres Erachtens nach, bei allen bisherigen Ritualen geachtet, wenngleich sie kleiner waren. Vielleicht benötigte Lignurr'noh mehr Energie als gedacht. Es war aufgrund der Sprachbarriere schwierig, alle Zusammenhänge und Darstellungen im Grimoire exakt nachzuvollziehen. Vieles musste sie aus dem Bauch heraus tun.

Der nächste Schritt würde sie noch einmal in die traurige Vergangenheit zurückführen, aber es handelte sich um ein wichtiges Opfer. Es würden Strafe und energetischer Ausgleich zusammenfallen und der offene Wundkreis sich schließen. Sie würde mit Wonne zusehen, wenn der teilmaterialisierende Aspekt ihres uralten Verbündeten den Kinderschänder qualvoll ins Jenseits beförderte.

Ihr Herz begann bei den unweigerlich aufkommenden Erinnerungen schnell zu schlagen und unschöne Bilder gewitterten durch ihren Geist. Tränen begannen zu fließen und sie griff vorerst zu einer altbewährten Methode der Gegenwehr. Sie nahm den rituellen Dolch aus ihrem kupfernen Kessel, der ursprünglich als Blumentopf gedient hatte, und schnitt solange in ihren altvernarbten Unterarm, bis sie vor brennendem Schmerz stumm schreien konnte.

* * *

Für ein paar Stunden gingen Beamte der Bereitschaftspolizei, des BKA und der Kripo Hofgeismar in der Ferienwohnung des Teams Cobander ein und aus. Die versprochenen amtsrichterlichen Beschlüsse waren zügig zur Verfügung gestellt worden und die Durchsuchungen erfolgten nun stufenweise nach Plan. Man teilte sich auf, denn erwartungsgemäß würde es in der Villa von Banff am längsten dauern. Butler begleitete die Fahrt nach Reinhardshagen,

Cobander und Viktor fuhren zur Wohnung von Frau Vosskühn und Bönning führte eine dritte Gruppe zur Villa.

Lena Banff war nicht zu Hause anzutreffen und Anrufe auf ihre Nummer blieben, ohne Mailboxfunktion, unbeantwortet. Ein zusätzlicher Anruf im Tierpark brachte die Information, dass die Mitarbeiterin umgehend Urlaub erbeten hatte, um ihre verstorbene Mutter von Göttingen nach Hofgeismar überführen zu können. Sie sei mit ihrem PKW etwa eine Stunde nach der Befragung mit Team Cobander vom Parkplatz gefahren. Laut eigener Aussage wollte sie ohne Umwege nach Göttingen.

Parallel erfuhren sie durch den Leitfunk, dass die Kripo in Göttingen bereits das WG-Zimmer von Max Banff ohne Erfolg durchsucht hatte. Interessant war lediglich der Umstand, dass Lenas Bruder offenbar mit Studienfreunden für ein paar Tage nach Österreich zum Wandern gefahren war.

Familie Schreckert, Besitzer des Mehrfamilienhauses in Reinhardshagen, öffnete mit Zweitschlüssel die Souterrainwohnung und Butler ging voran, um etwaige okkulte Gegenstände als Erster auffinden zu können.

Fehlanzeige. Die Wohnung war ein Abbild unprätentiöser Zurückgezogenheit und großer Tierliebe. Es fanden sich entsprechende Poster und Zeichnungen an den Wänden. Ein Notebook wurde sichergestellt und zur Auswertung mitgenommen. Persönliche Aufzeichnungen enthielten weder Hinweise auf das aktuelle Geschehen noch verdächtige Anmerkungen. Die Zimmer waren aufgeräumt und sauber, der Kühlschrank üblich gefüllt und Butler entdeckte in keinem Glas oder Keramikgefäß typische magisch einsetzbare Kräuter oder Mixturen. Mit Adleraugen sah er hinter Bilder, Möbel und sogar unter Tische. Keine Symbole, keine Runen… nichts Okkultes.

Auch Cobander und Viktor stießen in Brigitte Vosskühns Wohnung auf keine verdächtigen Gegenstände, Aufzeichnungen oder magischen Utensilien. Allerdings befand sich diese Wohnung in einem vernachlässigten Zustand.

Überquellende Aschenbecher, nicht aufgewaschenes Geschirr vieler Tage, Kleidungsstapel im Schlafzimmer, eingestaubtes Bad. Ein Standcomputer alter Bauart schien nicht zu funktionieren und wurde zur Überprüfung abtransportiert. Persönliche Tagebuchaufzeichnungen brachten zumindest für das BKA und die wirtschaftskriminellen Ermittlungen interessante Erkenntnisse, da Brigitte Vosskühn offenbar schon vor über einem Jahrzehnt merkwürdige Besuche bei ihrem Mann und eigene Ahnungen diesbezüglich dokumentiert hatte. Thorsten Denn war begeistert und ließ alle Aufzeichnungen zur Vollauswertung zur Kripo bringen. Okkultes war beim ersten Querlesen nicht ausfindig zu machen.

Dennoch gab es einen kleinen Fund, der für das Team Cobander eine gewisse Relevanz besaß. Es handelte sich um ein rostiges Metallkästchen, welches in einem Schrank mit katholischen Devotionalien und Erinnerungsstücken lag. Darin waren eine längere Goldkette mit Kruzifix, uralte Schwarzweißbilder der Großmutter und solche eines Dorfes in Polen. Mithilfe anderer Erinnerungsstücke und Aufzeichnungen konnten sie rekonstruieren, dass die am Ende des zweiten Weltkriegs vor Russen geflüchtete Valya Rozalia Wójcik 1947 in Braunschweig Heinrich Vosskühn geheiratet hatte, einen Postbeamten.

„Finden Se denn ir'endwas daran okkult, Chef?“, fragte Butler am Telefon.

„Nicht wirklich, aber es beleuchtet zumindest die Familiengeschichte und wir haben weitere Namen, denen wir hinterherforschen können. Dabei plumpst vielleicht doch noch ein roter Hering aus einem Beutel.“

„Hm, na danke, jetzt hon ich Hunger uff Backfisch mit

Senfsoß‘.“ Cobander bat ihn, zur Villa Banff zu fahren, und beendete das Gespräch. Er sah Viktor an.

„Hätten Sie Lust auf eine Recherche bezüglich Wójcik, Heinrich Vosskühn und Polen? Alle Datenbanken der Kripo stünden Ihnen mit meinen Passcodes auch zur Verfügung.“ Der Psychologe willigte ein.

Der Hauptkommissar meldete sich bei Bönning. „Wie sieht es aus bei Ihnen?“

„Absoluter Wahnsinn, Kollege. Ich habe Denn schon angerufen, der taucht hier gleich mit MAD-Agenten auf… In einem versteckten Panzerschrank im Keller haben wir Dokumente gefunden, die Ihnen die Ohren schlackern lassen würden.“

„War der denn so einfach zu öffnen?“

„Nee, aber einer meiner Streifenbeamten war akribisch und hat die Codelisten in Banffs Büro gefunden, ebenfalls gut versteckt.“

„Dann lassen Sie mal meine Ohren schlackern.“

„Sprengstoffzwischenlagerung, Waffendeals mit Belarus und offenbar Verbindungen zu ominösen russischen Kontakten. Banff hat wahrscheinlich an den Vorbereitungen zum Ukrainefeldzug verdient, indem er einen Teil seiner Lager und Produktionsstätten in Hofgeismar und Trendelburg als Zwischenlager zur Verschiebung von Waffenteilen und Sprengstoffen genutzt hat.“

„Bumm!“, kommentierte Cobander makaber.

„Genau. Es ist der absolute Wahnsinn!“

„Ich gehe davon aus, dass ihr bisher nichts Okkultes gefunden habt, richtig?“

„Nee, das verliert hier auch gerade enorm an Wichtigkeit. Sorry, nicht böse gemeint, aber ich glaube, Sie müssen erst einmal nicht hierherkommen. Wir würden uns nur auf den Füßen herumlaufen. Sollten wir doch noch auf etwas Verdächtiges in Ihrer Richtung stoßen, rufe ich natürlich gleich an.“

Cobander bekam einen säuerlichen Gesichtsausdruck und Viktor fragte nach. Er winkte ab und telefonierte zuerst ein weiteres Mal mit Butler.

„Was’n nu? Kann ich nit ma in Ruhe nen Fischbrötchen für zwischendurch kaufen?“

Der Kommissar schilderte ihm die Lage und bat ihn, einfach zur Ferienwohnung zurückzukommen. Nachdem er im Anschluss auch dem Psychologen Bönnings Details mitgeteilt hatte, fuhren sie mit Umweg über eine Tankstelle zurück zum Gästehaus Schnitzler.

Cobander hatte zwei Sechserträger Bier und eine Packung Zigaretten gekauft und Viktor es tunlichst vermieden, das zu kommentieren.

Als Butler wieder abgesetzt wurde, öffnete der Hauptkommissar gerade sein zweites Bier auf der Veranda. Er setzte sich dazu, nahm ungefragt eine Flasche, öffnete sie mit einem Taschenmesser und prostete stumm in die Luft. Cobander prostete zurück.

Viktor saß auf dem Bett seines Zimmers und war dankbar dafür, dass es hier anständiges WLAN gab, was nicht unbedingt zu erwarten gewesen wäre. Während er parallel Namenssuchen in den Datenbanken der hessischen Polizei laufen ließ, graste er das Netz eigenhändig ab.

In den News wurde derweil vermeldet, dass der Großbrand mittlerweile unter Kontrolle sei, aber ein Drittel der Gebäude von BanffPlast bei der Explosion und dem Brand zerstört wurden. Illegale Sprengstoffvermutungen kursierten bereits, denn es war der Presse nicht entgangen, dass Militärhubschrauber dort aufgetaucht waren und niemand zu wissen schien, wo der Besitzer sich aufhielt. Die Kripo dementierte öffentlich dessen Festnahme.

Gegen Abend trat Viktor auf die Veranda. Der zweite Sechserträger war bereits angebrochen und Butler döste in einem Liegestuhl, ohne laut zu schnarchen. Der Boden des kleinen Glasaschenbechers neben Cobander war mit Filterresten und Asche bedeckt.

„Und?“, fragte er, ohne aufzublicken.

„Die Suche in den internen Datenbanken hat nichts ausgespuckt. Wahrscheinlich könnten wir mehr über die Einwohnermeldeämter erreichen, wenn so was geht?“

„Hm-hm. Machen wir morgen.“

„Herr Cobander?“

„Ja?“

„In den Nachrichten wird von zwölf Toten und einer Menge Verletzter bei BanffPlast gesprochen.“

„Scheiße...“

* * *

Der Fahrer des silbergrauen eMagnus-Nova checkte im Hotel „Villa Dornröschen“ in Hofgeismar ein. Er war begeistert von der Mischung aus hochmodernem Badezimmer und antik-rustikalem Rest. Er duschte und ‚pflegte‘ sich anschließend akribisch, so rasierte er seinen Vollbart, bis nichts mehr davon übrig war, mischte dann eine Haarfarbe zusammen und probierte eine der mitgebrachten Brillen aus.

Eine halbe Stunde später tauschte er die SIM-Karte seines Mobiltelefons aus und zerstörte die alte. Dann tippte er eine im Kopf gespeicherte Nummer.

„Kurzmeldung. Villa Dornröschen. Drei Tage.“

Er beendete die Verbindung und schaltete den Fernseher ein. Auch überregional wurde mittlerweile von der ungewöhnlichen Explosion berichtet. Spekulationen drehten bereits wilde Spiralformen, über die der erfahrene Mann nur lächeln konnte. Innerhalb eines solchen öffentlichen Aufruhrs konnte er noch müheloser agieren.

Er holte die Bauteile einer Waffe aus seinem Koffer und überprüfte sie. Anschließend begann er, die einzelnen Elemente zu reinigen. Professionell.

***

Noch vor dem Morgenkaffee erkundigte Cobander sich telefonisch über die multiperspektivische Lage. Vom Unfallort gab es Entwarnung für die Bevölkerung, allerdings waren mittlerweile Teams von der Bundeswehr auf dem Gelände im Einsatz und wahrscheinlich würde die Stellvertretung der Bundesministerin den Ort in Augenschein nehmen, natürlich inoffiziell.

Alles Sichergestellte aus der Villa genügte, um Wolfgang Banff festzunehmen, allerdings war dies derzeit nicht möglich, denn laut Dr. Dobner war der Mann in keinem rechtsfähigen Zustand. Die Überführung in die Vitos-Psychiatrie Bad Emstal würde mit polizeilicher Überwachung erfolgen. Ein zweiter Ermittlungserfolg war die Bestätigung der korrupten Beteiligung Schäffners, der sich demnach selbst gerichtet hatte, als die Schlinge sich zuzuziehen begann.

Hinweise auf Okkultes waren in der Villa und den hochbrisanten Aufzeichnungen nicht gefunden worden, allerdings stand es dem Team Cobander mittlerweile frei, das Anwesen selbst in Augenschein zu nehmen. Es wurde rund um die Uhr durch Sicherheitskräfte bewacht.

Thorsten Denn machte dem Hauptkommissar klar, dass die Rolle des Drohbriefes und der Funde im Sababurgwald an Bedeutung verloren hatten, und das Innenministerium derzeit keine Priorität in dieser Sache sähe.

„Wir sollen also unsere Sachen packen und zurück nach Kassel fahren", bemerkte Cobander ironisch. Denn lachte. „Erstaunlicherweise nicht, aber ihr Team hat derzeit auch keine Priorität. Wenn Sie mich fragen, ich würde empfehlen, einfach weiterzumachen, bis es eine andere Anweisung von oben gibt. Sie haben hier doch eine hübsche Unterbringung und müssen sich an dem aufgescheuchten Haufen nicht beteiligen. Recherchieren Sie weiter und genießen dabei die Landschaft. Wenn Sie etwas brauchen, dürfen Sie mich anrufen."

„Danke", sagte Cobander und beendete das Gespräch grußlos. Butler schlurfte in die Küche und kratzte sich unflätig durch die Jogginghose an der Kimme. „Un?"

„Müssen Sie dringend aufs Klo?"

„Hä? Oh… Schuldigung. Jucket morgens da immer."

„Interesse an Kaffee?"

Butler nickte und verließ die Küche in Richtung Bad, in welchem Viktor gerade duschte. Das folgende Geschehen war bühnenreif.

„Hallo? Spinnen Sie?", rief Viktor, als Butler einfach den Raum betrat. „Ich werd' dir schon nüscht weggucken", konterte der Runenschamane. Die Dusche wurde abgestellt. „Raus!", brüllte der junge Psychologe mit schriller Stimme. „Dann kagge ich mir in de Hos'!", brüllte Butler zurück und Cobander füllte derweil einen Schluck Milch in seine bereitstehende Tasse.

Die folgenden Worte Viktors waren unverständlich, dafür hörte man harte Pupsgeräusche und ein „Ahh!" von Butler. Erneut begann die Dusche zu plätschern, dann rumpelte es. „Jung', wenn du mich nassmachest, währ'nd ich ne Worscht drücke, dann gibbets ne Tracht Prügel!"

Anschließend wurde es bis auf ein gewöhnliches Duschgeräusch still und der Hauptkommissar setzte sich mit der dampfenden Tasse auf die Veranda. Es würde ein herrlich warmer Augustsommertag werden.

Zwanzig Minuten später saß das Team bei einem kleinen Frühstück zusammen, denn Frau Schnitzler hatte mütterlich zwei Packungen Toastbrot, Margarine und selbstgemachte Marmelade vor die Wohnungstür gestellt.

„Woll'n die denn nit wissen, wer den Schiss vorher verzapft hodd? Hagzíssa könnde doch de Explosion gemacht hon, wenn Se versteh'n, was ich meine."

Cobander nickte. „Ich denke, dass der MAD und das BKA längst ihre eigene Suche diesbezüglich begonnen haben, denn selbstverständlich wird man den oder die Verursacher für die Explosion suchen, aber ich gehe stark davon aus, dass man irgendwelche fremdländischen Syndikate für verantwortlich hält, die Banff ‚warnen' wollten."

Viktor saß in seinem Gartenstuhl wie ein zickiger Mittelstufenschüler. „Aber Sie haben uns doch save in Kassel erklärt, dass gerade *die* sowas Kindisches wie Drohbriefe und Pseudozeug nicht machen würden!"

„Das stimmt ja auch."

„Was? Hä?" Viktor war enorm genervt.

„Ganz ruhig", beschwichtigte der Hauptkommissar und zündete sich eine Zigarette an. „Das Eine ist das Eine, und das Andere das Andere. Nicht durcheinanderkommen. Ich persönlich habe das Gefühl, Banffs Verbrechen und die derzeitigen Konsequenzen daraus sind das eine Feld. Ich glaube nicht, dass Hagzíssa damit etwas zu tun hat, außer vielleicht ein Wissen um die Machenschaften. Aber der Brief und die Funde sprechen eine persönlichere Sprache."

„Also halten Sie Lena oder Max Banff für verdächtig?"

„Das würde ich so nicht sagen, aber ich schließe es auch nicht aus. Mein Vorschlag wäre, wir machen weiter, wo wir gestern aufgehört haben. Ich versuche, Freigaben für die Systemdaten der Einwohnermeldeämter von Hofgeismar und Braunschweig zu bekommen und in der Zwischenzeit nehmen wir uns alle Zeit der Welt, um die Villa Banff ohne Störung durch andere Suchmannschaften unter die Lupe zu nehmen. Darüber hinaus hätte ich auch eine Idee für den Sababurgwald."

Butler, der ahnte, an was sein Chef dachte, grinste und schmierte sich einen weiteren Doppeltoast mit einer obszönen Menge Marmelade.

„Ok... Was sollen wir in the woods denn noch machen? Graben? Oder mit einem Metalldetektor da rumlaufen wie Schatzsucher bei TikTok...?"

Cobander unterbrach den jungen Psychologen mit erhobener Hand. „Abenteueratmosphäre, Viktor. Auf der Lauer liegen und vielleicht die Person treffen, die an dem anderen Baum gewesen ist. Denn soweit ich es verstanden habe, kehren Hexen und Magier an rituelle Plätze zurück."

Butler nickte bestätigend und schob sich den Marmeladentoast mit Wonne in den Mund. „Lecker Brombeer'!"

***

Am Kiosk ‚*Essbar*' in der Bahnhofstraße gingen Pendler und Einheimische ein und aus, weil er sehr beliebt war. In diesen Tagen war aufgrund der Aufregung vor dem Hintergrund aktueller Ereignisse erhöhter Zulauf zu verzeichnen. Einigen Stammgästen gefiel das nicht.

Ingrid Lauschner gehörte dazu. Sie stand mit ihrer Terrierhündin ‚*Möppsi*' abseits und tratschte mit einigen Leuten aus der Umgebung, die den überfüllten Kiosk derzeit auch mieden.

„Sowas hat man noch nicht gesehen. Mein Lieblingsbaguette gibt es auch nicht mehr! Thunfisch-Majo-Käse, das war so gut...", warf der Rentner Harald Merfeld ein.

„Die meisten kommen doch jetzt nur, damit sie alles Mögliche über die Explosion erfahren können. Sensationslüsterne Generation, ich sach's euch…“, meckerte Dietlinde Hartmann, eine arbeitssuchende Mittvierzigerin.

Frau Lauschner hörte zu, beteiligte sich aber nicht am kritischen Austausch, sondern versuchte Möppsi dazu zu bringen, ein paar Hundeleckerlis zu essen. Die Hündin war schon den ganzen Morgen seltsam und obendrein kratzbürstig. Jetzt knurrte sie sogar.

„Was ist denn, meine Kleine? Ist dir hier zu viel los? Sollen wir wieder nach Hause gehen?“ Möppsi bellte laut und knurrte bösartiger als zuvor.

„Das sind deine Lieblingskräcker, ich weiß gar nicht, was…“ Die Hündin sprang unvermittelt vor und biss Frau Lauschner mit aller Härte in den Finger. Diese zuckte vor Schmerz zurück und ging in die Knie. Als die Umstehenden darauf aufmerksam wurden, sprang Möppsi wie ein Kampfhund an der Frau hoch und sie kam ins Schwanken. Dietlinde Hartmann wollte ihr zur Hilfe eilen und wurde ebenfalls gebissen. „Dreckstöle!“, rief sie vor Wut und Schreck aus.

Ingrid Lauschner rutschte seitlich fort und landete auf dem Boden. Die Hündin sprang mit gefletschten Zähnen auf ihre Brust und verbiss sich wie in einem Horrorfilm in der Kehle der Frau.

* * *

Der vom MAD eingesetzte Sicherheitsdienst überprüfte die Identitäten des Teams Cobander korrekt und nach kurzem Warten hatten sie grünes Licht zum Betreten des Anwesens.

Trotz Größe und Lichthaltigkeit des Gebäudes kam es den Männern trostlos kühl und stellenweise steril vor. Es gab ein Fitnesszimmer mit Blick in den Garten, einen Saunabereich, der aber wohl selten genutzt wurde. Viele Zimmer waren entweder nahezu leer oder wurden als Lagerräume für aussortierte Kleidung und Erinnerungsstücke genutzt. Die Zahl der Zimmer war eindeutig zu hoch für eine einzelne Person, aber Gäste schien Wolfgang Banff hier nicht häufig zu Besuch zu haben.

„Das Innenleben dieser Villa zeugt von einer einzigen traurigen Angelegenheit", kommentierte Cobander. Viktor nickte. „Selbstgerechter Egotrip."

Butler schlug vor, Raum für Raum akribisch abzusuchen und besonders in alten Kisten und Kartons nach Zeugnissen des Familienlebens der Vergangenheit zu schauen. „Offenbar hodds hier kinne Sonderräume für'n Kinnerbesuch gegeben. Schad' eigentlich."

Sie begannen im Keller und arbeiteten sich stückweise über den Parterreflur bis zum ersten Stock vor. Nach zwei Stunden machten sie die erste große Pause und waren froh, dass die beiden Sicherheitsleute ebenfalls Lust auf Pizza hatten, also bestellte man zweimal Salami-Käse in Familiengröße und nutzte zum Essen die weitläufige Veranda.

Anschließend verbrachten sie weitere Stunden in der Villa, aber außer alten Kleidern, unverdächtigen Fotografien glücklicherer Tage und gesammeltem Tand stießen sie auf keine okkulte Spur.

„Jetzt check' ich, warum in den Dokus auf den dritten Programmen immer gesagt wird, Polizeiarbeit ist langweiliger und anstrengender, als man denkt", sagte Viktor am Ende der Aktion zu Cobander. Der lächelte und tätschelte ihm die Schulter. „Langweilig fand ich es nie, aber es ist oft sehr zäh, das stimmt. Es geht nicht anders. Dass wir hier nichts Interessantes gefunden haben, ist Pech, aber hätten wir uns die Villa nicht vorgenommen, wäre uns vielleicht etwas Wichtiges entgangen.“ Butler kam die Treppe hinunter. „Ich hon schon widder Kohldampf. Fahr’n wir noch was essen, ich zahl‘ dissmal au!“

Viktor flüsterte. „Wie kann ein einzelner Typ nur so eine Fressmaschine sein?“ Cobander lachte und der Runenschamane blickte argwöhnisch. „Was wird’n da hinner minnem Rücken geranzt?“

„Wir sind noch satt von der Pizza, Herr Butler, nur darum geht es, aber wir können gerne für Sie an einem Imbiss halten.“

In diesem Moment hörten sie ein Rufen von außerhalb und die Haustür wurde geöffnet. Einer der Sicherheitsleute rief in den Flur. „Hier huscht irgendwas durch den Garten. Mein Kollege geht schon ums Haus. Würden Sie mal von einem der Balkons schauen?“

Cobander sah Butler an, der eine Handbewegung wie bei einem halboffenen Fächer machte. „Widder nen wildes Oink?“ Der Hauptkommissar eilte die Treppe hinauf und betrat den hinteren Balkon durch ein großes Schlafzimmer. Der Sicherheitsmann kam gerade unten um die Ecke. Er hatte den Holster seiner Waffe gelöst und die Hand auf den Griff gelegt.

Es raschelte verdächtig an zwei Stellen des Randgestrüpps und jetzt konnte man lautes Grunzen hören. Als Butler und Viktor hinzutraten, preschten fast gleichzeitig zwei zottelige Wildschweine in den Garten und quiekten wie am Spieß. Sie stürmten auf den konsternierten Wachmann zu, der seine Waffe nicht aus der Halterung bekam. Cobander griff unter sein Jackett, zog die P-30 und schoss warnend in die Luft. Unbeeindruckt knallten die Säue in den Mann und stießen ihn um, dabei löste sich ein Schuss. „Scheiße!“, brüllte er auf, denn er hatte sich aus Versehen ins Bein geschossen. Viktor drückte sich nervös gegen die

Hauswand, obwohl er mehrere Meter Luftlinie vom Garten entfernt war und Butler warf einen ausgestreckten Arm in Richtung Gestrüpp. „Cheffe… do!"

Selbst Cobanders Gemüt spürte jetzt das Cortisol in seinem Körper. Weitere Wildschweine brachen durch die Büsche. Offenbar eine aufgestachelte Herde.

Weder der Hauptkommissar, noch der Runenschamane oder Viktor hatten so eine Ansammlung borstiger Waldbewohner je gesehen. Der Sicherheitsmann schrie und schoss jetzt im Liegen auf die Tiere, aber er wurde von der schieren Menge niedergetrampelt und blieb regungslos liegen.

Der zweite Sicherheitsmann tauchte auf dem Balkon auf. „Was ist das denn für eine Kacke?" Cobander zog ihn zu sich. „Melden Sie es sofort! Rufen Sie Unterstützung mit Notarzt, dann versuchen wir von hier oben so viele Tiere anzuschießen und hoffentlich zu verjagen, dass wir Ihren Kollegen ins Haus holen können."

Viktor musste sich setzten, denn sein Herz schlug wild und er hatte Schweißausbrüche, während Butler in seine Gürteltaschen griff, eine Handvoll Kräuter vom Balkon verstreute und laut „Hekas! Hekas! Este, Bebeloi!" rief. „Uruz, Uruz, ruf dinne Diener zurück!"

Dann knallten mehrfach hintereinander die vorhandenen Faustfeuerwaffen.

* * *

Innerhalb weniger Stunden häuften sich bei den Notrufzentralen Meldungen ungewöhnlicher Attacken durch Haus- oder Wildtiere, gleichzeitig musste die Freiwillige Feuerwehr zu mehreren Bränden ausrücken und wurde später durch Teile der Berufsfeuerwehr, die noch vor Ort bei BanffPlast verblieben waren, unterstützt, weil es den üblichen Rahmen zu sprengen begann.

* * *

Der von den Wildschweinen überraschte Sicherheitsmann lebte, musste jedoch schwerverletzt ins Kreiskrankenhaus eingeliefert werden. Sein Kollege und der Hauptkommissar hatten es geschafft, einige Schweine der Herde zu töten und sie dadurch zurückzudrängen. Anschließend hatten sie den Bewusstlosen im Parterre ins Haus gezogen und überall die Außenjalousien herunterkommen lassen.

Nach Eintreffen der Kollegen und Helfern des Hessen-Forsts war es gelungen, einen Teil der Wildschweine einzufangen. Andere, offensichtlich Tollwütige, mussten gezielt getötet werden, was niemanden gefiel. Die Nachrichten anderer Tiervorfälle in Hofgeismar erreichten die Beteiligten, und Butler telefonierte mit seiner Mutter, weil ihm alles merkwürdig vorkam. Er glaubte nicht an einen regionalen Tollwutausbruch in diesem Ausmaß.

Als das Team nach Kurzbericht und telefonischem Austausch mit der Kripo ins Gästehaus zurückgekehrt war, nahm auch Viktor zum ersten Mal ein Bier, lehnte Zigaretten jedoch ab. „Davon wird mir schlecht“, erklärte er und trank den Gerstensaft in tiefen Zügen.

Butler berichtete, dass seine Mutter das Wirken einer mächtigen Wesenheit vermutete, denn solches Tierverhalten gäbe es normalerweise nicht. Entweder ein gerufener Dämon oder eine wütende Naturgottheit wie Cernunnos.

„Sie haben auf der Fahrt zum Tierpark noch groß und breit erklärt, dass Dämonen per se keine Monster wären“, betonte Cobander. Der Runenschamane schnalzte mit der

Zunge. „Ich hon gesacht, se sin *normalerweise* Begleiter un Hilfsgeister, aber es gibbet da au Ärsche."

„Wundervoll", unkte Viktor und öffnete ein weiteres Bier. Sie hatten zuvor Nachschub an derselben Tankstelle geholt. Butler hatte alle Reste belegter Brötchen gekauft.

„Wir müssen vorerst von Tollwutausbruch ausgehen, aber ich schließe nichts aus, bevor Sie sich wieder aufregen. Letztendlich ist es mir auch fast egal, denn ich habe die Nase wirklich gestrichen voll davon, der gehetzte Reagierende zu sein. Hat jemand von Ihnen nicht eine zündende Idee, wie wir Hagzíssa aus der Reserve locken könnten?"

Butler schob das letzte der belegten Brötchen beiseite und sagte „Hilde un ich wer'n uff jeden Fall Rituale machen un unsere verbündeten Gödder um Hilfe bitten. Das könnde was in Gang bringen."

Viktor spielte intensiv mit seinem Schmuck und erlaubte sich ein leises Aufstoßen. „Sie hatten mir doch von der Columbus-Taktik erzählt..."

„Columbo."

„Ja, ok, jedenfalls... Könnte man nicht einen Fake-Artikel in die Medien bringen, der online gezeigt wird, dass man Typen festgenommen hat, die sich ‚*Hagzíssa*'nennen und nur Fame wollten?"

Butler runzelte die Stirn, aber Cobander legte interessiert einen Finger an die Lippen. „Bitte erläutern Sie Ihre Idee weiter, Viktor."

„Es gibt doch sowieso ne Menge Meldungen wegen der Explosion und so. Ein gefakter Artikel könnte die echte Hagzíssa, whatever, crazy machen. Wir behaupten einfach, dass man pubertierende Trittbrettfahrer aus dem Verkehr gezogen hat, die aus dem Shit was rausholen wollten."

Man sah es förmlich in Cobanders Kopf arbeiten, dann grinste er und holte sein Mobiltelefon hervor. Nach mehreren kurzen Telefonaten lehnte er sich, zufrieden wirkend, zurück.

„Un'nu?“, fragte Butler ungeduldig, aber auch Viktor hielt sich gespannt an einer dritten Flasche Bier fest.

„Wir dürfen und sollen. Dann hole ich jetzt Block und Stift und wir formulieren gemeinsam einen schönen Artikel.“

* * *

Um 2:34 Uhr klingelte und vibrierte Cobanders Handy auf dem Nachttisch. Butler schnorchelte, wurde aber nicht wach. Der Kommissar schaute darauf, dann nahm er es an.

„Neue Katastrophen?“, fragte er verschlafen.

Bönning bellte förmlich. „Haben Sie die wieder ausrückende Feuerwehr nicht gehört?“

Cobander rollte aus dem Bett, schlurfte in die Pantry und schloss deren Tür aus Rücksicht. „Als wären nicht den ganzen Tag Sirenen und Rettungskräfte zu hören gewesen.“ Bönning bat um Entschuldigung. „Stimmt, oh man… hier ist die nächste Kacke, die Sie sich vielleicht ansehen wollen. Ein Feuer ist auf dem ersten Ring des Funkturms auf dem Heuberg ausgebrochen. Es wurde soeben mit einigem Aufwand gelöscht.“

„Wahrscheinlich geprellte russische Mafiosi.“

„Witzig, Herr Kollege… irgendwelche Wahnsinnigen haben in einer Höhe von dreißig Metern Unmengen Holz in der Größe eines Osterfeuers aufgeschichtet und angezündet. Andere Spuren – Fehlanzeige. Ein Teil der elektronischen Geräte wurde in Mitleidenschaft gezogen. Sie können froh sein, dass wir überhaupt telefonieren können.“

„Ich muss dringend Pipi machen.“

„Jetzt tun Sie nicht so, als wäre Ihnen plötzlich alles

egal!", fauchte Bönning, der offensichtlich am Ende seiner Belastbarkeit angekommen war.

„Ich nehme es ernster, als Sie vermutlich glauben, aber mein Team hatte auch einen heftigen Tag. Ich lasse meine Mitarbeiter schlafen. Wir werden morgen früh um 8.00 Uhr dort sein. Gute Nacht!"

Er schaltete sein Diensttelefon absichtlich auf Flugmodus, ging pinkeln und legte sich wieder neben Butler ins Ehebett.

Vier Stunden später ließ er für alle Kaffee durchlaufen und löschte zwei weitere Anrufversuche Bönnings, nachdem er den Flugmodus deaktiviert hatte. Eine Kurznachricht ließ er stehen. *‚8.00 Uhr Heuberg. Pünktlich. Bönning.'*

„Na also, geht doch", murmelte der Hauptkommissar und winkte Butler, der laut pupsend ins Bad sprang. Er musste einen Verdauungstrakt wie ein Uhrwerk besitzen. Viktor zeigte sich verschlafen an der Tür seines Zimmers. „Komme gleich…"

Beim Kaffeetrinken informierte Cobander seine Mitarbeiter über die nächtliche ‚Störung' und kurz darauf waren Sie auf dem Weg zum Heuberg und dem dort stehenden Funkturm.

Viktor sendete parallel den gestern Abend noch gemeinsam formulierten Text für die Hagzíssa-Fakemeldung an die HNA und andere regionale Kleinmedien, welche diese bereits kurze Zeit später unredigiert online posteten:

‚**Gefährliche Trittbrettfahrerei**! Im Zuge der jüngsten Ereignisse und der Explosion im Kunststoffwerk der Firma BanffPlast hat eine Gruppe junger Erwachsener versucht, Profit aus der Lage zu schlagen. Sie meldeten sich mit einem ominösen Drohbrief, der mit dem Namen HAGZÍSSA unterzeichnet war. Den genauen Wortlaut möchte die Polizei nicht veröffentlichen, doch handelt es sich offenbar um okkult-esoterische Absurditäten.

Eine belgische Hardrockband mit demselben Namen dementierte jeden Bezug zu den Tätern, die wenige Stunden später aufgrund ihrer bereits gelöschten Socialmedia-Aktivitäten in Untersuchungshaft genommen werden konnten. Die Hofgeismarer Kripo warnt vor solchen oder ähnlichen Aktionen, welche die Ermittlungen lediglich verzögern und behindern, und bittet junge Influencer*innen, im eigenen Interesse, Abstand von solchen Aktionen zu nehmen.‘

Sie hielten auf dem lichten Areal neben einem Streifenwagen und einem Fahrzeug der Feuerwehr, die zur Sicherheit auf dem unteren Ring noch Untersuchungen durchführte. Cobander zog seine Hose zurecht und winkte Bönning, der am Turmeingang stand und dampfte.

„Kein BKA? Keine Agenten?“, fragte er verwundert, aber Bönning lachte abschätzig. „Noch nicht gehört? Ach so, ja, Sie waren ja auf Tauchgang…“

Cobander blieb unbeeindruckt von der Stichelei und bat seine Mitarbeiter, um den Turm zu gehen, Fotos zu machen und selbst nach besonderen Spuren zu suchen.

Bönning fuhr fort. „Die Sonderpolizei hat Spuren, die bis Belarus und Russland reichen, mit dem Material aus der Villa ausfindig gemacht. Bis auf einen Übergangskontakt und die Bundeswehrspezialisten beim Werk sind alle über Nacht abgezogen. Jellmann kehrt mit uns die letzten Scherben der Kripo Hofgeismar zusammen und hat bereits davon gesprochen, den Bereich der Übernatürlichkeit einfach abzuschließen. Sie werden wohl doch bald nach Kassel zurückkehren können.“

Cobander zündete sich eine Zigarette an, was Bönning mit wachem Interesse beobachtete. „Stress, hm? Dampfen Sie lieber, kann ich nur empfehlen.“

„Sie können Herrn Jellmann mitteilen, dass wir gerne nach Kassel zurückkehren, aber möglicherweise bleiben diese höchst seltsame Tollwutausbruchsgeschichte und der Brand hier an ihm kleben, wenn er sich bestimmten Möglichkeiten verschließt."

„Sage ich ihm gerne… Gut, zur Lage: Die Fotos haben Sie unterwegs ja bereits vom Server abgerufen, ich hatte den Link gesendet. Die Schäden am Turm sind glücklicherweise geringer, als heute Nacht angenommen. Es bleibt zu erklären, wie Personen ohne technische Hilfsmittel oder große Gerätschaften derart viel Holz auf diese Höhe bringen können. Niemand kann es sich erklären. Es ist schier unmöglich, solange es nicht von einem Hubschrauber erledigt worden ist."

Cobander lachte. „Das wäre doch was – *MAD zündet Osterfeuer im Sommer auf Funkturm an* – Im Ernst, ist das nicht genug für Jellmann, einzusehen, dass möglicherweise okkulte Kräfte am Werk sind, auch wenn viele an so etwas nicht im Traum glauben möchten?"

Bönning hob beide Hände. „Hey, Kollege, mich brauchen Sie nicht zu überzeugen. Schäffner haut' sich weg, BanffPlast geht in die Luft wie im Krieg, Wildschweinhorden, Haustierangriffe mit teils schweren Verletzungen aus dem Nichts und jetzt das hier? Wegen mir könnte langsam John Sinclair kommen."

Cobander runzelte die Stirn. „Wer?"

„Sie wollen mir nicht sagen, Sie würden die berühmte Gruselromanfigur nicht kennen?"

„Offenbar bin ich nicht nerdig genug. Ich werde Butler fragen, der kennt alles."

„Ich habe eben übrigens noch Ihren gefälschten Artikel gelesen. Gar nicht schlecht. Ich wünsche Ihnen… Ok, ich wünsche uns allen, dass etwas Neues dabei herauskommt."

„Danke. Was ist mit Göttingen?"

„Lena Banff ist bis jetzt nicht in der Klinik oder in der WG ihres Bruders aufgetaucht."

„Sehr verdächtig. Vielleicht sollten wir eine Fahndung nach dem Fahrzeug beginnen."

„Habe ich Jellmann gesagt, hat er bisher abgelehnt."

Cobander schüttelte den Kopf. „Das ist nur, weil er mit der plötzlichen Verantwortung überfordert ist. Ein Gammel ist das!"

In dem Moment hörten sie laute Rufe von Butler, der relativ weit vom Turm ins Waldgebiet eingedrungen war. Bönning zuckte mit den Schultern und begleitete den Hauptkommissar dorthin. Viktor war auf der gegenüberliegenden Seite und machte Fotos, aber keine Anstalten, dies zu unterbrechen.

Hinter einem Baumstumpf in Sichtlinie zum Turm hatte jemand eine Mulde in den nadelwaldigen Boden gegraben und mit Zweigen ein angedeutetes Miniaturosterfeuer aufgeschichtet. Daneben fanden sich Reste verstreuter Kräuter und verschiedene Zeichen, die auf Baumrindenstücke gemalt worden waren. Ein Pentagramm, eine seltsame verschnörkelte Figur und zweimal die Uruz-Rune.

Bönning fotografierte den Ort aus allen möglichen Winkeln und rief per Telefon erneut die Spurensicherung.

„Krass", sagte Cobander und suchte nach fremden Fußabdrücken, allerdings vergeblich. Butler winkte ihn zu sich und sprach leise. „Ich hon au nix anneres gefunden, aber Chef… die Schnörkelfigur sieht us wie'n Dämonensiegel." Cobander sah ihm ernst und tief in die Augen. „Kennen Sie es? Können Sie es exakt zuordnen?" Der Runenschamane wand sich. „Nee, leider nit, aber die Art is typisch… ich zeig's Ihne später, wie die ussehen, dann verstehen Se."

„Bitte senden Sie trotzdem Fotos an Ihre Mutter, vielleicht kann sie uns weiterhelfen."

„Hodd'ich eh' vor", grinste Butler und begann dann, eigene Fotos zu machen.

Cobander spielte seinen aufgehobenen Trumpf aus und

zeigte Bönning die Fotos von der zweiten Eiche mit der Uruz-Rune und den Obstresten im Sababurgwald. Der Oberkommissar war zunächst verärgert, nicht darüber in Kenntnis gesetzt worden zu sein, aber nach einer kurzen heftigen Diskussion mit dem Hauptkommissar wurde ihm klar, dass er es zu dem Zeitpunkt wenig ernstgenommen hätte. Er willigte ein, das Team hier übernehmen zu lassen, damit er Jellmann persönlich davon überzeugen konnte, Team Cobander nicht heimzuschicken.

Der Hauptkommissar bedankte sich und als die Spurensicherung eingetroffen war, bat er Butler, den Beamten Hinweise im Umgang mit den Funden zu geben.

Auf Viktor trafen die beiden, als sie zum Auto zurückkehrten. Er saß auf dem Beifahrersitz bei geöffneter Tür und hatte das Tablet auf seinem Schoß.

„Herr Bönning hat mir schon von dem neuen Fund und dem Streitgespräch berichtet. Ich habe viele Turmfotos gemacht, dann kam eine Nachricht vom ersten Meldeamt. Dann die Nächste aus Braunschweig."

„Dann hauen Sie uns mal um, Viktor", sagte Cobander und rauchte eine Zigarette. Der junge Psychologe äußerte seine Verwunderung darüber, dass ein erfahrener Polizist zur ungesündesten Methode des Stressabbaus überginge, kam aber schnell zur Sache.

„Die meisten Daten über Lena Banffs Großmutter und ihren deutschen Ehemann waren eher uninteressant. Heinrich Vosskühn besaß aber offenbar scon vor den Weltkriegen Verwandtschaft in Hofgeismar. Er kam nämlich gebürtig nicht aus Braunschweig, sondern aus Trendelburg."

Butler und Cobander sahen rauchend einander, dann wieder Viktor an. „It gets better… lange Zeit war ein kleiner Hof auf dem Land im Besitz der Familie, bis er zwangsversteigert wurde, weil Brigitte Banff das Erbe ausgeschlagen hat. Es gehört jetzt der VR-Bank in Hofgeismar. Valya

Wójcik und Heinrich Vosskühn haben das Haus aber ab den 1970er Jahren bis zu ihrem Tod bewohnt."

Cobander trat wütend die Zigarette aus. „Dort ist sie!"

„Wer denn nu?", fragte Butler, der von dieser lauten Reaktion überrascht worden war.

„Lena Banff! Hagzíssa!" Cobander riss die Fahrertür auf und warf sich in den Sitz. „Adresse, schnell!" Viktor wurde nervös, ließ das Tablet fallen, hob es zitternd auf und gab den Ort bekannt, den der Hauptkommissar umgehend in seinen Routenplaner tippte und den Wagen startete. Butler stemmte neben der Beifahrertür die Arme in die Hüfte, aber sein Chef bellte. „Hinten rein, los!"

Der Runenschamane gehorchte und stieß Viktor tief in die Nieren, obwohl dieser geistesgegenwärtig soweit mit dem Sitz nach vorn gerutscht war, wie er konnte.

Wie im Film ließ Cobander aufgeregt die Räder durchdrehen, stoppte, atmete und wiederholte das Zurücksetzen dann etwas umsichtiger. Trotzdem fuhr er mit hoher Geschwindigkeit über den Waldweg den Heuberg hinab bis zur Landstraße. Butler hielt sich fest und Viktor fragte mehrfach nach, welche Tarantel ihn gebissen hätte.

„Laut Bönning ist Lena Banff bisher nicht in Göttingen aufgetaucht, was verdächtiger als verdächtig ist, da sie es dem Leiter des Tierparks selbst gesagt hat. Wozu lügen, wenn man zu seiner toten Mutter fahren will? Und jetzt erfahren wir, dass die Großeltern ein abgeschiedenes Haus besessen haben? Tierpflegerin… Tierliebe… Tschakka!"

Er tippte im Fahren durch seine Kontakte, informierte die Kripo über seinen Verdacht und bat um wenigstens einen Streifenwagen zur Unterstützung und als Zeugen.

Das Haus lag zwischen Rehberg und Stammen in der Nähe des Naturschutzgebietes ‚*Hümmer Bruch*'. Cobander setzte zum ersten Mal das Magnetblaulicht aufs Dach und aktivierte die Sirene. So gelangten sie schnell auf die B83 und jagten dem Zielort entgegen.

Kurz bevor sie abbiegen mussten, sahen sie einen ganzen Löschzug der Feuerwehr aus Richtung Trendelburg heraneilen, der exakt dort an der Kreuzung einfuhr. Cobander brüllte aus vollem Hals im Beisein seiner Mitarbeiter „Verdammte Hurenscheiße!“

Viktor rückte von ihm weg und kniff das Gesicht zusammen. Butler fluchte ebenfalls lautstark. Es dauerte einen Moment, bis der junge Psychologe begriffen hatte.

Wenn Cobanders Verdacht zutraf und Lena Banff tatsächlich Hagzíssa war und ihre Großeltern ein abgeschiedenes Haus besessen hatten, in dem sie sich verstecken und magisch ungestört arbeiten konnte und sie den Fakeartikel gelesen haben sollte…

„Se hodd‘s angezündet! De Hex‘ hodd‘s angezündet!“, gab Butler wiederholt von sich und Cobander fuhr wie ein Derwisch hinter dem Löschzug der Feuerwehr her. Sie hatten definitiv denselben Weg.

* * *

Hagzíssa erwachte aus mehreren warnenden Traumbildern mit einem herben Geschmack im Mund. Der wilde rothaarige Riese, der von einem Jungen mit Metallkugeln am Körper und einem anderen Mann mit Pistole begleitet wurde, hatte sie wieder in urigen Tönen verfolgt. Eine sehr verstörende Sequenz.

In einer anderen war Hofgeismar in einer Feuersbrunst epischen Ausmaßes zerstört worden und gewaltige Urwaldbäume waren aus Asche und Schutt gesprossen. Die dritte Traumsequenz, ein Hexentanz inmitten des Waldes mit altmodisch gekleideten Frauen, hatte sie aufschrecken lassen.

Im alten Bad mit teils abgefallenen Fliesen blickte sie in den an den Rändern blind werdenden Spiegel aus dem 19. Jahrhundert und bekam Angst. Ihr blondes Haar war grau geworden und lichtete sich. Ihr Gesicht zeigte nun deutlich Falten und Altersflecken sprossen auf der Haut. Ihre Gelenke begannen zu schmerzen und sie begriff endgültig, dass Lignurr'noh ihre Lebensenergie nutzte, um seine Manifestationen auf der materiellen Ebene zu bewerkstelligen. Gleichsam gesellte sich ein Gefühl der Akzeptanz zu ihrer Angst. Der Dämon repräsentierte einen Teil der Wut der Urnatur gegen das Menschengeschwür und dessen zerstörerisches Tun. Die Tiere in der Region hatten die Anwesenheit seiner primordialen Schwingung längst gespürt und agierten erratisch, wie im Grimoire angedeutet wurde. Die Feuer waren rituelle Vorboten des Wiedererwachens der Natur, also die magische Arbeit des Dämons selbst. Auch das begriff Hagzíssa jetzt.

Sie hatte Lignurr'noh geehrt und angerufen, nun agierte das Wesen auf der materiellen Ebene selbst wie ein Magier, mit dem Unterschied, dass die nun altwerdende Frau nicht wusste, welcher höheren Entität Lignurr'noh huldigte und was letztendlich geschehen würde. Sie konnte manches nur ahnen, denn das Grimoire war ein Ritual- und kein detailliertes Tagebuch. Außerdem waren große Teile in alten Varianten der deutschen Sprache verfasst worden.

Eine ihrer Ahninnen war eindeutig Teil eines Hexenzirkels zur Zeit des Dreißigjährigen Krieges gewesen, der sich ‚*Hagzissa Hûta*' nannte, welcher den Dämon mehrere Male zum Schutz gerufen hatte. Lignurr'noh selbst hatte ihr zuvor Traumvisionen mittelalterlicher Soldaten beschert, die teilweise durch die ansässigen Wälder gezogen und später brandschatzend in der Stadt eingefallen waren.

Heute, über vierhundert Jahre später, ging es jedoch um

völlig andere Konflikte und Hagzíssa wusste, dass es überfällig war, einen neuen Zirkel zu gründen, aber sie war allein und der Dämon raubte ihr spürbar Lebenskraft. Sie hatte etwas übersehen. Unruhe und Unsicherheit wuchsen in ihr zusammen mit dem prekären Gefühl, die Kontrolle über die Situation zu verlieren.

Es gab einen Menschen, welchen sie als Blutopfer auserkoren hatte. Ein niederträchtiges Schwein, welches ihr Leben fast zerstört hätte, während Mutter weggesehen und Vater bereits befremdliche Züge entwickelt hatte. Er würde sterben und Lignurr'noh konnte vielleicht dessen Energie nehmen, damit sie wieder zu alter Körperkraft kam. Denn falls ihr Alterungsprozess in dieser Geschwindigkeit weiter voranschritt, würde bald nichts mehr von ihr übrig sein.

Als sie online die Meldung las, die von der Festsetzung der Gruppe Hagzíssa berichtete, lachte sie und griff anschließend grimmig zu ihrem Eichenstab, den sie mittlerweile am Körper führte. Sie glaubte, dass es eine Kampfansage der gefährlichen Suchenden war, die für die Polizei arbeiteten und möglicherweise moderne Hexenjäger waren.

Sie ging ins Schlafzimmer, legte sich auf das Bett ihrer Großeltern mit den muffigen Federkernmatratzen und hielt den Stab über sich. Sie bat Lignurr'noh um Weisung, zeichnete unsichtbare Symbole in die Luft, sprach das Enn, küsste das Holz und führte es anschließend in sich ein.

Nachdem sie in einem schmerzschönen Höhepunkt keuchend vom Bett gerutscht war, wusste sie, was sie zu tun hatte. Sie würde endgültig verbrannte Erde hinterlassen, den alten Priester aufsuchen und dann Hofgeismar im Chaos versinken lassen.

* * *

Das alte Haus brannte lichterloh und man konnte heftige Verpuffungen hören, bevor ein weiterer Stützbalken glühend zerbarst. Fassungslos stand das Team Cobander abseits der Sperrzone, hinter die es vom Löschzugleiter aus Sicherheitsgründen beordert worden war, und sah den Brandbekämpfern zu, wie sie die umgebende trockene Natur mit dicken Wasserstrahlen beschossen, um ein Übergreifen des Feuers zu verhindern. Zwei weitere Tanklöschfahrzeuge brausten heran. Cobander hatte geistesgegenwärtig bei der Ankunft den Dienstwagen weitab auf eine flache Feldwiese gefahren.

Während die ersten Schaulustigen aus den umliegenden Dörfern auf Fahrrädern und zu Fuß im Gelände auftauchten und Streifenpolizisten ihre Arbeit aufnahmen, bat der Hauptkommissar seine Kollegen zur Besprechung zurück ins Auto. Die Fahndung nach Lena Banff und ihrem PKW hatte begonnen und eine Ortung ihres Mobiltelefons wurde versucht.

„Was können wir auf magischer Ebene tun?", fragte Cobander, der niemals gedacht hätte, jemals eine solche Frage jemandem zu stellen, Butler direkt. Der hatte bereits mit seiner Mutter telefoniert. „Ich fah' mit nem Zug nach Kassel, dann zur Mudder un wir machen erst nen Schutzritual, dann frag'n wir de Gödder in Trance um Rat."

„Können Sie das nicht vor Ort umsetzen?"

„Ne, so nit und ich hon nit alles nötige Zeuch hier."

„Gut, aber Zugfahren ist Unsinn, da sind wir mit dem Wagen wesentlich schneller. Wir fahren *jetzt* zum Büro in Kassel. Dort holen Sie Ihr eigenes Auto, sausen nach Ehlen und kommen dann so schnell wie möglich hierher zurück. In der Zwischenzeit versuchen wir, Lena Banff aufzuspüren. Ich werde mich auf jeden Fall heute Nacht in der Nähe der Eiche mit der Rune im Urwald auf die Lauer legen."

„Gude Idee, Chef, aber sei‘n Se vorsichtig un tragen Se immer das Amulett.“

Cobander fasste an seine Brust und spürte Hildes Anhänger sicher unter der Kleidung liegen. Er nickte und startete den Wagen. Unterwegs informierte er Bönning über die Hin- und Rückfahrt und das Vorhaben mit der Nachtwache. Der Oberkommissar hatte Jellmann mittlerweile überzeugen können, welche Bedeutung die Mitarbeit des Teams Cobander besaß und Nachdienstbeamte wurden zugesagt, falls man Lena Banff bis dahin nicht aufgefunden hätte. Eine erste Handyortung war erfolglos geblieben.

Viktor vergrub sich auf der Fahrt nach Kassel im Rücksitz und versuchte, streckenweise zu dösen. Noch wehrte sich sein Geist gegen die seltsamen Ereignisse und esoterischen Erfahrungen der letzten Tage, aber er spürte, dass ein schwerer Vorhang aufgezogen worden war, den er vorher nicht gesehen hatte. Er war Diplompsychologe, intelligent und trotz seiner eigenen psychischen Belastungen wachen Verstandes. Sollte tatsächlich eine weitere Welt jenseits der nüchternen Realität der Naturwissenschaften liegen und der erwähnte Dämon sich als existent erweisen, wusste er nicht, was mit seiner geistigen Konstitution geschehen würde. Auf keinen Fall wollte er wie Wolfgang Banff enden. Kurz vor Vellmar tippte er Butler auf die Schulter. „Was‘n?“

„Könnte ich auch so ein Amulett bekommen wie Herr Cobander… nur für alle Fälle.“

Butler wandte sich um und sein Gesichtsausdruck war erstaunlicherweise weder jovial noch grimmig. „Da hon ich au schon dran gedacht…“, begann er, nahm eine seiner eigenen Halsketten ab und gab sie dem jungen Mann. Es war ein silbernes Pentagramm mit kleinen nordischen Runen in den Linien. „Das is‘ ne Leihgabe, bis mer was Passendes für dich… *Sie* gefunden hon.“

Viktor lächelte unbeholfen, legte das Pentagramm um und bedankte sich. „Ist schon gut… Wir können das mit dem Du machen, ist ok."

Cobander kommentierte den Austausch seiner Kollegen nicht, spürte aber eine sanfte Wärme im Herzen, die er seit Majas Tod vermisst hatte.

‚Danke… Hel.'

6 | HUTENHEXEN

Landgrafschaft Hessen-Cassel, Hofgeismar, 1635

Henriette beugte sich über den übelriechenden Mann, der neben ihr am Marktstand des Korbmachers Marschall zusammengebrochen war und nach Luft rang.

„Fasse ihn ja nicht an, Mädchen!“, rief der Handwerker mit den großen Nasenlöchern. „Es geht jetzt überall schon rum, du wirst nur krank! Gott bewahre!“

Andere Umstehende riefen „Gott sei mit uns!“ und wichen aus. Sie hatten Angst vor einer Rückkehr des Schwarzen Todes, der von vielen weiterhin als Strafe Gottes für die Gräuel eines ständig aufflammenden und nicht enden wollenden Krieges für möglich gehalten wurde. Angst, Gewalt und der Überlebenskampf bestimmten diese schlimme Zeit, auch in Hofgeismar.

Noch immer waren einige Soldaten der alten Armeeverbände des im letzten Jahr ermordeten General Wallensteins in der Stadt untergebracht, wenngleich unter neuem Befehl stehend. Die Hofgeismarer duldeten das, mussten sie doch im vorherigen Jahrzehnt bereits die Dauerstationierung von gut 1000 Bewaffneten General Tillys ertragen.

Zwei von Ihnen, die auf dem fast überfüllten und teils schlammigen Marktplatz patrouillierten, schimpften sich durch die Menge, schubsten Henriette unsanft beiseite und riefen lautstark nach einem Karren.

Die junge Frau, mittlere Tochter eines armen Landwirtes der Umgebung, war stolzen Gemüts und funkelte die beiden rauen Männer vom schmutzigen Boden aus an, auf welchem sie mit ihrem Hintern gelandet war. Einer der beiden bemerkte es, trat auf sie zu, legte seine Hand auf sein Schwert und stierte dann in den Ausschnitt von Henriettes Leinenhemd, dessen Kordeln sich gelöst hatten. Sie war mit saftigen Brüsten gesegnet worden.

Der Korbmacher kam um die Ecke und half ihr auf.

„Nehmt sie nicht ernst, Herr, sie ist schon immer vorlaut und tollpatschig gewesen." Henriette klopfte sich einigermaßen ab, knotete ihr Hemd zu und sagte halblaut „So etwas sieht der Herr Jesus ganz genau…"

Ihre Intuition schützte sie vor weiterem Ärger, denn der Soldat rümpfte die Nase, spuckte vor ihr aus, wandte sich dann aber wieder dem anderen Problem zu. Konrad Marschall schob Henriette seitlich beiseite, stellte zwei stabile Obstkörbe vor sie hin und tippte sich an die Stirn.

„Ein derwisches fuchsiges Madel bist du! Das sind die Körbe, die dein Vater bestellt und schon bezahlt hat. Bring' sie heil heim und verschwinde heuer lieber vom Markt."

Henriette bedankte sich mit einer angedeuteten Verbeugung, nahm die Körbe und schob sich durch die Gassen, an Fuhrwerken und lärmenden Betrunkenen vorbei, Bettlern und um Almosen bittenden Kriegsversehrten in den Gassen ausweichend, bis sie kurz hinter dem Stadttor ein bekanntes Fuhrwerk sah, welches sie mitnahm. Es waren die älteren Jungs von Familie Luttrop, stabile und anständige Kerle, mit denen sie als Kind in den Wäldern gespielt hatte.

Hofgeismar stand noch immer altehrwürdig und die Wälder ringsum waren urbelassen und wunderschön, aber die Region hatte wie viele andere durch den Krieg sehr gelitten und aufgrund der zahlreichen Kriegsflüchtlinge und –verletzten verarmte die Bevölkerung nach und nach. Die Bauern der Umgebung wurden häufig bestohlen oder ihre Höfe von hungrigen Banden überfallen.

Auch Henriettes Familie hatte dies schon mehrere Male ertragen müssen, allerdings sorgten Klug- und Verschlagenheit ihrer Mutter dafür, dass sie überlebten und immer genug zu essen hatten. Sie kannte Höhlen im Wald, die niemand sonst kannte, um Vorräte vor Mensch und Tier zu verstecken. Sie beherrschte Kräuterkunde in einem Ausmaß, welches niemand wissen durfte, außer engste Vertraute, und kannte daher wesentlich mehr essbare Pflanzen, Wurzeln und Beeren als der Durchschnitt. Und sie war in der Lage, Schutz- und Abwehrzauber zu sprechen, denn sie war eine Hexe aus einer der schwindenden Blutlinien, die durch die Hexenpogrome des vergangenen Jahrhunderts unsäglich dezimiert worden waren.

Das Leid der Schwestern und Brüder war aufgrund der grausamen Folterungen noch immer als dunkler Nachhall im Astralraum zu spüren und manche Orte waren energetisch derart verunreinigt, dass dort lange Zeit keine magische Kunst praktiziert werden konnte.

Mit dem Beginn der Kriegshandlungen um 1618 war die Angst vor neuen Hexenprozessen vor dem Hintergrund der konfessionellen ideologischen Machtstreitigkeiten der Herrschenden in Europa wieder aufgekommen und Henriettes Mutter hatte den Zirkel darauf eingeschworen, Ruhe und vor allem das Wissen zu bewahren, bis man gemeinsam mithilfe der Rituale der Ahnen, den verbündeten dämonischen Kräften und der Macht der nordischen Runen einen Weg gefunden hatte, sich besser abzuschirmen und abzusichern.

Der Zirkel bestand aus derzeit sechs Hexen, den Müttern und Töchtern dreier Bauernfamilien. Luttrop, Diederich und Woringer. Sie lebten ihr Leben gewöhnlich, arbeiteten hart und besuchten die Gottesdienste in Hofgeismar so oft sie konnten wie andere auch. Die Bigotterie und von ihnen tiefempfundene Falschheit des Christentums ertrugen sie, um nicht aufzufallen. Auch trafen sie sich nur an äußerst abgeschiedenen Plätzen im Wald, manchmal ließen sie Jahreskreisfeste sogar ausfallen, wenn es nicht anders ging oder zu viele christliche Aktivitäten ihre Aufmerksamkeit erforderten.

Doch jüngst blickten sie einer besonderen Zeit entgegen und Henriettes Herz sprang vor Freude bei dem Gedanken, in Bälde als neue Hexe in den Zirkel aufgenommen zu werden. Die Feier war bereits geplant und sollte mit einem besonderen Ritual der Invokation einer Wesenheit verbunden werden, die ihnen mehr Freiheit und Schutz bieten würde, sofern alle Hexen bereit waren, einen Teil ihrer Lebenskraft zu opfern.

Glücklich sprang die junge Bäuerin an der Weggabelung inmitten der Felder vom Fuhrwerk der Nachbarn und winkte den Jungs. Die Männer der Familien waren eingeweiht und teilweise selbst magisch tätig, denn das Gewebe der Nornen hatte sie zueinander geführt. Dies war der Hexen tiefe spirituelle Überzeugung.

Volkhild Woringer empfing ihre Tochter in der Küche des Hauses. Ein hübsches Feuer brannte im Ofen und es duftete nach Huflattich-Nusskuchen. Henriette stellte die Körbe ab und berichtete von ihren Eindrücken am Marktplatz. Die Mutter, gleichsam Mutterhexe des Zirkels, nickte und gab ihr ein kleines Stück Kuchen.

„Wir sollten Hofgeismar in den nächsten Tagen wieder stärker meiden. Meine Träume weisen in dieselbe Richtung. Außerdem sollst du dich auf deine Initiation vorbereiten und nicht im Kommandanturgefängnis landen.“

Henriette lächelte verlegen und genoss den Kräuterkuchen ihrer Mutter. Danach gingen sie zum Vieh in den Stallungen, wo bis zum Abend viel Arbeit auf sie wartete. Ihr älterer Bruder war bereits dort und später kamen ihr Vater und ihre jüngere Schwester vom Felde hinzu. Eine unsichtbare Energie sorgte dafür, dass die Familie trotz Unbill und starker Belastungen zueinanderhielt und so überlebte. Gespeist wurde sie von der Liebe untereinander und zur Natur, von kindlicher Freude an der geheimnisvollen Kraft des okkulten Lebens und der schützenden Hand alter Wesenheiten, die hier und dort eine urtümliche Rückbesinnung der Menschen erfuhren, weil die Bevölkerung eine abstoßende Kriegslüsternheit der Kirchen zu Gesicht bekommen hatte.

Henriette wusste nicht, dass ihre Mutter bereits seit längerem Kontakt zu Lignurr'noh hatte, der in dieser Region besonders aktiv war. Er war Volkhild durch ihren Patron Cernunnos im Traum gezeigt worden. Er war ein Freund der alten Bäume und Beschützergeist des Waldes. Er verabscheute das Christentum und die stärker werdende Abnabelung der Menschen von der Natur.

Cernunnos hatte Lignurr'noh vorhergesagt, dass viele dieser Menschen bald gerüstet durch seine Wälder stapfen würden, um zu brandschatzen. Dieses Wissen hatte der Dämon im Traum an seine neue Verehrerin weitergegeben und dafür gesorgt, dass sie ihn mithilfe anderer Hexen im Holz manifestieren würde. Die angekündigten Störenfriede würden ihr braunborkiges Wunder erleben.

* * *

Nordhessen, Hofgeismar, 2022

Waltraud Schnitzler nahm den Hörer der Gegensprechanlage ab. „Ja, bitte?"

„Guten Tag, mein Name ist Keppler, ich suche das Gästehaus Schondler. Man hatte mir diese Adresse genannt, aber Sie heißen Schnitzler. Ich bin verwirrt."

Frau Schnitzler lachte. „Ach du meine Güte, Schondlers gibt es seit über zwanzig Jahren nicht mehr, die hatten auch Ferienwohnungen, aber schräg gegenüber auf der anderen Seite. Moment, ich komme mal runter…"

Sie ging durchs Treppenhaus, schüttelte dabei den Kopf und öffnete die Haustür. Vor ihr stand ein Mann in blauem Jackett und Jeans. Er trug eine Sonnenbrille, die er jetzt abnahm und ein Klemmbrett unter dem linken Arm. Er lächelte freundlich und trat höflich einen Schritt von Frau Schnitzler zurück. „Guten Tag."

„Guten Tag. Ja, also, da haben Sie eine völlig veraltete Information bekommen." Sie zeigte auf einen Neubau schräg gegenüber. „Dort stand das Mehrfamilienhaus von Schondlers mit zwei Ferienwohnungen, aber das wurde Ende der Neunziger verkauft, abgerissen und mittlerweile steht da ein modernes Wohnhaus."

„Das ist ja ein Ding", kommentierte der Mann lapidar.

„Allerdings. Von wem haben Sie denn das Ganze? Im Internet stehen wir hier unter der Adresse, ganz sicher."

„Ich bin sehr altmodisch, müssen Sie wissen, und ein Freund meines Vaters aus Würzburg hat es mir empfohlen."

„Gott, kommen Sie gerade aus Würzburg? Dann müssen Sie leider ein Hotel in der Innenstadt buchen, denn wir sind voll im Haus."

„Halb so wild", lachte der Mann. „Ich komme aus Kassel, ich lebe nicht in Würzburg. Ich danke Ihnen für alle Auskünfte. Ich such' mir was Anderes. Hoffentlich ohne verrückte Tiere."

Frau Schnitzler winkte stöhnend ab. „Hören Sie auf, seit zwei Tagen ist in Hofgeismar alles durcheinander. Und jetzt spielen auch noch die Tiere verrückt. Die Polizei hat gemeldet, es könnte eine neuartige Tollwutausbruchswelle sein."

„Hab's mitbekommen. Sehr seltsam, ja, naja, machen Sie es gut." Frau Schnitzler hob die Hand. „Ja, gut, auf Wiedersehen."

Er setzte seine Sonnenbrille wieder auf, stieg in ein silbergraues Fahrzeug in der Nähe und fuhr zurück in Richtung Innenstadt.

* * *

Cobander packte einen kleinen Rucksack und bat Viktor, der tatsächlich mit in den Wald kommen wollte, die aus Kassel gleich mitgebrachten Schlafsäcke und Isomatten ins Auto zu bringen.

„Ist das denn wirklich nötig?", fragte der Psychologe. „Wir haben doch Sommer und es ist abends noch warm." Der Hauptkommissar kicherte. „Sie haben offenbar keine Outdoorerfahrung. Auch im Sommer kann es im Wald unangenehm kühl in der Nacht werden und wir können dort schlecht ein Lagerfeuer machen. Außerdem wechseln wir uns mit der Wachbeobachtung ab, damit die anderen solange schlafen können." Da keine weiteren Bedenken geäußert wurden, war das durch Butlers Abwesenheit dezimierte Team bald fertig gerüstet und fuhr los. Weil bisher kein Fahndungserfolg zu verzeichnen war, hatte Jellmann die Nachtaktion genehmigt.

Ein Mitarbeiter von Bönning, Kommissar Leif Lohne, und ein Bereitschaftspolizist begleiteten sie in den Urwald Sababurg, um hoffentlich Lena Banff an einer der Eichen zu stellen und Antworten auf eine Menge Fragen zu erhalten. Cobander würde mit Viktor in der Nähe der zweiten Eiche kampieren, Lohne und sein Kollege dort, wo das Kruzifix und der tote Waschbär gewesen waren. Falls nötig, würde man die Aktion um einige Tage verlängern und auch tagsüber den Bereich überwachen lassen.

„Warum benutzen wir eigentlich keine Drohnen oder Überwachungskameras und bleiben einfach in den Autos auf dem Parkplatz?"

„Ich möchte direkt an den Bäumen sein, um frisch zugreifen zu können, damit wir bei Kontakt nicht erst durch den halben Wald eilen müssen. Außerdem parken wir woanders und setzen Kameras auf dem Hauptparkplatz ein, falls Lena Banff tatsächlich mit dem Auto dort hält."

Der Hauptkommissar konnte es förmlich in Viktors Gedanken rattern hören. „Ich glaube, ich denke nicht taktisch genug für diese Arbeit." Cobander lachte. „Das müssen Sie auch nicht. Geben Sie mir lieber ein paar psychologische Einschätzungen, was in der Frau vorgehen könnte, auch wenn Ihnen bisher nur Teilinformationen zur Verfügung stehen."

Viktor schloss die Augen und dachte eine Weile nach, dann begann er fachlich zu urteilen, ohne Cobander anzusehen, was ihm angenehmer schien.

„Sie ist jung, hat einen Beruf gewählt, für den viel Empathie und Einsatz nötig sind… Die Entfremdung von ihrem Vater gipfelt gerade voll in einer Superkatastrophe und ihre Mutter stirbt ohne ihr Wissen allein im Krankenhaus. Wir wissen nicht, welche Rolle Brigitte Banff in der Vergangenheit gespielt hat, aber für Stability spricht ihr Leben nicht gerade. Kann ja sein, dass Lena ab einem bestimmten Zeitpunkt wusste, in welche Richtung Daddys Geschäfte gingen. Wer weiß, vielleicht hat sie sich deshalb okkulten

Themen angenähert, um Ausgleich zu finden und niemanden hat es interessiert oder es wusste keiner. Mal abgesehen von übernatürlichen Kräften... Sie wäre voll prädestiniert für eine bipolare Störung mit heavy manisch-depressiven Ausschlägen und natürlich Depression generell. Angststörungen auch. Manische Phasen können bei starker Traumatisierung ins Megalomane, also in Größenwahn, abdriften."

Cobander, der aufmerksam zugehört hatte, schaltete sich an dieser Stelle ein. „Das heißt, falls tatsächlich okkulte Kräfte mit ins Spiel gekommen sein sollten... Könnten dadurch Größenwahnphasen zusätzlich befeuert werden?"

Viktor öffnete die Augen und sah über die linke Schulter. „Sure."

Die beiden schwiegen eine Weile und betrachteten das schillernde Abendlicht, welches durch die Bäume des Reinhardswaldes leuchtete und eine zauberhafte Spätsommernacht versprach.

Sie trafen mit den anderen auf einem kleinen Wanderparkplatz zusammen und besprachen alle Notwendigkeiten. Kommissar Lohne sendete ihnen den Link zum Videofeed der Kameras, die er eigenhändig am Hauptparkplatz versteckt hatte.

„Die letzten Spaziergänger sind abgefahren. Ich kann zwar nicht für *keine* Nachtschwärmer garantieren, aber wir wissen ja, wen wir suchen."

Cobander war zufrieden und bedankte sich im Voraus bei den Hofgeismarer Beamten, denen eine solche Aktion offenbar half, die angespannte Lage bei der Kripo zu ertragen. Nach kurzer Überprüfung der Ausrüstung wanderten die vier Männer über die vorgegebenen Wege in Richtung Eichen im Urwald.

* * *

In Hildes Garten waren viele Kerzen auf Steinen und in Holzhaltern entzündet worden. Mehrere Schalen mit Beifuß- und Eichenmoosräucherungen glommen. Feine wohlriechende Dunstschlieren zogen umher.

Auf dem Tisch der Terrasse lag ein Beutel mit selbstgeschnitzten Runen Hildes, die sie zur Divination benutzt hatte, wie sie es vor größeren Ritualen meist tat. Die Energien waren für eine Suche nach Rat durchaus geeignet.

Butlcr hatte den Oberkörper freigelegt und war von seiner Mutter mit Linien, Punkten sowie Runen des älteren Futharks bemalt worden. Hilde trug trotz der Abendwärme Leinengewänder und Strickkleidung, die sie selbst gehäkelt hatte. Mit einem langen knorrigen Buchenstab voller verknoteter Steinchen, Schnitzereien, Federn und eingebrannten Symbolen schritt sie einen Kreis in der Mitte des Gartens ab und wob unsichtbare Energien zusammen, rief die Elemente und die Götter um Schutz an und sang anschließend alte Weisen.

Als es dunkler geworden war, summte sie nur noch und setzte sich inmitten des Gartens nieder. Butler nahm eine Kräuterschale, ging dorthin und wedelte ihr Rauch ins Gesicht. Zuerst Beifuß. Diese Schale stellte er vor ihre Füße auf den Boden. Dann holte er eine andere Schale und fächerte ihr erneut Rauch ins Gesicht, den sie tief einatmete. Das war das Eichenmoos.

Dann setzte er sich seiner Mutter gegenüber, sog selbst Eichenrauch ein, stellte die Schale vor sich und atmete den Dampf geräuschvoll aus.

„Heil den Göddern des alden Pfades“, sagte Hilde mit geschlossenen Augen. Butler wiederholte es und alle folgenden Anrufungen nordischer Götter. Am Ende dankten sie Hel für Cobanders Träume und baten sie, ihm bei seiner jetzigen Suche zu helfen. Diese zwielichtige Göttin der ‚Unterwelt' riefen die beiden selten an. Hildes Patron war der Gott Heimdall, Butlers Odin.

Dann ging es eine Ebene tiefer. Hilde begann, rhythmisch mit ihrem alten Zauberstecken auf den Boden zu schlagen und Butler intonierte buddhistisch anmutende tiefe Töne, die dann in Rufe und helle Laute übergingen. Nach einer Weile erhob er sich und begann, den Rhythmus tänzelnd zu übernehmen, während Hilde den Gesang weiterführte.

Als Butler sich eingetanzt und ordentlich zu schwitzen begonnen hatte, erhob sich auch Hilde, beendete den Gesang und schüttete in ein großes Trinkhorn, welches an ihrem Gürtel hing, Wasser aus einer dritten Schale. Butler blieb keuchend stehen, schloss die Augen und reckte die Fäuste gen Himmel. Hilde trat auf ihn zu und begoss ihn stoßweise mit dem Wasser aus dem Horn. Anschließend setzten sich beide in die ursprüngliche Position und schwiegen, bis sich Butlers Atmung beruhigt hatte.

Dann bat Hilde um Eingebungen oder eine Vision. Sie erwähnte erneut Hels Träume, den Besuch Cobanders, die unergründlichen Wege der Zusammenführung vergangener Wochen und insbesondere die Suche nach Hagzíssa und deren Beweggründen. Am Ende sprach sie über das Siegel, welches ihr Sohn in der Nähe des Funkturms entdeckt hatte und vermutlich ein Dämonensiegel darstellte.

Anschließend folgte eine weitere Zeit tiefen Schweigens und Meditierens. Die Atmosphäre war heimelig, urzeitlich und arkan. Doch klärende Gedankenbilder oder gar visionäre Gesichte kamen nicht auf, und fast hätten die beiden ihre Ratssuche unbefriedigt beendet, als zwei Dinge nahezu zeitgleich geschahen. Beim Aufstehen sah Butler jenseits des Gartens auf dem Waldweg einen echten Hirsch mit prächtigem Geweih stehen. In dem Moment, wo er hinzeigte, galoppierte das Tier hörbar zurück in den Wald und einer der trocken gewordenen Äste eines in ihrer Nähe stehenden Gartenbaums brach ab und knallte auf eine der glühenden Räucherschalen. Funken stoben in alle Richtungen und der Ast blieb in einer grotesken Haltung der Zweige liegen. Es sah aus, als würde eine hölzerne Gliederhand nach etwas Unsichtbarem greifen.

Hilde ging zwei Schritte zurück, hob ihren Stecken und sah Butler an. „Was hodde geseh'n?"

„Nen Hirschen!", sagte er laut, griff nach dem herabgefallenen Ast und hob ihn auf. „Mudder, was isses?"

Hilde drehte sich um, verbeugte sich in Richtung Wald und winkte ihren Sohn neben sich. Er gehorchte, verbeugte sich ebenfalls und wartete ab.

„Wir hon unsere Gödder gefragt und der grüne Mann Cernunnos hodd sich gezeigt, wie er sich seit Urzeide Menschen zeichet. Es hon inner ins Holz gerufen un das Holz is erwacht!"

„Un der Dämon?"

„Das Siegel hon ich noch nie geseh'n, aber das Wesen hinner dem Siegel wurd' ins Holz gerufen, da bin ich mir sicher. Es muss'n alter Naturdämon sin un's Siegel wurde entweder familiär weitergegeben odder jemand hodd's wo ussgegraben." Butler knurrte. „Aber um nen Naturdämon ins Holz zu ruf'n oder zu manifestier'n brau' man doch or'ntlich Ahnung!"

Hilde nahm ihrem Sohn den Ast aus der Hand und warf ihn über die Büsche auf den Waldweg. „Da sachste was, min Jung', da sachste was. Aber es kimmet mir eher vor, so vom Bauchgefülle, als würd' da einer doch nur Halbwissen hon und langsam de Kontroll' verlier'n."

„Un was soll'n wir nu machen do? Was schlägst'de vor, Mudder?"

Hilde bat ihren Sohn, erst einmal Tee zu kochen, damit sie noch einen Moment darüber nachdenken konnte. Später saßen sie mit dampfenden Tassen auf der Veranda zusammen. Es war sehr angenehm, keinerlei künstliches Licht zu haben.

Hilde schlug vor, falls die junge Frau so schnell nicht gefunden werden sollte, eine Cernunnos-Anrufung an der Eiche mit der Uruz-Rune zu machen, um energetische Balance zu erbitten. Unabhängig davon müsse bei Lena Banff nach einem Zauberstab oder ähnlichem gesucht werden, der ihr abgenommen oder gar zerstört werden müsste. Sie versprach ihrem Sohn, ihm ein nötiges Bündel mit Utensilien und Anweisungen für eine Cernunnos-Anrufung mitzugeben.

Noch bevor Butler sich schlafen legte, nahm er eine längere Sprachnachricht für Cobander auf, damit die rituellen Erkenntnisse umgehend und vor seiner Rückkehr weitergegeben wurden, falls die gesuchte Lena Banff schon heute Nacht im Urwald gestellt werden konnte.

Erst als er die elektronische Bestätigung des Abrufens der Nachricht gesehen hatte, machte er die Augen zu. Er war höchst gespannt auf seine Träume in dieser Nacht.

* * *

Landgrafschaft Hessen-Cassel, nahe Hofgeismar, 1635

Volkhild lag die Magie im Blut, und ihre Mutter hatte sie früh auf ein Hexendasein im Einklang mit der Natur, mit den Tieren und Pflanzen und vielen alten Geheimnissen eingestimmt. Der Name ihres Zirkels war ebenfalls alt, denn die Hüterinnen – die Hutenhexen – existierten bereits seit frühmittelalterlicher Zeit.

Sie verehrten traditionell Cernunnos, ehrten und achteten jedoch viele Götter und Wesenheiten, weil ihr andersweltliches Verständnis primordial und daher versatil war.

Die Ansprüche des in der ganzen Welt herumpflügenden Christentums standen ihren Überzeugungen diametral entgegen und so war ihr Leben seit unzähligen Jahrhunderten von Heimlichkeit, Zurückgezogenheit und Verschwiegenheit geprägt. Ebenso mussten die Hutenhexen eine flexible Anpassungsfähigkeit an die wechselnden Herrschaftsverhältnisse und die Veränderungen in Land und Flur entwickeln.

Henriette versprühte dieselbe wundervolle Energie wie ihre Großmutter und Volkhild hatte Tränen in den Augen, als sie ihre Tochter gänzlich nackt vor die alte Eiche in ihrer Mitte treten sah. Sie war bereit und voller Freude, in den Zirkel der ‚*Hagzissa Huta*' einzutreten. Sie war würdig, das hatten viele Träume ihrer Schwestern bestätigt. Cernunnos nahm sie auf in die Riege der Hüterinnen des Waldes und der ehrwürdigen Bäume.

Die mitgebrachten Kerzen wurden entzündet und ein leiser Singsang begann, der stärker wurde, nachdem Henriette sich mit einer Nadel, die sie bereits in der Hand hielt, in den Finger gestochen und ein paar Blutstropfen auf der Eichenrinde hinterlassen hatte.

Der von Farnen umgebene und mit dichtem Moos bewachsene Hain lag tief im Wald verborgen und weit entfernt von Gehöften oder Siedlungen. Niemand konnte den Gesang der Hutenhexen hören, außer den Tieren und Pflanzen. Außer ihrem Patron.

Nach einiger Zeit kam ein ungewöhnlicher Wind auf und die magische Kraft der erfahrenen Hexen kulminierte bei der Eiche, deren Äste und Zweige in Wallung gerieten und sich wie von Geisterhand bewegt über Henriettes Körper schlängelten, bis schließlich einige der Zweige verdrillten und sanft in sie eindrangen. Der Höhepunkt des Invokationsrituals hatte begonnen.

Volkhild hielt ein Rindenstück mit Lignurr'nohs Siegel darauf in die Höhe und parallel ihren Zauberstab, die anderen Hexen taten es ihr gleich. Henriette begann zu vibrieren und dann schälte sich bei stärker aufkommendem Wind eine seltsame Gestalt aus dem dicken Stamm der Eiche. Sie war schlank und Myriaden von sich windenden Ästen und Zweigen wuchsen an ihr. Der Naturdämon manifestierte im Holz als eine mehrere Meter hohe baumähnliche Gestalt ohne Blätter.

Er trug Henriette ein Stück beiseite und die übrigen sechs Frauen traten ehrfürchtig näher, bis sie ganz in der Nähe des Wesens waren. Er begrüßte sie knackend und klopfend, dann schlängelten sich mehr Zweige aus ihm heraus und nach kurzer Zeit war er in ihnen allen und sie schenkten ihm freimütig Anteile ihrer eigenen Lebenskraft. Sieben mal zehn Jahre.

Nach Beendigung des Rituals verblieb er noch eine Weile materialisiert in ihrer Nähe und sie sangen für ihn in großer Freude. Dann donnerte es im Stamm der Eiche und das Holzwesen fiel in sich zusammen. Am Boden darunter verblieb ein unscheinbarer Stab, den Volkhild mit Stolz in Henriettes Hände gab. „Willkommen Tochter und Schwester Hüterin. Du hast die Ehre, Lignurr'noh zu tragen."

Die anderen Hexen jubelten und dann brachen überall kleine und große Wildtiere aus dem Unterholz, als hätten sie die ganze Zeit gelauert und gewartet. Wildscheine, Rehe, Hirsche, Kaninchen, Füchse, Wölfe und sogar ein Braunbär. Sie jagten auf dem Areal umher, grunzten, röhrten und quiekten wie eine aufgescheuchte Horde, aber die beisammen singenden und lachenden Hexen wurden von ihnen nicht behelligt. Es schien, als feierten sie mit ihnen das Ereignis, welches sie alle vor einem großen Unheil bewahren würde, das in Form schwedischer Truppen in Kürze über Hofgeismar einbrechen würde.

* * *

Nordhessen, Hofgeismar, 2022

Hochwürden Gerth Dietrich saß im Büro des Pfarrhauses der Stankt-Lebelius-Kirche und arbeitete bei weit geöffneten Fenstern an seiner Sonntagspredigt, die er in wenigen Tagen zu halten gedachte. Die Weltbühne gab derart viele Krisen- und Konfliktherde her, dass es ihm nur so aus dem Stift floss und er mit selbstgefälliger Inbrunst soeben geschriebene Passagen sich selbst vortrug.

Seitdem die traditionelle Pfarrhaushälterin vom Bistum wegrationalisiert worden war, musste Dietrich selbst für sein Abendessen sorgen. Glücklicherweise waren viele Gemeindemitglieder trotz Angst vor der Energiekrise im Land noch immer recht spendabel, was die Kollekte betraf, so war es ihm von Zeit zu Zeit möglich, ein wenig davon abzugreifen und seine Lieblingspizza zu bestellen – mit doppelt Hackfleisch und doppelt Sauce Hollandaise.

Es klingelte an der Pforte und der Priester warf freudig den Stift beiseite. „Wenn man an den Teufel denkt!", kalauerte er und klopfte sich gedanklich selbst auf die Schulter für solche Selbstironie.

Er nahm die XL-Pizza an der Tür entgegen und zahlte ein ordentliches Trinkgeld. ‚*Obwohl der Fahrer wie ein Moslem aussieht*', kam ihm in den Sinn, aber er winkte freundlich.

Bereits im Stehen biss er vom saftigen Rand der dampfenden Scheibe ab, balancierte den Karton dann in die Küche, nickte dem Kruzifix an der Wand kurz zu und machte sich dann am Tisch über den Rest her. Unter dem Tisch stand ein Kasten mit Limonade, aus dem er eine Flasche griff und jeden zweiten Happen Hackfleisch-Hollandaise gluckernd hinunterspülte. Zwischendurch rülpste er laut und kümmerte sich nicht darum, dass ihm Nahrungselemente aus den Mundwinkeln rutschten, weil er zu schnell aß. Sie landeten einfach wieder auf der noch vorhandenen Pizza.

Kurze Zeit später verwahrte er ein übriggelassenes Stück im Backofen, goss sich ihm Wohnraum Portwein in ein Kristallglas, setzte sich in den geerbten Ohrensessel und prostete dem hier befindlichen Wandkreuz zu. Er stellte den Fernseher an und kurz darauf wieder ab. Stattdessen schaltete er einen Radiosender mit klassischer Musik ein und döste schnell.

Erst als es draußen dunkel geworden war, schreckte er aus dem Schlaf, in welchen das Verdauungsdösen übergegangen war und schlagartig fiel ihm ein, dass im Büro im ersten Stock noch alle Fenster offenstanden. Er schälte sich aus dem Sessel, spürte Sodbrennen in seiner Kehle und mischte sich zunächst in der Küche ein Glas Wasser mit Hausnatron, um es in wenigen Zügen auszutrinken.

Bereits auf dem Weg nach oben löste sich das Brennen im Schlund und bald konnte er zu seiner Erleichterung mehrfach aufstoßen. Er schloss alle Fenster und wollte gerade ins Bad gehen, als es erneut an der Pfarrpforte klingelte. Dietrich stöhnte. Hoffentlich kein unerwarteter Todesfall, der ihm die halbe Nacht versauen würde.

Die Haustür besaß keine Glaseinsätze, aber einen Spion, durch welchen er eine ältere Frau vor dem Haus stehen sah, die ihm bekannt vorkam. „Es ist sehr spät, um was geht es denn?“, fragte er laut.

„Ich habe eine furchtbare Sache gemacht und brauche dringen Ihren Rat, Herr Pfarrer“, antwortete die Frau mit einer unerwartet jungen Stimme.

Dietrich kratzte sich entnervt am Kopf. „Wir haben dafür extra Beichtzeiten und vielleicht schlafen Sie noch mal darüber. Gehören Sie denn zu dieser Gemeinde?“

„Ja... bitte schicken Sie mich nicht wieder heim, es dauert auch nicht lange. Es quält mich ganz furchtbar und Gebete helfen nicht. Bitte, nur kurz, Herr Dietrich.“

Der Priester stöhnte und brummte. „Einen Moment.“ Er entriegelte beide Schlösser und ließ die Frau in den Flur. Sie roch unangenehm nach Schweiß und strahlte insgesamt etwas aus, was der Mann nicht wirklich einordnen konnte, aber ihm nicht gefiel. Postwendend ärgerte er sich, sie hereingelassen zu haben. Er schätzte sie auf etwa Siebzig oder älter. Dann fiel ihm auf, dass sie Arbeitskleidung des Tierparks Sababurg trug. An ihrem Gürtel hing ein Holzstab mit seltsamen Zeichen.

„Ihr Gesicht kommt mir tatsächlich bekannt vor, aber bitte helfen Sie mir auf die Sprünge, denn eigentlich kenne ich die älteren Mitglieder meiner Gemeinde.“

Die Frau ging ein paar Schritte weiter, nahm den Stab in die Hand und wandte sich um. „Ich heiße Lena Banff.“

Im ersten Moment sagte der Name dem Priester nichts. Die Augen der Frau funkelten von einer Sekunde auf die andere bösartig und eine erste Ahnung kam in ihm auf. „Ich war bei Ihnen Messdienerin“, fügte sie hinzu.

Die furchtbare Erkenntnis traf ihn bitterkalt und gleichsam erschrak er vor dem völlig veränderten Gesicht des Mädchens, an welchem er sich vor fünfzehn Jahren in der Sakristei vergangen hatte. Seine Knie gaben nach und er sank zu Boden vor Schwäche. Sein Herz krampfte und er stammelte drauflos, aber es war ihm nicht möglich, klare Worte zu formulieren.

Hagzíssa ging zu ihm und schob ihm ihren Zauberstab brutal in den Mund. Der Priester gurgelte und riss die Hände hoch, aber sie warf sich gegen ihn, sodass er auf dem Rücken und sie auf seiner Brust landete. Sie schob den Stab tiefer und rief „Bên zi bêna, bluot zi bluoda! Eih! Eih! Eih!"

Langsam bildeten sich am Stab im Mund des Priesters kleine Äste aus, die sich unaufhaltsam einen Weg durch Fleisch und Knochen bahnten. Dietrichs Körper wurde aufgrund unfassbarer Schmerzen eine Weile von Spasmen geschüttelt, dann platzte sein Schädel an vielen Stellen und Blut und Überreste verteilten sich.

Hagzíssas Gesicht war dunkel gesprenkelt und sie hob den sich sanft windenden Stab in die Höhe. „Eih!"

* * *

Die Waldgeräusche bei Dunkelheit machten Viktor fast wahnsinnig. Knacken, Rauschen, Rascheln, entfernte Rufe von Tieren, merkwürdiges Zirpen und weitere nicht zuzuordnende Geräusche hielten ihn vollkommen vom Dösen ab. An Zwischenschlaf war gar nicht zu denken. Er bereute es bereits nach wenigen Stunden, überhaupt mitgekommen zu sein. Obendrein hatte Cobander recht behalten. Trotz Sommerszeit wurde es vom Boden her unangenehm kühl und er war heilfroh, Isomatte und Schlafsack dabeizuhaben. Butlers Sprachnachricht hatten sie abgehört und der Psychologe danach begonnen, wiederkehrend mit dem geliehenen Anhänger in seiner Hand zu spielen.

Sein Mobiltelefon vibrierte, er tippte und hielt es sich ans Ohr. „Ja?"

„Lohne. Bei Ihnen alles ruhig?"

„Ja. Und kalt."

Der Kommissar kicherte. „Ist sicher anstrengend. Stehen Sie durch. Am Parkplatz tut sich übrigens nichts."

„Ok, danke. Bis später." „Ok."

Für eine Weile beruhigte sich Viktor, dann begann wieder das fürchterliche Rascheln. Diesmal schien es näherzukommen und irgendwann wurde es dem unerfahrenen jungen Mann zu bunt. Er streckte die Hand aus, um Cobander zu wecken, als es plötzlich an seinem Ohr knurrte.

Mit einem Aufschrei der Panik warf sich Viktor, halb im Schlafsack hockend, über Cobander und rollte ins Unterholz. Der Hauptkommissar, der nicht fest geschlafen hatte, richtete sich auf und knipste die Stabtaschenlampe an, die er in seiner Hand behalten hatte.

Im starken Lichtkegel leuchteten die Augen eines gewaltigen Wolfes, der mindestens anderthalbmal größer als gewöhnlich war. Er fletschte die Zähne und war sprungbereit.

Cobander aktivierte instinktiv die Stroboskopfunktion der Profilampe, die einen noch höheren Lumenwert besaß, und erkaufte sich damit Zeit. Er wand sich aus dem Schlafsack. Er konnte seine Waffe nicht benutzen, solange andere Personen in der Nähe waren. Viktor humpelte unbeholfen mit einem Stück Schlafsack am rechten Bein durch die Gegend und rief „Hilfe! Alarm! Scheiße!"

Das heftige Licht vertrieb den Wolf. Er lief seitlich fort und war schnell in der Dunkelheit verschwunden. Cobanders Handy vibrierte.

„Was ist denn bei…", begann Lohne, aber der Hauptkommissar rief dazwischen. „Großer Wolf, aufpassen!"

„Was?"

„Hier ist ein echter Wolf aufgetaucht, mit Sicherheit auch tollwütig. Ich habe ihn mit meiner Taschenlampe vertrieben." „Alles klar. Wir kommen!"

Cobander sammelte das Häuflein Viktor ein und führte

ihn am Arm auf den Gehweg, wo sie bereits die Lichtkegel der Taschenlampen der anderen sehen konnten.

Sobald die Männer zusammentraten, zogen sie ihre Waffen und bildeten eine nahe Sondierungslinie. Der Bereitschaftspolizist ging voraus, dann kamen Cobander und Viktor, die Nachhut bildete Lohne.

Lange mussten sie nicht suchen. Der struppige und offensichtlich aggressive Wolf tappte geifernd auf dem vom Forst vorgegebenen Weg und knurrte. Er war am äußeren Rand der Lichtkegel der Taschenlampen aufgetaucht. Der vordere Polizist schoss, traf aber nicht. Cobander positionierte sich vor Viktor und ging zum Zielen in die Hocke, aber Lohne war schneller. Zwei direkte Treffer im Kopf- und Brustbereich des Tieres. Der Wolf fiel jaulend um und war tot.

Sie näherten sich der Stelle und überzeugten sich vom Ableben des Tieres. Lohne meldete es umgehend und orderte auch erneute Verständigung der Forstverwaltung. Der Bereitschaftspolizist schüttelte den Kopf.

„Es wird zwar schon seit Jahren darüber gesprochen, dass wieder Wölfe in deutschen Wäldern aufgetaucht seien, aber so ein Vieh habe ich noch nie gesehen!"

„Ich auch nicht", bestätigte Lohne.

Cobander machte Fotos im Lichtbereich der Lampen, während Viktor, der sich wieder beruhigt hatte, den Wolf aus nächster Nähe begutachtete. „Echt irre", murmelte er.

Der Urwald hatte zu dieser Nachtzeit etwas Gespenstisches und obwohl die Männer es nicht laut aussprachen, spürten sie mit- und umeinander die Spannung der Bedrohung und geheimnisvoller Zwielichtigkeit.

Cobander zuckte, als sein Diensthandy erneut zu vibrieren begann. Bönning. Es war 2.13 Uhr.

„Wolfstöterbande", meldete sich der Hauptkommissar.

„Sie können es offenbar nicht lassen, Herr Kollege. Es

gibt gerade einen grausigen Todesfall in einem katholischen Pfarramt in Hofgeismar. Der Gemeindepriester wurde brutal ermordet. Sein Kopf wurde… zerrissen und in der Nähe der Kirche haben wir Lena Banffs Fahrzeug sicherstellen können. Ich denke, Sie sollten kommen. Adresslink folgt."

Cobander sah auf den toten Wolf, dann zu Viktor, dann zu den anderen. Er teilte die Lage mit. Lohne plädierte entsprechend für Abbruch und Rückkehr. Der junge Psychologe bat seinen Chef darum, von den anderen zur Ferienwohnung gefahren zu werden.

Während diese auf den Nachtdienst des Hessen-Forsts warteten, fuhr Cobander allein in die Stadt zurück. Seine Gedanken flossen erratisch ineinander. Er erinnerte brenzlige Situationen im Wiesbadener Rotlichtmilieu, dann wiederum sah er Butler in Wikingerkleidung und mit Streitaxt, der sich durch Unmengen dämonischer Gesichter hackte. Dazwischen funkten blitzlichtartige Vorstellungen seiner selbst, nackt und mythisch bemalt auf Hildes Sofa liegend.

Das Gebiet um die Sankt-Lebelius-Kirche war abgesperrt worden, mehrere Streifenwagen befanden sich vor Ort und Cobander lief an Mitarbeitern der Spurensicherung in weißen Overalls vorbei. Es wirkte wie in einer amerikanischen Spielfilmserie und Bönning hatte mittlerweile dunkle Stellen statt Augenringe. Er dampfte wieder Himbeere und teilte dem Hauptkommissar mit, dass das Betreten des Tatorts im Pfarrhausflur vorerst nicht möglich wäre, aber er zeigte ihm diverse Bilder.

Cobander war vieles gewöhnt, aber der Anblick hatte etwas unangenehm Brutales und Unwirkliches. Der Oberkommissar ergänzte, dass es weder gewaltsames Eindringen gab, noch Hinweise der Anwohner auf Lärm, Schreie oder andere laute Geräusche. Ein Obdachloser, der im Kirchengebäude hatte schlafen wollen, hatte die offenstehende

Pfarrhaustür entdeckt und die Polizei gerufen. Er war bereits im Krankenhaus mit Schock.

Dann zeigte Bönning Cobander das Auto. Ein japanischer Kleinwagen, mintgrün, einige Kratzer und alte Lackschäden. Innen aufgeräumt. Am Boden Erdklümpchen, etwas Rindenmulch und trockene Tannennadeln. Es roch nach Wald und Deo. Kofferraum: leer, Ablagen: nur Taschentücher, Bonbons und Stifte. Nur ein eingebautes Radio, kein CD-Fach, Kassettendeck oder USB-Buchse.

„Wir werden ihn noch richtig durchnudeln lassen, aber bisher keine Spur von ihr. Ich weiß nicht… vielleicht steht das Auto zufällig hier. Das da oben kann doch nicht Lena Banff getan haben. Wie? Mit welchen Waffen oder mit welcher Kraft? Ich krieg‘ hier langsam einen in die Birne!"

Cobander nickte. „Kein Wunder, Herr Bönning. Aber auch wenn hier wahrscheinlich noch andere Personen oder Kräfte im Spiel waren, das Auto der Zielperson steht hier niemals zufällig. Fahndung in der Umgebung?"

„Voll im Gange, sogar mit Freiwilligen der Nachtbereitschaft. Keiner in Hofgeismar will so eine Scheiße! Die Zeitungen werden explodieren, selbst, wenn wir die Umstände vorerst verdecken können. Gerth Dietrich war kein unbeliebter Priester, weil er weltlichere Zugänge hatte, soviel ich weiß."

„Er war laut Angaben bereits über 60 Jahre alt. Gab es im Hinblick auf Missbrauch frühere Vorwürfe oder Verdächtigungen?"

„In unseren Datenbanken war nichts in der Richtung zu finden. Da habe ich natürlich gleich nachgeforscht. Aber wir werden in den nächsten Tagen die Gemeinde noch befragen."

Der Hauptkommissar klopfte Bönning auf die Schulter, dankte, bat um Mitteilungen, sobald sich Neues ergäbe, und fuhr zur Pension zurück, denn er war hundemüde.

***

Landgrafschaft Hessen-Cassel, nahe Hofgeismar, 1637

„Wir werden weit weg von hier fliehen müssen“, teilte Volkhild dem Hexenzirkel im Schatten der alten Eiche auf ihrem Ritualplatz mit. „Meine Träume sind in den letzten Wochenläufen immer schlimmer geworden und ich bin mir sicher, dass es euch ähnlich ergangen ist.“

Ihre Schwestern nickten und flüsterten.

„Lignurr'noh wird sich in Wurzeln zurückziehen und mit Cernunnos‘ Hilfe unseren Wald beschützen, während wir fort sind.“

„Wie lange werden wir fort sein?“, fragte Henriette ihre Mutter. Diese schwieg eine Weile und blickte zu Boden. Als sie aufsah, waren Tränen in ihren Augen. „Unsere Gemeinschaft wird bis ans Ende unserer Lebenstage im Exil sein.“

Die Hexen stimmten einen Klagegesang an und weinten miteinander. Dann tanzten sie und umarmten sich. Viele Tiere hörten es und kamen hinzu. Sie verabschiedeten sich von ihnen.

Die geheimnisvollen Mächte hatten die ‚*Hagzissa Huta*‘ gewarnt, dass nach dem erneuten Wüten des Schwarzen Todes im letzten Jahr von beiden Christenkirchen verstärkt Jagd auf Hexen gemacht würde und sie in tödlicher Gefahr schwebten, sollten sie nicht fortziehen.

Sie lösten den Zirkel auf, packten alles für eine weite Reise und ließen ihre Höfe brachliegen, denn ihre männlichen Familienmitglieder begleiteten sie ohne Frage, wenngleich es die schmerzliche Entwurzelung aus heimatlichem Boden bedeutete.

Bevor sie in alle Himmelsrichtungen auseinandergehen wollten, kamen sie ein letztes Mal samt Hab und Gut im Wald bei der Eiche zusammen, um Cernunnos zu danken und Lignurr'noh wieder in die Anderswelt zurückkehren zu lassen. In einem weiteren Ritual ließen sie Henriettes Stab in einer schmalen Öffnung im altehrwürdigen Baum verschwinden und dann schlug eine erbarmungslose Falle zu.

Eine Schar Söldner stürzte sich, überall aus dem Wald kommend, auf die Hexen. Beim Näherkommen feuerten sie Musketen ab und die Ersten fielen.

Einer der Söhne der Familie Diederich, Gernot, setzte sich in diesem Moment ab und wurde hinter den Linien der Söldner von einem Offizier des Landgrafen in Empfang genommen. Er hatte in einem ungeheuren Verrat seine Familie und den Zirkel betrogen, um reich zu werden. Er erhielt die versprochene Menge Gold und durfte gehen, wohin er wollte. Während die anderen hingemetzelt wurden, rannte er durch den Wald, um den furchtbar hallenden Schüssen und Schreien zu entkommen.

Wie durch ein Wunder, vielleicht von Cernunnos geführt, entkamen Henriette Woringer und ihr Vater den gekauften Hexenjägern des Landgrafen, indem sie sich in den Tiefen des Reinhardswaldes in einer Höhle versteckten. Alle anderen kamen um oder wurden gefangengenommen.

Am Rande der Lichtung der Eiche stand eine Gestalt, die niemand sehen konnte, und beobachtete, wie die Söldner zwei Hexen mit Seilen fesselten und gewaltsam abführten. Die Seelenenergie der Verstorbenen waberte als aufkommender Nebel über den Boden und die unsichtbare Gestalt winkte ihnen aufmunternd zu. Sie würde sie mitnehmen, auf Geheiß des Urhirschs.

Die Seelen erblickten sie und fühlten sich erlöst. Eine wunderschöne Frau mit wallendem Haar, blauschwarzen zerschlissenen Gewändern und einer Knochenhand.

* * *

Nordhessen, Hofgeismar, 2022

Hagzíssa dämmerte und nahm ihre Umgebung nur schemenhaft wahr. Das baumartige Holzwesen trug sie in seinen Ästen durch den Reinhardswald. Die Frau war geschwächt nach der Hinrichtung des Priesters zu Fuß durch Nebenstraßcn bis zu einem Feldweg und dann einfach querfeldein gelaufen, bis sie kraftlos zusammengebrochen war. Im Geist hatte sie Lignurr'nohs Manifestation in ihrem Stab gebeten, sie zur alten Eiche im Urwald zu tragen.

Sie würde versuchen, das Ritual rückgängig zu machen, denn in Kürze würde sie entweder komatös oder gar sterben, zumindest befürchtete sie das. Sie war eine Hexe, aber keine hocherfahrene und ohne einen Zirkelbund wie in der Vergangenheit. Sie hatte sich übernommen und zahlte den energetischen Preis. Dass der Dämon überhaupt noch auf sie hörte, war ein Glücksfall, aber möglicherweise war er in gewisser Weise auch an Hagzíssa gebunden und würde verschwinden, sobald sie vollends ausgelaugt war.

Sie begann zu dösen und träumte sich in ihre Kindheit zurück, bevor Mama seltsam und Vater unnahbar geworden war. Vor Gerth Dietrich, Depressionen und Wut. Sie tanzte mit ihren Freundinnen um einen Kirschbaum im Garten des Hauses der Großeltern und feierte Geburtstag.

Ein paar Zweige des Holzwesens fuhren Hagzíssa durch das graugewordene Haar und streichelten sie, denn das Wesen war auf vielen Ebenen mit ihr verbunden und auf seine andersweltliche Art versuchte es, sie zu trösten.

* * *

Butler traf etwa gegen 9.00 Uhr in Hofgeismar ein und brachte belegte Brötchen, Donuts und Laugenstangen mit. „Nen Vermöchen kostet der Kram jetze schonn beim Bäcker!“, schimpfte er auf der Veranda, wo Cobander und Viktor verschlafen bei ihrer ersten Tasse Kaffee zusammensaßen.

Bönning hatte mitgeteilt, dass die Suche nach Lena Banff bisher erfolglos verlaufen wäre. Zwei eingesetzte Polizeihunde hatten ihren Geruch vom Auto über das Pfarrhaus über Seitenstraßen bis auf ein Getreidefeld verfolgen können, dann verlor er sich plötzlich.

„Als wäre sie weggeflogen oder hätte sich mitten in der Pampa aufgelöst“, hatte der Oberkommissar spöttisch angemerkt.

Die ersten Untersuchungsergebnisse deuteten darauf hin, dass Dietrichs Kopf durch immensen Druck von innen geborsten war. Man hatte in den Überresten Ansätze ungewöhnlicher Läsionen im Gewebe entdeckt, aber der Mediziner konnte den Vorgang nicht genau erklären.

Cobander nahm sich ein Brötchen und berichtete Butler in verknappter Form über die Ereignisse der Nacht. Viktor wirkte abwesend, stark in sich gekehrt.

Der Runenschamane vertilgte während des Zuhörens zwei Laugenstangen, einen Donut und ein Brötchen. Anschließend lehnte er sich im Gartenstuhl zurück und blickte mit verschränkten Armen finster in der Gegend herum.

„Sowas muss von‘ner dämonischen Kraft kimmen, kann’s mir nit anners erklär‘n. Un Mudder hodd schon klar gesacht, da könnte einer de Kontroll‘ verlier’n.“

Cobander zündete sich eine Zigarette an. „Also hat der

manifestierte Dämon den Priester getötet und Lena Banff läuft nun irgendwo kopflos herum."

„Wär' möglich, Chef. Das Mädel hodd us Wut uff'n Vatter und wahrscheinlich wegen nem Trauma durch dissen kathol'schen Schwinnepriester was gerufen, was ihr über'n Kopp gewachsen ist."

Viktor warf unerwartet etwas in das Gespräch ein, ohne die beiden anzusehen. „Klingt nach dem, was Sie am Anfang gesagt haben, Herr Cobander."

Der Hauptkommissar aschte ab und beugte sich vor. „Was denn?"

„Dass ein hoher Prozentsatz der Motive für Kapitalverbrechen in Familientragödien und dazugehörigen Rachegelüsten begründet wären."

„Der Jung' hat uffgepasst!", grinste Butler.

Viktor äffte ihn nach und sah ihn dann ernst an.

„Peter, ey, ich weiß echt nicht, ob ich lachen oder weinen soll oder am besten alles hinwerfe und heimfahre."

Daraufhin schwiegen die Männer eine Weile und hingen ihren Gedanken nach. Selbst Butler, der näher am Übernatürlichen lebte als die meisten Menschen, wirkte besorgt.

Letztlich stand Cobander auf. „An dieser Stelle die Segel zu streichen, kommt für mich nicht in Frage, aber Sie beide müssen nicht bleiben. Viktor, wenn es Ihnen endgültig zu viel ist, fahren Sie, ich wäre nicht böse. Allerdings verlöre ich Sie, Herr Butler, genauso ungern."

Der bullige Mann klatschte mit der flachen Hand auf den Verandatisch. „Quatsch, ich hau' doch nit hier ab!"

„Ich bleibe auch", sagte Viktor zum Erstaunen der anderen. Der Hauptkommissar schloss kurz die Augen und öffnete sie dann wieder.

„Gut... dann würde ich Sie bitten, die Überwachung der Eichen zu übernehmen, bis ich zurückkomme, gegebenenfalls mit Ablösung von Kommissar Lohne. Ich habe das

Gefühl, dass Lena Banff dort auftauchen wird, früher oder später."

„Un wo woll'n Se hin?", fragte Butler argwöhnisch.

„Ich möchte unbedingt eine solche Unterweltreise unternehmen, wie Sie es getan haben, Peter. Und ich möchte es mit Hildes Hilfe machen."

Viktor bekam große Augen und fummelte erneut nervös an seinem Schmuck und besonders an Butlers Anhänger herum.

„Des is… des is'n Ding!", kommentierte der Runenschamane, hielt es aber für eine wunderbare Idee. Umgehend nahm er telefonischen Kontakt mit seiner Mutter auf, die weiterhin zur Unterstützung bereit war und Cobander offen einlud, zu ihr zu kommen, um ein Tranceritual durchzuführen.

Der Hauptkommissar informierte Bönning über die neuen Pläne, vermittelte Butler den Kontakt zu Lohne und fuhr bereits gegen Mittag zurück Richtung Habichtswald-Ehlen. Von Lena Banff fehlte weiterhin jede Spur …

* * *

Landgrafschaft Hessen-Cassel, nahe Hofgeismar, 1637

Sie blieben einen Tag und eine Nacht in der Höhle, bis sie zu hoffen begannen, dass niemand mehr nach ihnen suchte. Vorsichtig gingen sie auf Umwegen zur alten Eiche zurück, aber die Häscher hatten alles mitgenommen, auch die Körper der Getöteten. Henriette und ihr Vater klagten lange unter Tränen, bis sie spürten, dass sie auf Wasser- und Nahrungssuche gehen mussten, wenn sie überleben wollten. Zu ihrem Glück entdeckten sie in einem dichten

Farngebüsch in der Nähe einen übriggebliebenen Rucksack. Es war Volkhilds. Sie fanden darin einen halben Brotlaib, Äpfel, Karotten, Wollsocken und… Mutters dickes Hexenbuch, eingeschlagen in ein Leinentuch. Trotz des furchtbaren Geschehens dankte Henriette Cernunnos für dieses letzte Glück, aber sie wusste, dass sie tiefe Trauer bis an ihr Lebensende in sich tragen würde.

„Wo ziehen wir hin, Vater?“, fragte sie, nachdem sie eine Weile gegessen hatten und wieder zu Kräften gekommen waren. „Ich weiß es nicht, Kind, aber wir können versuchen, in den Harz zu gelangen, wenngleich die Reise beschwerlich wird. Dort soll es auch noch arkane Zirkel der alten Blutlinien geben, vielleicht nehmen sie uns auf oder gewähren uns eine Weile Unterschlupf.“

Henriette war einverstanden und je mehr Tage sie in östlicher Richtung wanderten, meist innerhalb der Wälder und jenseits besiedelter Gegenden, verstärke sich ihr Gefühl, das Richtige zu tun. In ihren Träumen deutete es sich allerdings bereits an, dass der Harz nicht die letzte Station ihres Weges sein würde.

„*Bên zi bêna, bluot zi bluoda, lid zi geliden, sôse gelîmida sîn*“, flüsterte Henriette die Worte, die ihre Mutter kunstvoll in die gezeichnete Eiche im Hexenbuch geschrieben hatte. Sie hoffte von Herzen, dass sie und ihr Vater noch einmal Heilung im Leben erfahren durften.

* * *

Nordhessen, 2022

Wolfgang Banff saß mit leerem Blick im Speiseraum der Station 4.1 der psychiatrischen Klinik der Vitos-Gruppe in

Bad Emstal Merxhausen und rührte mit einem Löffel im warmen Karamellpudding herum, den es zum Nachtisch gab. Ihm gegenüber hatte Rolf seinen Kopf mit den glänzend fettigen Haaren auf den Tisch gelegt und murmelte Unsinniges vor sich hin.

Helga, auch eine Mitpatientin, strich Banff über die Schulter. „Wollen wir nachher wieder zusammen rudern?", fragte sie in verschwörerischem Ton. Er antwortete nicht.

Irgendwann stand er auf und begann, Runde um Runde zu spazieren, denn der Stationsflur verlief von der gesicherten Eingangstür einmal im Rechteck durch die ganze Ebene. Er erhielt zwischendurch Medikamente, die er anstandslos schluckte, um ungestört weiterzulaufen.

--- Er lief in seiner Villa umher, dann im Garten, wo all' die kleinen Wildschweinferkel spielten und fröhlich quiekten. Auf der Straße patrouillierten russische Soldaten mit ukrainischen Fahnen und amerikanischen Maschinengewehren. Schade, dass sie solch' einen Lärm beim Marschieren verursachten, denn seine Tochter spielte doch gerade so schön mit den Schweinchen.

In seiner Hand hielt er den getöteten Waschbären, den er vor ihr verstecken wollte. Hinter dem Gartenhäuschen traf er Hochwürden Dietrich, der seine Hose heruntergelassen hatte und heimlich alles beobachtete. Er legte das Tier neben den Priester und ging fort, weil ihm der Körpergeruch unangenehm war. ---

Gesundheitspflegerin Maiwald stoppte ihn sanft im Gehen. „Herr Banff, Sie haben Ihr Kissen auf den Flur gelegt. Wollen Sie es nicht lieber in Ihr Zimmer zurückbringen?" Der Mann drehte sich langsam um, dann wieder zurück. „Es ist der Waschbär, der ist tot", flüsterte er und ging weiter. Frau Maiwald hob das Kissen auf, schüttelte den Kopf und ließ den Patienten in Ruhe.

--- Er kam am Schlafzimmer vorbei und sah Brigitte, die

ihre Beatmungsgeräte sortierte. Dabei rauchte sie. Vor dem Bett lagen viele unterschiedlich große Kreuze und Kruzifixe, die sie aus alten Kästchen und Schachteln hervorgekramt hatte. Er ging hinein, streichelte sie am Kopf, doch sie nahm keine Notiz davon. Er ging zum Fenster und sah in den Garten. Dietrich stand jetzt in der Nähe von Lena und den Ferkeln. Er hatte sich den toten Waschbären wie eine Stola um den Hals gelegt und war nurmehr mit einer Unterhose bekleidet. Er wollte das Fenster öffnen und hinausschreien, aber Brigitte stand plötzlich neben ihm und ließ die Rollläden herab. Sie legte einen Finger an die Lippen, dann ging sie zurück zum Bett. ---

Dr. Wagner beobachtete Banff eine Weile, dann ging er zurück in sein Büro neben dem Pflegedienstraum. Er rief die Kontaktnummer des BKA an und teilte dem leitenden Kommissar Denn mit, dass der Besitzer und Gründer von BanffPlast vermutlich für unzurechnungsfähig erklärt werden würde.

„Wir haben die MRT-Aufnahmen verschiedener Hirnareale ausgewertet und es ist eine neurodegenerative Entwicklung zu beobachten, die entweder genetisch bedingt ist oder durch Prionen ausgelöst wurde. Es liegt definitiv keine drogeninduzierte Psychose vor, andere Substanzen konnten wir ebensowenig nachweisen. Ich gehe davon aus, dass Wolfgang Banff niemals wieder eine psychiatrische Einrichtung von außen sehen wird."

Währenddessen drehte der Mann auf dem Flur weiter seine Runden.

* * *

Kommissar Lohne traf sich mit Butler und Viktor auf der Veranda der Ferienwohnung. Kripoleiter Jellmann hatte weiterer Überwachung der Eichen im Urwald zugestimmt und bei der Bundesbereitschaftspolizei in Fuldatal nahe Kassel einen Hubschrauber mit Wärmesuchkamera angefordert. Alle Revierförster und Waldmitarbeiter des Hessen-Forsts waren informiert, auf unbefugte Personen im Gebiet des Reinhardswaldes zu achten und jede Dienststelle hatte Fotos und Daten über Lena Banff erhalten. Die Wohnung in Reinhardshagen wurde überwacht, der Tierpark war informiert und die Medien meldeten die polizeiliche Suche nach der jungen Frau online.

„Es dürfte für die gesuchte Person sehr schwer werden, sich zu verstecken", bemerkte Lohne und Viktor nickte ihm zu, nur Butler lächelte schief mit einer selbstgedrehten Zigarette im Mundwinkel. „Mag alles sin, aber da kimmet noch ne übberweltliche Energie hinzu. Ich würd' gern heut' Nacht die nächste Baumwach' übernehmen."

Da es Viktor nicht zurück in den Wald drängte und Lohne einverstanden war, wurde es entsprechend an die Zentrale weitergegeben. Dennoch bestand die Kripoleitung weiterhin auf Zweierteams und ein Einsatzbackup auf dem Waldparkplatz.

Butler war zufrieden und bat gleichsam darum, ein kleines Ritual vor Einbruch absoluter Dunkelheit bei der zweiten Eiche abhalten zu dürfen. Nach telefonischer Rücksprache mit Cobander und Jellmann wurde auch dies gewährt.

Der Runenschamane dankte Odin und Cernunnos und fragte Viktor, ob er sich die Dinge, die Hilde eingepackt hatte, einmal ansehen wollte. Zu seinem Erstaunen willigte der Psychologe ein und er holte den Rucksack. Lohne war ebenfalls interessiert und so präsentierte der rothaarige

Hüne auf dem Tisch eine Reihe von getrockneten Kräutern, geflochtenen Symbolen aus Zweigen, ein kleines echtes Geweih und ein schlankes Buch mit handschriftlichen Aufzeichnungen für Naturrituale auf Pergamentpapier.

Butler ließ es sich nicht nehmen, gleichsam eine kurze Abhandlung über den mysteriösen Gott Cernunnos zu geben. Sie erfuhren, dass der Name vermutlich von einer ursprünglich keltischen Bezeichnung ins Lateinische übertragen worden war und er ein mächtiger Naturgeist wäre, der die Tiere und Pflanzen schützte und für alle Fruchtbarkeit sorgte. Lohne wollte zuerst einen zotigen Kommentar zur Sache mit der Fruchtbarkeit abgeben, entschied sich aber aufgrund der Ernsthaftigkeit der Erklärungen dagegen. Viktor hingegen spürte tatsächlich etwas in seinen unteren Eingeweiden, aber er drängte den Impuls zurück. Dass mittlerweile Seltsames mit ihm geschah, musste er akzeptieren, aber er wollte um keinen Preis die Sicherheit seines psychologischen Fachwissens aufgeben und sich von esoterischen Energien wild herumtreiben lassen.

Deshalb begann er, nachdem der Kommissar gegangen war und Butler sich für ein Nickerchen ins Bett gelegt hatte, alle Beobachtungen und Hinweise in Bezug auf Lena Banff neu aufzuschreiben und mithilfe einer App psychologisch zu kategorisieren, um eine schematische Übersicht zu erhalten, die vielleicht half, neue Erkenntnisse zu gewinnen. Eine mögliche Missbrauchsgeschichte durch den Priester nahm er als akute Traumathematik mit auf und konsultierte sogar seinen ehemaligen Professor für klinische Psychologie, den er telefonisch erreichen konnte.

Als Butler anderthalb Stunden später aufstand, fing Viktor ihn ab und bat ihn auf die Veranda, um sich im Gegenzug zu dessen offenen Haltung übernatürlichen Themen gegenüber das aktuelle Psychogramm zu Lena Banff anzuhören. Der Runenschamane lehnte nicht ab.

7 | GJALLARBRÚ

Cobander wurde von Hilde Butler wie ein geliebtes Enkelkind empfangen, was er einerseits angenehm und andererseits befremdlich fand.

Sie umarmte ihn herzlich, kredenzte ihm Tee und Kuchen und hatte allerlei kleine Geschenke für ihn parat gelegt. Eine geschnitzte Hagalaz-Rune, eine lederne Gürteltasche mit aufgenähtem Pentagramm und ein Marmeladenglas voll mit getrocknetem Beifußkraut.

„Beifuß is'n wichtiges Urkraut inner Magie. Schutz un Hilfe un Reinigung. Tragen Se's immer bi sich im Biedel." Hilde deutete dabei auf die Gürteltasche.

Der Hauptkommissar dankte ausdrücklich für die Geschenke und schüttete einen Teil des Beifußes in die Tasche und befestigte sie an seinem Gürtel. Noch sah dieses Accessoire an ihm fremdartig aus, aber er würde sich daran gewöhnen.

Bevor es an die Vorbereitungen zur Unterweltreise ging, wollte Hilde zunächst ein paar Einzelheiten über die Hofgeismarer Ereignisse erfahren und Cobander erzählte es der alten Frau freimütig, wenngleich es ihm juristisch eigentlich nicht erlaubt war, doch es würde niemanden interessieren.

Alles bestätigte ihren Verdacht, dass eine junge Hexe mit fehlender Erfahrung Urkräfte beschworen hatte, die ihrer Kontrolle entglitten und im Hinblick auf den getöteten Pfarrer vermutete sie dasselbe wie die Polizisten.

„Wenn solch' schlimm' Verletzungen und au noch Rache zusammenkimmen, dann flippets meistens in ner Hex' us“, erklärte Hilde und goss Tee nach.

Cobander wollte mehr von diesen Dingen verstehen und er fragte nach einem Problem, welches ihm seit Tagen Kopfzerbrechen bereitete. „Hilde, wie ist es überhaupt möglich, dass eine nicht erfahrene Hexe oder Magierin solche Kräfte rufen kann? Das dürfte doch eigentlich gar nicht gehen, oder?“

Verschmitzt und gleichsam düster blickte die alte Schamanin dem Kommissar tief in die Augen. „Das is ne sehr kluge Frag‘, min Jung‘… Eigentlich nit und deshalb gibbets hier noch was Größeres zu beachten.“

Cobander fragte, ob er im Haus rauchen dürfte. Hilde schob ihm einen Aschenbecher hin, worauf er sich bedankte und eine Zigarette anzündete. Die Tür zur Terrasse und mehrere Fenster standen ohnehin offen.

„Ich bin sehr gespannt“, sagte er.

„Seit einigen Jahr’n spür‘ ich schonn, dass de Natur sich zu wehren begonnen hodd gegen dene Schiss, den ich nit weiter erklär’n muss. Es is ville im Gange, au widder mehr Interess‘ an alden Dingen, Magie un annerer Lebensweise… S‘ is möglich, dass de Magie widder so stark an manchen Orten gewor’n is, dass besonnere Rituale besonnere Sachen usslösen. Starke Eingriff‘ in de materielle Welt hon immer Konsequenzen und de Götter erlauben starke Manifestationen nit so einfach, weil de Menschen un Tiere schnell verrücket spielen. Deshalb sin de Tier‘ in Hofgeismar au ussgeflippt.“

Cobander rauchte nervös, bildete zuerst Augenschlitze und entspannte sich erneut im Sitzen. Dann drückte er die Kippe aus und trank seinen Tee leer. „Also?“

„Nuja, wer weiß, vielleicht hodde Junghex es geschafft, nen Naturdämon uff unserer Welt zu manifestier’n, weil der Ort un de Zeit stimmen und Cernunnos es zuließ, aber sie is völlich überfordert un drehet durch.“

„Konkret für mich als Ermittler bedeutet das also, falls es noch andere Peiniger oder unliebsame Menschen aus Lena Banffs Vergangenheit geben sollte, wären die auch in Lebensgefahr?"

„Das wär' sicher so, un vielleicht au Unbeteiligte, wenn das Mädel ganz de Kontroll' verlieret. Wenn's zu wild wird, kann man aber au de Götter direkt anrufe', um's umzudrehen."

Cobander stöhnte. „Umso wichtiger für mich, Tabula rasa zu machen. Ich muss unbedingt so eine Zauberreise machen. Vielleicht hilft mir die Göttin Hel noch einmal, endgültig Licht in die Sache zu bringen oder Schlimmeres zu verhindern."

Hilde nickte. „Ich hon schon alles vorbereitet."

Sie stand auf und zeigte auf den Couchtisch neben dem Sofa, auf Cobander schon einmal gelegen hatte. Dort stand in einer Halterung ein kleiner Spiegel mit teilweise schwarzer Oberfläche. Daneben befanden sich eine Keramikschüssel und mehrere weiße Kerzen, die sie jetzt entzündete.

„Komisch, ich hätte schwarze oder rote Kerzen erwartet", schmunzelte der Hauptkommissar. Die alte Hexe tippte sich an die Stirn. „Wir sin hier nit im Fernsehen. Hel weihet man weiße Kerzen. Soll'n de Knochen sin, klar?"

‚*Knochen*', dachte Cobander. ‚*Natürlich.*'

Hilde bat ihn, Platz zu nehmen und erklärte anschließend den Ablauf, den sie bewusst für sein erstes Mal vorgeben wollte und musste.

„Was au gut wär, wär'ne Opfergabe. Am besten was, das ma' verbrennen kann. Hamse was Persönliches dabei, was da passet?" Cobander überlegte, dann griff er in seine Brieftasche und holte ein Foto von Maja heraus. Sein Gesicht wurde traurig, aber er gab es Hilde, die bewusst nicht darauf schaute. „Sin Se sicher, dass es das sin soll?"

Der Hauptkommissar nickte, während ihm die Augen wässrig wurden, aber er behielt seine Contenance.

Hilde gab ihm das Foto zurück, schob ihm eine Streichholzschachtel zu und hielt ihm dann die Keramikschüssel hin. Er atmete tief ein und zündete das Bild an. Es verraschelte knisternd in der Schale, die Hilde wieder abstellte.

Anschließend goss sie ihm einen Tee ein, der ähnlich wie die Suppe von Butler geringste Anteile von Tollkirsche, Eibe und Erdrauch enthielt. Sie versicherte ihm vor dem Trinken, dass er keine Vergiftung zu befürchten habe. Außerdem würde sie im gegenüberliegenden Sessel die ganze Zeit auf ihn Acht geben.

Cobander trank den bitterwürzigen und fremdartig schmeckenden Tee in langsamen Schlucken, dann legte er sich auf das Sofa und schloss die Augen. Seine linke Hand schob er unter sein Hemd und umschloss den Anhänger.

Es dauerte nicht lange, da driftete er ins Dösen ab, denn die Erschöpfung der vergangenen Tage steckte ihm in den Knochen und der Tee begann bereits, seine meditative Wirkung zu entfalten.

* * *

Der Nachmittag in Hofgeismar verlief ereignislos, allerdings gab es eine erste positive Mitteilung der Kripo – Laut Forstverwaltung und Notrufstellen waren die Meldungen über Gewaltausbrüche bei Haustieren und Sichtungen von Wildtieren im Stadtgebiet stark zurückgegangen. Die Lage schien zu entspannen und obwohl brandheiß nach Lena Banff gefahndet wurde, trat eine erwartete erste Entspannung der Bevölkerung ein.

Weil Cobander derzeit nicht telefonisch erreichbar war,

teilte Bönning Butler mit, wie es laut BKA um Wolfgang Banff stand und dass laut Testament dessen Sohn Max die Firmenleitung übernehmen müsste, den die österreichischen Behörden noch immer nicht erreicht hatten. Vermutlich fehlte Funkempfang in den Bergen.

Viktor befürchtete bei Lenas Bruder ebenfalls Traumata vor dem Hintergrund der Familiengeschichte und empfahl, einen Psychologen hinzuzuziehen, sobald man den jungen Mann erreicht hätte, selbst wenn sich herausstellen sollte, dass er von den kriminellen Hintergründen gewusst hatte oder daran beteiligt gewesen war. Bönning gab es weiter.

Am späten Nachmittag war Butler mit seinen Vorbereitungen fertig und bat Lohne am Telefon, ihm einen Wagen zu schicken, der ihn zum Urwald Sababurg bringen sollte.

Der Kommissar teilte ihm mit, dass er auf die Kollegen warten müsste, die ihn ohnehin zur Nachtwache begleiten würden. Der Runenschamane nahm es brummend zur Kenntnis, erinnerte aber an die Lichtverhältnisse für das Ritual. „Es ist Sommer, das klappt schon", beschwichtigte Lohne.

Viktor zog sich in sein Zimmer zurück und entschwand für eine Weile in der schillernd-flüchtigen Socialmedia-Welt, die Butler zwar kannte, aber für *„gehirnamputierte Geldmacherei"* hielt. Er ging spazieren und traf bei der Rückkehr auf Frau Schnitzler, die ihm frischen Apfelkuchen anbot.

Als der Psychologe am frühen Abend mit Smartphoneaugen auf die Veranda kam, fand er Butler mümmelnd mit Kakao vor, der bereits mehrere Stücke verdrückt hatte.

„Du hast Apfelkuchen gekauft und sagst nichts?", fragte er entrüstet. Der Runenschamane lachte und tippte sich an die Stirn. „Frau Schnitzler war widder spendabel un außerdem is' noch genuch übberich."

Viktor trottete in die Küche, machte sich einen Cappuccino und nahm einen Teller aus dem Schrank. Draußen war

Butler schon wieder am Rauchen. „Ey, kann ich vielleicht erst mal Kuchen essen und dann qualmst du?"

„Gut fünf'nzwanzig Jahr' jünger un frech wie Oskar!", maulte er, drückte die Zigarette aber umgehend aus und verschränkte die Arme.

Zügig kamen sie ins Gespräch über die Gesamtsituation, Cobanders Vorhaben und die nächsten Tage. Butler war glücklich, dass der Hauptkommissar diesen spirituellen Pfad wählte, Viktor blieb jedoch skeptisch, ob es das Team wirklich weiterbringen würde.

Trotzdem wollte der junge Psychologe wissen, welche einschlägigen Möglichkeiten es gäbe, falls tatsächlich eine dämonische oder andere Macht durch Lena Banffs Handeln manifestiert worden wäre.

„Es gibbet ne Meng' Bannformeln un entsprechende Rituale. Man kann au' versuchen, verwendete Gegenstände un Fetische zu verbrennen, aber ich muss ehrlich sah'n, dass ich so'n Wirken von Magie wie in disser Sache au noch nit erlebt hon, was mir schonn n'bisschen Angst macht."

„Das beruhigt mich jetzt nicht unbedingt, Peter", sagte Viktor und aß das letzte Stück geschenkten Apfelkuchens. Nach einer Weile des Schweigens fragte er „Kann ich den Anhänger noch behalten?"

„Weißte was… Wenn er dir gefallet un's sich gut anfühlt, behalt' ihn. Ich schenk' ihn dir mit Odins Handkuss." Butler küsste seine haarige Faust und hielt sie Viktor zum Anstoßen hin. Dieser zögerte, spielte mit dem Anhänger und ging dann auf den Gruß ein, der ihm eher als ein ‚Ghettogruß' geläufig war, aber er wollte den Mann nicht unnötig reizen.

Wenig später fuhr ein Streifenwagen vor und Butler wurde abgeholt. Er versprach, mit ihm in Verbindung zu bleiben und stieg auf den Beifahrersitz, den die begleitenden Beamten wohlweislich für das bullige Gewächs eines

Mannes freigehalten hatten.

Hauptmeisterin Wenzel fuhr den Wagen und grüßte ihn von Kommissar Lohne, der diesmal keine Nachtschicht machen wollte. Im Fond saßen zwei kräftige junge Bereitschaftspolizisten, die sich kurz vorstellten. Sie waren respektvoll, aber zurückhaltend. Vermutlich hatten sie keine Lust darauf, nachts im Wald von wilden Tieren angegriffen zu werden. Butler verübelte es ihnen nicht.

Frau Wenzel kannte er bereits, es war die Beamtin, die Bönning begleitet hatte, als das Team zum ersten Mal bei den Eichen gewesen war.

Auf der Fahrt unterhielten sich die beiden über die seltsamen Ereignisse und der Runenschamane schaltete, esoterisch gesehen, bewusst einen Gang zurück. Er war von Natur aus burschikos und konnte polternd sein, doch war er mitnichten ohne Empathie. Er erklärte das geplante Ritual zu Cernunnos als in erster Linie symbolisch und unterstrich den Umstand, dass ein Auffinden der psychisch sicher gestörten Lena Banff Priorität habe, um dem okkulten Treiben ein Ende zu setzen.

Ganz glaubwürdig schien er nicht auf die Polizisten zu wirken, und er ging davon aus, dass die interne Gerüchteküche bezüglich der Todesart des Priesters und des mysteriösen Feuers am Funkturm, ganz zu schweigen von der Explosion bei BanffPlast, ihre negative Wirkung nicht verfehlt hatte.

Kurz vor dem Ziel erhielt Butler einen Anruf von Bönning, der ihm mitteilte, dass die ersten Suchflüge des Hubschraubers vom BKA weder in großen Teilen des Reinhardswaldes, noch in anderen Landbereichen um Hofgeismar Erfolg gehabt hätten. Lena Banff blieb unauffindbar. Die ersten Untersuchungen ihres Fahrzeugs hatten ebenfalls nichts Neues erbracht und die Befragung der Gemeindemitglieder deutete nicht darauf hin, dass Gerth Dietrich

Probleme gehabt hätte oder unbeliebt gewesen wäre. Lediglich einen stärkeren Hang zum Weltlichen warfen ihm ältere Katholiken vor.

Dennoch hatten die Befragungen etwas Wesentliches zum Mordfall ans Tageslicht gebracht. Da die Kripo durch das Team Cobander den katholischen Hintergrund von Lena und ihrer Mutter kannte, war dies gezielt angesprochen worden und einige ältere Gemeindemitglieder hatten ausgesagt, dass Brigitte Banff damals eine Zeitlang in die Heilige Messe gekommen und die jugendliche Lena sogar als Messdienerin tätig gewesen wäre. Daten des Bistums Nordhessen-Kassel und des Pfarrbüros hatten die Aussagen bestätigt. Ohne Erklärungen war Lenas Mutter dann eines Tages aus der Kirche ausgetreten und nie wiedererschienen. Lena auch nicht.

„Ich habe es Ihrem Chef komplett auf die Mailbox gesprochen. Sobald er mit seiner komischen Reise fertig ist, wird er es sicher abhören, Sie müssen ihn also nicht parallel anrufen."

„Jo, is gut. Sahn' Se es aber au Viktor, das wär' wichtig."

„Einverstanden, mache ich gleich. Dann gute Jagd und gute Nacht!"

„Jo, danke."

Sie parkten diesmal auf dem Hauptparkplatz, wo bereits ein Polizeimotorrad stand. Ein weiterer Bereitschaftspolizist legte gerade seinen Helm ab. Wenzel nannte die Aufteilung für die Nachtwache. Sie würde zunächst im Auto verbleiben, während Butler mit einem Kollegen an der einen und die anderen beiden Polizisten an der anderen Eiche kampieren würden. Entsprechende Ausrüstung wurde anschließend aus dem Kofferraum geholt.

Die Hauptmeisterin wollte wissen, ob der Runenschamane für sein Ritual vollständig allein sein müsste, was er verneinte.

„Der kräftige Jung‘ hier soll ruhig gleich mit’komm, da kann er was lernen. Aber nit wunnern, ich sing au was dann.“ Alle lachten und schüttelten sich für eine erfolgreiche Nacht die Hände.

„Wollen wir nur hoffen, dass der Rückgang der gefährlichen Tierbegegnungen auch für den Urwald gilt“, sagte Wenzel zum Abschied. Dann gingen Butler und die drei Polizisten über die Landstraße in Richtung der Holzpfade.

* * *

Cobander glitt in die weichen Tiefen von Hildes Couch und bekam das Gefühl, die Umgebung würde wachsen und er kleiner werden. Dennoch hütete er sich, die Augen zu öffnen und atmete ruhig ein und aus.

Als er vom Dösen in einen Trancezustand überging, fühlte es sich luzide an, als würde er im Schlaf träumen, sich des Zustandes jedoch bewusst sein. Er erinnerte die Momente, wo er kurz vor dem Aufwachen noch in einem Traum bemerkte, dass er träumte. Dies war ein andauerndes Gefühl… Gefühl… Gefühl…

Die Gischt eines wilden Wasserfalls sprühte ihm ins Gesicht und Dunkelheit wuchs auf den moosigen Hängen jenseits einer steinernen Brücke. Das Tosen des Flusses war stark, doch störte es ihn nicht. Das Bogenwerk schien gewaltig und im Sternenlicht schimmerten dessen Säulen.

Die Brücke spannte sich über den Fluss bis zu einem ansteigenden Weg zu einem zwielichtigen breiten Höhleneingang inmitten des Berges. Dort schienen Feuer entzündet zu sein, denn ein Flackern leuchtete bis auf diese Seite. Cobander bemerkte, dass er nackt war, aber auch das störte ihn nicht. Nur eine gewisse Kühle unter den Füßen war zu spüren.

Am diesseitigen Übergang zur Brücke entdeckte er eine Gestalt. Sie stand dort in einer Leinenrobe mit Kapuze. Er ging näher und kurz vor der Brücke gebot sie ihm mit gehobener Hand, zu warten. Cobander blieb stehen und sah, dass die Gestalt ihre Kapuze zurückwarf. Er blickte in das kühlbleiche Gesicht einer jungen Frau mit hohen Wangenknochen und stolzem Blick. Ihr goldblondes Haar war zu einem Zopf gebunden.

‚Wie ist dein Name… und wo kommst du her?'

Er antwortete, dann wies ihm die Frau einen Platz am rechten Rand der Brücke zu. Um an die Stelle zu gelangen, musste er einige Schritte hinauftreten, was ihm offenbar gewährt wurde. ‚Warte nun', sprach die Frau und trat von der Brücke fort, um dann mit dem stärker werdenden Dunkel einer Gebirgsspalte zu verschmelzen.

Entfernter Gesang drang an sein Ohr. Er klang melancholisch, aber nicht hoffnungslos und er schloss für eine Weile die Augen. Irgendwann hörte er Schritte auf sich zukommen.

Er blickte zur Mitte der Brücke und ein Stich fuhr durch sein Herz. Bekleidet mit einem langen runenbestickten Leinengewand und wehendem offenen Haar kam eine weitere Frau auf ihn zu, die er nicht nur kannte, sondern die er von Herzen geliebt hatte. Maja.

Er ging in die Knie und Ströme eisiger Tränen flossen aus seinen Augen. Die Magd der Brücke begann hinter ihm in der Dunkelheit ein Lied zu singen, welches seine Mutter ihm als Kind vorgesungen hatte. Maja Schritt näher und als sie bei ihm angekommen war, streckte sie eine bläulichbleiche Hand nach seiner Wange aus. Er umschloss sie mit aller Liebe und rief seinen Schmerz hallend in das Tosen des Unterweltflusses hinein.

Maja sprach nicht, aber sie küsste seine Hand und strich ihm über den Kopf. Er spürte, dass sie frei von der Welt war, aus der er kam, und trotz seiner tiefen Trauer besaß dieses Gefühl etwas Tröstliches.

Eine dritte weibliche Gestalt war nun auf der Mitte der Brücke zu sehen. Sie winkte Maja, die sich sanft nickend verabschiedete und wortlos zurückwandelte. Cobander war außerstande, sich zu bewegen.

Erst als Majas Gestalt an der Frau mit Verbeugung vorübergegangen war, konnte er sich von den Knien erheben. Er stützte sich am Gestein der Brückenwand ab und sein Herz zog sich ein weiteres Mal zusammen, denn auch diese Dame war ihm nicht unbekannt. Sie hatte blauschwarzes Haar bis zu den Hüften, trug ein silberbesticktes edles Gewand und ihre linke Gesichtshälfte war ein bleicher Totenschädel. ‚*Hel…*‘

Im Näherkommen schien sie zu schweben. Sie strahlte eine unbeschreibliche mysteriöse Schönheit aus, obwohl ihre linke Seite in Gänze skelettiert war. Sie trug einen silbernen Halsreif mit der Hagalaz-Rune, viele Armreifen und Ringe an ihrer rechten Seite. Ihre Augen besaßen die Tiefe des Wassers, die Ehrwürdigkeit der Höhlen und den Glanz des Eises.

Cobander konnte diesem Blick nicht standhalten und senkte respektvoll den Kopf. Dann hörte er die Göttin seinen Vornamen flüstern.

‚Ja?‘

‚Der König des Waldes wurde entehrt.‘

‚Cer… Cernunnos?‘

‚Die Tochter stirbt.‘

‚Meinst du… meint Ihr Lena?‘

‚Höre sie.‘

‚Das… verstehe ich nicht.‘

‚Höre ihren Schmerz.‘

‚Okay.'

‚Ehre den König des Waldes.'

‚Das… werde ich versuchen.'

‚Deine Liebe wird dich bewahren'

‚Maja… wie?'

Hel hob ihre Knochenhand und strich Cobander sanft über die Stirn. Die Intensität der Berührung war derart stark, dass er das Gefühl hatte, mit aller Wucht des Berges von der Brücke gestoßen zu werden… werden… werden…

Der Hauptkommissar fuhr mit einem urigen Schrei von Hildes Couch auf und stieß dabei mit den Armen unbeabsichtigt die Keramikschale vom Tisch, die auf dem Boden zerschellte. Das Wohnzimmer war von Morgensonne geflutet und Butlers Mutter kam gerade aus der Küche.

„Min libber Herr Gesangsverein, das muss ne Nacht gewesen sin!"

Cobander richtete sich auf, noch völlig erfasst von dem Geschehen auf der Brücke, auf welcher er soeben noch gestanden hatte. „Habe ich denn die ganze Nacht hier gelegen?" Hilde nickte. „Irj'ndwann hon Se geschnarcht, da wusste ich, ich kann au erstma schlafen gehen."

„Ich habe Unfassbares erlebt… oder geträumt! Das war irre, vollkommen real und doch irgendwie…"

Hilde hob die Hände. „Momende mal. Ich hol' enne erstma Kaffee, dann erzähl'n Se alles in Ruh un der Reihe nach."

Sie verschwand in der Küche und klapperte mit Geschirr. Cobander massierte seinen Kopf und holte den Anhänger unter seinem Hemd hervor. Ein Stich wie im Traum durchfuhr ihn. Der Kupferanhänger hatte sich verändert. Eine Hälfte schimmerte golden, die andere silbern.

Als Hilde mit dem Kaffeegeschirr zurückkam, hielt der

Kommissar ihren Anhänger in die Höhe und fragte stotternd. „Wie… geht so was?“

Der alten Frau rutschte das Tablett aus der Hand und sie fiel in Ohnmacht.

* * *

Butler verräucherte am Stamm der Eiche in einem geschützten Gefäß einige Kräuter und hatte das Geweih vor sich auf den Boden gelegt. Sein Wachpartner sah fasziniert zu, hielt aber nötigen Abstand.

Eine Weile geschah nichts Außergewöhnliches, dann erhob sich der Runenschamane, dankte dem Ortsgeist, dem Baum und den nordischen Göttern. Danach nahm er das Geweih in beide Hände, hielt es über den Rauch und schließlich vor sich. Er ehrte Cernunnos und bat stellvertretend für das Vorgehen der Menschen um Verzeihung und wies darauf hin, dass nicht jede Seele den Pfad des hemmungslosen Konsums und der Ausbeutung wählte und er dies bedenken mochte.

Abschließend opferte er am Stamm des Baumes einen Teil seines Tabaks, eine Feldflasche voll Honigwein und eine Holzfigur aus der Sammlung seiner Mutter. Er legte das Geweih ebenfalls dort nieder und bat den mysteriösen alten Naturgott um eine Zusammenführung der losen Enden der Ereignisse und auch um das Auffinden Hagzíssas.

„Sie nehmen diese Dinge wirklich voll ernst“, wagte der Beamte am Ende des Rituals zu bemerken. Butler nickte und löschte die Räucherkohle behutsam mit Wasser in kleinen Schüben. „Klar, Jung‘, ich bin damit uffgewachsen und es is mir im Blude.“

Darüber hinaus fanden die beiden Männer keinen großen Zugang zueinander. Sie akzeptierten sich und tauschten ein paar weitere Worte aus, doch die Kluft der Lebensentwürfe war zu groß, um Tiefgründiges zu besprechen.

Bis die Dunkelheit vollends gekommen war, hatten sie entweder Musik gehört, kurz Rücksprache mit den anderen gehalten oder waren herumspaziert, um sich die Beine zu vertreten.

Mitten in der Nacht, während der Wachzeit des Beamten, kam unerwartet Wind auf, der sich innerhalb kürzester Zeit in orkanartige Sturmböen verwandelte. Die Bäume rauschten und ihre Äste begannen zu ächzen. Butler saß aufrecht im Schlafsack, bevor der Polizist ihn hätte anstoßen können. „Was'n lose hier?", rief er, denn die Umgebung brauste bereits in enormer Lautstärke.

Der junge Beamte sah sich mit seiner Taschenlampe um, zuckte dann mit den Schultern. „Ich verstehe das nicht! Kein Regen, kein Gewitter, nur Sturm, aber nichts war vorhergesagt!"

Der rothaarige Hüne, dessen Haar im Wind flatterte, stellte eine Sturmlampe mit Akku in eine Gabelung der Eichenwurzeln, nahm selbst eine Taschenlampe zur Hand und schob Schlafsack samt Isomatte in der Nähe in ein heruntergefallenes Geäst, damit es nicht weggeblasen wurde.

„Mach'n Se Ihr Zeuch dazu, zackig! Hier stimmet was nit!" In dem Moment begann der Boden unterschwellig zu rumpeln.

Als der Polizist seine Schlafsachen zu Butlers stecken wollte, brach röhrend ein gewaltiger Braunbär aus dem Unterholz und pflügte den Menschenkörper durch die nächsten Farne. Butler holte seine Machete aus dem Rucksack, den er vor Stunden bereits im Astwerk eines anderen Baumes eingehakt hatte und presste sich zum Schutz gegen den großen Stamm der alten Eiche. Sein Mobiltelefon vibrierte, aber daran war gerade nicht zu denken, denn eine rasende Horde unterschiedlicher Wildtiere folgte dem Weg des Braunbären. Rehe, Füchse, Wölfe, Waschbären, Hasen und Dachse. Im zur Verfügung stehenden Licht sah es urzeitlich gespenstisch aus. Jetzt konnte er die entfernten Schreie des Polizisten hören. Vielleicht waren es auch Rufe des anderen Teams.

Mehrere Wiesel und Eichhörnchen huschten über seine Füße, er sah ringelnde Bewegungen im Leuchtbereich der Sturmlampe und von rechts näherte sich lautes Schnauben und Röhren. Der Braunbär hatte umgedreht und trat jetzt ins Licht und Butler fühlte zum ersten Mal Todesangst.

„Odin! Odin! Odin!", zischte er stoßartig hervor.

Der Sturmwind nahm innerhalb von Sekunden an Stärke ab und eine menschliche Gestalt trat neben den Bären, der sich auf seine Hinterpfoten setzte, als hätte jemand einen Hund stumm dazu angewiesen.

Butler schlug das Herz in den Schläfen und seine Kehle schnürte sich zu. Eine stark gealterte Lena Banff, auf deren nacktem Oberkörper ein Holzstab inmitten der Brust aufgrund feiner Äste feststeckte, streichelte das Fell des Bären und trat auf Butler zu. In wallenden Bewegungen zuckten Verzweigungen unter der Haut über ihren Körper und die Augen waren fremdartige Raubtieraugen.

„Vor euch wurde ich gewarnt!", dröhnte eine verzerrte Stimme aus ihrem Mund. Sie klang wie eine Mischung aus alter Frau und Monstrum. Butler schüttelte nur ungläubig den Kopf.

„Polizei! Bleiben Sie stehen! Ergeben Sie sich!"

Die Beamten des zweiten Teams waren erschienen und zielten mit ihren Waffen auf die veränderte Frau. Als sie den Braunbären sahen, der zu knurren begonnen hatte und wieder auf seine vier Pfoten rutschte, setzte etwas aus.

Brüllend schossen die Polizisten ihre Magazine leer. Der

Bär wurde mehrfach getroffen und stob jaulend durchs Unterholz, aber an dem anderen Wesen schlugen die Projektile ein wie in Holz und nichts weiter geschah.

Hagzíssa streckte ihre rechte Hand aus und ein daumendicker Ast schoss daraus hervor. Er ringelte sich wie eine Liane um den Hals des zuvorderst stehenden Beamten und strangulierte ihn. Sein Kollege jaulte in Angst, wechselte trotzdem das Magazin und schoss erneut auf die Frau.

Der zu Tode gewürgte Mann wurde beiseite geschleudert, dann erwischte es den anderen. Butler schloss die Augen, hob die Machete und bereitete sich vor, kämpfend in Walhalla aufgenommen zu werden, als er einen dumpfen Aufschlag eines Körpers direkt in seiner Nähe vernahm.

Er blickte hin und sah die alte Lena Banff wie bewusstlos am Boden liegen, während der Stab, der zuvor auf ihrer Brust gesessen hatte, wie ein Riesentausendfüßler über den Boden fortkrabbelte.

Mit dem Schrei „Thurisaz!“, stieß Butler sich von der Eiche ab, um den Stab zu zerhacken, doch dieser erhöhte plötzlich seine Geschwindigkeit und wuchs mehrere Meter entfernt zu einer unheimlichen Größe heran. Er sah jetzt aus wie ein stacheliger Baum voll wirrem Astwerk nur ohne Blätter oder Nadeln.

Ein mächtiger Astschlag der Kreatur hieb Butler an die Schläfe und seinen massigen Körper dadurch zu Boden.

* * *

Cobander hatte Hilde ein Kissen unter den Kopf gelegt und dann mit etwas Wasser solange besprenkelt und angesprochen, bis sie wieder wach wurde. Er half ihr, sich aufzurichten und führte sie dann zum Sofa.

Mithilfe des antiken Holzofens in der Küche, in welchem seit dem Morgen ein Feuer brannte, kochte er neuen Kaffee. Erst als die beiden sich mit dampfenden Tassen gegenübersaßen, begannen sie über die fantastischen Ereignisse zu sprechen. Der Hauptkommissar schilderte seine Traumvision im Detail.

Hilde machte Cobander im Anschluss deutlich, dass ein solcher Eingriff in das Gefüge der Realität dieser Welt massiv wäre und eine derartige Zuwendung einer Gottheit in die Kategorie eines Omens eingeordnet werden müsste. Hel hätte sich ihm als seine Patronin, besser: Matronin, offenbart und er täte gut daran, sie zu ehren und vollends in sein Herz einzulassen. In diesem Sinne wäre der Anhänger nun ohne Zweifel als Verbindungsgeschenk zu betrachten und Hildes Zugehörigkeit entzogen worden.

Cobander hörte ohne Unterbrechung zu und ließ es eine Weile sacken. De facto hatte sich die Farbgebung des Anhängers geändert. Ob tatsächlich auch der Grundstoff einen Wandel vollzogen hatte, vermochte er nicht zu sagen, aber der mystische Vorgang war unbestreitbar.

Irgendwann holte er tief Luft und fragte noch einmal, was sie über die unfassbare Begegnung mit seiner verstorbenen Kollegin in der Vision dachte. Hilde teilte ihm mit, dass es sowohl ein Hinweis auf die Tatsache jenseitigen Geschehens als auch beeindruckender persönlicher Trost wäre. Maja Albertins Seele war offenbar in Helheim aufgenommen worden. Hilde betonte am Ende, alle drei Elemente dieser Offenbarungsreise besäßen eine – selbst für magisch und/oder schamanisch tätige Menschen – mystische Intensität, die man selten im Leben erführe.

Nach erneuter Phase des Nachdenkens fragte Cobander „Könnte es auch mit der Veränderung der Natur als Reaktion auf das Handeln des Menschen zusammenhängen, dass sowas eine derartige Wirkmächtigkeit bekommt? Sie sagten selbst, Sie hätten deutlich Veränderungen in den vergangenen Jahren gespürt."

Hilde lachte. „Sicher is au das nen Faktor, aber disse Traumreise is höchst persönlich. Se sin der Göttin wichtig. Des is einfach enorm!"

Der Hauptkommissar spürte mit jeder Faser, wie innerhalb weniger Wochen ein Wendepunkt in seinem Leben gekommen war, der die Zukunft des Teams maßgeblich beeinflussen würde. Er konnte das Knirschen im Kopf seines Chefs bereits hören und ebenso in den administrativen Mühlen des Innenministeriums.

Zunächst musste aber auf Biegen und Brechen Lena Banff gefunden werden, denn sie war der Schlüssel zur Lösung des aus den Fugen geratenen Falles. Auch galt es, weitere Morde zu verhindern.

Cobander bat Hilde, ihm Zeit zum Nachdenken zu geben. Darüber hinaus fragte er, ob er sie bei spirituellen Fragen persönlich anrufen dürfte. Wie eine zufriedene Mutter streichelte sie ihm über den Kopf und er ließ es geschehen.

„Wir sin jetze au miteinander verbunden. Ich mag's Du anbieten. Hilde."

Der Hauptkommissar überlegte, nickte und nannte seinen Vornamen. Hilde drückte ihn herzlich. „Wundervoller alter Name!"

Da die Zeit drängte, verabschiedete er sich kurz von der beeindruckenden Frau und aktivierte im Auto sein Mobiltelefon, welches er bei Ankunft vorsorglich abgeschaltet hatte. Eine Armada verpasster Anrufe und Sprachnachrichten prasselte auf ihn ein. Nachdem er sie abgehört hatte, rief er Bönning umgehend an und jagte mit aufgesetztem Blaulicht von Ehlen auf die Autobahn, um so schnell wie möglich zum Hofgeismarer Kreiskrankenhaus zu gelangen.

Nachdem die Polizeileitstelle ab einem gewissen Zeitpunkt keine Mitteilungen von den nachtwachenden Beamten mehr erhalten und Kontaktversuche versagt hatten, waren Einsatzkräfte und der BKA-Hubschrauber alarmiert worden. Bei Ankunft im Urwald Sababurg hatte sich ein grausig-groteskes Bild geboten. Es gab zwei Überlebende, Butler und… Lena Banff, körperlich stark gealtert. Die drei Bereitschaftspolizisten und Hauptmeisterin Wenzel konnten nur noch tot geborgen werden. Brutal erwürgt oder von Tierklauen zerrissen. Der Runenschamane und die veränderte Frau waren an Ort und Stelle nicht zu Bewusstsein zu bringen gewesen und daher ins Krankenhaus transportiert worden.

Laut der Ärzte befanden sich der Mann und die Frau in einem tief komatösen Zustand und ihr Überleben stand neurologisch auf der Kippe, wobei sich die Fachleute trotz zügig durchgeführter MRT-Aufnahmen und Blutuntersuchungen unsicher waren, wodurch dieser Zustand ausgelöst worden war. Übliche Medikamente schienen in ihrer Wirksamkeit in beiden Körpern herabgesetzt. Der fortgeschrittene Alterungsprozess bei Lena Banff war allen ein absolutes Rätsel.

Das BKA hatte Verstärkung aus Kassel und Göttingen angefordert, vor allem Personal für den schnell reaktivierten Krisenstab bei der Kripo und weitere Hubschrauber.

Die Zimmer der Überlebenden wurden rund um die Uhr bewacht und Viktor befand sich bei Cobanders Eintreffen im Krankenhaus bereits an Butlers Bett.

Der Hauptkommissar betrat das Zimmer und das erste, was er sah, war die anrührende Geste Viktors, der Butlers rechte Hand hielt und streichelte. Er war intubiert worden und ein Beatmungsgerät arbeitete hörbar.

„Hallo, Herr Cobander…“, sagte Viktor und blickte ihn mit müde-traurigen Augen an. Er ging zum Bett und legte eine Hand auf die Schulter des Psychologen. Dann holte er einen Stuhl und setzte sich daneben.

„Dinge sind außer Kontrolle geraten“, sagte der Hauptkommissar. Viktor nickte. „Haben Sie sich Lena Banff angesehen?“ Viktor nickte erneut. „Wollen Sie darüber sprechen?“ Kopfschütteln. „Soll ich Ihnen erzählen, was ich bei Hilde Butler erlebt habe?“ Kopfschütteln. „Möchten Sie vorerst im Krankenhaus bleiben?“ Nicken.

Cobander sah eine Weile auf Butler, dann stand er auf und verließ ohne weitere Worte den Raum. Im Stationszimmer ging er mit Erlaubnis ans Telefon und überlegte kurz, Hilde über den Zustand ihres Sohnes zu informieren, entschied sich jedoch vorerst dagegen. Stattdessen rief er beim Krisenstab an und verlangte nach Denn.

Nach einigem ernsten Hin und Her ging Cobander in die Offensive. „Hören Sie… was auch immer Sie davon halten, Herr Denn, ich sage Ihnen hiermit offiziell in meiner Funktion als Leiter des Teams für übernatürliche Kriminalfälle, dass eine ökologische Katastrophe, welche die Tiere der Region verrückt und gefährlich gemacht haben könnte, nicht ausreicht, um die brutalen Morde an Dietrich und den Kollegen zu erklären. Eine übernatürliche dämonische Macht ist hier am Werk und sie hat mit Lena Banff und ihrer Vergangenheit zu tun. Ich kann Ihnen nur dringend raten, Wald- und Landgebiet um Hofgeismar nach einer unnatürlichen Kreatur oder zumindest einem massiv veränderten Raubtier abzusuchen, während ich versuche, eine magische Lösung für das Geschehen zu finden.“

Cobander spürte, dass der BKA-Ermittler hin- und hergerissen war. Letztendlich kam es nicht so sehr darauf an, ob die Bundesbeamten oder der Rest der Hofgeismarer Kripo die übernatürlichen Aspekte des Falles akzeptieren konnten, denn im Grunde war es wichtiger, dem Treiben auf irgendeine Weise ein Ende zu bereiten.

Denn sagte zu, die Sondierung des Gebietes zu organisieren und verstärkt außergewöhnlichen Notrufen nachzugehen, machte dem Hauptkommissar jedoch klar, dass der Landesforst und das Innenministerium bereits Seuchenbeauftragte informiert hatten und gar ein militärischer Einsatz zur flächendeckenden Tötung etwaiger betroffener Tiere in Erwägung gezogen wurde.

„Ich verstehe das, Herr Kollege, und ich werde mich hüten, höheren Stellen aufgrund von Argumenten aus der Märchenwelt vorzuschreiben, welche Abläufe in Gang gesetzt werden sollten oder nicht. Ich bitte Sie einfach kollegial, mir zu vertrauen und mir etwas Zeit zu verschaffen. Ich bin ganz nahe dran."

„Ich halte Ihnen den Rücken frei, solange ich kann. Wir halten dauerhaft Kontakt. Viel Erfolg, Herr Kollege, bei was genau auch immer."

Cobander erkundigte sich nach Lena Banffs Zustand. Er war unverändert. Auch sie wurde beatmet. In ihrem Zimmer befand sich, wie vor der Tür, ein bewaffneter Sicherheitsbeamter.

Der Hauptkommissar setzte sich neben das Bett und nahm eine der altersfleckigen dürren Hände dort in seine. Ihre Haut fühlte sich wie Pergament an. Es war surreal, in das Gesicht einer 70-80jährigen Frau zu blicken, welche er vor wenigen Tagen als 27Jährige kennengelernt hatte.

Er fragte sich, ob es eine Konsequenz des magischen Kontrollverlustes war, oder ob der von ihr vermutlich gerufene Dämon dies zu verantworten hatte. In diesem Moment spürte er den Anhänger auf seiner Brust warm werden und Lena Banff zuckte. Die Hand, die er hielt, griff plötzlich fest zu und Cobander wurde schwindelig. Er bemerkte noch, wie er kopfüber auf das Bett sank, hörte den erstaunten Ruf des anwesenden Sicherheitsbeamten, dann verlor er die Sinne.

* * *

Aus zwei hessischen Landesministerien kamen unterschiedliche Meldungen. Zum einen war der Gesundheitsminister besorgt, dass eine überregionale Tollwutepidemie ausbrechen könnte. Er hatte die erneute Gefangennahme betroffener Tiere zwecks Untersuchung und weitreichende Warnung der Bevölkerung angeordnet. Der Tierpark Sababurg wurde vorübergehend geschlossen, obwohl die dortigen Tiere interessanterweise weder aggressives Verhalten noch andere Krankheitssymptome gezeigt hatten.

Zum anderen wurde Denn von Vorgesetzten darüber in Kenntnis gesetzt, dass der Staatssekretär des Innern auf die Arbeit der neugebildeten Sonderkommission aus Kassel, dem Team Cobander, verwies und dessen Ermittlungen Vorrang einzuräumen wäre, ohne die Bevölkerung in Angst oder Panik zu versetzen.

Der erfahrene BKA-Ermittler musste demnach wieder die eierlegende Wollmilchsau sein und vor Ort eine prekäre Situation balanciert koordinieren. An übernatürliche Kräfte zu glauben, fiel ihm nach wie vor schwer, jedoch musste er zugeben, dass die jüngsten Todesfälle Fragen aufwarfen und die Rolle von Lena Banff im gesamten Fallkomplex in keiner Weise geklärt war. Das Naheliegende schien ihm ein biologischer Angriff größerer Mächte oder einer internationalen Verbrecherorganisation zu sein. Das war vor dem Hintergrund der Erlebnisse mit der Corona-Pandemie eine wesentlich wahrscheinlichere Möglichkeit als ein mordendes Höllenwesen.

Vielleicht war Lena Banff mit einem Virus oder anderem Erreger massiv infiziert worden, was den Alterungsprozess erklären würde. Dieser war mehrfach mutiert und auf die Tierpopulation der Region übergesprungen.

Denn verstieg sich gar in die Vorstellung, in der Lagerhalle der Firma wären gefährliche Stoff gelagert, die Tochter dort infiziert und letztendlich die Spuren zerstört worden.

Warum das Innenministerium eine Arbeitsgruppe der Kriminalpolizei operieren ließ, die von magischen Einflüssen und dämonischer Macht ausging, war ihm nicht wirklich klar. Vielleicht stellte sie auch ein Ablenkungsmanöver dar. Jedenfalls hielt er die Geschichte mit dem Drohbrief, dem Waschbären und dem umgedrehten Kreuz für albernen Kram. Wolfgang Banffs plötzliche Psychose deutete noch stärker auf eine Infektion durch einen biologischen Kampfstoff hin.

Der Bundesbeamte hoffte, dass es ihn nicht auch noch erwischte, leitete zügig die Sperrung des Tierparks ein und ließ durch Radio und Fernsehen mitteilen, dass die Waldregion des Urwalds Sababurg aus Sicherheitsgründen bis zur Entwarnung zu meiden und jedwede außergewöhnliche Tierbegegnung zu melden wäre.

Er war gespannt, welches Kaninchen Cobander aus seinem übersinnlichen Hut zaubern würde, wenn überhaupt.

* * *

Der Hauptkommissar spürte beim Fallen durch den nebelhaften Strudel in unbekannte Tiefen, dass es kein physisches Geschehen war. Er erlebte es, doch ohne Substanzgefühl der materiellen Welt.

Dennoch war es mitnichten ein angenehmer Vorgang.

Der scheinbare Sturz zog an seiner Seele und er zuckte innerlich zusammen, als der Nebel sich schlagartig lichtete und er auf einem moosbewachsenen Grund landete.

Er konnte sich aufrichten und umsehen. Die Umgebung, in der er sich wiederfand, repräsentierte offenbar den Bereich mit den alten Eichen im Wald. Allerdings war die hier präsente Natur romantisch intensiviert, ihre Farbgebung changierend und das Panorama ausladend märchenhaft. Die Wiese, auf der Cobanders Geist sich befand, war ein weites Feld aus hellgrünem Moos mit dunklen Tupfern dazwischen. Die beiden Eichen waren dreimal so groß wie in der Realität und besaßen ausladende Baumkronen, durch die Sonnenlicht intensiv schillerte. Am Rande der Mooslichtung wuchsen meterhohe Farne zwischen Laubbäumen mit urigen Wurzeln. Vogelgezwitscher war allerorts zu vernehmen und Insekten aller Couleur summten umher. Man mochte für immer hier verweilen.

Cobander entdeckte am Fuße der zweiten Eiche eine Frauengestalt in grünbraunen Leinengewändern, die auf einer der dicken Wurzeln saß und ein Stück abgefallener Baumrinde in Händen hielt, welches sie betrachtete.

Beim Näherkommen sah er, dass es sich um die junge Lena Banff handelte, doch ihr Gesicht besaß keinen sichtbaren Mund. Das sah unheimlich und seltsam aus. Auf der Innenseite des Rindenstückes waren die Uruz-Rune und die Siegel-Sigille, die Butler jenseits des Funkturms gefunden hatte, zu sehen.

Cobander dachte an die Weisung der Göttin Hel und wagte es, die Frauengestalt auf der Wurzel anzusprechen, obwohl sie ihm vermutlich nicht antworten konnte.

„Sind Sie… Bist du Lena?“

Die Gestalt sah nicht von der Rinde auf, nickte aber.

„Was ist geschehen? Was hast du gemacht?“

Sie zeigte auf ihre fehlende Mundpartie und schüttelte

den Kopf. Dann stand sie auf und hielt ihm das Rindenstück hin. Er nahm es an, dann setzte sich Lenas Repräsentanz zurück auf die Wurzel und legte ihre sanften Hände in den Schoß. Ihre Augen blickten zu Boden.

‚Jemand hat mir gesagt, ich solle dich hören… deinen Schmerz hören. Wie kann das möglich sein?'

Es begann, in der Eiche zu knacken und zu knarzen. Die hunderttausenden Blätter rauschten, denn ihre tragenden Zweige bewegten sich wie durch Wind hin und her. Dann erklang eine urtiefe Stimme im Stamm des Baumes.

‚Der Schmerz liegt in der Vergangenheit und der Gegenwart. Nur in Zukünftigem wartet Entwirrung. Suche den Wächter des Wissens, den Bruder des Schäfers und das Grab der Muttersmutter, dann möge der Schmerz enden.'

Cobander war unsicher, ob der Baum für Lena sprach oder Lenas Geist mithilfe des Baumes.

‚Was… Was ist mit dem Dämon? Ist er fort?'

Die Eiche knarzte bedrohlich und die junge Frau in den Leinenkleidern schlug sich die Hände vors Gesicht.

‚Lignurr'noh, das wütende Holz, wurde zu Hilfe gerufen, wie in uralter Zeit, doch nun muss es zurückkehren zum Hirsch, denn mit schwindender Kontrolle gerät das Gefüge aus der Balance.'

Cobander wollte weitere Fragen stellen, doch versagte seine Geistesstimme. Lenas Abbild hatte still zu weinen begonnen, also setzte er sich daneben auf die große Wurzel und legte einen Arm um sie. Sie lehnte sich in dem Moment an ihn, als etwas an der anderen Seite zu rütteln begann…

* * *

Viktor war tief in Gedanken versunken, als das Atemgerät seltsame Geräusche machte und Butler zu husten begann. Erschreckt drückte der Psychologe den Meldeknopf und zog seinem Kollegen die Maske vom Kopf, da er die Augen aufschlug und jetzt wie ein Wilder zischte, spuckte und hustete.

Die in den Raum kommenden Pflegekräfte halfen Butler, sich aufzurichten, sprachen beruhigend auf ihn ein und informierten umgehend den diensthabenden Stationsarzt. Innerhalb von fünfzehn Minuten standen drei Fachärzte und ebensoviele Pflegekräfte im Zimmer. Viktor wurde vorübergehend beim Sicherheitsmann vor der Tür geparkt.

Dort wiederum hielt er es nicht lange aus und machte sich auf die Suche nach seinem Chef, den er im Krankenraum neben dem Stationszimmer traf, wo er Wasser aus einer Sprudelflasche trank, während sein Blutdruck gemessen wurde. Viktor schnürte es für einen Moment die Kehle zu, doch Cobander winkte ab. „Mir geht es gut, ein kleiner Schwächeanfall."

Zwei Stunden später, nachdem Kripo und BKA Butlers Aussagen über die Ereignisse im Sababurgwald digital protokolliert, mehrfach Rücksprache mit den Ärzten gehalten, mit Cobander in einem Nebenraum diskutiert und dann von ihm verlangt hatten, jeden weiteren Planschritt minutiös abzusprechen, konnte das Team in Ruhe in Butlers Krankenzimmer beisammensitzen.

Der Runenschamane bekam bei den Schilderungen Cobanders von seiner Unterweltreise Tränen in die Augen und schlug ihm mehrfach brüderlich auf die Schulter. Viktor hörte fasziniert zu und kommentierte wenig.

Den Teamkollegen gegenüber wiederholte Butler dann die Geschichte der vergangenen Nacht und betonte am Ende, nur den Göttern wäre es zu danken, dass er noch lebte und er sich immer noch fragte, warum das Baumwesen die Polizisten getötet hatte, aber ihn nicht.

Dann erzählte Cobander mit gesenkter Stimme seine Vision über Lena Banff, den Märchenbaum und dessen orakelhafte Hinweise zum ersten Mal. Er fügte hinzu, dass er nicht erfahren hätte, wo und in welcher Form der Dämon sich jetzt aufhielte. „Ich hoffe nicht, dass er als dieses wandelnde Baumwesen in der Gegend sein Unwesen treibt, aber bisher scheinen die Hubschrauber nichts gesichtet zu haben, sonst wüssten wir es längst."

Butler schnaubte. „Das Dingens kann sich ja au als kleiner Stab mit Krabbelästen irj'ndwo im Unnerholz werwiss-wie-lang verstecken, do findet's kinner!"

Cobander stand auf, ging zum Fenster und sah hinaus. „Das ist mir klar, jedoch muss ich davon ausgehen, dass die Nerven bei der Kripo Hofgeismar und bei Denn mittlerweile blankliegen. Sie suchen die Waldregion ohnehin nach tollwütigen Tierhorden ab. Wenn dabei etwas Skurriles entdeckt wird, werden wir es erfahren. Ich denke nicht, dass sie die Version des wütenden Baumwesens glauben können oder wollen. Wenn wir ihnen jetzt noch sagen, sie müssten nach einem auf kleinen Ästen krabbelnden Stab achten, flippen sie aus."

„Wenn se's mir nit glauben, was do im Wald passiert is, warum hon se mich nit verhaftet?"

„Das ist eine gute Frage. Ich denke, man traut Ihnen nicht zu, vier Polizisten in dieser Form niederzumetzeln, ganz abgesehen von einem fehlenden Motiv. Ich vermute, man geht davon aus, Sie litten unter demselben Krankheitserreger wie die mutmaßlich tollwütigen Tiere. Sonst hätten Bönning und Denn nicht derart ausführlich mit den Ärzten gesprochen."

Butler brummte. „Von wejen, da is was ganz anneres im Tierbusch!"

Viktor verzog das Gesicht. „Was sollte denn sonst mit den ausgerasteten Tieren los sein?"

Butler sah Cobander, dann Viktor an. Der wiederum seinen Kollegen, dann den Kommissar. „Ihr wollt mir doch *den* Kram nicht auch noch als Demon Magic verkaufen?!"

„Herr Butler liegt nicht falsch, Viktor. Schauen Sie auf das zurück, was wir bisher erlebt haben. Außerdem gibt es von keinem Tierarzt oder dem Gesundheitsamt eine bestätigte Tollwutfeststellung. Alle gehen davon aus, und für den Normalbürger sollte es auch so bleiben, aber ich sehe ebenfalls dämonische Kraft am Werk. Wahrscheinlich hat diese Manifestation im ganzen Umkreis die Energieflüsse durcheinandergebracht."

Butler nickte stark. „Jawoll, das muss es sin, das passt voll wie de Faust uff's Auge!"

Der Psychologe bekam rote Flecken auf den Wangen und fingerte nervös an seinem neuen Pentagramm herum. „Toll! Dann kann ich jetzt ein Psychogramm für Creepy Crawly machen, oder was?"

Butler warf sich im Bett zurück in die Kissen und begann zu lachen, worauf Cobander miteinstieg und am Ende musste selbst Viktor über die eigene Aussage schmunzeln. Es tat den drei Männern gut und es war dringend nötig gewesen. Danach kam der Hauptkommissar vom Fenster zurück.

„Ich bin in jedem Fall froh, dass Sie nicht zu Schaden gekommen und wohlauf sind, Peter. Ich werde gleich mit den Ärzten sprechen, damit wir hier abhauen können."

Der Oberarzt des Bereiches ließ Butler unter der Bedingung gehen, jede physiologische oder psychologische Veränderung umgehend mitzuteilen und am übernächsten Tag erneut für Blutentnahme und Körpercheck in der Ambulanz zu erscheinen. Umgekehrt bat Cobander darum, nicht nur der Kripo Hofgeismar, sondern auch ihm jede Veränderung des Zustandes von Lena Banff mitzuteilen. Dies sagte der Arzt zu.

Vor dem Gebäude rauchte der Runenschamane zwei Zigaretten, dann fuhren sie noch einmal zur Tankstelle, um Bier zu kaufen. Der Hauptkommissar spendierte es.

* * *

Der Fahrer des silbergrauen eMagnus-Nova war fasziniert von der ländlichen Idylle rund um Hofgeismar, die seiner urbanen ‚Natur' absolut nicht entsprach. Er fragte sich, ob man seltsam würde, wenn man zu lange hier lebte.

In den letzten Tagen hatte er sich einiges angesehen und dabei immer mal wieder die Spuren seines Auftrages gekreuzt. Die Unsicherheit der Bevölkerung, die gehäuften Hubschrauberflüge, die Gerüchteküche rund um die Tiervorfälle und die Nachwehen der Explosion bei BanffPlast verschafften ihm viele Möglichkeiten. Es war viel Bereitschaftspolizei unterwegs und die ungekennzeichneten Wagen der Kripo ebenso. Darüber hinaus schmunzelte er über die dunklen Limousinen der Bundesbullen. In einer davon hatte er mal gesessen, als er zu einem Sonderinterview auf ein einsames Fabrikgelände gebracht worden war. Das waren noch Zeiten gewesen. „Ihr seid auch nicht besser als wir", flüsterte er, als er einen dieser Wagen an sich vorbeirauschen sah.

Angst, erkannt zu werden, brauchte er nicht zu haben, denn die chirurgischen Eingriffe waren absolut professionell durchgeführt worden. Nur gut, dass er sie nicht hatte bezahlen müssen.

Er spürte den Zeitpunkt der Terminierung näherkommen und wählte sorgfältig mehrere mögliche Orte zur Umsetzung aus. Für Kollateral wurde er nicht bezahlt, also gab es keinen triftigen Grund, den burschikosen Hinterwäldler oder den äußerlich Fünfzehnjährigen zu töten, es sei denn, sie würden ihm in die Quere geraten.

‚*Blap-blap-blap-aus*' würde das Metrum der traurigen Ballade sein, doch für mehr Poesie war keine Zeit. Der Frühherbst kündigte sich jetzt bereits mit kühlem Wind an und in keinem Fall wollte er sich Tollwut von einem verrückten Tier holen.

Blap-blap-blap-aus, und dann noch einmal südfranzösische Sonne genießen, bevor es auch in Wiesbaden zu kalt wurde.

* * *

Das Team saß am späten Nachmittag zusammen auf der Veranda der Ferienwohnung. Bierdosen wurden mehrfach ausgeteilt, und nachdem sie alle eine gewisse Grundentspannung erreicht hatten, bat Cobander um freie Diskussion in Bezug auf die orakelhaften Aussagen der Lena-Eiche. Wer oder was konnten der Wächter des Wissens, der Bruder des Schäfers und das Grab der Muttersmutter sein?

„Muttersmutter meint sicher eine Großmutter", brachte er den Stein ins Rollen. „Es könnte also sein, dass wir das Grab von Valya Wójcik finden und aufsuchen müssen."

„Klingt sehr danach, denk' ich auch", sagte Viktor und Butler nickte auch. „Fraget sich nur, was mer do dann finden soll'n!"

„Das scheint mir zunächst zweitrangig zu sein. Wenn

wir dort sind, werden wir es vermutlich schnell herausbekommen oder verstehen. Die beiden anderen Hinweise sind schwerer zu entschlüsseln, jedenfalls habe ich bisher keine zündende Idee gehabt."

„Nu ja", sagte Butler und öffnete eine dritte Bierdose. „Könnde nen Lehrer sin, ne Bibliothek, nen Buch oder sowas inner Richtung."

„Das klingt logisch, aber wo soll man da anfangen? Jede Bibliothek in der Region absuchen und sämtliche Lehrer der Hofgeismarer Schulen befragen? Das setzt uns außer Gefecht."

Viktor trank sein zweites Bier geräuschvoll aus, stellte die Dose auf den Tisch und machte ein Schnalzgeräusch wie ein abgebrühter Revolverheld.

„Vielleicht ist es gar nicht so crazy bad. Wenn es um Dämonen, Hexenwerk und dieses Holzwesen geht, kommen doch save nur bestimmte Lehrer oder Bücher in Frage, oder?"

Butler schüttelte sich wegen der für seine Ohren furchtbaren Mischsprache, doch Cobander legte interessiert einen Zeigefinger an die Lippen. „Ein sehr guter Einwand. Ich denke, das ließe sich tatsächlich stark eingrenzen. Würden Sie im Anschluss online recherchieren? Vielleicht finden wir so einen Bezugspunkt in der Nähe."

Viktor sah Butler triumphierend an, lächelte und machte einen Daumen hoch.

„Blibbet nur nen Bruder von 'nem Schäfer. Ob's wohl ville Schafherden in der Region gibbet? Wär' ja nen Bezuch zu den Tier'n."

„Ich bin mir nicht sicher, ob das unbedingt wörtlich zu nehmen ist", warf Cobander ein.

„Wenn's Schlafes Bruder wär', dann könnde man drübber lachen."

„Was ist das?", fragte Viktor. Butler stöhnte und legte

seinen Kopf demonstrativ auf den Tisch. Cobander hustete in seine Faust und klärte ihn auf.

„Des Schlafes Bruder ist der Tod… Die Gebrüder Hypnos und Thanatos. Gott des Schlafes und Gott des Todes. Griechische Mythologie."

„Oh, shit!", kam die Reaktion.

„Jedenfalls hat es damit nichts zu tun."

„Werden Schäfer nit au Hüter genannt? Vielleicht is do was mit dene Huten los. Es hisset doch inner Bibel ‚*Sei dinnes Bruders Hüter*'."

Cobander blickte ihn für einen Moment mit zusammengezogenen Augenbrauen an, dann holte er sein Handy hervor und stand auf. „Bin gleich wieder draußen", sagte er im Gehen und verschwand in der Wohnung.

Butler und Viktor zuckten mit den Schultern und tranken mehr Bier. Frau Schnitzler ging mit einem Einkaufskorb am Zaun vorbei und winkte. Sie winkten zurück.

Der Hauptkommissar kam mit seltsamem Gesichtsausdruck zurück. „Ich weiß, um wen es sich bei diesem Orakelteil handelt. Gerth Dietrich hat einen leiblichen Bruder, der hier in Hofgeismar in einem Altenheim lebt. Er ist zehn Jahre älter als der Pfarrer. Ein katholischer Priester wurde früher gern als Schäfer seiner Gemeindeherde bezeichnet. Ein Schuss, ein Treffer."

„Wunnervoll! Dann fahr'n wir gleich hin, odder was?"

„Ich würde mich gerne aufteilen, um Zeit zu sparen. Da Sie Ihr Auto ja mittlerweile auch hier haben, könnten wir das ohne Bereitschaftspolizei hinbekommen."

Viktor wackelte mit einem Zeigefinger.

„Sollen wir nicht jeden Schritt mit Bönning oder Denn abchecken?" Cobander nickte. „Selbstverständlich werde ich die Herren darüber informieren. Gleich morgen früh."

Viktor runzelte die Stirn und Butler lachte. „Un wo soll ich hinrammeln? Aldenheim oder Dodenhop?"

Cobander überlegte. „Ich versuche erst einmal herauszubekommen, ob Lenas Großmutter überhaupt hier beigesetzt worden ist. Das dauert hoffentlich nur ein paar Telefonate. Danach entscheiden wir. Viktor kann auf jeden Fall schon mit der Recherche nach dem Wächter des Wissens beginnen."

Eine halbe Stunde später fuhren Cobander und Butler gemeinsam los, um dem ersten Orakel das Geheimnis zu entlocken. Die Stadtverwaltung hatte dem Hauptkommissar mitgeteilt, dass Valya Rozalia Vosskühn, geb. Wójcik, verbrannt und im Friedwald des Reinhardswaldes beigesetzt worden war. Aufgrund der Risikolage im Waldgebiet wollte Cobander Butler auf keinen Fall erneut im Dunkeln dort herumlaufen lassen, zumal es bereits Abend wurde.

„Wir besuchen Gerth Dietrichs Bruder, gehen dann schlafen und morgen Vormittag fahren wir gemeinsam zum Friedwald. Mal sehen, vielleicht hat Viktor bis dahin schon das dritte Orakel lokalisieren können."

„Seit Se de Unnerweltreise gemacht hon, Chef, sin Se richtig uffgeblüht."

„Haben Sie ne Ahnung", kommentierte Cobander und stoppte seinen Wagen auf dem Besucherparkplatz der Altenwohngemeinschaft ‚*Jakobusstift*[3]'.

* * *

Lignurr'nohs Empfindungen waren durch die schiere Unbeweglichkeit der Materie, in der er wandelte, getrübt. Zwar spürte die Wesenheit die wallende Freude der Tiere

[3] Fiktives Altenheim in Hofgeismar.

und Pflanzen, andererseits waren die Gesänge kakophonisch verzerrt und Schatten breiteten sich überall aus.

Im Wasser erklangen Misstöne, ebenso in der Luft und das Erdreich ächzte. Harte Kanten bildeten sich aus, wo Sanftheit gebraucht wurde, und alles zerfloss, wo feste Form vorgegeben war.

Er teilte den Schmerz der Ehrerbietenden, doch würde sie in Bälde heimkehren in den Gebirgsfluss, der auch die Wurzeln des Weltenbaums nährte. Sie hatte sich geopfert, um Balance zu bringen, doch ihre eigene Schwäche übersehen, umso mehr war die Balance in Gefahr.

Das Feuer war nur ein Anfang, der Tod nur ein kleiner Preis. Die Körper würden im Erdreich vergehen oder als Asche den Wald bereichern.

Man hatte ihn gerufen, er war gekommen. Man hatte ihm Leben geliehen, er war gewandelt. Der Wald suchte die Hüterinnen, doch sie waren längst verblichen.

Also hatten Tiere und Pflanzen die Botschaft weitergetragen, und sie würden sich sammeln, sobald er sie riefe. Der Urhirsch war voll Zorn und Lignurr'noh ebenso. Was erdreisteten sie sich? Welches Spiel spielten sie? Keine Torheit schien ihnen groß genug zu sein…

Jenseits des Vorhangs war er mächtiger, freier, unbeschränkter. Er war so alt wie der erste Baum. Er hatte vieles kommen und gehen gesehen, doch Holz bestand über Äonen, denn es bildete eine Brücke zwischen Wasser und Gestein. Es hatte begonnen… Es hatte begonnen…

* * *

Landgrafschaft Hessen-Cassel, Hofgeismar, 1640

„Gernot, hole doch bitte einen Kübel Kartoffeln aus dem Keller!“, rief Pater Anselm in den Stubenflur.

„Gleich, Herr Pfarrer“, kam die Antwort aus der Küche. „Ich muss erst Holz im Ofen nachlegen.“

Der katholische Priester lächelte und schloss die Tür zu seiner Schreibstube. Er war dankbar dafür, dass dieser junge Mann vor zwei Jahren an seine Kirchenpforte geklopft hatte. Hungrig, verlottert und bettelarm war er gewesen. Mutter und Vater hatte er wohl durch den Krieg verloren.

Er gewährte Gernot Unterkunft und Verpflegung, stellte ihm einfache Kleidung zur Verfügung und lehrte ihn Latein. Im Gegenzug half der junge Mann dem Pfarrer bei allen haushälterischen Angelegenheiten und assistierte ihm gelegentlich bei der heiligen Messe.

Ob er zuvor rechten Glaubens gewesen war, konnte Anselm nicht sagen und viel erzählte Gernot nicht aus seiner Vergangenheit, aber seit er bei ihm untergekommen war, zeigte er eine stärker werdende Hinwendung zum Herrn und manchmal sah er ihn auch leise unter dem Jesuskreuz in der Kirche stehen und flüstern.

Laut seiner Aussage war er getauft und seine Eltern Protestanten gewesen. Ihn zu fragen, ob er darüber nachdenken mochte, in den Schoß der Heiligen Römischen Kirche zu kommen, also zu konvertieren, hatte sich der Priester bisher nicht getraut. Aber dann würde es möglich werden, ihm die Beichte abzunehmen und ihn von den seelischen Qualen zu befreien, die ihn tagein-tagaus zu quälen schienen.

Gernot schlug die schwere Eisenklappe des Ofens zu, nahm den Korb und ging hinunter in den Keller. Am

Fußende der ausgetretenen Steintreppe wurde ihm schwindelig und er musste sich an einem Stützbalken festhalten. Wie eine Woge schwappten die dumpfen Laute der Musketenschüsse der Hexenjäger im Wald und die Todesschreie der Familien über ihn herein und keuchend rutschte er zu Boden. Erst nach einer Weile ebbte der Anfall ab und dann raffte er sich auf, um die Kartoffeln zu holen.

Als es an seine Stubentür klopfte, bat Anselm Gernot herein und fragte, ob es ein Problem gäbe.

„Ich möchte konvertieren. Bitte, Herr Pfarrer!" Wie ein Häuflein Elend sah er beschämt zu Boden, doch Anselm sprang vor Freude auf, küsste den jungen Mann unvermittelt auf die Wange und pries den Herrn im Himmel. Zur Freude des Tages ließ er Gernot bei sich im warmen Bett schlafen.

Am folgenden Sonntag in aller Herrgottsfrühe vollzog Pater Anselm die Firmung mit Chrisam und anschließend Gernots erste heilige Kommunion. Am Mittag aßen sie einen Festschmaus zusammen und Gernot bekam sogar guten Wein im Krug kredenzt. Anselm streichelte ihm immer wieder über die Wangen und bekräftigte, was für ein wundervolles Geschehen und welch wundervoller Tag es doch wäre. Er erklärte ihm auch, dass durch die Firmung eine Komplettreinwaschung erfolgt wäre, er es aber für wichtig hielte, dass Gernot seine erste Beichte nutzen würde, um alles aus der Vergangenheit loszuwerden.

Nur wenige Tage später bat Gernot den Pfarrer um die Abnahme seiner ersten Beichte und was Anselm in dieser Offenlegung zu hören bekam, war die abenteuerlichste und gleichsam grausigste Geschichte seines ganzen Lebens.

Man konnte dem lieben Gott nur danken, dass er so eine bösartig verwirrte und vom Teufel beherrschte Seele zu ihm gesandt hatte. Obendrein war es ein so hübscher und kräftiger junger Mann.

8 | BÊN ZI BÊNA, BLUOT ZI BLUODA…

Hansjörg Dietrich war Schlaganfallpatient und seither nicht mehr in der Lage, sich sprachlich zu äußern. Nachdem Cobander und Butler bei der Wohnhausverwaltung und der Pflegedienstleitung angerufen und die Sachlage erklärt hatten, wurden sie von einer Bereichspflegekraft zur Wohnung des Mannes geführt, der auf Rückfrage wohl den Besuch der Männer mit Nicken erlaubt hatte.

Der Bruder des Priesters war durchaus in der Lage, sich trotz des Schlaganfalls zu einem Teil selbst zu versorgen. Er bekam Hilfe beim Waschen und der Nahrungszubereitung. Er besaß ein Tablet mit einer App, die seine eingetippten Worte und Sätze mit einer vernünftigen Stimme vortrug. Diese Kommunikation dauerte zwar etwas, funktionierte aber recht gut.

Die Wohnung hatte zwei Zimmer, eine kleine Küche und ein Bad, jedoch alles behindertengerecht und altersbezogen ausgestattet mit Haltegriffen, Gehilfen, Alarmknöpfen und vielem mehr.

Dietrich bat die Pflegekraft, Tee für alle zu kochen, was diese gerne tat. Er freute sich über den Besuch, denn es war offenbar der erste seit längerem. Vom gewaltsamen Tod seines Bruders war er bereits in Kenntnis gesetzt worden. Er machte deutlich, dass es ihm sehr leidtat und er seinem Bruder so einen Tod nie gewünscht hätte, aber Cobander und Butler spürten, dass er nicht am Boden zerstört und nicht im Übermaß traurig war.

Eine Weile folgte belangloses Geplänkel, dann wurden der Tee sowie Kekse und Kuchen vom Vortag serviert. Danach bat Dietrich die Pflegekraft, ihn mit den Herren von der Polizei für eine Weile alleinzulassen. Diese Privatsphäre wurde ihm gewährt und als sie den Raum verlassen hatte, bat der alte Mann Butler, ein paar Fotoalben aus dem unteren Wohnzimmerschrank zu holen.

Sie bekamen Fotos der Familie aus allen Zeiten präsentiert und viele wirkten positiv. Auch eine Menge Kirchenfotos waren darunter. Dietrich betonte, dass seine Familie stets stark mit dem Glauben verbunden gewesen wäre und der Katholizismus bis heute eine große Rolle spielte.

Er selbst war verheiratet gewesen, seine Frau allerdings bereits mit Anfang Vierzig an Krebs verstorben. Seine Kinder schickten ihm regelmäßig Briefe, kamen aber meist nur zu Feiertagen zu Besuch, denn sie lebten in München.

Cobander bekam das Gefühl, dass der vom Leben gezeichnete Mann dieses Präludium gewählt hatte, um sich selbst eine noch zu beichtende schwerwiegendere Angelegenheit erträglicher zu machen und seine Familie pro forma in Schutz zu nehmen.

Am Ende der Bilderreise folgte eine längere Pause des Schweigens, Teetrinkens und Kauens von Keksen. Dann brach der Mann sein Schweigen und eine Welle tiefer Scham und Schuldgefühle rollte über Butler und Cobander hinweg.

Er begann zu erzählen, dass vor fünfzehn Jahren ein vom Bistum beauftragter Priester bei ihm gewesen sei, um ihm alle möglichen Fragen über seinen Bruder zu stellen. Besonders auffällig wären die Andeutungen in Bezug auf sexuelle Unsicherheiten in der Familie gewesen und ob er schon mal homoerotische Tendenzen gezeigt hätte. All das würde streng vertraulich behandelt und diente ausschließlich dem Schutz des Bruders, gegen den anonym Vorwürfe wegen Übergriffigkeit eingegangen wären.

Dietrich begann zu weinen und schrieb weiter, dass er damals völlig perplex gewesen wäre und sich enorm geschämt hätte. In den folgenden Wochen und Monaten war dann nichts mehr in dieser Richtung geschehen. Niemand war für weitere Fragen gekommen, sein Bruder wäre Pfarrer der Lebelius-Kirche geblieben und er hatte einfach mit seinem Leben weitergemacht, ohne jemals mit Gerth darüber zu sprechen.

Als er vom unfassbar brutalen Tod seines Bruders erfahren hatte, wäre ihm klar gewesen, dass es ein Racheakt gewesen war und Gottes Strafgericht nun für alle gekommen wäre.

Butler stand an dieser Stelle wortlos auf und verließ die Wohnung ohne Gruß. Cobander wollte einschreiten, doch Dietrich fasste ihn am Arm und schüttelte den Kopf. Er schrieb, dass er die Reaktion verstehen könnte und ihm Recht geschähe.

Der Hauptkommissar blieb ruhig und nutzte die Gelegenheit, um Dietrich nach Familie Banff und speziell nach Lena zu fragen. Der alte Mann kannte zwar den Namen der Firma und hatte, wie jeder andere auch, die Explosion gehört, aber er kannte weder den Besitzer, noch dessen Tochter. Dabei kam auch heraus, dass Hansjörg Dietrich mit seiner Familie bereits früh eine andere Kirchengemeinde besucht hatte, weil ihm die Predigten seines Bruders zu weltlich gewesen waren.

Cobander versuchte es mit den Begriffen Hagzíssa, Hutenhexen und den Eichen im Urwald Sababurg, aber zu all dem wusste Dietrich nichts zu sagen und verstand auch den Zusammenhang zu seinem Bruder nicht, weshalb es der Kommissar ab einem bestimmten Punkt ruhen ließ, sich herzlich bei dem alten Mann bedankte und ihn aufmunterte, seine Kinder zu benachrichtigen, damit sie ihn besuchen kämen.

Nachdem er sich an der Pforte offiziell abgemeldet hatte, entdeckte er Butler rauchend auf einer Bank vor dem Wohnheim. Am Himmel dämmerte es bereits.

„Disse bigotten Schisser, disse widderlichen Christen, disse…“, begann er zu fluchen, und Cobander fand keinen anderen Weg, als ihn mit der Bitte um eine Zigarette zu unterbrechen.

„Ich will Ihnen nicht ins allzu verständliche Schimpfen reden, aber es wäre mir lieber, wir sprächen über das Orakel und zündeten morgen vielleicht eine Kirche an.“

Butler stutzte kurz, dann lachte er. „Gud, Chef, gud. Ich halde‘n Mund und hör‘ jetze zu.“

Der Hauptkommissar setzte sich neben ihn und rauchte mit. Andere Besucher des Wohnbereichs gingen grüßend an ihnen vorüber.

„Wir hatten längst vermutet, dass Missbrauch ein Motiv bei der Ermordung des Pfarrers gewesen ist und jetzt haben wir die Bestätigung auf einem Tablett serviert bekommen, wenngleich ohne Namensnennung. Da wird auf die Kirche juristisch im Nachgang unseres Falles sicher noch einiges zukommen. Ich werde jedenfalls morgen meinen Chef beim LKA bitten, den katholischen Bischof persönlich zu kontaktieren. Ich vermute, dass wir im Laufe des Tages erfahren werden, ob die Vorwürfe gegen Gerth Dietrich damals wirklich anonym gewesen sind.“

„Aber uns is jetze doch schonn klar, dass es ums arme Mädel ging.“

„Das stimmt und dieser Part macht mich wütend und traurig, aber etwas anderes beeindruckt mich enorm.“

„Un das is?“

„Die Orakelvision führt mich zu exakt der Person, die mehr Licht in dieses Dunkel bringen konnte. Viel mehr noch – in meinem Kopf bildet sich gerade ein Panorama des Verstehens einer Person, die eine Schlüsselfigur ist. Alles, was wir von Lena Banffs Leben bisher erfahren haben, zeichnet das Bild einer Seele, die weder in ihrer eigenen Familie Halt und Sicherheit erfahren durfte, noch in der Kirche, die das eigentlich besonders zu gewährleisten gehabt hätte. Welcher Weg blieb der Traumatisierten? Natur, besonders der Zugang zu Tieren, und Okkultismus. Magie. Hexentum."

„Ich seh's au vor mir, ja. Schad', dass Viktor das nit hört, gerade."

„Unser Psychologe hat längst die fachliche Vorarbeit für diese Erkenntnis geleistet, Herr Butler. Er hat mir auf der Fahrt zum Sababurgwald vor unserer ersten Nachtwache eine vielschichtige Einschätzung zu Lena Banff gegeben, die ich hier lediglich ergänzt habe."

„Können Se wenigstens immer ‚*Peter*' und ‚*Sie*' sagen? Disses ‚*Herr Butler*' is mir lästig."

„Einverstanden... Peter jetzt immer." „Danke. Un nu?"

„Wir wissen nun genauer, aufgrund welcher Umstände die Frau zu welchen Mitteln gegriffen und welche Gelegenheiten sie genutzt hat. Aber die Tatwaffe ist sozusagen flüchtig und immer noch gefährlich."

„Äh... weniger Bullenspreche, wenn's geht."

„Die psychisch gequälte Lena wird Hexe und beginnt sich als Erwachsene zu rächen. Dabei bringt sie sich selbst in Lebensgefahr und der gerufene Dämon entgleitet ihrer Kontrolle."

„Kapiert, is ja au ziemlich klar. Un vielleicht helfen de annern Orakel, den Dämon uffzuspüren... Chef, Ihnen is hoffentlich klar, dass au ich oder Hilde den Dämon mit dessen Siegel über'n Ritual rufen könnd'n. Ne Garantie gibbets da nit, aber vielleicht reagiert er druff."

Cobander klopfte Butler auf die Schulter und drückte

die Zigarette am Boden aus, bevor er den Stummel in einen nahestehenden Mülleimer warf.

„Ich ahnte so etwas bereits, aber das könnte Sie in Gefahr bringen, ohne mehr Wissen über das Wesen zu haben. Lassen Sie uns gemeinsam den beiden anderen Orakelhinweisen nachgehen, denn ich bin mir sicher, dass wir dann wesentlich gewappneter sind. Vielleicht bekommen wir sogar eine genaue Anweisung zum… Wie nennt man das Abwehren solcher Wesen nochmal?"

„Man nennt's Bannen von Gezücht oder miesen Zaubern."

„Bannen, genau! Das kam in einer Ihrer Lektionen vor, die Sie uns vor ein paar Wochen gegeben haben."

„Woll'n wir's hoffen."

„Ja. Wir sollten zurückfahren und Viktor berichten, wie gut seine Einschätzungen gewesen sind. Außerdem bin ich erschöpft und müde. Wir sollten für heute Schluss machen."

Sie gingen zum Auto und fuhren zurück zur Ferienwohnung. Der junge Psychologe war beeindruckt und ebenfalls traurig berührt von Hansjörg Dietrichs Geschichte. Seine bisherige Onlinerecherche hatte noch nichts Greifbares für eine Lokalisierung des ‚Wächters des Wissens' ergeben.

Butler und Cobander gingen zu Bett, aber Viktor war zu aufgewühlt zum Schlafen und arbeitete noch bis tief in die Nacht weiter. Er wurde mit einem interessanten Fund belohnt, der möglicherweise ein Treffer war. Er würde ihn stolz beim Frühstück präsentieren.

* * *

…Viktor ging einen Flur mit graumeliertem PVC-Boden entlang. Die raugefaserten Wände zeigten Gemälde verzerrter surrealer Gesichter und anderer expressionistischer Gestalten. Links und rechts waren Haltegriffe montiert. Diffuses Neonlicht flacher LED-Röhren an der Decke tauchte die Umgebung in einen leichten Schleier.

Er hatte Mühe, sich fortzubewegen und an seinem Hals hing ein metallenes Pentagramm in der Größe eines Tellers an einer Maschenkette. Beim Gehen schaukelte es wie das Pendel einer alten Uhr hin und her.

Er kam an offenstehenden Türen vorbei und konnte in schmale Räume sehen, in denen stöhnende Patienten aller Art auf Krankenbahren oder in Hochstühlen saßen. Einige waren uralt und schrecklich verschrumpelt, andere jung, aber voll Schnittwunden und blauer Flecken. Einige blickten ins Leere, andere stierten ihn lauernd an.

Er durchschritt eine Zwischentür, die elektronisch öffnete, als er näherkam. Das Summen begleitete ihn wie ein Tinnitus im nächsten Abschnitt des unendlich scheinenden Flures, welcher ausschließlich geradeaus führte.

Am nächsten Durchgang wurde er von Sicherheitsleuten mit grimmigen Gesichtern durchsucht. Er ließ es geschehen, dann schubsten sie ihn voran, wenngleich es wie in Zeitlupe abzulaufen schien. Viktor taumelte weiter.

Weitere Türen folgten, mehr degenerierte und verzerrte Menschen waren in weißen Betten zu sehen. Er war abgestoßen von diesem Ort, aber er konnte nicht zurück. Hinter ihm wuchs der Schlund einer undurchdringlichen Dunkelheit und er bemerkte, dass er verfolgt wurde. In den Schatten lauerte etwas. Seine verlangsamten Beine knackten und er sprintete los, fort von dem düsteren Wirbel.

Er rannte und wurde dabei schneller. Das Pentagrammpendel schlug wild in beide Richtungen aus und die Zwischentüren samt Sicherheitsmänner rauschten wie piepsende Miniaturen an ihm vorbei.

Nach einer Reihe ungezählter Flurabschnitte lief er auf eine seltsame Tür zu. Er wurde langsamer und erkannte im Näherkommen seine alte Kinderzimmertür. Davor standen auf beiden Seiten grotesk grinsende Gartenzwerge Spalier und riefen johlend „Du bist ein Mädchen! Du bist ein Mädchen! Du bist ein Määädchen!"

Wütend trat er zu und beförderte eine Figur nach der anderen gegen die Wände. Dort zerschellten sie wie Porzellan und hinterließen dabei hässliches Lachen. Die Schatten des dunklen Wirbels holten auf. Viktor warf sich gegen die Tür. Dahinter lag das Wohnzimmer seiner Eltern. Er erblickte seine Mutter in einem Haufen leerer Medikamentenschachteln und Beipackzettel. Darin lag sie in Totenstarre mit bleicher Haut.

Viktor begann zu schreien, aber kein Laut drang aus seinem Mund, dann fasste ihn eine kalte Kraft an den Schultern. Er wurde herumgerissen und blickte in eine sich zu verzerrten Köpfen mit leeren Augen- und Mundhöhlen formende Schattengestalt.

Intuitiv packte er das große Pentagramm und hielt es schützend vor sich. Die Schattenköpfe zuckten davor zurück, dann hörte er hinter sich seine Mutter mit Peter Butlers Stimme etwas rufen. *‚Hekas! Hekas! Este Bebeloi!'*

Der Schattenwirbel begann zu zischen und zu jaulen. Viktor griff den dicken Anhänger fester und wiederholte den Ruf und tatsächlich war seine Stimme jetzt zu hören.

Dann riss die Dunkelheit wie Nebel auf und Viktor erblickte Cobanders besorgtes Gesicht, der aus dem Flur auf ihn zukam…

Der Hauptkommissar hatte den im Schlaf schreienden Viktor in eine sitzende Position gezogen und schüttelte ihn sanft. „Es ist nur ein Traum, ich bin es. Herr Marquandt, wachen Sie auf."

Viktor wurde tatsächlich wach und rief „Ich bin ein Junge! Ich bin ein Junge!" Er hielt sich an Cobander fest und zitterte noch eine Weile.

Butler erschien an der Tür. „Morj'n! Des will ich meinen, dass du'n Jung' bist, bei dem Organ…"

Sein Chef schüttelte den Kopf, aber für den Psychologen war es genau das Richtige. Er beruhigte sich, machte ein Peace-Zeichen in Richtung des Runenschamanen und sprang aus dem Bett. „Alles gut, alles gut, ich hatte einen abgefuckten Traum, sonst nichts. Danke fürs Herkommen, ich geh' mal aufs Klo."

Cobander stand auf und zog Butler hinter sich her in die Küche der Ferienwohnung. Dort kochte er Kaffee und ließ Butler die ebenfalls an der Tankstelle gekauften Aufbackbrezeln in den Ofen machen.

Als sie beim Frühstück zusammensaßen, wirkte Viktor wie immer, allerdings berichtete er begeistert von seinem Rechercheerfolg in der Nacht.

„Es gibt einen emeritierten Prof' für mittelalterliche Geschichte, der in Kassel gelehrt hat und in Hofgeismar lebt. Dirk Harbrandt heißt er und tritt wohl ab und zu bei Bestimmten historischen Veranstaltungen auf. Ich habe einen PDF-Flyer gefunden, da muss er in Trendelburg bei einer Sagen- und Märchenwoche nen Vortrag gehalten haben. Thema war ‚*Volksglaube und Legenden im Reinhardswald*'. Und er hat ein Buch geschrieben mit dem Titel ‚*Alles nur Hexerei? Magisches Nordhessen und die Reichhaltigkeit volkstümlicher Überlieferungen*'. Save ins Schwarze, or what?"

„Hau'n Se dem Jung' doch ma uff's furchtbare Fressbrette!", maulte Butler, aber Cobander war begeistert. Er gratulierte Viktor und bedankte sich.

„Gibt es Kontaktdaten? Konnten Sie herausfinden, wo der ehemalige Professor wohnt?"

Der Psychologe zeigte ihm die ausfindig gemachte Adresse aus dem Telefonbuch im Netz. „Sogar mit Festnetznummer."

Cobander wollte in Ruhe zu Ende frühstücken. „So viel Zeit sollte sein. Ich versuche, ihn danach zu erreichen. Ich denke, das sollte unser nächster Orakelbesuch werden, bevor wir zum Friedwald fahren."

Seine Teamkollegen waren einverstanden.

Tatsächlich erreichte der Hauptkommissar den emeritierten Professor zu Hause und nach ein paar angepassten Erklärungen wurde das Team zum Vormittagskaffee eingeladen.

Auf der Fahrt zum Haus von Harbrandt fragte Cobander den Psychologen, ob er von seinem Alptraum erzählen wollte, doch dieser schüttelte den Kopf. Darüber hinaus telefonierte er mit Bönning. Es gab keine neuen Erkenntnisse und keine außergewöhnlichen Entdeckungen.

Die Gefangennahme verrückter Tiere war allerdings dadurch erschwert worden, dass diese sich versteckt zu halten schienen. Die Forstbeamten waren am Rotieren, weil das Gesundheitsamt Druck machte.

Der Hauptkommissar log halb, dass sie heute den Bruder von Gerth Dietrich befragen und später einen emeritierten Dozenten aufsuchen wollten. Es kam kein Widerspruch.

Der Historiker war ein offenherziger, freundlicher alter Mann mit beeindruckendem Äußeren und über 70 Lebensjahren. Er hatte eine Glatze, seine große Brille unterstrich eine enorme Römernase und er trug einen Bart, der fast so lang wie der von Butler war, allerdings stark ergraut und wesentlich gepflegter. Durchschnittlich groß und schlank, wirkte er sportlich in seinen Bewegungen und insgesamt lebendig-dynamisch. Er freute sich offenkundig über den Besuch der Kriminalpolizei mit Interesse an historischen Zusammenhängen.

Cobander hatte ihm am Telefon erklärt, dass es weitere Vorfälle gegeben hätte, die nicht den angeblich festgenommenen Personen der Hagzíssa-Gruppe zugeordnet werden konnten und man davon ausgehen musste, dass es noch mehr Mitglieder gäbe. Es ginge vor allem darum, Licht in das obskure Dunkel okkulter Trittbrettfahrerei zu bringen und zu erfahren, ob es überhaupt historische Bezüge zu den relevanten Begriffen und betroffenen Orten gäbe.

„Das Interesse an Mythen, Legenden und alter Zeit ist in den letzten Jahren stark angestiegen", sagte Harbrandt, während er persönlich den Kaffee in seinem mit Bücherregalen gepflasterten Wohnzimmer servierte.

„Besonders okkulte Themen scheinen in der jüngeren Generation wieder en vogue zu sein, wie schon einmal im Übergang der 80er zu den 90ern, als diese popkulturelle Gothicbewegung alle möglichen schwarzen Gestalten auftauchen ließ." Butler grinste und Cobander schmunzelte. Viktor war zu jung, um es aktiv miterlebt zu haben.

„Hexen fliegen sozusagen wieder auf dem Brocken, es gibt die Neuheiden in den Asatrú-Bewegungen, die regelrechte Jahreskreisfeste dort abhalten, und man will sich allerorten mit altem Kräuterwissen von der hypermodernen Medizinmaschinerie befreien."

„Sie wirken aktuell informiert und interessiert", komplementierte Cobander. Professor Harbrandt kniff zum Spaß ein Auge zu und antwortete darauf „Ich wäre ein Elfenbeinturmforscher, wenn ich die Zeitläufte nicht beobachtete, Herr Kommissar."

„Natürlich."

„Aber Sie wollten ja speziell mein Wissen um Okkultes, Hexen und Magie im Reinhardswald sowie der Hofgeismarer Gegend anzapfen, richtig?"

„So ist es. Die jungen Leute haben die Polizei mit ihren Aktionen ganz schön auf Trab gehalten und als die Explosion bei BanffPlast geschah, wurden alle nervös, was verständlich ist. Leider sind weitere Schreiben ähnlicher Art bei anderen Personen aufgetaucht und wir möchten gerne wissen, auf welcher Grundlage die Urheber stehen. Alles nur Fiktion oder gibt es echte Bezüge zur Vergangenheit? Es würde uns helfen, die Betreffenden zu lokalisieren."

„Ich verstehe. Gerne helfe ich Ihnen, aber außer viel bunter Folklore und ein paar Bezügen zu alten kirchlichen und landgräflichen Quellen werde ich wohl kaum dazu beitragen können, Personen zu finden, die sich bestimmter Termini und Namen bedienen."

„Sagen Sie uns einfach, was zum Thema Hexen und Magie in der Region historisch belegt oder bekannt ist."

Professor Harbrandt lehnte sich mit seinem Kaffee genüsslich in seinem Sessel zurück und begann zu dozieren. Das Team merkte schnell, dass dieser Mann jahrzehntelang an einer Universität gelehrt hatte und eingefleischter Historiker war, denn jeden quellenbezogenen Hinweis garnierte er tatsächlich mit der expliziten Nennung der Art, fachlichen Bezeichnung und derzeitigem Aufbewahrungsort der jeweiligen Primärquelle. Bei den rein mündlich tradierten Legenden war das Zuhören einfacher, denn dafür gab es keine Primärquellen, nur Sekundärliteratur und damit hielt sich der Akademiker glücklicherweise zurück.

Laut Harbrandt wurden seit der Frühzeit über das Frühmittelalter bis in die Renaissance in dieser wie anderen ländlichen Regionen Europas eine Vielzahl naturreligiöser Rituale vollzogen, die oft einen spirituellen und/oder magischen Hintergrund besaßen. Er erwähnte die Druiden, die Schamanen der germanischen Stammesreligionen und vieles mehr. Hexentum, Magie und geheimes Kräuterwissen wären die Grundwürze, um ein großes Feld mittelalterlichen Gesellschaftslebens zu verstehen. Dass sich die vorzeitlichen Traditionen im Laufe vieler Jahrhunderte mit dem Vordringen des Christentums stark verändert und verdreht hatten und teilweise ganz verlorengegangen waren, wäre der zweite wichtige Punkt in dieser Hinsicht.

Konkret gab es aus der Region Aufzeichnungen der Kirche und der Schreiber des Landgrafen von Hessen-Cassel aus der Zeit des Dreißigjährigen Krieges über eine Phase der wiederaufflammenden Hexenverfolgung. Dabei wäre besonders eine protokollierte Folterung angeblicher Hexen eines ganzen Zirkels erhalten geblieben, die ein kritisches Licht auf den Landgrafen würfe und deutlich die Hysterie der Zeit zeigte. Harbrandt referierte daraus, dass man eine Gruppe friedlicher Bauern aus dem Hofgeismarer Umland bei satanischen Tänzen im Wald entdeckt und teils getötet hatte. Die überlebenden Frauen waren in einer Scheune durch Söldner und mehrere Priester bis zum Tod gequält worden, ohne ihre sogenannten Untaten zugegeben zu haben. Das Dokument endete mit dem Hinweis des damaligen Schreibers, dass ein Offizier die Flucht anderer Hexen desselben Zirkels vermutete.

„Man muss aber quellenkritisch mit solchen Aufzeichnungen umgehen", warnte der Professor. „Es gab viele Zeiten, in denen die Obrigkeit schnell Personen der Hexerei oder satanischer Machenschaften beschuldigt hat. Ich vermute, es waren als Hexensuche maskierte Säuberungsmaßnahmen und obendrein Landraub. Nichts Ungewöhnliches in jenen Tagen des religiös motivierten Krieges."

Cobander nickte. „Trotzdem beeindruckend, dass es diese alte Aufzeichnung gibt, die Bezug auf Hexen in dieser Gegend nimmt. Wie wahrscheinlich ist denn magische Praxis oder tatsächliches Hexentum überhaupt für diese Zeit?"

„Wenn Sie so wollen, sehr wahrscheinlich, das liegt aber

vor allem daran, dass wir es vor der Aufklärungszeit mit einem gesellschaftlichen Leben von Menschen zu tun haben, was stark geprägt war von Aberglaube, Übernatürlichkeit, Gottesfurcht, Überlebenskampf und Hoffnung auf eine bessere Welt in irgendeinem Jenseits. Geister, Elfen, Zwerge, Kobolde… alles gehörte dazu. Sie müssen wissen, im Harz gab es dokumentierte Hexenzirkel. Es lebten sogenannte Hexen in kleinen geheimen Gruppen, die wirklich glaubten, andere Wesenheiten rufen und Zauber wirken zu können. Ich kann mir vorstellen, dass dies genauso in Nordhessen der Fall gewesen ist. Das Christentum hat all das aber verdrängt und dann schlug besonders im 18. Jahrhundert die europäische Aufklärung zu."

„Was ist mit den Hexenkulten im Harz geschehen?"

„Darüber gibt es unterschiedliche Meinungen und Behauptungen. Eine eher wahrscheinliche Möglichkeit ist in der Flucht vor den Häschern der Fürsten und Bischöfe zu sehen. Man munkelt unter Regionalhistorikern und Theologen, dass einige nach Polen, in den ungarischen Teil von Österreich-Ungarn und die Walachei, also Rumänien, geflohen waren."

Butler, der gerade einen Schluck Kaffee hatte trinken wollen, verschluckte sich und prustete einen Teil des Getränks über den Tisch, worauf er aufsprang und sich umgehend entschuldigte. Viktor war blass und Cobander deutete mit einer unterschwelligen Handbewegung an, dass man sich beruhigen möchte.

Professor Harbrandt war entspannt und bat Butler sich wieder zu setzen. „Das kann doch jedem passieren, ich hole einen Lappen und Küchenrolle, einen Moment." Er verschwand in der Küche.

Butler setzte sich, verschränkte die Arme und blickte seinen Chef an. Viktor rieb sich über die Stirn. „Ich weiß", sagte Cobander leise „Valya Wójcik… Lena Banff trägt vermutlich geerbtes Hexenblut ins sich."

Nachdem Harbrandt das Malheur auf dem Tisch beseitigt hatte, fragte der Hauptkommissar nach möglichen Praktiken solcher Hexenzirkel. Der Professor machte deutlich, kein Experte für okkulte Lebensweisen zu sein, nannte aber trotzdem einige Kernpunkte.

„Das Vollziehen tradierter Zaubersprüche und oft naturbezogener Rituale, die in sogenannten Grimoires, im Wiccakult auch als Bücher der Schatten bezeichnet, niedergeschrieben oder durch Zeichnungen und Symbole festgehalten wurden. Einsatz magischer Symbole und Runen, Jahreskreisfeste, Tänze, manchmal Tieropfer, erweiterte Kräuterkenntnisse. Oft waren solche Menschen als Heiler, Hebammen oder Baderchirurgen tätig, um ihre magische Praxis dahinter zu verstecken… Sie, Herr Butler, sehen so aus, als wären Sie dem Bereich gegenüber sehr affin. Wahrscheinlich kennen Sie sich in den Details sogar besser aus als ich."

„Nu ja", setzte er an, doch Cobander berührte ihn am Arm. „Herr Professor Harbrandt, ich bin Ihnen sehr dankbar, dass Sie sich die Zeit genommen haben und uns wertvolle historische Informationen geben konnten. Ich gehe davon aus, dass wir den Täterkreis damit eingrenzen können, denn offenbar braucht es doch einige Kenntnisse, die man nicht einfach mit wenigen Klicks oder fehlendem Vorwissen aus dem Netz ziehen kann. Und natürlich bedanken wir uns für die Bewirtung."

Damit hatte der Hauptkommissar Aufbruch und Verabschiedung forciert, die von den anderen mitvollzogen wurde. Der Historiker bedankte sich ebenfalls freundlich und wünschte ihnen gute Ermittlungsarbeit.

Am geparkten Auto wurden schweigend Zigaretten geraucht, während Viktor in sein Smartphone blickte. Nach dem Einsteigen fragte Cobander das allgemeine Befinden ab. Viktor zuckte mit den Schultern. „Geht."

Butler strich sich durch den Bart. „Jetz' feuert's richtig, würd' ich sahn. Wegen mir kömma gleich weider zum Urnengrabe am Friedwald, ich würd' nur'n Rucksack un de Machete holen woll'n. Sicher is sicher."

„Viktor?"

Der Psychologe überlegte. „Ich denke, ich komme auch mit. Jetzt bin ich mega gespannt, ob es beim dritten Mal genauso creepy wird. Falls ja, würd' ich irgendwie auch eine Waffe oder so haben wollen."

„Au ne Waffe odder so", echote Butler ironisch. Cobanders Anspannung löste sich in einem Lachanfall, der ihm in Kürze die Augen wässrig werden ließ. Als er wieder anständig Luft holen konnte, startete er den Wagen und sagte „Falls es nötig wird, Viktor, finden wir schon was für Sie."

* * *

Oberkommissar Bönning und BKA-Ermittler Denn standen gemeinsam am Bett von Lena Banff und der Chefarzt zuckte mit den Schultern.

„Wie ich es bereits mehrfach zu erklären versucht habe, möchte ich erneut betonen, dass es keine messbaren physiologischen Erklärungen für den Alterungsprozess gibt. Der Körper der Patientin ist – nach allen Untersuchungen schlicht und ergreifend – alt. Wenn Ihre Vorgesetzten jedoch aus Gründen innerer Sicherheit fordern, dass sie in ein designiertes Landeskrankenhaus transportiert werden soll, habe ich aus medizinischer Sicht nichts dagegen. Ich gehe nur davon aus, dass meine Kollegen dort ebenso keine Erklärungen finden werden."

Denn winkte ab. „Die Abholung per Hubschrauber ist bereits für morgen angesetzt. Alles Weitere überlasse ich meiner Chefetage. Stellen Sie bitte nur sicher, dass alle Untersuchungsergebnisse und diagnostischen Arztbriefe vollständig sind."

Der Arzt nickte und verließ das Zimmer ohne weiteren Kommentar. Bönning schüttelte den Kopf.

„Es ist faszinierend, wenn man ihr jetziges Aussehen mit den Fotos vergleicht… Haben die Suchgruppen und die Hubschrauber immer noch nichts Ungewöhnliches entdeckt?"

„Keine Monster aus dem Märchenland. Aber leider auch keine tollwütigen Tiere. Als ob sich alle verstecken würden oder nach Ostdeutschland abgedampft wären."

„Witzig… Warum fällt es Ihnen eigentlich so schwer, Cobander zu glauben? Ich meine, sehen Sie doch nur hier hin." Bönning wies mit ausgestrecktem Finger auf die alte Lena Banff. „Außerdem soll doch die Torso-Leiche des Priesters ebenfalls nach Frankfurt gebracht werden, oder?"

„Ja… inwiefern soll mich das überzeugen?"

Bönning gab es auf. Er vermutete, dass Denn es nicht zugeben wollte, aber insgeheim längst begriffen hatte, dass hier einiges nicht mit rechten Dingen zuging. Außerdem blieb die Haltung von LKA, BKA und Innenministerium unverändert. Team Cobander war Vorrang einzuräumen und möglichst freie Hand zu lassen.

Sein Mobiltelefon vibrierte zweimal. Wenn man vom Teufel dachte. Eine Sprachnachricht des Hauptkommissars. Er teilte mit, dass das Team zu einem bestimmten Grab im Friedwald führe und in Kürze eine weitere Meldung erfolgte.

„Sie schauen sich jetzt das Urnengrab von Lena Banffs Großmutter an", sagte er zu Denn. Der zuckte mit den Schultern. „Asche zu Asche, Staub zu Staub."

„Die Arbeit bei euch Bundeshunden scheint auch nicht fröhlich zu machen, was?“ Der BKA-Ermittler zog die Augenbrauen zusammen, tippte sich demonstrativ an die Stirn und verließ ebenfalls das Zimmer.

Bönning blieb noch eine Weile und starrte fasziniert auf die gealterte Gestalt und deren sich mechanisch hebenden und senkenden Brustkorb. Sie tat ihm leid.

* * *

Der designierte Parkplatz des Friedwaldes war verwaist. Die durch die Medien gegangenen Warnungen und Aufrufe an die Bevölkerung hatten Wirkung gezeigt. Niemand wollte von tollwütigen wilden Tieren angegriffen werden.

Das Team konnte somit unbehelligt den Baum suchen, an welchem Valya Wójciks Urne eingelassen worden war. Sie schritten in loser Formation nebeneinander über die zunächst breiteren Wege und durften ein wenig das spätsommerliche saftige Grün und den Frieden der Umgebung in sich einlassen, wenngleich sie innerlich angespannt bezüglich dessen waren, was sie wohl vorfinden würden.

Butler hatte seine Machete griffbereit am Gürtel befestigt und sah sich immer wieder um. Viktor hatte übergangsweise ein Jagdmesser aus des Runenschamanen mitgebrachten Sortiments bekommen, was ihn einigermaßen beruhigte. Cobander verzichtete ohne offene Gefahrenlage darauf, seine Dienstwaffe im Anschlag zu halten, blieb aber nicht minder aufmerksam. Er hatte zuvor überlegt, Verstärkung von der Bereitschaftspolizei zu erbitten, doch vor dem Hintergrund der jüngst zu Tode gekommenen Kollegen und der düsteren Stimmung hatte er Abstand davon genommen. Außerdem vermittelte ihm sein Bauchgefühl, dass der Dämon sich in der Nähe der Eichen im Sababurgwald aufhielt. Dies hatte er auch seinen Teamkollegen mitgeteilt, die einverstanden gewesen waren. Besonders Butler, der Grund genug gehabt hätte, jeden Waldgang ohne Militärschutz abzulehnen, wollte dem letzten Orakel so schnell wie möglich auf den Zahn fühlen.

„De armen Polizistenjungs hon alszus in das Ding geschoss‘n, un nüscht hoddes gebracht“, hatte er noch vor Beginn der Fahrt geäußert. „Allerhöchstens mit nem Flammenwerfer könnt‘ ich’s mir vorstellen. Alles Gemurks, wir müssen’s magisch bekämpfen!“

Die Eiche, an der Valya Vosskühns/Wójciks Urne und die einiger anderer Verstorbener beigesetzt worden waren, schien märchenhaft umgeben von hohen Farnen, dichtem Zwischengebüsch und moosigem Boden zu sein. Beim pietätvollen Näherschreiten bemerkten sie, dass dem durchaus so war, es in ihrer Wahrnehmung aber noch verstärkt wurde. Die Energien dieses ruhigen Ortes inmitten zwitschernder Vögel aus der Ferne, sanften auf- und abklingenden Windes und jenseitiger Lichthaltigkeit umspielten und beruhigten sie. Butler nahm die Hand vom Griff der Machete, Viktor fühlte nicht mehr ständig nach dem Jagdmesser und Cobander verlor die Anspannung im Nacken.

Eine Weile standen sie in Andacht vor dem Stamm des Baumes und betrachteten die ringsum angebrachten Plaketten, teils mit Platznummern, teils mit Namen versehen. Lenas Großmutter war hier nicht allein beigesetzt worden und zwei Urnenplätze waren noch frei.

„Ob sie eine praktizierende Hexe gewesen ist?“, fragte Cobander, ohne seine Teamkollegen direkt anzusehen.

„Kann sin, kann nit sin, aber irgendwie muss Lena ja de magische Praxis gelernt hon. De Mudder schien ja nit wirklich uff dem Trip gewesen zu sin.“

Viktor räusperte sich. „Der Historiker hat doch von den

Schattenbüchern von Wiccas, oder so, gesprochen. Vielleicht gibt es so ein Buch von der Großmutter irgendwo."

Cobander zupfte sich mehrfach am Ohr. „Wir oder die Kripo haben nichts in der Richtung gefunden, weder in der Villa, noch in der Vosskühn-Wohnung, noch in Reinhardshagen. Und das Haus der Großeltern ist vollkommen niedergebrannt. Entweder lag es dort und wurde zerstört, oder Lena Banff hat es irgendwo versteckt. In meiner Vision am Krankenbett kam es jedenfalls nicht vor."

Erneut schwiegen sie eine Weile, dann druckste Butler herum. „Chef, ich muss' ma usstreten… ich weiß, is blöde hier, aber ich geh' ma irgendwo ins dichte Gebüsch."

Cobander nickte lächelnd. „Schon in Ordnung, wir sehen uns solange hier mal um."

Während der Runenschamane seinem kleinen Geschäft nachging, suchten die anderen nach Hinweisen. Es lagen keine frischen Blumen oder andere Gaben am Boden. Runen oder Symbole entdeckten sie ebenfalls nicht.

In der Ferne hörten sie ein Rotorengeräusch aus der Luft näherkommen. Es war einer der Suchhubschrauber des BKA. Sie ließen ihn über sich hinwegfliegen und warteten, bis das Geräusch in der anderen Richtung abgeklungen war. „Was machen wir jetzt?", fragte Viktor.

Butler kam zurück und fragte dasselbe.

Cobander zuckte mit den Schultern. „Offensichtlich tritt das letzte Orakel hier nicht offen zutage. Vielleicht müssen wir in weiterem Umkreis nach Hinweisen suchen. Oder wir bleiben noch eine Weile hier und meditieren? Wir könnten auch versuchen, Fragen an den Baum zu stellen."

„Da würd' ich mir komisch vorkommen", sagte der Psychologe. „Man kann sich Fragen ja auch denken, oder?"

„Wär' au ne Idee", begann Butler. „Ich könnt's au direkt ma mit nem kleinen Ritual versuch'n."

„Sollen wir dafür wegtreten?", fragte Cobander. Der

Runenschamane schüttelte den Kopf. „Im Gechenteil, am besten wärs, ihr würdet mitmachen un eure Hände mit annen Baum legen."

Er holte aus einer Gürteltasche Kräuter hervor und streute sie in den Bereich unter der Namensplakette der Großmutter. Dann begann er bedächtig einige nordische Götter anzurufen und bat am Ende die verstorbene Frau selbst um Hilfe und Kontakt in der Angelegenheit. Er bröselte eine Prise seines eigenen Drehtabaks dazu, stach sich mit seinem Taschenmesser leicht in eine Fingerkuppe, drückte einen Tropfen Blut an den Stamm und legte dann beide Hände darauf. Cobander und Viktor taten dies ihm gleich.

Eine Weile geschah nichts. Sie hörten den Wind, die Vögel und rochen den moosig-erdigen Grund. Besonders Viktor spürte, wie ihm die Umgebung und das friedliche Geschehen in der Seele guttaten. Er dachte intuitiv an seine verstorbene Mutter, seinen überkompensierenden Vater, musste jedoch nicht weinen. Die Gedanken waren nicht schmerzvoll, eher voll beginnendem Verstehen.

„Wir müssen graben!", sagte Butler plötzlich und ließ die Eiche los. Cobander sah ihn mit großen Augen an. „Wo müssen wir graben? Hier am Stamm? Das würde ich nicht empfehlen, zumal..." Sein Mitarbeiter fiel ihm ins Wort. „Schnickschnack! Wir müssen unbedinget was ussgraben, des iss'n Befehl! Valya will's!"

„Die tote Frau hat mit dir durch den Baum gesprochen?", fragte Viktor ungläubig.

„Nit so frech, hier! Wenn ihr nit buddelt, mach ich's allene." Die Deutlichkeit seiner Aussagen und alle zuletzt gemachten übersinnlichen Erfahrungen ließen Cobander zustimmen und so begannen sie, vorsichtig die Erde über dem Urnengrab abzutragen.

Es dauerte nicht lange, da stießen sie auf einen flachen

Stein. Darunter befand sich das mit Erdreich gefüllte Grabloch. Die Urne war noch nicht zu sehen. Auf dem dunklen Stein waren die Uruz-Rune, eine Berkana-Rune, wie Butler erklärte, ein aufgerichtetes Pentagramm und mehrere Sätze in alter Sprache eingeritzt. Cobander stellte den Stein an den Stamm und versuchte, es vorzulesen.

„Bên zi bêna, bluot zi bluoda, lid zi geliden, sôse gelîmida sî." Butler nickte. „Gut geles'n, des is Althochdeutsch. Kimmet mir bekannt vor, muss ich sahn."

Viktor tippte die ersten Worte in eine Suchmaschine und fand schnell etwas heraus. Glücklicherweise war der Empfang auch in diesem Waldstück gut.

„Die Sätze sind aus den ‚*Merseburger Zaubersprüchen*', wie sie im Wiki genannt werden. Tatsächlich althochdeutsch, vermutlich aus dem 9. Jahrhundert, also eine überlieferte Handschrift. Moment..."

Butler schlug sich an die Stirn. „Klar, ich bin'n Depp! Soll'n nen Lösezauberspruch un nen Heilzauber gewesen sin." Viktor nickte. „Steht hier, stimmt. Und unsere Sätze sind aus dem zweiten Spruch rausgegriffen... übersetzt etwa: ‚Bein zu Bein, Blut zu Blut, Glied zu Gliedern, wie geleimt sollen sie sein'.

In Cobanders Ohren begann es zu rauschen. Die Stimmen seiner Kollegen verblassten im Hintergrund und er fühlte dieselbe Schwäche wie im Krankenhaus aufkommen. Er ging in die Knie und Butler fragte ihn etwas. Auch fassten sie ihn an, aber es schien unbedeutend zu sein. Der Anhänger auf seiner Brust begann zu klopfen und hinter der Eiche sah er die schemenhafte Gestalt einer Frau. Sie war in mittelalterliche Kleidung gehüllt, besaß schwarzes Lockenhaar und ähnelte Lena Banff. Sie winkte ihm und er verließ seine Mitarbeiter, um der hübschen jungen Frau zu folgen. Sie führte ihn an der Hand auf einen belebten Tanzplatz. Dort hüpften und sangen andere Frauen miteinander, die ähnlich ihr gekleidet waren.

In ihrer Mitte war ein großes Feuer wie ein Osterfeuer entzündet worden. Es prasselte in mehreren Metern Höhe und Funken stoben immer wieder von ihm ab. Man hatte viele trockene Baumstämme dafür zusammengetragen. Die Frau mit Ähnlichkeit zu Lena zog ihn in den Tanz hinein und Cobander wurde herumgewirbelt. Jetzt hörte er den Gesang. Es waren die Sätze, die er soeben auf der Steinplatte gelesen hatte. Die Frauen sangen sie rhythmisch von Anfang bis Ende, sich dauerhaft wiederholend.

Wilder wurde der Tanz und lauter der Gesang, bis der Hauptkommissar irgendwann nurmehr feurige Schlieren und vorbeihuschende Gesichter erkennen konnte. Kurz bevor er das Gefühl hatte, in das Feuer wie in ein tosendes Inferno hineingezogen zu werden, schien das Ganze zu explodieren und er spürte einen schweren heißen Schlag im Gesicht…

Butler gab ihm eine weitere Ohrfeige, dann schlug er die Augen auf. „Chef? Chef? Hör'n Se mich? Was'n los?"

Cobander kam zu sich und stellte fest, dass er auf dem Moosboden neben der Eiche im Friedwald lag und seine Teamkollegen auf ihn niederblickten. Viktor hatte bereits 112 in sein Handy getippt und hielt es ihm hin. „Sollen wir Nothilfe rufen?"

Der Hauptkommissar richtete sich auf und schüttelte den Kopf. „Nein, es geht, es… war wieder so ein Anfall wie im Krankenhaus, aber es geht mir gut. Nur einen Moment." Er stand mithilfe des Baumes und Butlers Arm auf, klopfte sich Hose und Jackett ab, dann lehnte er schnaufend am Stamm.

„Ich hatte eine weitere Vision."

* * *

Der Fahrer des eMagnus-Nova hörte Jazz, während er das Kommen und Gehen des Polizeireviers von der anderen Straßenseite aus beobachtete. Trotz seltsamer Ereignisse und Aufregung in den Medien ging meist alles seinen gewohnten Gang. So auch hier.

Weil er unsichtbar geworden war, konnte er mitten in die Höhle des Löwen gehen und so tun, als wäre er ein umsichtiger Bürger. Mehr noch, er würde Fragen stellen können und genau die Antworten erhalten, die man sonst nicht bekam. Aus der Sicherheit einer unscheinbaren Defensive.

Er stieg aus, ging über die Straße und betrat das Gebäude. Er wurde nicht zuvorkommend, aber auch nicht schlecht behandelt. Er musste im Gang auf Hartschalensitzen warten, die aus den 80er Jahren stammten.

Als er drankam, fragte er wegen der Warnungen an die Bevölkerung nach Sababurgwald und Friedwald, denn er sei Freizeittourist und besonders wegen der wunderschönen Natur des Reinhardswaldes vorbeigekommen.

Man machte ihm deutlich, dass das Waldgebiet nicht hermetisch abgeriegelt wäre, jedoch derzeit von Waldtouren oder Besuchen dringend abgeraten wurde, weil man sich in Lebensgefahr bringen könnte, zumal dauerhaft Feuerwehr, Hessen-Forst, Polizei und Technisches Hilfswerk in dem Gebiet unterwegs wären. Hubschrauberkontrollflüge sorgten darüber hinaus für Unruhe.

Er bedankte sich und erklärte, dass er wohl abreisen würde, wozu man ihm aufgrund der angespannten Lage in der Region auch riet.

Später im Hotel überprüfte er seine Ausrüstung, machte sich frisch und holte einen neuen Satz Kleidung aus seinem

Trolley. Er legte alles sorgfältig auf dem Bett aus und begann, sich umzuziehen.

Als er in den Spiegel blickte, erfreute ihn der Anblick eines akkurat gekleideten und ausgerüsteten Bereitschaftspolizisten. Den Schalldämpfer seiner Waffe platzierte er separat am Einsatzgürtel.

„Halt, Polizei!“, sagte er laut und brach dann in schallendes Gelächter aus. Er spürte den süßen Vorgeschmack des Tötens auf der Zunge und sein Glied wurde steif. Darum würde er sich nach getaner Arbeit kümmern.

* * *

Sie standen am Auto auf dem Parkplatz und rauchten. Cobander hatte ihnen die Vision beschrieben und sie waren sich einig, die kleine Steinplatte vorerst mitzunehmen. Sie hatten notdürftig Zweige, Moos und Blätter über das gegrabene Loch gelegt, um den Stein später wieder an seinen Platz legen zu können.

„Ich bin mir sicher, dass der Zauberspruch mit dem Dämon in Verbindung steht, auch wenn die Historie von einem Heilzauber spricht“, äußerte der Hauptkommissar und drückte sorgfältig seine Zigarette am geschotterten Boden aus. Butler nickte. „Des is zimmlich klar, würd‘ ich sahn. De Frag‘ is nur, woll’n wir es uff uns nehmen un bei der Eiche oben versuchen, des Ding zu rufen?“

Viktor steckte die Hände in die Hosentaschen und wippte mit den Beinen. „Ich weiß‘ ja nicht, ob das ohne Polizeischutz eine gute Idee ist.“

Cobander klopfte ihm auf die Schulter. „Die Überlegung ist richtig, aber wir müssen auch bedenken, dass wir unter Umständen weitere Polizisten in Lebensgefahr bringen, wenn wir mit einem großen Aufgebot dort auftauchen."

„Und unser Leben?", fragte der Psychologe.

„Du musst nit mitkommen", sagte Butler. „Der Chef is durch sinne Reise un de Visionen tiefer drin, so wie ich. Denk' dran, mich hat's Ding im Wald nit gedödet."

Viktor sah den Runenschamanen mit ernsten Augen an, was diesen tatsächlich verstummen ließ. Cobander wartete interessiert ab, was jetzt folgen würde, denn die Entscheidung war de facto nicht leicht. Nach allem Okkulten, was sie bisher erlebt hatten, und besonders im Hinblick auf die Orakel, war klar, dass *sie* den Dämon zur Räson bringen mussten. Weitere aggressive Polizeiaktionen würden nur mehr Opfer fordern und der erfahrene Kriminalkommissar wollte in keinem Fall noch die Bundeswehr im Einsatz sehen, weil der Administration ab einem bestimmten Punkt keine andere Wahl bliebe. Er kannte die internen Katastrophenschutzpläne.

„Ich werde dabei sein", sagte Viktor mit fester Stimme. „Aber nur unter der Bedingung, dass die Hofgeismarer Polizei oder wegen mir die Leute vom BKA darüber Bescheid wissen und irgendwo in der Nähe sind, falls Shit passiert."

Butler reckte die Faust in die Höhe und stimmte ein Lied der Band ‚*Thundering Northern Skies*' an, was er längere Zeit nicht getan hatte. Es war der letzte Song ihres ersten Albums ‚*Where once the giants dwelt*'.

„Together as brothers we stand, fighting side by side. With the grace of the gods, swords and axes tight."

Cobander versicherte Viktor, dass er es mit Bönning und Denn absprechen würde. Er zeigte auf das Auto.

„Die Frage ist, ob wir es heute noch wagen oder bis morgen warten sollten?"

„Brauch'n wir denn noch'n Orakel, oder reichen die

drei?", frotzelte Butler. Der Hauptkommissar verstand. „Gut. Müssen wir irgendetwas besorgen? Fehlt noch Ausrüstung?" Der Runenschamane schüttelte den Kopf.

„Hab' alles hinnen drin."

„Viktor?"

„Ich fänd' das mit dem Flammenwerfer toll."

Butler jaulte vor Lachen. „Der Jung' gefallet mir immer besser!"

Ohne weitere Worte stiegen sie ein und Cobander telefonierte direkt mit Bönning, der wiederum Denn anrief, der sich wiederum beim Hauptkommissar meldete. Es wurde eine weitere heiße Diskussion, bei der letztendlich das Team die Oberhand gewann, denn Cobander hatte auf laut gestellt und seine Mitarbeiter diesmal bewusst mitreden lassen.

Letztendlich wurde die Absprache getroffen, dass Polizeieinheiten am Parkplatz sowie auf der anderen Waldseite in Abrufposition gingen und ein Hubschrauber auf dem äußeren Wiesengelände des Tierparks parat stünde. Zwei Telefonverbindungen würden dauerhaft mit dem Team aufrechterhalten.

„Vielleicht müssen wir das Wesen gar nicht physisch vernichten. Möglicherweise gelingt es, dass es von allein diese Ebene verlässt", sagte Cobander, nachdem die Plangespräche per Telefon abgeschlossen waren.

„Mir woll'ns hoffen, Chef, un wir wern's versuchen", sagte Butler. Viktor blickte verträumt aus dem Fenster. „Mich würde interessieren, ob es bei Dämonen Geschlechterunterschiede gibt." Butler tippte sich an die Stirn. „Du hodd doch'n Knall, Jung'!" Cobander lachte und startete den Wagen.

„Wir alle haben definitiv einen mächtigen Knall!"

Dann fuhren sie zügig vom Friedwald zum Urwald Sababurg.

***

Als Cobander parkte, standen dort bereits Streifenwagen. Einige Polizisten waren mit Maschinenpistolen ausgestattet und Bönning nahm das Team in Empfang. Er war von Himbeergeschmack auf Apfelduft umgestiegen und dampfte durchgängig.

„Denn hat bereits Stellung jenseits der Schonungen auf der anderen Seite bezogen. Wir alle bleiben in dauerhaftem Kontakt. Wer von Ihnen lässt die Telefonverbindung offen?" Cobander und Viktor hoben die Hände.

Der Hauptkommissar rauchte eine normale Zigarette und sprach kein weiteres Wort. Er blickte in die Gesichter der Anwesenden reihum. Alles war darunter. Furcht, Sorge und Unsicherheit, aber genauso Bestimmtheit, Tatendrang und Rachegelüste. Menschlich. Verständlich.

Bönning reichte Cobander zwei zusätzliche Ersatzmagazine für dessen P30. „Glücksbringer." Der dankte und erkundigte sich bei Butler, der mit Rucksack und vollen Gürteltaschen einsatzbereit war. Viktor lächelte schief und machte ein Peace-Zeichen. „Gibt es irgendwelche Bewegungen von Tieren in dem Gebiet oder wurden unbelehrbare Wanderer gesichtet?" Bönning schüttelte den Kopf.

„Dann geht es jetzt los."

Begleitet vom Murmeln der Bereitschaftspolizisten und dem erhobenen Daumen des Oberkommissars überquerte das Team die Landstraße und beschritt die Holzpfade zu den alten Eichen. Die Sonne strahlte mit starkem Nachmittagslicht und wärmte die Haut ihrer Gesichter, wo immer sie durch Büsche und Bäume hindurchschien. Ein wunderschöner Spätsommertag im Wald präsentierte sich ihnen in aller satten Fülle.

Als sie bei der ersten Eiche ankamen, sahen sie sich um. Die Umgebung war ruhig, aber nicht totenstill. In der Ferne raschelte es hin und wieder im Unterholz und Vögel zwitscherten in der näheren Umgebung der Baumkronen.

Sie gingen langsamer weiter, bis sie die zweite Eiche mit aller gebotenen Vorsicht erreicht hatten. Nichts lauerte im Gebüsch, kein Tier knurrte und das Sonnenlicht fiel auch hier herein. Cobander nahm sein Handy ans Ohr.

„Wir sind am Zielort angekommen. Alles ruhig, keine seltsamen Vorkommnisse oder Kreaturen bisher, Over.“ Erst bestätigte Bönning, dann Denn auf Viktors Handy.

Sie ließen sich Zeit, die Umgebung zu untersuchen und erst, als sie mehrfach um den Baum gegangen waren, entspannten sie etwas.

„De Rune is noch do“, sagte Butler und zeigte auf die Stelle am Stamm. Cobander nickte. „Was jetzt?“

„Ich würd‘ ma Kerzen un Räucherzeuch usspacken, dann nen Schutzkreis um uns zieh‘n, würd‘ sahn, schonn einige Meter vom Baume weg, un dann das Siegel von dem Wesen zeichnen un es rufen.“

„Glaubst du denn, dass es in der Nähe ist?“, fragte Viktor den Runenschamanen. Der zuckte mit den Schultern. „Ich geh‘ von uss, wo soll’s sonst sin. Wurd‘ ja nirgends gesichtet. Das kann sich als’n Ast oben tarnen un wir würden’s nit erkennen.“

Cobander bestätigte diese Einschätzung. „Ich habe seit kurzem das Gefühl, als müsste sich der Dämon hier in der Nähe aufhalten. Ich bin mittlerweile davon überzeugt, dass er hier angerufen wurde. Denken Sie an den abgeschnittenen Ast, die Opfergaben und so weiter. Ich bin sicher, er wurde hier gerufen und im Holz manifestiert.“

„Siehste, Jung‘, so schnell is unser Chef zum Schamanen gewor’n und du hodd das alles au bahle druff.“

Viktor sah Cobander an und umgekehrt. Sie lächelten verständnisvoll und ließen Butler die Vorbereitungen abschließen. In der Zwischenzeit sendeten sie den Einsatzkräften Livevideofeeds von der Umgebung und den Vorgängen gegenüber der Eiche.

Die Atmosphäre des Ortes war entgegen ihrer Erwartungen friedlich, fast märchenhaft. Alles lebte in- und miteinander ohne Anfang, ohne Ende, ein feinstoffliches Netzwerk, uralt und doch immer wieder neugeboren.

Butler signalisierte nach einer Weile, dass er seine Vorbereitungen abgeschlossen hatte. Im Stövchen räucherte bereits eine Mischung, jetzt umrundete er das Team in großzügigem Umkreis und rief die vier Elemente für Schutz und Beistand an. Danach startete er den Gang erneut und rief unterschiedliche nordische Götter um Beistand an, so seinen Patron Odin, Heimdall, Idunn, Freya, Thor und auch Hel. Dann setzte er sich in die Mitte des unsichtbar gezogenen Schutzkreises, verrückte das Stövchen ein wenig, legte die Steinplatte vom Urnengrab daneben, holte einen Kohlestift samt Papierröllchen aus einer Gürteltasche und sah auf.

„Ich würd‘ jetzt de Siegel-Sigille von dem Wesen zeichnen un es mit Beistand von Cernunnos rufen. Ich fänd’s gut, wenn Se, Chef, un du, Jung‘, dann au rufen würdet. Das verstärkt de Energie!“

Cobander war einverstanden, Viktor ebenso. „Dann beginnen Sie, Peter…“ Durch die Handys teilten sie den Wartenden mit, dass das Ritual jetzt startete.

Butler sah sich noch einmal genau die Zeichnung auf dem vor Tagen gemachten Foto an und übertrug sie per Kohlestift auf das entrollte Papierstück. Anschließend hielt er es mehrfach in den Kräuterrauch, sang leise einige alte Verse und stand dann ächzend auf. Er gab das Siegel zuerst Cobander, dann Viktor einmal kurz in die Hand, bevor er es mit seinem Sturmfeuerzeug entzündete und in eine vorbereitete Mulde im Waldboden zum Verbrennen legte.

Er hob die Arme und sprach „Under den weisen Au‘en des Urzeithirschs, uff den au du zu hör‘n hast, ruf‘ ich dich herbi, Dämon us Holz, Geist vom Holz, Wesen im Holz. Bei Cernunnos, bitt‘ ich dich, komm russ us‘n Schatten und zeig‘ dich uns!“

Den letzten Teil begann der Runenschamane zu wiederholen und nacheinander stiegen der Hauptkommissar und der Psychologe mit ein, indem sie die Worte erst leise, dann kräftiger werdend, jeweils wiederholten.

Das Tor zwischen sichtbarer und für Menschen meist unsichtbarer Realität öffnete sich, indem sie zunächst Gänsehaut bekamen, dann den Geschmack der Kräuter deutlich auf der Zunge spürten und den aufkommenden Wind in den Blättern und Ästen der Umgebung sahen.

Cobanders Anhänger erwärmte sich und Viktor spürte auf der Haut ein Kribbeln in Form kleiner elektrischer Nadelstiche. Sie blickten einander an, während Butler den Satz zu rufen begann. Nach kurzer Überwindung riefen sie mit.

Dann geschahen drei übernatürliche Dinge kurz hintereinander. Zuerst knirschte und knarzte es im Stamm der Eiche wie bei einem trockenen Baum, der sich unter schwerem Sturm hin und her bog. Ein Spalt öffnete sich am unteren Ende, teils im Holz, teils im Erdreich, und der unscheinbare Stab kletterte mithilfe hunderter Zweige, die an ihm zu wachsen schienen, aus der Tiefe hervor und lief ein Stück auf das Team zu. Viktor quiekte vor Schreck und griff nach Cobanders Arm. Butler streckte den linken Arm aus. „Sehet ihr’s?! Filmet’s schnell!“

Der Hauptkommissar war aufgeregt, aber er hob sein Handy, um eine Videoaufnahme zu beginnen, doch in dem Moment brach das Funknetz zusammen.

„Viktor, Handy!“, rief er. Der schaute auf seines und rief

dann „Fuck, ey, nee!“

Cobander fluchte ebenfalls und zog seine Waffe. Butler hob beide Hände. „Stecken Se‘s weg!“ Das wollte er nicht tun, ließ aber zumindest den Arm sinken, während er sie entsicherte. „Schießen nützet nüscht, Chef, das wiss‘ mer doch!“

Die Knarz- und Knirschgeräusche wurden lauter und der Stab verwandelte sich vor den Augen des Teams in seine voll manifestierte Gestalt. Der Stab war schnell zu einem dicken Holzstamm mit vielen Ästen und Zweigen ohne Blätter angewachsen und beinahe vier Meter hoch. Cobander schluckte und Viktor sank in die Knie, um eine Ohnmacht zu verhindern. Butler riss die Hände in die Höhe „Hekas! Hekas! Este Bebeloi! Cernunnos is der Herr des Wald‘s! Wir sin kinne Gefahr un de Götter sin mit uns!“

Einen Moment lang sah es so aus, als würde das Wesen innehalten, um zu überlegen, was es tun sollte und wie diese Menschen einzuschätzen waren. Cobander starrte fasziniert auf die sich sanft wiegenden Zweige und hatte das Gefühl, dieses Holzwesen drehte sich langsam um die eigene Achse.

In den folgenden Minuten übertraf Skurrilität ein in sich kaum fassbares mystisches Geschehen, weil das feingewobene Geflecht des Lebens an diesem Ort unter zu hohe magische Spannung geraten war.

Der Dämon erstarrte und Butler dachte zuerst, er hätte es mit schierer Anrufung und altem Wissen geschafft, ihn zu beeinflussen. Doch das Team wurde von einem einzelnen Bereitschaftspolizisten überrascht, der von der Seite auf sie zukam. „Was für ein Bild“, kommentierte der Mann lapidar und richtete eine Waffe mit Schalldämpfer auf sie. „Die Kripo hat nach Corona wohl keine Latten mehr am Zaun!“

Cobander kniff die Augen zusammen, blieb aber ruhig.

Das Holzwesen bewegte sich keinen Millimeter. Er sah aus wie ein zweiter Baum neben der Eiche. Der Neuankömmling nahm davon keinerlei Notiz. Vermutlich hatte er den Dämon zuvor nicht gesehen.

„Wer sind Sie?“, fragte er ohne Umschweife.

Der offensichtlich falsche Polizist grinste und leckte sich über die Lippen. „Wiesbaden schickt mich. Schöne Grüße von Don Lohenstein.“

Cobander erlebte zum ersten Mal in seinem Leben, wie die Zeit um ihn herum gefror. Alles blieb stehen und wurde kalt. Er hörte Maja aus der Ferne rufen und es duftete nach dem Apfelkuchen seiner Mutter. Er sah sich über die schillernde Tanzfläche des Musiktheaters gleiten und wünschte sich ein Kind mit der wunderschönen Punkerin, die neben ihm grölte und schwitzte. Seine Lippen flüsterten „Hel…“

Der Auftragsmörder nickte. „Beten ist gut. Ich wünsche gute Reise. Letzte Worte, Herr Cobander?“

Viktor wimmerte, Butler grunzte und der Hauptkommissar schluckte. Er nickte vorsichtig, schielte auf das erstarrte Holzwesen und sagte mit krächzender Stimme das einzige, was in seinem Kopf zu hören war.

„Ben zi bena, bluot zi bluoda…“

Der Killer schoss. Es ploppte zischend und das Projektil hätte Cobander inmitten der Brust durchstoßen, doch es prallte von seinem Anhänger ab, der exakt in die ballistische Bahn dieses Schusses gerutscht war. Die Wucht des Treffers warf den Kommissar um und er landete keuchend neben Viktor.

Dann schoss etwas anderes, nämlich zwei verlängerte Äste aus dem Dämon heraus, die in Sekundenbruchteilen die Arme des Killers umwickelten und mit übernatürlicher Kraft daran zogen. Gewaltsam wurden dem Mann beide Arme am Übergang zur Schulter herausgerissen und ein groteskes Brüllen erscholl aus seinem Mund. Die Umgebung bekam einiges an Blut ab. Ein dritter Ast umschlang seinen Hals und strangulierte ihn, während er ihn gleichzeitig zu Boden riss. Kurze Zeit später war der Auftragsmörder einfach tot und kaum wiederzuerkennen.

Doch eine längere Atempause für das Team gab es nicht, denn der Dämon knarzte und wandelte zügig auf die drei konsternierten Männer zu. Er hob viele seiner Äste und Butler schloss die Augen, weil er ahnte, was jetzt folgte. Der Bogen war durch das Auftauchen dieses Mordtypen vollends überspannt worden und nun würde das Wesen ausrasten und alles niederringen, was sich wagte, ihm in den Weg zu stellen.

Cobander bemerkte im Aufraffen, dass Viktor mittlerweile bewusstlos am Boden lag und rutschte daher zu ihm. War es das Ende?

Der Dämon ließ den dicksten seiner erhobenen Äste auf das Team niedersausen und kurz vor Butlers Kopf stoppte er mitten in der Luft. Cobander blinzelte und dann durchzuckten Stiche sein Herz.

Eine schemenhafte Skeletthand, wie aus blausilbernem Nebel bestehend, hatte den Ast in der Luft ergriffen und hielt ihn fest. Das Wesen fauchte zum ersten Mal wie mehrere Bären gleichzeitig.

„Jeg forbyr det!“

Die in unbekannter Sprache erklungene Stimme kannte er. Er hatte sie auf der Brücke bei seiner Unterweltreise zum ersten Mal gehört. Kein Mensch besaß eine derartige Stimme. „Hel…“

Der Dämon wand sich, fauchte, knirschte, knarzte und fiel dann wie ein Haufen abgebrannten Osterfeuers in sich zusammen. Ein mächtiger Energiewirbel jagte aus dem Holz, um das Team und die Bäume herum, bis es mit einem erdbebengleichen Rumpeln in der Öffnung am Stamm der

Eiche verschwand. Übrig blieb allein Lenas runenverzierter Holzstab. Die Skeletthand war verschwunden.

Jetzt hörte Cobander herannahende Rufe vieler Menschen. Es mussten Bönnings und Denns Teams sein, die nach Abbruch der Verbindungen losgestürmt waren. Auch den Hubschrauber hörte er. Dann musste er sich schwallartig auf den Waldboden übergeben.

* * *

Das Polizeiaufgebot im Urwald Sababurg war groß und das Gebiet glich für ein paar Stunden einem Krisengebiet. Spurensicherung, Rettungskräfte, BKA-Ermittler und Feuerwehrleute gaben sich die Klinke in die Hand, während Cobander auf einer der Wurzeln der Eiche saß und seine dritte Zigarette rauchte. Butler sprach mit Viktor auf der anderen Seite des Holzplattenwegs, der wieder bei Sinnen und von den Sanitätern freigegeben worden war.

Der Holzstab war bereits in einen ausgeschlagenen Alukoffer gelegt und abtransportiert worden. Ebenso der Torso des Auftragsmörders und dessen Arme. Cobander hatte das Gesicht nicht gekannt, aber es würde sicher eine DNA-Analyse gemacht werden. Schönbach war bereits über das grobe Geschehen informiert worden und wollte unbedingt mit seinem Team nach der Rückkehr in Kassel persönlich sprechen.

Leider waren Videoaufnahmen des Wesens unmöglich gewesen, aber die klaren und übereinstimmenden Aussagen des Teams, einschließlich des Zustands der Leiche des Killers, hatten Denn letztendlich überzeugt. Er trat jetzt auf Cobander zu.

„Der mysteriöse Holzstab wird zusammen mit den Leichen des Killers und Gerth Dietrichs sowie der komatösen Lena Banff in Frankfurt untersucht werden. Oberrat Schönbach wurde versichert, jedwedes Untersuchungsergebnis zu erhalten und selbstverständlich an Sie weiterzuleiten."

Cobander drückte sorgsam die Zigarette im Erdreich aus und steckte den Filter ein. „Wann wird sie abgeholt?"

„Morgen früh… und Ihrer Einschätzung nach ist die Sache jetzt wirklich vorbei?"

Der Hauptkommissar stand auf und nickte.

„Soweit ich das beurteilen kann, ja. Aber ich werde Bönning empfehlen, ein Auge auf die Eiche zu haben und die Mitarbeiter vom Hessen-Forst sollten in den kommenden Wochen das Wiederauftauchen tollwütiger Tiere nicht ausschließen. Aber ja, meiner Einschätzung nach wurde der Dämon, den Lena Banff gerufen hat, gebannt."

Denn schüttelte den Kopf. „Ganz fassen kann ich es noch nicht. Ich hatte mich für einen alten Hasen gehalten, jetzt fühlt es sich so an, als würde man irgendwie wieder von Neuem anfangen müssen."

„Glauben Sie mir, dieses Gefühl steckt auch mir noch frisch in den Knochen." Beim letzten Wort des Satzes musste er innerlich über die Ironie, die der BKA-Ermittler nicht verstehen konnte, schmunzeln. Einerseits verdankte er einer mysteriösen Göttin aus der Mythologie sein Leben, andererseits war dies weitaus folgenschwerer für ein zerbrochenes Weltbild als das dämonische Baumwesen.

Sein Handy vibrierte. Eine Hofgeismarer Nummer.

„Cobander?"

„Dobner, Kreiskrankenhaus. Ich muss Sie darüber in Kenntnis setzen, dass Lena Banff trotz lebensrettender Maßnahmen gegen 17 Uhr verstorben ist…"

Der Arzt am Telefon sprach noch weiter, doch Cobander ließ den Arm sinken. Er setzte sich zurück auf die Baumwurzel und ließ seinen Tränen freien Lauf.

9 | NATURTRÜB

Das BKA und Kripoleiter Jellmann hatten Cobander gestattet, mit der Leiche der Frau im Zimmer des Krankenhauses eine Weile allein zu sein.

Bei seiner Ankunft hatte Dr. Dobner erklärt, dass lediglich die Diagnose ‚*Marasmus senilis*', also Altersschwäche, zu setzen sei, wenngleich keine Erklärung für den rapiden Alterungsprozess vorläge. Ihr Herz-Kreislaufsystem war einfach zusammengebrochen und die lebensrettenden Maßnahmen hatten nicht gegriffen.

Der Arzt tat dem Hauptkommissar leid. Er würde wohl nie erfahren, dass es sich hierbei um das Wirken von Magie und dämonischem Einfluss gehandelt hatte. Vielleicht war das auch gut so. Innenministerium, BKA und LKA waren sich, wie Cobander erwartet hatte, darin einig, die übernatürlichen Umstände des Fallkomplexes Banff/Hofgeismar geheim zu halten. Sollten keine weiteren Tiervorfälle mehr auftreten, würde das Gesundheitsamt Entwarnung geben und über die Eindämmung eines neuartigen Krankheitserregers bei Tieren berichten lassen. Nach den Corona-Erfahrungen der Bevölkerung war dies eine taktisch nachvollziehbare Vorgehensweise. Der Mord an Gerth Dietrich würde als Tat im Wahn der traumatisierten Lena Banff zugeordnet werden, und das Bistum hatte die Aufarbeitung des Missbrauchs bereits zugesagt.

„Du hast den Pfarrer gerichtet", flüsterte Cobander. Er saß am Bett der bereits abgedeckten Toten. „Es tut mir leid, dass du Zeit deines Lebens alleine kämpfen musstest. Wenigstens die Tiere hattest du. Sie haben dir mehr geholfen als die Menschen."

Eine Suche stand noch aus, die nach einem alten Hexenbuch, aber viel Hoffnung gab es wegen des niedergebrannten Hauses nahe Stammen nicht. Teams der Spurensicherung würden trotzdem die anderen Wohnungen erneut durchforsten.

Der Hauptkommissar stand auf, zog die Abdeckung ein wenig beiseite und blickte eine Weile auf das alte Gesicht. Lenas Ausdruck war friedlich, trotz des entschwundenen Lebens. Er fasste sich an die Brust und schloss die Augen. „Vielleicht darf sie auch zu dir kommen."

Dann holte er den gold-silbernen Anhänger hervor, der trotz des Schusses keine Beschädigung, nicht einmal eine Delle, aufwies. Er atmete tief ein und aus, dann deckte er die Leiche wieder zu.

Bevor er das Zimmer verließ, ging er noch einmal ans Fenster und schaute auf den kleinen Park hinter dem Krankenhaus. Für einen Moment stutzte er, dann erkannte Cobander am Übergang zum dichten Buschwerk ein Wildtier. Es war eindeutig ein Hirsch, klar am Geweih zu erkennen. Er sog geräuschvoll die Luft ein und legte eine Hand an die Scheibe. Das Tier schnaubte kurz und verschwand anschließend im Gebüsch. „Cernunnos…"

Cobander nahm die Hand von der Scheibe, drehte sich noch einmal zum Bett, nickte und verließ dann den Raum.

* * *

Lignurr'noh wanderte durch Wurzelwerk und Erdreich. Er glitt über Moos und verwitterte Steine. Er wehte um die Bäume und zwitscherte mit den Vögeln alte Lieder. Manifestationen waren wie eine zu enge Haut, aus der man sich schälen musste. Es war ihm gestattet worden und er hatte es zugelassen. Nun herrschte Balance, doch würde es dauern, bis wieder Hexen in diesen Wäldern die Wesen und Geister der Urnatur preisen und besingen konnten. Ein Glied fehlte in der Symbiose.

Er war zu allen Tieren gegangen und hatte ihnen seinen Dank zugeflüstert. Sie begannen bereits, sich zu vermehren und Farne, Bäume und Sträucher verstärkten von nun an ihren Wuchs.

Lignurr'noh blickte abends vom Rand einer Ackerfurche auf die Lichter der Stadt. Sie waren so jung, so kurzlebig und kurzsichtig. Bald würde die Stadt verschwinden, damit viele Bäume wieder Einzug halten konnten. Dann, wenn die Hexen wieder tanzten.

Es hatte begonnen …

* * *

Am folgenden Morgen packten Cobander, Butler und Viktor zügig ihre Sachen und waren dann rückreisefertig. Herzlich bedankte sich das Team bei Frau Schnitzler für die tolle Unterbringung und musste versprechen, wieder dort unterzukommen, falls ihre Arbeit sie erneut nach Hofgeismar führen würde.

Bevor sie allerdings nach Kassel zurückfuhren, machten sie einen letzten Abstecher in den Friedwald. Dort bedankten sie sich am Grab der Großmutter und versenkten die Steinplatte ordnungsgemäß über der Urne in der Erde. Viktor hatte feuchte Augen. Butler war andächtig und sprach wenig. Bevor sie gingen, erzählte Cobander von seiner Beobachtung am Krankenhausfenster. Butler lächelte.

„So hodd alles sinnen Abschluss gefund'n. Das war bestimmt'n Bote von Cernunnos."

„Wir werden unsere Dienststelle um weiteres Geld für Ausstattung bitten müssen. Ich möchte unbedingt eine Liste wichtiger Basisliteratur für Götterwelten, Mythologie und Vor- und Frühgeschichte im Büro haben. Dafür können wir diese furchtbaren Konsalikschinken ausmisten."

„Unten, wo noch de Tanzfläche is, sin ja au genuch Regale, was?" Cobander lachte und klopfte Butler auf die Schulter. „Peter, Viktor... lassen Sie uns nach Hause fahren."

Pietätvoll verabschiedeten sie sich von der Eiche, Valya und den anderen hier Begrabenen, gingen zum Parkplatz zurück und fuhren ohne weitere Umwege nach Kassel.

Nicht ganz ohne Umwege. An der JET-Tankstelle kurz vor dem Industriegebiet kauften sie Bier. Sie wollten am Abend auf ihren ersten gemeinsamen Fall anstoßen.

An ein Herunterkommen war jedoch nicht so schnell zu denken, denn auf dem Platz vor dem ehemaligen MT-Gebäude standen ein Kasseler Streifenwagen und ein dunkles Fahrzeug mit Wiesbadener Kennzeichen.

„De Chef vom Chef is schonn vor uns do", knurrte Butler, der keine große Lust auf Dienstgespräche hatte. Cobander zündete sich eine Zigarette an, nachdem er die Wagentür zugeworfen hatte.

„Gehört dazu, Peter, gehört dazu. Was soll's, da kann ich gleich die Geldfrage stellen und auf unbefristete Festanstellung für euch klopfen."

Viktor zog seine Lederjacke über. „Echt jetzt? Unbefristet? Mega!" Butler reckte eine Faust in die Luft. Dies war genau der richtige Moment für den Song ‚*We Happy Few*' der Band ‚*Shakeman's Theatre*'. Cobander, der ihn kannte, sang mit und Viktor blickte ungläubig und ein wenig peinlich berührt auf seine Kollegen, auch, weil in diesem Moment der Kriminaloberrat oben aus dem Fenster sah.

* * *

Die Streifenbeamten befanden sich in der großen Halle, wo sie Fotos von den vollgestellten Regalen machten und Vermessungen vornahmen. Schönbach befand sich in den Büroräumen im oberen Stock. Er hatte ein für Cobander bekanntes Gesicht mitgebracht. Martin Lohmann vom Innenministerium.

Sie wurden zum Konferenztisch gebeten und der Oberrat legte ein antik anmutendes Diktiergerät auf den Tisch. Er sah Lohmann an, der leutselig nickte.

„Wir müssen das Gespräch aufzeichnen… Ich möchte Ihnen zunächst im Namen der Dienststelle und auch des Innenministers danken, dass Sie die okkulte Bedrohung aufgedeckt und bereinigt haben. Auch zu meinem Leidwesen wurde durch den Fall in drastischer Weise bestätigt, wovor unsere Berater bereits gewarnt hatten. Offenbar ist das… wie heißt es korrekt?“ Er wandte sich an Lohmann, der sich räusperte. „Magisches Energielevel oder okkulter Wert“, warf er ein.

„Genau, das Level ist sogar noch höher als angenommen, und die Landespolitik sollte in diesen belasteten Zeiten nicht noch von dieser Seite Schwierigkeiten bekämpfen müssen. Dass Wolfgang Banff in Waffengeschäfte mit dem russischen Bereich verwickelt war und der Dienststellenleiter der Kripo Hofgeismar mitverdient hat, ist schlimm genug. Die Untersuchungen der Experten haben bezüglich der Explosion im Firmengebäude Sabotagehinweise finden können. Möglicherweise mussten russische Agenten oder Kriminelle Spuren in Rauch aufgehen lassen. Unserem Telefongespräch habe ich entnommen, dass Sie keine Manipulation des Dämons dort vermuten, obwohl Lena Banff ihren Vater unter Druck setzen wollte.“

Cobander nickte. „Die Angelegenheit mit ihrem Vater war sehr persönlich und greift tief in die Vergangenheit zurück. Es ging um elterliche Fahrlässigkeit und Versäumnisse, besonders in Bezug auf den wahrscheinlichen Missbrauch durch den Priester. Deshalb kamen sicher auch das umgedrehte Kreuz und das tote Tier zum Einsatz, die Symbolik liegt auf der Hand. Ich denke aber nicht, dass Lena wirklich wusste, inwieweit ihr Vater in Waffengeschäfte verwickelt war. Die Ereignisdichte dabei ist Zufall.“

Schönbach faltete die Hände, lehnte sich zurück und fuhr fort. „Wir denken dasselbe, jedoch bedarf die Angelegenheit mit dem Feuer am Funkturm noch weiterer Erklärungen. Können Sie dazu etwas sagen?“

„Ich bin der Meinung, dass es symbolischen Charakter hatte. Die moderne Kommunikation ist gestört oder wird gestört, Feuer hingegen stammt aus grauer Vorzeit, ist etwas Primordiales. Weithin sichtbar. Eindeutig. Peter, können Sie noch ergänzen, bitte?“

Butler brummte. Er hatte seit Beginn des Gespräches die Arme verschränkt gehalten, jetzt lockerte er sie ein wenig. „Nu ja, es war au'n or'ntliches Feuerritual. Nit wenig Holz hodd'es Baumwesen da hochgeschleppt un ich sach's ma so… Das war au nen Signal fürs Umland. Der Dämon hodd sich allen, die's kapieren, mitgeteilt.“

Lohmann mischte sich ein. „Haben Sie denn Hinweise über einen aktiven Hexenkult oder andere Gruppierungen jenseits der Einzeltäterin gefunden oder erhalten?“

„Nein, definitiv nicht. Der Historiker, den wir befragt haben, hat dargelegt, dass es in alten Zeiten Hexenzirkel in Nordhessen und im Harz gegeben haben muss, aber spätestens seit dem Dreißigjährigen Krieg war sozusagen Tabula rasa damit. Überlebende waren gen Osten geflohen.

Wofür wir nicht garantieren können, ist, ob es in der Region Personen gibt, die Magie oder Schamanismus betreiben, wie zum Beispiel Herr Butler oder seine Mutter. Die gibt es bestimmt, so wie überall, aber…"

Schönbach unterbrach ihn, um den Satz zu vervollständigen. „Aber Personen mit den Fähigkeiten, die Lena Banff gezeigt hat, vermutlich nicht."

Cobander hielt die Hände auseinander und nickte.

„Gut. So oder so bleibt diese Region unter Beobachtung, aber dafür ist das Team nicht verantwortlich, denn wir benötigen Sie hier als abrufbare Einsatzgruppe. Sollte etwas Okkultes dort aufflammen, werden Sie umgehend informiert. Ich denke, dass bereits viele Kollegen der Hofgeismarer Kripo und der Bereitschaftspolizei froh darüber sind, dass Sie ins Leben gerufen wurden, und zu schätzen wissen, dass Sie weitere Opfer verhindert haben."

Cobander fuhr mit einem Finger über die Tischplatte. „Gibt es neue Informationen zu Max Banff?"

Schönbach sah erneut Lohmann an, der sich an der Wange kratzte und tief einatmete. „Die österreichischen Behörden haben die jungen Männer bisher nicht auffinden können. Sie gelten bereits als vermisst. Mein Kontakt beim MAD geht allerdings davon aus, dass sie entweder in den Bergen ermordet oder entführt wurden. Vermutlich auch ein russischer Hintergrund."

Viktor stöhnte. „Oh, man, fuck ey!"

Butler beschwerte sich diesmal nicht über die Wortwahl, sondern zeigte mit dem Finger auf den Psychologen und nickte kräftig.

Cobander schien die Antwort erwartet zu haben, zumindest wirkte er nicht überrascht. „Und… Merxhausen?"

„Laut Aussagen der Fachpsychiater ist der Mann schwer psychotisch und nicht zurechnungsfähig. Er wird bald in die dortige Forensik überstellt und wir erwarten ein amtsrichterliches Signal bezüglich Sicherheitsverwahrung."

Der Hauptkommissar lächelte schief. „So hat sie irgendwie auch ihren Vater gerichtet. Die Mutter hat sich in Stufen durch ihre ungesunde Lebensweise selbst zerstört. Was für eine traurige Familientragödie..."

Schönbach beugte sich vor. „Sollte es noch irgendetwas geben, was das Team an dieser Stelle kommentieren oder hinzufügen möchte, dann nehme ich es mit auf. Ansonsten würde ich hier stoppen und etwas zum Prozedere interner Dokumentation sagen."

Butler zuckte mit den Schultern und schüttelte seinen Kopf, was sich bei Viktor wiederholte. Cobander klopfte auf den Tisch, worauf Schönbach das Diktiergerät abschaltete. „Ok. Die Gesamtdokumentation wird vom LKA in Wiesbaden als digitale Sicherheitsakte geführt. Bitte verfassen Sie einen üblichen und ausführlichen Bericht, auch über Ihre Vorgehensweisen und Recherchen. Alle Fotos, Videoaufnahmen oder persönliche Skizzen werden bitte digital beigefügt. Sie werden in den kommenden Tagen einen smarten Tresor geliefert bekommen. Dort bewahren Sie eine Kopie der Falldokumentation auf, digital und in Papierform. So soll auch in Zukunft verfahren werden."

Cobander nutzte die Gelegenheit. „Herr Schönbach, ich würde gerne, wenn es schon um..." Sein Chef winkte ab und unterbrach ihn damit. „Machen Sie eine Liste, ich sehe dann, was geht und was nicht geht. Übrigens wird das Lager unten geräumt werden, weil die ersten Energiesparmaßnahmen ab Herbst greifen werden. Sie haben es durch die Medien sicher mitbekommen. Gas, Strom, alles eine große Scheiße, das muss so gesagt werden. Die Halle wird nur soweit beheizt, dass sie durch niedrige Temperaturen nicht kaputtgeht. Die Büroräume bleiben geheizt, allerdings wird es auch dafür Sparpläne und –hinweise geben. Immerhin wird Ihr Team dafür nicht mehr gestört werden, denn dann gehört der Bereich ganz der Sonderkommission für okkulte Kriminalfälle."

Cobander bedankte sich, dann sah er Viktor und Butler an. „Ich möchte die herausragende Arbeit meiner Kollegen würdigen und ihnen eine unbefristete Anstellung anbieten. Sie sind keine Beamten und keine ausgebildeten Polizisten, aber sie haben es sich verdient, gerade in diesen Zeiten, eine gesicherte Arbeitsperspektive zu bekommen. Außerdem möchte ich, dass sie an Schießtraining teilnehmen können, um gegebenenfalls bestimmte Schusswaffentypen führen zu dürfen."

Lohmann lachte. Der Oberrat nickte. „Ich werde darüber nachdenken und mit dem zentralen Personalrat sprechen. Entfristete Angestelltenverträge sind vielleicht möglich. Zum Thema Schießtraining möchte ich erst einmal nichts sagen."

Damit war das erste Dienstgespräch des Teams beendet und die Herren verabschiedeten sich. Cobander sah ihnen und den Streifenpolizisten am Fenster nach, während Butler den Kaffeeautomaten nachfüllte und eine Runde Espresso brühen ließ. Viktor blickte stattdessen wehmütig auf die gekauften Jutebeutel voller Bier.

„Erst den braunen Frischmacher, min Jung'. Wir brauchen ne Grundlag' fürs Bier. Mer feiern doch noch, oder?"

Cobander grinste, ohne vom Fenster wegzusehen. „Selbstverständlich. Wir haben doch alle einen mächtigen Knall. Dessen Feuer muss mal gelöscht werden."

* * *

Mehrere Tage später beobachtete Cobander vom Vorplatz der Halle aus eine ältere Frau, die offensichtlich obdachlos war. Ihr Haar wirkte zerzaust, die Kleidung war abgetragen und sie zog einen Bollerwagen hinter sich her. Sie sah sich um, als suche sie nach etwas. Der Hauptkommissar vermutete Pfandflaschen oder ähnliches. Einen Moment wog er seine Gefühle ab, dann verriegelte er den Dienstwagen und ging zu ihr.

„Guten Morgen. Kann ich Ihnen helfen?“, fragte er. Die Alte roch nach muffigem Fell und speckigem Leder. Ihr Gesicht und ihre Hände waren schmutzig. Sie hustete und hob dann eine Hand. „Ich komme zurecht, machen Sie sich keine Sorgen. Ich bin in Kassel geboren und kenne jede Ecke. Ich komme schon zurecht.“

Es war offensichtlich, dass die Frau in Ruhe gelassen werden wollte. Möglicherweise lebte sie schon länger als Streunerin und kannte sich auf den Straßen aus. Dennoch wollte Cobander die Begegnung nicht einfach mit einem Schulterzucken beenden. Da lag etwas Verschmitztes in ihren Augen, was ihn faszinierte. Außerdem tat sie ihm leid. „Wären Sie trotzdem einverstanden, wenn ich Ihnen etwas Geld gäbe?“

Die Frau kicherte und schnüffelte dann seltsam in der Luft herum. „Sie riechen gut. Ich heiße Natascha.“

„Cobander ist mein Name, angenehm.“ Er gab ihr einen Zwanzigeuroschein. „Danke, Cobander, Sie sind sehr freundlich und haben einen eindrucksvollen Vornamen. Rumänisch?“

„Es ist mein Nachname. Er stammt von einem germanischen Volksstamm, den Cobandern.“

„Oh, dann so… *Herr* Cobander. Ich wünsche noch einen sehr schönen Tag.“

„Ebenso. Alles Gute!“

Natascha zog an ihrem Holzwägelchen und spazierte

die Angersbachstraße in Richtung JET-Tankstelle weiter. Sie begann zu pfeifen und steckte den Geldschein in ihre Hosentasche. Eine wunderliche Begegnung, dachte Cobander und ging ins Büro.

Nachdem Butler und Viktor eingetroffen waren, gingen sie den fertigen Bericht gemeinsam noch einmal durch und gegen Mittag schlug der Hauptkommissar vor, Essen zu bestellen. Während sie warteten, stellte er eine unangenehme Frage.

„Sie haben bisher nichts dazu gesagt, dass ich die Begegnung mit Maja während meiner übersinnlichen Reise nicht erwähnt habe. Darf ich wissen, warum?"

Butler wackelte mit dem Kopf. „Na, das kapiert doch'n Blinder mit'm Krückstock. Es is übberhaupt enorm, dass Se den Großteil davon mit in'en Bericht gepackt hon."

„Danke. Viktor?"

„Same. Einfach sad and sweet und zu privat."

Butler knurrte, Cobander lachte. „Verstanden. Danke Ihnen beiden. Ich bin mir ohnehin nicht sicher, ob das LKA oder die Leute vom Innenministerium meine Träume mit der Göttin Hel ernstnehmen können."

„Wenn de Chefchefs schonn den Dämon als Baume für wahr halten, dann wär's schräg, wenn se das grad' nit glauben wür'n."

Viktor stand auf, um sich einen Kaffee zu holen. Er ging an der Fensterfront vorbei, blieb auf halbem Weg stehen und sah verwundert hinaus. „Was ist denn da los?"

Cobander und Butler kamen hinzu. Natascha stand mit ihrem Bollerwagen an der Seitentür und diskutierte mit einem Angestellten der dort ansässigen Firma. Der Hauptkommissar stöhnte und öffnete eines der Fenster. „Ich grüße Sie. Gibt es Probleme?"

Der Angestellte blickte hoch. „Herr Kommissar, diese

Landstreicherin hier hat geklingelt und nervt wegen Pfandflaschen. Ich mache ihr gerade klar, dass das hier Privatgelände ist und…" Natascha fiel ihm ins Wort. „Hallo, Herr Cobander, schön Sie wiederzusehen!"

Butler und Viktor sahen ihn gleichzeitig verwirrt von der Seite an. Er lächelte und sagte leise „Ich habe diese Frau heute Morgen an der Straße getroffen und ihr Geld gegeben, jetzt haben wir sie wohl am Backen wie eine Katze." Er hob die Hand und sagte jetzt laut. „Ich kenne die Dame. Ich komme runter, einen Moment."

Cobander schloss das Fenster, nahm einen Jutebeutel aus der Abstellkammer, füllte ihn mit noch nicht zurückgebrachten Bierdosen und ging hinaus. Vor der Halle beruhigte er den Mitarbeiter von gegenüber und schenkte Natascha den Beutel.

„Sie können gerne ab und zu bei uns nach Leergut fragen, ok? Aber die Firma lassen Sie lieber in Ruhe und… Sie müssen nicht jeden Tag hier sein, in Ordnung?"

Natascha kicherte. „Schon verstanden, Herr Germane, ich kapier' es ja. Aber wer nicht wagt, der nicht gewinnt, gelle?"

„Das hat meine Großmutter auch gerne gesagt."

„Hihi, wenn Sie wüssten, wie alt ich bin…"

„Ich werde mich hüten, in diese Falle zu tappen. Ich rate nicht und es ist Damen gegenüber unhöflich. Sie sind so alt, wie Sie sich fühlen."

„Kluger Spruch, Cobander."

„Herr Cobander ist mir lieber, Natascha."

„Schon gut, ich werde brav sein, Herr Cobander. Und ich werde ein Auge auf euren Bau hier haben, denn ich komme gerne hier lang." Damit schüttelte sie den Jutebeutel, wandte sich um und verließ kichernd mit ihrem Wagen das Areal.

Butler und Viktor standen nach wie vor am Fenster und

sahen aus dieser Perspektive ein wenig wie zwei Comicfiguren aus. Jetzt zogen sie Grimassen und krümmten sich vor Lachen. Schön, wenn die Mitarbeiter ausgelassen sein konnten, dachte Cobander und ging zurück.

Am Nachmittag sendeten Sie den Komplettbericht ihres ersten Falles per VPN-Client über unterschiedliche Server/Gateways zur Wiesbadener Dienststelle und packten dann die ersten Bücherkartons aus. Tatsächlich wurden Konsalik und andere Schmöker von ihnen radikal aussortiert und die Regale im Aufenthaltsraum mit frischen Auflagen renommierter Sachbücher geschichtswissenschaftlicher, mythologischer und psychologischer Natur bestückt. Schönbach hatte den Ausgaben dafür zugestimmt. In den nächsten Tagen würden weitere Buchpakete folgen.

„Der Raum ist jetzt nicht mehr just easy zum Abhängen, sondern konkret ne study-chill-lounge“, kommentierte Viktor. Butler schimpfte darüber und forderte zusätzlich die Bestellung von Büchern zur deutschen Sprache.

Unterbewusst spürte das Team, dass ihnen diese Späße halfen, das Erlebte zu verarbeiten, und sie merkten, wie gut sie in den letzten Wochen zusammengewachsen waren. Ein Refugium begann hier zu entstehen und das nicht nur, weil die Regale der alten Tanzhalle geräumt worden waren, mittlerweile ein Supertresor unten stand und eine kleine Fachbibliothek eingerichtet wurde, sondern auch, weil sie erste freundschaftliche Gefühle füreinander verspürten.

Viktor hielt es diesbezüglich nicht lange aus und eröffnete den anderen kurz vor Dienstschluss an diesem Tag, dass er sie gerne am nächsten Wochenende zu einem Grillfest auf der Terrasse seines Vaters einladen würde.

„Mein Dad ist ein Barbecue-Meister und wir würden alle Getränke spendieren, hat er gesagt. Er will unbedingt Peter kennenlernen… Keine Angst, er weiß nix von Demon Magic und so. Ich habe ihm nur die Story mit BanffPlast und der Tollwut erzählt, ihr könnt also chillen. Es gibt übrigens tolles naturtrübes Bier."

Butler klopfte ihm auf die Schulter. „Das is unser Psychologe, schonn 'nen richtjer Säufer geword'n, was? Ne, nur Spaß, Jung', ich find's klasse. Ich komm uff jeden Fall!"

„Wegen mir kann deine Mutter auch kommen."

Cobander bekam ein enges Gefühl in der Kehle und seine Augen wurden wässrig. Er ging schnell beiseite, trank einen Schluck Wasser aus dem Hahn und wischte sich das Gesicht ab. „Ich komme natürlich auch und finde die Idee, Hilde einzuladen, ganz wundervoll."

Der Runenschamane hob die Hände und verließ zum Rauchen singend den Raum. Es handelte sich um ‚*No War Kills Our Hearts*' von den ‚*Stormborn Warriors*', guter alter Thrash Metal.

„The path to victory is clad in good intentions, but beware, you fools, beware! No war kills our hearts, no war destroys our mighty souls!"

Nachdem sie das Büro verlassen und sich verabschiedet hatten, setzte kaum eine Stunde später die Abenddämmerung ein und Natascha klapperte erneut mit ihrem Wagen an der Einfahrt vorbei. Sie schnüffelte in alle Richtungen, dann wechselte sie die Straßenseite und stellte ihr Gefährt hinter einem großen Busch vor dem ansteigenden Tannenwäldchen ab. Dann entkleidete sie sich pfeifend und legte alle Sachen in eine Plastiktüte auf dem Bollerwagen.

Es wurde Zeit, ungesehen auf Nahrungssuche zu gehen, und sie wollte überprüfen, ob es dort hinten am ehemaligen Musiktheater noch den alten Marderzugang gab oder ob man den mittlerweile zugemauert hatte.

Die Waschbärin trippelte gekonnt über die Straße, lief am Absperrzaun rechts entlang und schlüpfte auf den Hinterhof, der ehemals als Biergarten fungiert hatte. Dort fand sie im hinteren Bereich ein wenig Fallobst, welches sie zunächst verspeiste. Dann eilte sie zum Gebäude und fand auf der anderen Seite tatsächlich das Loch, allerdings musste sie einiges an Laub, Müll und Dreck fortgraben, bis sie in die Zwischenwand klettern konnte, um dann in einer Abstellkammer der ehemaligen Discotoiletten zu landen.

Sie huschte umher, konnte eine Tür aufdrücken und gelangte bald überall hin. Dass sie beobachtet wurde, konnte selbst dieses sensible Tier nicht wahrnehmen.

Auf der Tanzfläche saß eine feinstoffliche Gestalt in blauschwarzem Kleid mit einem skelettierten Arm und halbem Totenschädel. Sie hatte sich erlaubt, das Marderloch in seinen ursprünglichen Zustand zu versetzen, denn bei der Übernahme des Gebäudes durch das Land Hessen hatte man diesen Mangel schnell beseitigt und zugemauert.

* * *

Hilde freute sich darüber, zum Grillfest eingeladen worden zu sein. Cobander hatte Butler für einen Besuch nach Ehlen begleitet, denn die alte Hexe wollte ihn unbedingt sehen und im persönlichen Gespräch erfahren, was im Detail geschehen war.

Sie servierte Tee und selbstgebackene Kekse, hörte vor allem zu und kommentierte wenig. Oft leuchteten ihre Augen, manchmal seufzte sie. Das Team hatte sich auf Butlers Bitte hin darauf verständigt, Hilde nichts über seinen Krankenhausaufenthalt zu sagen, zumal bei ihm keine körperlichen Schäden entstanden waren.

Bei der Verabschiedung wies sie daraufhin, dass es ungewöhnlich wäre, dass eine Hexe ihr eigenes oder ein geerbtes Grimoire verbrannte. Wahrscheinlicher schien ihr ein gut gewähltes Versteck oder gar das Vergraben zu sein. Auch sprach sie die Sätze aus der ursprünglichen Drohnotiz an Wolfgang Banff an. Die erwachten Huten bezogen sich ihrer Meinung nach auf tatsächliche Hüterinnen, die es früher mal als Hexenzirkel gegeben haben könnte. Ein Buch der Schatten würde darüber viel Auskunft geben können.

„Mein Bauchgefühl sagte mir dasselbe, aber wo suchen? Den ganzen Wald umzugraben, ist nicht umsetzbar und leider haben die Nachuntersuchungen der Wohnungen bisher nichts ans Tageslicht gebracht. Wer weiß, vielleicht soll es nicht gefunden werden."

„Au das is möglich. Es wissen allein de Gödder, was grad' los is. Ich bin richtig uffgeregt, wie früher als jung's Mädel. De künstliche Welt flippt uss, und de Urnatur reget sich, wehret sich und hält dogegen. Der geruf'ne Dämon is sowas Gewaltiges, sowas Enormes! Dass ich des in minnem Alter noch erleb'n darf!"

Cobander umarmte Hilde zum Abschied, Butler bekam mütterliche Küsse. Sie fuhren im Dienstwagen gemeinsam zurück und der Hauptkommissar setzte seinen Mitarbeiter in Dörnberg ab, denn er wohnte dort.

„Einfach bi der ersten Haltestell', Chef, von da kann ich luffen." Cobander ließ ihn an der gewünschten Stelle aussteigen und winkte. Eine Weile überlegte er, noch ins Büro zu fahren, doch er drehte und fuhr zurück Richtung Ehlen, um über den Herkules schnell zum Brasselsberg und dann nach Hause zu kommen.

Als er den Wagen auf der Einfahrt seines Elternhauses parkte, winkte Viktor aus dem Dachfenster seiner Mansardenwohnung. „Wollen Sie noch mal auf ein Bier rüberkommen?"

Der Hauptkommissar dankte, lehnte aber ab. „Ich muss mal richtig ausschlafen, Viktor. Ich sehe mir stumpf noch was im Fernsehen an und gehe dann ins Bett."

Tatsächlich saß er nach Mitternacht noch immer mit einer geöffneten Flasche Portwein im Wohnzimmer und schaute sich alte, teils uralte, Fotos aus den mannigfachen Alben seiner Eltern an. Was war es für ein Segen, eingeklebte oder –geheftete Fotos in Büchern, die nach Erinnerungen dufteten, betrachten zu können. Das Durchwischen hunderter Bilder auf dem Smartphone kam nicht im Entferntesten an diese Energie heran.

Weil er bereits viel des schweren Dessertweins getrunken hatte, begann er zu weinen, allerdings aus dem Gefühl des Friedens und seltsamer Freude heraus. Er sah Maja vor seinem geistigen Auge noch einmal über die große Brücke zu Helheim schreiten und fühlte sich wie ein Kind bei dem Gedanken, dies könnte wahrhaftig ein jenseitiges Geschehen sein, welches über den dunklen Tod hinauswies.

Er versuchte zu tanzen, stolperte jedoch, fiel hin, lachte, stand wieder auf, trank noch einen Schluck Portwein, rauchte auf dem Balkon eine Zigarette und fiel dann der Länge nach auf das zweite Sofa, um bald darauf selig zu schnarchen.

Tief in der Nacht wandelte die feinstoffliche Gestalt der hohen Dame im blauschwarzen Kleid durch Marquandts Garten und sammelte einen verendeten Vogel auf, der gegen eine Fensterscheibe gestoßen war. Sie blies den Kadaver an und eine nebelige Gestalt hob sich, um zur Brücke zu fliegen. Die materiellen Überreste legte sie unter einen Rhododendron. Sie ging weiter, durchwanderte den Garten der Cobanders, bis sie irgendwann in den Nordshausener Wiesenhügeln verschwunden war.

* * *

Natascha beobachtete auf dem Feldweg vor der Eisenbahnbrücke gegenüber des DEKRA-Gebäudes eine junge Frau, die von einem Mann belästigt wurde. Sie kam mit ihrem Bollerwagen gerade von der Tankstelle, wo sie sich ein paar Kleinigkeiten erbettelt hatte. Sie bekam dort immer etwas, die waren wirklich nett.

Den Stimmen und furchtbar neumodischen Aussagen nach zu urteilen, kannten sich diese Menschen nicht. Der Mann bedrängte sie nicht körperlich, äußerte jedoch eine Menge unflätiger Dinge und machte eindeutige Bewegungen unter der Gürtellinie.

Natascha seufzte, stellte den Wagen am Seitenstreifen ab und ging dorthin. Der Mann sah sie kommen und pfiff laut. „Jo, Pennerin, ey, hau ab!"

„Brauchen Sie Hilfe?", fragte Natascha die junge Frau, ohne ihn zu beachten. Sie zuckte mit den Schultern und fluchte unflätig, aber scheinbar hatte sie Angst, die sie zu überspielen versuchte.

„Lass das Mädel in Ruhe!", sagte die alte Frau zu dem muskelprotzigen Typen, der sich jetzt aggressiv vor ihr aufbaute. „Isch hau' disch um, dumme Pennerfotze, ey!", konnte er noch äußern, bevor er den Schreck seines Lebens erhielt.

Nataschas Kleidung zerriss in Sekundenbruchteilen und ihre Körpergestalt wuchs um 30 Zentimeter, ebenso beulten sich Muskelpartien auf ihren Armen, Beinen und den Schultern aus. Die junge Frau schrie in Panik eines hysterischen Anfalls auf und rannte so schnell sie konnte in Richtung Eisenbahnbrücke. Den von Terror gepackten Mann beförderte Natascha mit einem Krallenhieb auf die Wiese neben dem Feldweg. Sein Gesicht war dadurch von tiefen Kratzspuren blutig durchzogen.

Dann fauchte sie ihn mit scharfen Waschbärzähnen an.

Er gurgelte, jaulte und rappelte sich in Todesangst auf, um ebenfalls wegzulaufen, allerdings Richtung Hauptstraße.

Sie hätte ihn gern noch gebissen, allerdings spürte sie ihr Alter immer stärker. Ihre Pfoten taten weh und der Rücken wollte auch nicht mehr so wirklich entzücken. Sie musste lernen, sich aus solchen Angelegenheiten herauszuhalten, aber sie besaß ein urwüchsiges Gerechtigkeitsempfinden. Sie war allerdings schon 13 Jahre alt.

Die Welt geriet immer mehr aus den Fugen und ihr tierhafter Instinkt funktionierte anders als ein menschliches Gewissen. Sie gehörte einer seltenen Wandlerspezies an, deren Existenz längst Legende der Vergangenheit war. Ein Teil der Sagen und Mythen der Vorzeit.

Sie ruhte sich etwas aus und verwandelte sich dann zurück in ihre menschliche Gestalt. Die zerrissene Kleidung steckte sie in eine Plastiktüte und holte aus ihrem Bundeswehrrucksack neue zerlumpte Kleider hervor, die sie im Gebüsch anzog. Erstaunlicherweise hatten die Schreie beider Menschen niemanden in der weiteren Umgebung oder der Tankstelle stutzig gemacht oder auf den Plan gerufen. Natascha kannte dieses Spiel der Gesellschaft längst.

Sie zog klappernd die Angersbachstraße hinunter, um ihre neue Unterkunft in der ehemaligen Diskothek zu beziehen. Sie war klug genug, ihre körperlichen Geschäfte außerhalb im Gelände zu erledigen. Sie mochte den Geruch von dem netten Polizeimann, der hier arbeitete. Vielleicht würde sie ihn und sein Rudel bald näher kennenlernen.

* * *

Am nächsten Vormittag bestaunte das Team Cobander

von der Fensterfront im Büro aus die Ankunft eines Kleintransporters mit der Aufschrift einer Sicherheitsfirma.

Diese Wagen waren normalerweise unterwegs, um größere Geldkassetten von Banken, Einkaufszentren oder Firmen zu transportieren. Die bewaffneten Männer holten jedoch keine Metallkassetten aus dem Wagen, sondern zwei unterschiedlich große Aluminiumboxen mit schwarzgelben Warnaufklebern für biologisches Gefahrengut. Dann klingelten sie.

Cobander ging hinunter zur Eingangspforte, entriegelte sie, öffnete und fragte mit erhobener Hand, ob man sich nicht in der Adresse geirrt hätte. Der Fahrer schaute auf sein Mobiltelefon. „Polizeikommission Team Cobander, Angersbachstraße 10, ehemals Musiktheater. Sender: LKA Wiesbaden via Direktion Kassel."

Der Hauptkommissar ließ sie eintreten und schüttelte den Kopf. Was das wieder für ein Aufriss war, fragte er sich im Stillen, doch schnell stellte sich heraus, dass es spezielle Vorsichtsmaßnahmen waren und es nicht um biologisches Gefahrengut ging.

In der kleineren der beiden Boxen lag in Stoff eingeschlagen und zusätzlich mit Noppenplastik umwickelt der runenverzierte Holzstab Lena Banffs mit beigefügtem Untersuchungsergebnis. Nichts Ungewöhnliches hatte man feststellen können. Laut Angaben war es ein schlichter Eichenholzstab mit Symbolen. ‚*Zur Archivierung durch Team Cobander*', hatte Schönbach hinzufügen lassen.

Der Hauptkommissar packte den Stab behutsam aus, strich vorsichtig darüber und gab ihn dann Butler, der ihn sich andächtig kurz an die Stirn hielt und die Augen schloss. Er murmelte ein paar Worte und hielt ihn Viktor hin, der ihn sich genauer ansah und wieder neben die Box legte.

Die zweite Lieferung war eine Offenbarung. Die Kripo

Hofgeismar hatte durch akribische Arbeit der Spurensicherung im Lagerkeller des Wohnhauses in Reinhardshagen, der Lena Banff gehörte, eine versteckte Bodenklappe unter einem antiken Buffetschrank ausfindig gemacht und wider aller Erwartungen ein altertümliches großes Buch gefunden. Das Hexenbuch. Ein Grimoire.

Das Team hielt den Atem an, dann las Cobander die beigefügte Dienstnotiz vor.

„Ich lasse alle Struktur- und Codierungsdaten mal weg und lese nur die Hinweise für uns. Also… nach Rücksprache mit BKA und R. Schönbach, LKA, wird dieses sensible Fundobjekt zur Beurteilung an das Team Cobander in Kassel übergeben. Weitere Schritte oder Untersuchungsforderungen bitte über den Dienstweg beantragen und dokumentieren. Gez. Jellmann, KR, Polizeidirektion Hofgeismar."

„Es is'n Wahnsinn", murmelte Butler und Viktor schüttelte den Kopf. „Wie sollen wir mit dem Buch umgehen?"

Cobander zupfte sich am Ohr, blickte nochmal in die große Kiste und blies dann geräuschvoll die Luft aus.

„Bevor wir uns auf dieses Artefakt stürzen, sollten wir miteinander gut überlegen, welche Vorgehensweise am besten ist. Soweit ich es beurteilen kann, ist es für ein altes Buch gut erhalten und das soll auch so bleiben. Wir sollten mit Baumwollhandschuhen arbeiten, und in jedem Fall benötigen wir die Hilfe eines Historikers oder Archivars, der im Umgang mit solchen Gegenständen geschult ist.

„Ob Lena etwas hineingeschrieben hat?", fragte Viktor und Cobander sah ihn lächelnd an. „Das ist eine wichtige Frage und vielleicht sollten wir damit sogar beginnen, aber ganz ehrlich… ich würde erst einmal draußen eine Zigarette rauchen wollen."

Butler klopfte auf den Tisch. „Jawoll, richtig so, das

mach' mer erstma!" Die beiden gingen nach unten und Viktor legte den Holzstab zurück in die erste Box, dann setzte er sich an seinen Schreibtisch und tauchte in die künstliche Welt ein. Er schaute im Vorfeld nach Kontaktdaten der Murhard'schen und der Universitätsbibliothek und sah sich diverse Bilder von alten Folianten an.

Eine halbe Stunde später standen die drei um den Konferenztisch im linken Bürobereich und legten weiße Baumwollhandschuhe an. Gebettet auf Noppenplastik und mitgelieferte Leinentücher lag der an den Rändern bereits brüchige Foliant. Der komplette Einband bestand aus echtem dickem Leder, welches nach Jahrhunderten roch und viele unterschiedliche Flecken und Narben trug. Trotzdem war der Erhaltungszustand enorm gut.

Auf den ersten Seiten wurden sie zunächst erschlagen von der Kunstfertigkeit vieler Zeichnungen, der Schreibtypen und der puren Energie, die ihnen entgegenströmte. Das Papier war außergewöhnlich dick, seltsam gefasert und teilweise ebenfalls fleckig. Die ersten Aufzeichnungen waren stark verschmiert oder verblasst. Sie mussten noch mit Kohlestift oder ähnlichem hinterlassen worden sein.

Irgendwann schien man Tinte oder Vergleichbares verwendet zu haben, denn die Lesbarkeit verbesserte sich. Beeindruckend waren die eingestreuten filigranen Zeichnungen von Kräutern, Plätzen, besonderen Orten und rituellen Tanzstellungen oder Bewegungsanweisungen, genau war es nicht zu sagen. Butler vermutete bei einigen Aufzeichnungen einen althochdeutschen Dialekt, später vermehrt mittelhochdeutsche Variationen und dann grausiges Frühneuhochdeutsch. Sie fanden sogar die komplette Abschrift der Merseburger Zaubersprüche auf einer Seite. Cobander flüsterte den Vers von der Steinplatte noch einmal vor sich hin. Eine beeindruckende Spannung lag im Raum.

Ein gutes Drittel des dicken Buches war noch frei und

auf den letzten beiden beschriebenen Seiten entdeckten sie in einwandfreiem Hochdeutsch das Vermächtnis von Lena Banff alias Hagzíssa. Cobander musste sich setzten, Viktor ebenso. Butler stützte sich mit seinen fleischig-haarigen Armen auf der Tischkante ab und schaute wie ein Auerochse, der Blähungen bekommen hatte.

„Soll ich's lesen, odder inner von euch?"

„Ich werde es lesen… geben Sie mir einen Moment. Ich glaube, ich benötige zuvor einen Kaffee."

Cobander stand auf, ließ sich eine Tasse brühen, trank, wartete, trank erneut und kam dann an den Tisch zurück. Er zog das Buch zu sich heran, rückte eine der Halterungen der eingebauten LED-Lampen zurecht und begann zu lesen.

„Ich bin Lena, aber ich nenne mich ab heute Hagzissa. Ich habe dieses alte Buch von meiner Großmutter geerbt, aber sie hat immer nur darüber geflüstert, wenn niemand anderes in der Nähe war. Ich weiß, dass ich Hexenblut in mir trage, wie meine Mutter und deren Mutter und so weiter. Aber Meine Mutter wollte von diesen Dingen nichts wissen und sprach immer von Jesus, Gott und der einzig wahren Kirche. Ich weiß, was die in Wirklichkeit sind und ich spucke darauf. Oma Valya war auch in der Kirche, aber sie hat immer gesagt, dass man sich am besten in der Höhle des Löwen versteckt, um nicht erkannt zu werden.

Ich habe nicht viel von ihr lernen können und vieles aus dem Buch kann ich nicht übersetzen und daher nicht verstehen. Aber die Tiere haben mir viel erzählt und ich habe viele Träume gehabt, die ich jetzt erst verstehe. Ich werde den Holzgeist rufen, wie meine Ahnen es getan haben. Ich werde ihm Leben schenken und er wird mir helfen. Er ist mir auch im Traum erschienen. Ich glaube, ich habe mich richtig verliebt.

Ich passe nicht in diese Welt mit ihren beschissenen Lügen, dem falschen Gemache und Getue und der ganzen Abgestumpftheit. Tiere und Pflanzen können echte Freunde sein und ich weiß jetzt, dass es noch ganz andere Wesen gibt, die sehr alt und mächtig sind.

Ich werde andere finden, andere Hexen, die mit mir vielleicht ein neues Leben führen werden oder ich gründe einen Zirkel, wie es früher viele gegeben hat. Die Tiere haben gesagt, dass sich alles verändern wird und viele Menschen große Probleme bekommen.

Papa ist ein richtiges Arschloch geworden und jetzt hat er Probleme bekommen. Mama ist so schon völlig kaputt im Kopf, was mir irgendwie leidtut, aber sie ist auch so eine Lügnerin gewesen. Und den ekligen Pfarrer werde ich töten, töten, töten! Das schwöre ich! Das schwört Hagzissa!

Die Huten werden Rache nehmen. Ich will irgendwann alle Tiere aus dem Park befreien und alle gequälten Haustiere überall. Lignurr'noh wird mir helfen, das hat er mir gesagt. Ein wunderschöner uralter Name ist das.

Ich hinterlasse hier jetzt einen Tropfen meines Blutes. Es hat begonnen. Hagzissa."

Cobander schlug das Buch behutsam zu und schwieg. Butler hatte sich während des Zuhörens gesetzt und blickte mit verschränkten Armen aus den hinteren Fenstern. Viktor wischte sich mit einem Papiertaschentuch Tränen aus dem Gesicht, denn die Eintragungen der jungen Frau hatten ihn stark berührt.

Nach vielen Minuten des Schweigens stand der Runenschamane auf und fragte „Müss'n mer darüber Worte verlier'n?" Cobander sah Viktor an, der den Kopf schüttelte.

„Nein, Peter, das müssen wir nicht." In diesem Moment klingelte es an der Hauptpforte. Butler ging ans Fenster und stöhnte. „Do is de alde Obdachlose widder."

Der Hauptkommissar ging in die Abstellkammer, um nach weiterem Leergut zu suchen, fand aber nicht mehr viel. Drei Dosen und eine Sprudelflasche legte er in einen Karton, ging hinunter, entriegelte die Tür und hielt ihn Natascha hin. „Mehr haben wir leider nicht."

„Guten Morgen, Herr Polizist. Ich danke schön, aber ich suche heute kein Pfand. Ich wollt' nur mal fragen, ob es Ihnen und den anderen gut geht."

Cobander stutzte und zog den Karton zurück. „Es geht uns hier gut, danke der Nachfrage..." Für einen Moment haderte er mit der Skurrilität der Situation, dann durchbrach er die Barriere einfach. „Möchten Sie eine Weile hineinkommen? Sie könnten einen Kaffee oder Espresso bekommen und dann sähen Sie meine Mitarbeiter mal persönlich."

Natascha kicherte, nickte und folgte dem Kriminalkommissar in das Gebäude. Im Büro wurden sie von erstaunten Gesichtern empfangen, aber keine Beschwerde war zu hören. Viktor übernahm die Bedienung des Kaffeeautomaten, Butler suchte im Teamkühlschrank nach essbaren Überresten und Cobander kümmerte sich um das Hexenbuch, welches er wieder in der Box verstaute.

Die obdachlose ältere Frau erschien ihm wie ein ungeahnter Glücksbringer, wie ein warmes duftendes Mittagessen seiner Großmutter Jadwina Cobander, wie eine gute Fee inkognito. Es gab zwei Möglichkeiten für sein psychisches Empfinden. Entweder transformierte er mit Beginn seines 51. Lebensjahres komplett in eine bewusstere Lebensphase, denn er hatte heute Geburtstag. Oder er verlor seinen Verstand und witterte demnächst dahin.

Die erste Version erschien ihm logischer. Allerdings zog er es vor, das Datum weiterhin geheim zu halten. Er hatte diese Tage mit Glückwunschkaskaden seit seinem zwanzigsten Lebensjahr nicht mehr wirklich gemocht.

Butler und Natascha befanden sich bereits in einem erstaunlichen Dauersmalltalk der Kasseler Art und Viktor hörte ihnen einfach mit breitem Grinsen zu. Cobander atmete tief ein und langsam aus. Er freute sich sehr auf das Grillfest bei Marquandts.

* * *

Kriminaloberrat Schönbach stand am Fenster seines Wiesbadener Büros und rauchte. Ob das erlaubt war oder nicht, interessierte ihn schon lange nicht mehr. Er hatte soeben ein abhörsicheres Telefonat mit Lohmann geführt.

Der Auftragsmörder war identifiziert worden.

Man hatte ihn schönheitschirurgisch verändert, was sicher nicht billig für das Syndikat gewesen sein konnte. Dass man Cobander im Nachhinein noch umbringen wollte, gab sehr zu denken, und es war klar, welche Gefährdungslage dadurch entstanden war. Die Sonderkommission würde aufgrund der Ereignisse in Hofgeismar und im Sababurgwald definitiv weiterarbeiten, aber der Hauptkommissar musste besonderen Schutz erhalten. Ob dies bereits spirituell durch jene ominöse Göttinnengestalt namens Hel aus der nordischen Mythologie geschah, war Schönbach unklar und tatsächlich hatte er große Schwierigkeiten, Cobanders Träume diesbezüglich für voll zu nehmen, aber in jedem Fall würde das LKA ein bis zwei Schatten rekrutieren, um den Leiter der Kommission für Übernatürliches besser zu schützen.

Der erfahrene Mann würde es vermutlich in absehbarer Zeit bemerken, was aber unproblematisch war. Schönbach würde ihn zu gegebener Zeit darüber aufklären und notfalls zwingen, dies zu ertragen.

Was dem LKA-Bereichsleiter ein ungutes Gefühl vermittelte, waren die Andeutungen des Ministerialrates bezüglich neuer orakelhafter Aussagen okkulter Berater.

Nicht nur in Nordhessen brauten sich übernatürliche Dinge zusammen, auch in anderen Teilen Deutschlands und Europas veränderte sich die Natur. Tiere spielten vermehrt verrückt, heidnische Kulte formierten sich neu und Gerüchte über Begegnungen mit Geistern oder anderen Wesenheiten häuften sich.

Schönbach warf den Stummel aus dem Fenster und lachte laut. „Wenn ich mir überlege, wie es war, als ich selbst noch in der Ausbildung gewesen bin... Ich komme mir vor wie in einem Märchenfilm für erwachsene Kinder."

Die Gestalt im halbdunklen hinteren Bereich des Büros lächelte schmal und legte die Finger ineinander. „Möchten Sie Ihr Amt lieber aufgeben? Wir finden sicher Ersatz, Robert. Doch ich vermute, Sie sind ähnlich abenteuerlustig wie Ihr Hauptkommissar."

Schönbach winkte ab. „Ich bleibe. Das könnte Ihnen so passen, Tscherner. Was sind Sie eigentlich so scharf auf das alles? Ihre Stellung ist doch gut dotiert und abgegrenzt genug, oder nicht?"

„Das stimmt, aber ich bin dadurch weniger nah am Geschehen und muss zugeben, der Bericht des Teams hat Unglaubliches in mir wachgerufen. In Ihnen etwa nicht, Robert? Denken Sie an die Möglichkeiten über unseren Beruf hinaus."

Schönbach liefen einige Schauer über den Rücken und er konnte nicht sagen, dass ihm der Tonfall des Bundesministerialbeamten gefiel.

* * *

Hans Marquandt wendete gekonnt mit einer Holzzange Bratwürste und Steaks auf dem breiten Gasgrill, den er vor zwei Jahren erworben hatte. Lachend wies er darauf hin, dass er klugerweise einige Gasflaschen im Voraus auf Vorrat gekauft hatte. „Jetzt wär' das nicht mehr zu bezahlen!"

Butler lachte vollmundig und brummte erfreut, als Viktor eine neue Ladung naturtrübes Flaschenbier auf die Terrasse brachte. „Junge, hast du auch...?", setzte sein Vater an und er fiel ihm sofort ins Wort. „Ja, Vatter, von rechts die neuen Flaschen reinlegen, von links die kältesten rausnehmen. Man, das hast du mir bestimmt schon tausendmal gesagt."

„Ist nur zur Sicherheit, denn es klappt ja nicht immer." Viktor rollte mit den Augen und gab ihm ein frisches Bier. „Prost!", rief Hans Marquandt in die Runde.

Hilde trank ebenfalls Bier und genoss den Ausblick im Garten. Der Gastgeber hatte ihr extra einen breiten Liegestuhl mit dicken Polstern bereitgestellt, was sie sichtlich genoss. Sie hatte zwei urige Salate mitgebracht. Huflattich-Brennnesselsalat und einen Nudelsalat, der aussah, als bekäme man dadurch kräftig Tinte auf den Füller.

Frisches Zwiebelbrot, Eiersalat, Apfel-Zwiebel-Käsesalat, Kaviarstangen, ahle Worscht und echtes Gänseschmalz standen über die Länge des Verandatisches verteilt und es duftete überall nach Frieden, Beisammensein und auch ein wenig nach dem Beginn des Herbstes.

Butler hatte eine Feuerschale mitgebracht, wo bereits ein knisterndes Holzfeuer auf der anderen Seite der Terrasse prasselte, denn in den Abendstunden konnte es Ende August durchaus kühl werden.

Nacheinander garte die Fleischeslust und sie hielten ein gemütliches Gelage ab. Cobander hatte sich erlaubt, zusätzlich Portwein mitzubringen und alle Wangen zeigten bereits eine gewisse Röte.

Hilde entzündete nach dem Essen in mitgebrachten Schalen schönes Räucherwerk, auch Sternanis, der einen wundervollen Duft verbreitete. Butler sang hin und wieder ein Lied, aber die meisten kannten sie nicht. Er trug sein T-Shirt des Tages, als Cobander ihn vor dem ehemaligen Musiktheater das erste Mal getroffen hatte.

‚*Demons & Wizards*'.

Als es dunkel wurde, entzündeten sie Kerzen überall auf der Terrasse und Hilde rauchte gemütlich Pfeife in ihrem Liegestuhl. Butler qualmte wenig, dafür trank er ordentlich Naturtrübes.

Cobanders Handy vibrierte zweimal. Zuerst ärgerte er sich, dass er es nicht ausgeschaltet hatte, doch als er den Inhalt der Kurznachricht überflog, musste er schmunzeln.

„Darf ich kurz um aller Aufmerksamkeit bitten?", sagte er und stellte sich theatralisch ans Kopfende des Tisches.

Alle Augen waren schnell auf ihn gerichtet.

„Ich darf hiermit offiziell mitteilen, dass die Arbeitsverträge von Ihnen, Peter und Viktor, mit Wirkung vom ersten September 2022 an als entfristet gelten! Herzlichen Glückwunsch!"

Butler jubelte, Hans und Hilde klatschten und Cobander ließ es sich nicht nehmen, seinen Kollegen die Hand zu schütteln und sie einmal kräftig dabei zu umarmen.

Als es Nacht wurde, war Hilde bereits eingeschlafen und Viktor lauschte mit bierseligen Augen den bedächtig leisen Klampfenklängen Butlers, der seine Akustikgitarre mitgebracht hatte.

Hans Marquandt stand abseits mit Cobander in der Nähe des herunterbrennenden Schalenfeuers und prostete ihm zu. „Ich weiß, dass ich oft eine Menge Quatsch und Unsinn rede, aber ich möchte Ihnen mal sagen, dass ich richtig glücklich darüber bin, wie es meinem Jungen jetzt geht und dass er einen festen Arbeitsvertrag hat."

Cobander wollte etwas erwidern, doch Marquandt hielt ihn davon ab. „Lassen Sie mich das bitte unbedingt sagen... Meiner Frau ging es lange schon nicht gut, aber ich kam nicht an sie ran, wissen Sie. Sie hat immer mehr Tabletten genommen, aber das haben wir nicht richtig mitbekommen... Es war hart für Viktoria und mich und ja..." der Mann bekam Tränen in die Augen. „Ich sehe in Viktor immer noch mein kleines Mädchen. Ich akzeptiere Viktor, und ich liebe ihn, aber... ich liebe genauso Viktoria."

Die Stimme Marquandts brach und Cobander musste schlucken. Er legte ihm eine Hand auf die Schulter und nickte. „Ich danke Ihnen, Sie haben uns wirklich geholfen." Darauf klopfte Viktors Vater dem Hauptkommissar dankend an den Arm, wandte sich um und setzte sich zu seinem Sohn und Butler auf die Bank.

Cobander wollte eine weitere Zigarette rauchen, steckte die Schachtel jedoch wieder fort und schlenderte tiefer in Marquandts Garten hinein. Viele Sterne waren mittlerweile am Himmel zu sehen und der Mond begann gerade wieder zu sicheln.

Er holte den Anhänger unter seiner Brust hervor und lauschte eine Weile mit geschlossenen Augen den Klängen der Gitarre. Butler begann jetzt, ein altes Volkslied zu singen, in welches Hans Marquandt miteinstieg, und nach der zweiten Strophe sang auch Viktor leise mit. Hilde ergänzte den wundervollen Moment mit ihrem Schnarchen.

Cobander lächelte.

„Danke... Hel."

ENDE.

ANHANG

I.) Hinweis zum nordhessischen Dialekt:

Peter und Hilde Butler sprechen eine (teilfiktive) eigene Variante des nordhessischen Dialekts, speziell des ‚Kasselänerischen'. Es kann sowohl schriftsprachlich als auch trotz Recherche nicht eine ‚richtige Kasseler Mundart' von mir hier angewendet werden. Das Sprechen der Butlers soll aus dramaturgischen Gründen schriftsprachlich ‚echt' wirken. Ich bitte alle regionalen Sprachexperten und Alteingesessenen um Verständnis, sofern sie ‚Fehler' diesbezüglich erkennen.

Ohnehin gibt es historisch und/oder geografisch bedingte Übergänge und Einflüsse zwischen den Dialekten:

Vgl.: https://de.wikipedia.org/wiki/Nordhessisch, Zugriff 30.01.2024.
Vgl.: https://www.mundart-hessen.de/, Zugriff s.o.

Literaturvorschlag:
- Vorberger, Lars: Hessisch. Vom Babbeln und Schnuddeln, Berlin 2022.

II.) Hintergründe zu relevanten magischen, spirituellen oder esoterischen Begriffen:

Darstellungen zu den Oberbegriffen ‚*Magie*', ‚*Mystik*' und ‚*Okkultismus*' sind derart mannigfaltig, dass ich für diese hier lediglich einige Literaturvorschläge geben möchte:

- Otto, Bernd-Christian: Magie. Rezeptions- und diskursgeschichtliche Analysen von der Antike bis zur Neuzeit, Berlin/New York 2011.
- Borchert, Bruno: Mystik. Das Phänomen – Die Geschichte – Neue Wege, Königstein i. Ts. 1994.
- Dinzelbacher, Peter: Wörterbuch der Mystik (= Kröners Taschenausgabe. Band 456), 2., ergänzte, Auflage, Stuttgart 1998.
- Doering-Manteuffel, Sabine: Okkultismus. Geheimlehren, Geisterglaube, magische Praktiken, München 2011.

Dämon

Als Dämon (von altgriechisch ‚*daímōn*') wurden und werden sogenannte Geister, Schicksalswesen oder Mahner bezeichnet, die in unterschiedlichen Mythologien und Religionen vorkommen. Durch das Christentum veränderte sich die Bedeutung bis hin zu Handlangern des Teufels bzw. den gefallenen Engel selbst. Der ursprünglich positive, zumindest neutrale, Sinn dieser Wesen wurde z. T. dadurch ins Negative gezogen. Eine Einteilung der Dämonen wird als Dämonologie bezeichnet; das unter Magiern verbreitete Invozieren solcher Wesen nennt man ‚Dämonolatrie'.

(Siehe auch: https://de.wikipedia.org/wiki/Dämon, Zugriff 15.10.2022)
Literaturvorschlag:

- Werner, Helmut: Das große Handbuch der Dämonen: Monster, Vampire, Werwölfe, Lübeck 2011.

„Hekas, Hekas! Este Bebeloi!"

Laut einer Tradition des sogenannten „Golden Dawn", ist es eine Redewendung, die angeblich aus den ‚*Eleusinischen Mysterien*' genommen wurde. Meist zu Beginn von Ritualen ausgesprochen, bedeutet es so viel wie „Hinfort, Hinfort! Möge das Profane weichen!"

(Weblink: https://www.llewellyn.com/encyclopedia/term/Hekas%2C+Hekas%2C+Este+Bebeloi, Zugriff 15.10.2022)

Merseburger Zaubersprüche

Es handelt sich um heidnische Beschwörungsformeln bzw. Zaubersprüche, die vor über 1000 Jahren von einem Kleriker festgehalten wurden. Sie sind in Althochdeutsch überliefert. Es sind magische Formeln aus vorchristlicher Zeit und geben damit einen Einblick in germanisches Brauchtum.

(Siehe auch: https://www.merseburger-dom.de/rundgang-merseburger-dom-zauberspruche/, Zugriff 15.10.2022)

Literaturvorschlag:

- Wolfgang Beck: Merseburger Zaubersprüche, in: Rolf Bergmann (Hrsg.): Althochdeutsche und altsächsische Literatur, Berlin/Boston 2013.

Nordische Runen

Es handelt sich um besondere nordische und/oder germanische Schriftzeichen, ursprünglich auf Holz, später auch in Stein oder andere Materialien geritzt. Besonders diese Runen sind magisch-mystische Zeichen, die nicht als Buchstaben eines normalen Alphabets missverstanden werden sollten, wenngleich es auch solche Runenalphabete gab. Die älteste überlieferte Runenreihe, nach den ersten sechs Buchstaben ‚Futhark' genannt, bestand aus 24 Zeichen, die in drei Abschnitte eingeteilt waren. Sie dienten und dienen besonders der Divination (Weissagung) und der persönlichen Orientierungssuche.

(Siehe auch: https://www.nordischegötter.de/runen/, Zugriff 15.10.2022)

Literaturvorschläge:

- Klaus Düwel: Runenkunde, 4. Aufl., Stuttgart 2008.
- Freya Aswynn: Northern Mysteries and Magick, 8. Aufl., Woodbury 2010.

III.) Hintergrundwissen zu einigen, im Roman vorkommenden, Gottheiten bzw. andersweltlichen Wesenheiten:

Cernunnos

Cernunnos (auch Kernunnus, oder Grüner Mann) ist vermutlich der latinisierte Name eines keltischen Gottes. Sein Name wird als „der Gehörnte“ gedeutet, und er wird aus den bildlichen Darstellungen zumeist als Gott der Natur, der Tiere oder der Fruchtbarkeit interpretiert.

(aus: https://de.wikipedia.org/wiki/Cernunnos, Zugriff 15.10.2022)

Literaturvorschlag:

- Bernhard Maier: Lexikon der keltischen Religion und Kultur, Stuttgart 1994.
- Lautwein, Thomas: Hekate, die dunkle Göttin. Geschichte und Gegenwart, Rudolstadt 2009.

Hel

In der nordischen Mythologie war Hel die Totengöttin. Sie wurde auch ‚*Hela*‘ oder ‚*Hellia*‘ genannt. Hels Vater war Loki, ihre Mutter die Riesin Angrboda. Man zählte sie zu den Riesen. Hel besaß zwei Geschwister, so die Midgardschlange und der Fenriswolf. Weil die Asen Hel fürchteten, holten sie sie mit der Midgardschlange und dem Fenriswolf erst nach Asgard. Odin beförderte später die Midgardschlange ins Meer. Den Fenriswolf fesselten die Asen an die Kette Gleipnir. Hel wurde verbannt und gründete später im Norden ein eigenes Reich, das sie Helheim nannte. Manchmal wird Helheim mit Niflheim gleichgesetzt oder verwechselt.

(Siehe: https://germanische-goetter.de/hel/, Zugriff 15.10.2022)

Literaturhinweis:

- Rudolf Simek: Lexikon der germanischen Mythologie, 3. Aufl., Stuttgart 2006.

Odin

Odin ist die wichtigste Gestalt in der germanischen/nordischen Mythologie. Er wurde auch als Göttervater bezeichnet. Im nordgermanischen Raum war „Odin" gebräuchlich, im südgermanischen Gebiet war er auch als „Wodan" oder „Wotan" bekannt. Odin zeichnet sich durch Weisheit und Wissensdurst aus. Ihn begleiten zwei Raben, Hugin und Munin, die ihm von allem berichten, was sie auf ihren Flügen herausfinden. Als Opfer war der Göttervater auf das Gebot Mimirs hin bereit, eines seiner Augen als Gabe in dessen Brunnen zu legen. Odin wird so auch „der Einäugige" genannt und oft entsprechend einäugig dargestellt.

(Siehe: https://www.wikingerzeit.net/kultur-der-wikinger/glaube-der-wikinger/goetter/asen/odin.html, Zugriff 24.02.2024)

Literaturhinweis:

- Simek, Rudolf: Religion und Mythologie der Germanen, Darmstadt 2003.

Nornen

In der ‚Edda' werden drei sogenannte Schicksalsfrauen aus der nordischen Mythologie genannt: Ihre Namen lauten Skuld, Urd und Werdandi. Nornen sind schicksalsbestimmende weibliche Wesen, die sowohl von Göttern als auch anderen fabelhaften Wesen abstammen können.

(siehe: https://de.wikipedia.org/wiki/Nornen, Zugriff 24.02.2024)

Literaturhinweis:

- Dillmann, François-Xavier: Nornen, in: Reallexikon der Germanischen Altertumskunde (RGA), 2. Aufl. Band 21, Berlin/New York 2002, S. 388–394.

Printed in Poland
by Amazon Fulfillment
Poland Sp. z o.o., Wrocław

34689121R00179